中國新聞史研究輯刊

三 編

主編 方漢奇

副主編 王潤澤、程曼麗

第 8 冊

向左走 向右走
一九四九年前後民間報人的出路抉擇（修訂本）

陳建雲 著

花木蘭文化出版社

國家圖書館出版品預行編目資料

向左走　向右走——一九四九年前後民間報人的出路抉擇（修
訂本）／陳建雲 著 — 初版 — 新北市：花木蘭文化出版社，
2016〔民 105〕
序 10+ 目 2+320 面；19×26 公分
（中國新聞史研究輯刊 三編；第 8 冊）
ISBN 978-986-404-529-7（精裝）
1. 中國報業史　2. 新聞從業人員
890.9208   105002059

ISBN-978-986-404-529-7

9 789864 045297

中國新聞史研究輯刊
三　編　第八冊
ISBN：978-986-404-529-7

向左走 向右走
一九四九年前後民間報人的出路抉擇（修訂版）

作　　　者　陳建雲
主　　　編　方漢奇
副 主 編　王潤澤、程曼麗
總 編 輯　杜潔祥
出　　　版　花木蘭文化出版社
發 行 所　花木蘭文化出版社
發 行 人　高小娟
聯 絡 地 址　235 新北市中和區中安街七二號十三樓
　　　　　　電話：02-2923-1455／傳眞：02-2923-1452
網　　　址　http://www.huamulan.tw 信箱 hml810518@gmail.com
印　　　刷　普羅文化出版廣告事業
初　　　版　2016 年 3 月
全 書 字 數　33 萬字以上
定　　　價　三編 9 冊（精裝）新台幣 18,000 元

向左走 向右走
一九四九年前後民間報人的出路抉擇（修訂版）

陳建雲　著

作者簡介

陳建雲，生於 1967 年，河南南陽人，新聞學博士。現任復旦大學新聞學院教授、博士生導師、新聞系主任。研究興趣爲報人與報史、新聞傳播法制與倫理，著有《中國當代新聞傳播法制史論》、《大變局中的民間報人與報刊》、《向左走 向右走──一九四九年前後民間報人的出路抉擇》等書。立身正大，爲學眞誠，願與同好交流砥礪：chenjianyun@fudan.edu.cn。

提　　要

　　大變局中的心靈史

　　民間報人的出路抉擇

　　在 1949 年中國歷史的大變局中，一度尋求「第三條道路」的民間報人，如果不願意離開「父母之邦」，就必須在國共之間作出抉擇：要麼留在大陸支持共產黨新政權，要麼追隨國民黨退居臺灣。《新民報》主人陳銘德、鄧季惺夫婦，帶著對新時代的憧憬選擇了前者，《世界日報》老闆成舍我選擇了後者。「獨立記者」曹聚仁則在上海「旁觀」革命一年之後，南下香港，擔當起海峽兩岸的秘密信使。

　　所有的選擇都合邏輯，所有的結局都有宿因。

遙想望平街當年（代序）

陳建雲

從人頭攢動的南京東路折進山東中路，穿過九江路和漢口路，向南一直走到福州路，上海這條長不過 200 米、寬約 10 米的馬路，在當年的十里洋場，有一個異常響亮的名字——望平街。近人葉仲鈞在《上海鱗爪竹枝詞》中吟詠：「集中消息望平街，報館東西櫛比排」，這條馬路的赫赫聲名，來自它一街兩行鱗次櫛比、形形色色的報館。

1872 年，英人美查創辦的《申報》首先在望平街設館。20 餘年後，美商福開森的《新聞報》也在這裏開業，與申報館衡宇相望，互爭短長。1904 年，國人狄楚青設時報館於福州路、望平街口，與《申報》、《新聞報》形成三足鼎立之勢。爾後，《神州日報》、《時事新報》、《天鐸報》、《民立報》、《大共和日報》、《民權報》、《民國日報》、《晶報》、《立報》等數十家報館相繼在此安營紮寨或設立批銷處，就連「中國第一流之新聞紙」天津《大公報》，也歆羨望平街這塊「風水寶地」，於 1936 年派人馬南下上海，設立分館。望平街，這條狹窄短促的陋巷，成為舉世聞名的報館街，中國報人心中的「羅馬」。

曾經是望平街一員的曹聚仁，新中國成立後寓居香港。上海的這條馬路，常使他魂牽夢繞：「望平街這條短短的街道，整天都活躍着，四更向盡，東方未明，街頭人影幢幢，都是販報的人，男女老幼，不下數千人。一到《申》、《新》兩報出版，那簡直是一股洪流，掠過瞭望平街，向幾條馬路流去，此情此景，都在眼前。」

曹聚仁生於浙東鄉村，他說自從自己有了知識，上海這個十里洋場便「如雷貫耳」了。後來到杭州讀書，對上海更是「雖不能至、心嚮往之」。當

然，最嚮往的便是望平街，因爲「那是光照世界的文化燈塔」：「短短望平街，代表着西風吹動以來的中國文化，從這一街巷的浪潮上，體會着時代的脈搏。從啓蒙運動以來，每一個和政治動向有關的人物，沒有不在望平街上留下他們的足跡。」

的確，一部望平街的歷史，就是一部中國新聞史，也正是一部近現代中國的政治史。

在望平街上，報人們爲了報紙的獨立，不被利誘，不爲勢屈。

1915 年 8 月，「言論界驕子」梁啓超在《大中華》雜誌上發表《異哉，所謂國體問題者》，轟動南北，使意欲變更國體、恢復帝制的袁世凱倍受挫折，派帝制分子、《亞細亞日報》總編薛大可攜帶 30 萬元鉅款到上海「運動」報界，爲復辟帝制尋求輿論支持。當薛大可把 15 萬元支票送到申報館主史量才的面前時，遭到史的斷然拒絕。9 月 3 日、4 日，《申報》連續兩天在顯著位置刊登啓事，將這一醜聞公諸天下，並明確表示：「本報宗旨，以維持多數人當時切實之幸福爲主，不事理論，不尚新奇。故每遇一事發生，必察正眞人民之利害，秉良心以立論，始終如一。雖少急激之談，亦無反覆之調。此次籌安會之變更國體論，值此外患無已之時，國亂稍定之日，共和政體之下，無端自擾，有共和一日，實難贊同一日。」

北洋政府時期，政局譸張，環境險惡，史量才爲使《申報》免遭摧殘，言論上採取審愼態度，着力於企業化經營，更新設備，興建大樓，招攬廣告，擴大發行，業務蒸蒸日上，利潤逐年攀升，穩固了《申報》在上海乃至全國的大報地位。但是，信奉「國有國格，報有報格，人有人格；三格不存，國將非國，報將非報，人將非人」的史量才，絕非追名逐利之徒。1932年，他借《申報》創刊 60 週年之機，對報紙實施全面改革，「以極摯誠的態度，對政府、對國民盡輿論貢獻之責任」。同時，報館開辦流通圖書館、婦女補習學校、新聞函授學校，出版月刊、年鑒、叢書、地圖，服務社會，啓迪民智，以文化事業「救國難」、「策危亡」。「一‧二八」淞滬抗戰，史量才被推舉爲「上海市民地方維持會」會長，維持會解散後，又被推選爲「上海地方協會」會長、上海市參議會議長。他又與朋友合辦中南銀行，獲得成功。史量才成爲上海灘輿論界、金融界和社會組織的頭面人物，國民黨處理當地事務，幾乎不能忽視他的意見。

史量才反對蔣介石的「攘外必先安內」政策，要求民主，主張抗日。據

說，蔣介石曾約他到南京談話，警告他：「把我搞火了，我手下有一百萬兵！」史量才冷冷地回答：「我手下也有一百萬讀者！」壯語犯顏，蔣氏遂下殺史之心。1934 年 10 月 13 日，史量才乘車自杭返滬，在海寧翁家埠遭國民黨軍統特務狙擊，當場殞命。一代報人，以身殉報。

在望平街上，報人們為了新聞的自由，奮起抗爭，無所顧忌。

1912 年 3 月 2 日，中華民國南京臨時政府內務部，未經臨時參議院授權，頒佈《暫行報律》，電傳至上海中國報界俱進會，令其轉飭全國報館遵行。3 月 6 日，中國報界俱進會和曾經鼓吹或支持革命的《申報》、《新聞報》、《時報》、《時事新報》、《神州日報》、《民立報》、《天鐸報》、《大共和日報》等望平街各報，聯名致電臨時大總統孫中山並通電各埠，堅決予以抵制：「今統一政府未立，民國國會未開，內務部擬定報律，侵奪立法之權，且云煽惑，關於共和國體有破壞弊害者，坐以應得之罪；政府喪權失利，報紙監督，並非破壞共和。今殺人行劫之律尚未定，而先定報律，是欲襲滿清專制之故智，鉗制輿論，報界全體萬難承認。」次日，望平街各報又同時刊出《大共和日報》社長章太炎起草的《卻還內務部所定報律議》，逐條批駁報律條文，批評臨時政府「鉗制輿論」、「欲蹈惡政府之覆轍」，將報律「卻還」給內務部。孫中山得知此事，當即於 3 月 9 日發佈臨時大總統令，宣佈《暫行報律》違背法律程序，予以撤消，並聲明：「言論自由，各國憲法所重，善從惡改，古人因為常師，自非專制淫威，從無過事摧抑者。該部所佈暫行報律，雖出補偏救弊之苦心，實昧先後緩急之要序，使議者疑滿清鉗制輿論之惡政，復見於今，甚無謂也。」

1912 年 5 月 20 日，《民權報》主編戴天仇（季陶），不滿袁世凱政府舉借外債，在《民權報》上發表了一篇 24 字的超短時評《殺》：「熊希齡賣國，殺！唐紹儀愚民，殺！袁世凱專橫，殺！章太炎阿權，殺！」上海公共租界以「鼓動暗殺」的罪名，將其拘捕。唐紹儀聞知戴天仇被捕，不但沒有拍手稱快，反而以國務總理的名義致電上海，公開為戴說話。他的理由很簡單：「言論自由，為約法所保障。」當時，《中華民國臨時約法》已正式公佈實施，其第六條規定：「人民有言論、著作、刊行及集會、結社之自由。」最後，上海租界會審公廨以罰洋 30 元結案。戴天仇出獄後，在編輯室牆上大書：「報館不封門，不是好報館；主筆不入獄，不是好主筆。」這一事件，卻也顯示了民國政要尊重言論自由的政治風度。

在望平街上，報人們為了社會的進步，以筆為旗，前赴後繼。

1903 年 5 月，傾向革命的《蘇報》館主陳範，聘請愛國學社學生、年僅 22 歲的章士釗擔任主筆，「本報恣君為之，無所顧藉。」章士釗痛感言論奄無生氣，人心無從振發，於是在《蘇報》上大事宣傳鄒容的《革命軍》，刊登章太炎嘲弄「載湉小丑，未辨菽麥」的文章，不惜以身家性命，「為爆炸性之一擊」。清廷大為震怒，指使地方官吏向租界當局交涉，對相關人員實施拘捕。章太炎坐等被捕，「鄒小弟」自動投案。被清廷賞予二品頂戴的《新聞報》老闆福開森，派記者到監獄勸說章太炎，向其宣傳封建倫理思想。章太炎嗤之以鼻：「去矣，新聞記者！……天命方新，來復不遠，請看五十年後，銅像巍巍立於雲表者，為我為爾，坐以待之，無多喋喋可也！」章太炎把法庭當作宣傳革命的講臺，每次審畢，他乘坐馬車，高誦「風吹枷鎖滿城香，街市爭看員外郎」詩句，意氣洋洋地返回監房，萬人圍觀，街衢為之擁堵。「蘇報案」歷時 10 月，前後開庭 7 次，方於次年 5 月 22 日結案，章太炎被判監禁三年，鄒容兩年。鄒容年少氣盛，積憤成病，在監禁期滿前兩個月瘐死獄中，章太炎則於 1906 年 6 月 29 日刑滿出獄，被孫中山派人接往東京，委以同盟會機關報《民報》主編的重任。

被譽為「元老記者」的于右任，在 1909 年 5 月至 1910 年 10 月的一年半內，兜轉於公共租界和法租界之間，屢封屢辦，堅忍卓絕，連續創辦了一脈相承的「豎三民」——《民呼日報》、《民吁日報》、《民立報》，為國民效馳驅，為神州樹義聲。尤其是《民立報》，在宣傳革命、聯絡志士方面，厥功至偉。孫中山在海外聞訊武昌首義成功，火速歸國，抵滬後首次出門拜訪的同志就是于右任，並題寫「戮力同心」四字勸勉《民立報》同人。後來南京臨時政府成立，論功行賞，又向《民立報》頒發了「旌義狀」。

在望平街上，報人們為了民族的尊嚴，眾志成城，寧死不屈。

1937 年 10 月 5 日，《上海報》、《大晶報》、《小日報》、《正氣報》、《世界晨報》、《金剛鑽》、《東方日報》、《明星日報》、《福爾摩斯》、《鐵報》等 10 家小報，在淞滬抗戰激烈進行之時，聯合發行《戰時日報》，放棄往日的吟風弄月和追星捧花，擔負起建立民族「精神堡壘」的責任：「我們為什麼要幹這樣一張小型刊物，我們是不願在這大時代行進中，來放棄我們的責任，我們未曾忘記自己是一個大中華民國的百姓，我們知道自己是有五千年歷史的黃帝子孫，所以我們要幹，幹到敵人的鐵騎，不再來踐踏我們的國土為止，同志

們請大家來努力吧！」上海陷落後，日寇強令各報新聞送檢。上海《大公報》發表社評，「我們是報人，生平深懷文章報國之志，在平時，我們對國家無所贊襄，對同胞少所貢獻，深感慚愧，到今天，我們所能自勉為同胞勉者，惟有這三個字——不投降」，毅然停刊，遷往內地。與《大公報》一樣義不受辱，不接受日寇新聞檢查而停辦或內遷的報紙有 30 家，它們是：《救亡日報》、《立報》、《申報》、《民報》、《神州日報》、《戰時日報》、《辛報》、《抗戰》三日刊、《戰時聯合旬報》、《救亡周刊》等。

「孤島」時期，《大美晚報》附刊《夜光》主編朱惺公，因發表痛罵汪偽投敵的文章而收到一封恐嚇信，上寫「如再惡意謾罵，將被國法宣判死刑」。朱惺公毫不畏懼，又在《夜光》上發表了一篇《將被國法宣判死刑者之自供》，洋洋灑灑，對汪精衛極盡嬉笑怒罵之能事。文章說，汪精衛的行為如欲國人不反對，除非將中國人趕盡殺絕；自己若因反汪而死，英靈必將彪炳於雲霄之上，與日月爭光。「余生作庸人，死作雄鬼，死於此時此地，誠甘之如飴矣。」1939 年秋的一個下午，朱惺公從寓所步行去報館，路上突遭暴徒狙擊，彈中太陽穴而死。一代報人，生為人傑，死作鬼雄！

短短的望平街，與世界潮流同步，呼吸相通。

1917 年 11 月，《申報》的張蘊和、張竹平、伍特公，《新聞報》的汪漢溪、馮以恭，《時報》的包天笑，《神州日報》的余谷民，《中華新報》的張群，《民國日報》的吳蒼，《新申報》的席蓉軒，《時事新報》的馮心支，《亞洲日報》的薛德樹等上海新聞界代表，組團考察日本新聞業。考察團先後訪問了東京、九州、大阪、長崎等地報館，詳細瞭解和學習東鄰新聞業的發展情況與管理經驗。

1921 年 10 月，第二次世界報業大會在檀香山召開，我國有董顯光等六位代表與會。代表上海《密勒氏評論報》的董顯光，曾受業於世界報業大會會長、美國密蘇里大學新聞學院院長威廉博士，因此中國代表團頗受大會歡迎和器重，有四位代表在大會上做了主題發言。《申報》派出的代表是王伯衡和王天木，史量才雖未到會，亦被推選為大會副會長。

1921 年 11 月，英國《泰晤士報》老闆北岩爵士，來滬考察新聞事業。他先後同上海日報公會、新聞記者聯合會代表進行座談，並參觀了《申報》、《新聞報》、《大陸報》、《時事新報》、《時報》等報館。史量才在巍峨壯觀的申報館三樓餐廳，宴請這位有「艦隊街拿破崙」之稱的異國同行。高朋滿座，意

興湍飛。席上，北岩爵士盛讚《申報》：「世界幸福之所賴，莫如有完全獨立之報紙，貴報與敝報差足與選。……『百聞不如一見』，此次廣觀貴國情形，對貴館方面深抱樂觀。」一個月後，世界報業大會新聞調查委員會會長、美國新聞學家格拉士也來訪望平街。在申報館舉行的茶話會上，格拉士期望中國報界，也能夠像美國和列邦報界一樣，有獨立精神，不受政治潮流之浸潤與打擊，心力專一，唯人民之幸福是謀。東道主史量才答曰：「雖十年來政潮澎湃，本館宗旨，迄未偶移。孟子所謂『富貴不能淫、威武不能屈』，與頃者格拉士君所謂『報館應有獨立之精神』一語，本館宗旨，似亦隱相符合。且鄙人誓守此志，辦報一年，即實行此志一年也。」

短短的望平街，有多少報人故事，英雄傳說。

創刊於 1916 年 1 月的《民國日報》，雖為國民黨的言論機關，卻是上海有名的窮報館。某一冬夜，各版新聞都已經排好，天也快亮了，可是白報紙還沒有着落。社長葉楚傖和經理邵力子兩人，只好脫下身上的皮袍，送到當鋪抵押一點錢，買了幾十令白報紙，才開機印報。生活雖然艱苦，但是大家在革命熱情的鼓舞下，工作非常努力，報紙內容十分精彩。葉楚傖乃詩酒文豪，在編輯室常常是一邊喝高粱酒，一邊嚼花生，一邊寫評論，酒後文思湧發，氣勢如虹。後來北伐成功，葉、邵二人都離開望平街進了官場，《民國日報》的聲光也就黯淡下去了。

陳布雷也曾經是望平街上的一枝健筆。1921 年上海《商報》創刊，他擔任總編輯，以「畏壘」之名發表的抨擊軍閥、支持革命軍北伐的政論享譽一時，多為革命報刊所轉載。後來任國民黨《中央日報》社長的程滄波，當時正在上海聖約翰大學讀書，即開始向各報投稿，文章受到陳布雷的推重，便經常替《商報》寫文章。程滄波每於星期六下午去商報館看望陳布雷，陳也常常請他到附近的寧波荼館小酌。1924 年寒假，京滬路因「齊盧之戰」中斷，程滄波無法返鄉，就留在上海，天天晚上到《商報》寫雜評。《商報》當時經濟窘迫，兩大間編輯室勉強生了一個火爐，大家圍坐其中，幾包花生米其樂無窮。程滄波說，他為《商報》寫了三、四年文章，從沒有支過一文稿費；當時從梵王渡乘船到租界，幾視望平街和自己的老家一樣。

《民立報》社長于右任，「二次革命」失敗後被袁世凱政府捉拿，一度躲到一個名叫「荷花」的青樓女子家裏。他當時身上只有 12 塊飯錢，雙方說好只住半月。誰知後來無法走脫，于右任在這裏又住了五個月，隱姓埋名，看

書寫字，沒有再付一個錢。荷花姑娘性情爽直，飲食供應不廢，從不追索房錢。後來，他看到有人常在對面憑窗窺望，怕有殺身之禍，就在某晚一走了之。20 多年後的 1935 年 4 月，已是國民政府監察院長的于右任，在滬上名中醫陳存仁等陪同下，微服重遊舊地，一心想尋到荷花姑娘，報答當年的收留之恩。然而物是人非，荷花已不知去向。此事被《晶報》記者俞逸芬獲知，以「于右老花叢訪恩人」為題予以報導。于右任初聞不悅，後來一想，自己確實是來訪舊的，也就釋然，並且還對陳存仁說：「這消息傳開來，也許更容易找到荷花的下落。」

……

抗戰勝利，停辦的報紙復刊，內遷的報紙復員，外地的報紙也進軍「羅馬」。望平街無地容納，各報只好就近覓址，本來南北走向的報館街變成了東北伸展：《大公報》、《中華時報》、《和平日報》設館於南京路，《中央日報》、《益世報》、《前線日報》比肩於河南路；《正言報》在福州路西頭搶先復刊，《東南日報》在北四川路底的長春路上從容創業；上海《新民報》晚刊租下圓明園路 50 號怡和洋行房屋作為社址，不少晚報則被擠到了愛多亞路（今延安東路）上。這是廣義上的望平街——無論館址是否設在這條街上，在世人眼裏，它們都屬於望平街。

國民黨要把望平街變成清一色的天下，首先以「附逆」為由，勒令《申報》、《新聞報》停刊整頓，將其改組為官商合營報紙，大權操在陳布雷手中，以潘公展主《申報》，程滄波主《新聞報》，堂而皇之地復業。望平街上歷史最悠久、銷路最大、經濟基礎最穩固的這兩家私營報紙，實際上已成為國民黨的機關報，就連上海《中央日報》也變成「童養媳」了。抗戰勝利後國民黨在上海的新聞統制，以《申報》、《新聞報》為中心，《中央日報》、《和平日報》乃是外衛；《正言報》、《東南日報》、《前線日報》、《益世報》更是外衛的外衛。然而，民間的《大公報》、《文匯報》、《新民報》、《觀察》周刊，國民黨還是無法強行支配；就連 CC 派的《東南日報》和第三戰區顧祝同的《前線日報》，由於主持編務的工作人員中不乏思想進步人士，也多少帶着自由主義的色彩。國民黨玩弄伎倆，阻止《新華日報》戰後在上海出版，但共產黨的文化宣傳力量，依然在這座城市暗暗滋長。

當望平街上的報館為白報紙外匯配額爭得頭破血流之時，國民黨軍隊在內戰戰場上正節節敗退。1948 年底國民黨經濟防線崩潰、徐蚌會戰慘敗，京

滬人心立刻浮動起來，社會上開始流行一個新詞語：「應變」。名為「應變」，實則逃亡。官辦或半官辦報紙，國民黨政府撥有「疏散」、「遷移」款項，應變的行動最為迅速。國民黨中央機關報南京《中央日報》首先遷移到了臺北。CC派的《東南日報》有着杭州和上海兩副家當，杭州的輪轉機先拆掉運往臺灣，不料搭乘的太平輪在舟山群島附近傾覆，機器和報社當局的大批財富，連同幾位隨行的家屬一起沉入海底。這樣一來，上海《東南日報》的機件，就在員工們的反對之下不能移動了。上海《中央日報》的機件、白報紙和其他財富，與南京《中央日報》不相上下，社長馮有真和國民黨新聞官彭學沛去香港打前站，想在那裏找個新的據點，不料搭乘的那架飛機在香港上空失事，兩人一同遇難，遷移報館的計劃便受到了阻礙，除了一大批白報紙和印刷原料給幾位高級人員瓜分了去，其他粗重器材都被職工保留了下來，等待共產黨方面的接收。《申報》、《新聞報》也曾有過南遷香港出版聯合版的打算，但是遭到中下級職工的反對，兩報的幾位大頭目，也就各撈到一大筆現款，遠走高飛了。《前線日報》在臺南高雄找到了房子，把印刷機件運去，想在那裏打開新的天地，可是全社職工中只有四五人願意隨社遷臺，報紙也就一直不曾在臺灣復刊。

　　政治夾縫中艱難求生、試圖探尋「第三條道路」的民間報人，在這一歷史的大變局中，如果不願意離開「父母之邦」而遠走他國，就必須在國共之間作出抉擇：要麼留在大陸支持共產黨新政權，要麼追隨國民黨敗退臺灣。《大公報》的王芸生、《文匯報》的徐鑄成、《觀察》周刊的儲安平、《新民報》的陳銘德鄧季惺夫婦，這些曾受國民黨打壓甚至封殺的民間報人，帶着對新時代的憧憬選擇了前者；《世界日報》老闆、國民政府立法委員成舍我，在上海得知共產黨接收了自己北平的報館，非常倔強地選擇了後者。曹聚仁則在上海「旁觀」革命一年之後，南下香港，擔當起海峽兩岸的秘密信使。

　　所有的選擇都合邏輯，所有的結局都有宿因。

　　1949 年 5 月 25 日，上海國民黨守軍土崩瓦解，解放軍於夜半攻入市區，一舉佔領了市政府。那天晚上，望平街上的《申報》和《新聞報》都在準備出版第二天的報紙，卻估摸不准天亮後的上海市，究竟是屬於國民黨的，還是已經換了主人。《新聞報》主持人頭腦活絡，先編好了國民黨口吻的報紙，澆好了版等待着；等到解放軍到了市中心區，便又改編成共產黨口吻的報紙，以新鮮醒目的字眼做了上海解放的頭條新聞。至於《申報》，中共中央華

東局在江蘇丹陽集結、進行接管上海的準備工作時已經決定：進城後迅速將其接收，出版自己的機關報。因此，隨軍入城的新華社工作人員，5月25日晚便進入了漢口路309號申報大樓。5月27日，歷時77年、共出25599號的《申報》終刊。次日，中共中央華東局與上海市委聯合機關報——《解放日報》，以發刊詞《慶祝大上海的解放》，在望平街與讀者見面。

從此，中國的新聞事業掀開了新的一頁。曾經喧囂激蕩的望平街，成為那一張張發黃新聞紙上的斑駁記憶。

筆花墨香報人魂，百年望平幻風雲。

辛勤檢得蟲魚字，舊夢前塵待重溫。

目
次

開到荼蘼花事了
——陳銘德、鄧季惺夫婦與《新民報》

運籌帷幄之中，決勝千里之外

　　抗戰軍興後西遷重慶的《新民報》，八年間在財力、人力、新聞業務與管理經驗方面的積累，使老闆陳銘德、鄧季惺夫婦有了在抗戰勝利後擴張這份事業的「底氣」和「本錢」。

　　1937 年 11 月《新民報》從南京撤離，設備和人員上船後，報社僅剩下 200 多元現金，總經理陳銘德只好解開私囊，作為同人沿途伙食和零星開支。人馬到達重慶時，社址雖然已由先行一步的總主筆羅承烈在七星崗租好，但開辦事宜千頭萬緒，兩手空空的陳銘德感到寸步難行，無從着手。幸有朋友幫助，以轉輪機和捲筒紙作抵押，向重慶銀行借貸 3000 元，復刊工作才得以啓動。經過短期籌備，《新民報》重慶版終於在 1938 年 1 月 15 日正式出版。發刊詞宣稱：「本報以南京舊姿態，出重慶之地方版，相信抗戰既無前方後方之分，救亡安有中央地方之別。戰局雖促，但我們必須堅定最後勝利之信念。社會間雖不免間有摩擦，但吾人則認定民族統一戰線實高於一切。其原則，在能以抗日反帝反封建反漢奸為出發點，而以民主化集中一切革命力量，方能消除內部之矛盾，堅強抗戰之實力。本報今後立言主旨，即本乎是。」

　　《新民報》在重慶可謂一炮打響。當時復刊啓事一登出，預訂報紙的讀者即絡繹不絕，報社不得不動員經理部全部人員來辦理。廣告方面，一開始就擁有了全市影劇院、主要公司行號和商店的廣告。

　　報紙遷渝成功，正應了「天時、地利、人和」這句古話。《新民報》是抗戰時期從京滬西遷重慶出版的第一份報紙，陳銘德、鄧季惺都是土生土長的四川人，「四川人認為是四川人主辦的報紙，下江人又認為是從下江遷來的報

新民報社「三張」：張慧劍、張恨水、張友鸞（自左至右）。

紙，對《新民報》都具有感情。」〔註 1〕從深層上看，《新民報》的成功主要得力於編輯方針的正確。鑑於遷渝後讀者的廣泛性，陳銘德與張友鸞、羅承烈、趙純繼等骨幹商議：報紙以城市市民──偏重中下層公教人員爲主要對象，着重社會新聞；根據隨抗戰而遷徙到四川的文化人和學校日益增多的情況，增加副刊分量；汲取上海《立報》和《南京人報》版面特點，新聞和文章力求短小精悍，編輯組版以生動活潑取勝。「這個設想體現了《新民報》同人已經找到了一條屬於他們自己的、具有鮮明特色的辦報方針。這個設想的最大特點是它的民間性。讀者對象的確定是爲自己劃定了服務範圍，它既不是辦給達官貴人看的，也不是辦給少數知識分子看的，而是爲處在社會最底層而又是有條件看報（相對地處偏遠、又普遍沒有文化的農民而言）的那一批人服務的；以社會新聞爲主的方針就是在內容上保證了這張報紙是以反映最底層的疾苦和呼聲爲要的；編排和文章風格的確定顯示了他們對於服務對象趣味的瞭解。」〔註 2〕這一編輯方針，以後繼續用於重慶版晚刊和成都版日、晚刊，以及抗戰勝利後的南京、上海、北平各版，成爲所謂的「《新民報》的傳統」。

　　辦報方針既明，人稱「劉備」的陳銘德，廣納賢才，知人善任：來歸的南京《新民報》舊人、「辦報全才」張友鸞主編新聞版，名噪海內的小說家張恨水、「副刊聖手」張慧劍主編副刊，自稱「民主主義者」的趙超構擔任主筆，主持言論。如此眾多的行家裏手「鼓搗」一份四開一張的小型報，豈有不旗

〔註 1〕　陳銘德、鄧季惺：《〈新民報〉二十年》，全國政協文史資料研究委員會編《文史資料選輯》第 63 輯，中華書局（北京），1979 年版，第 119 頁。
〔註 2〕　蔣麗萍、林偉平著：《民間的回聲──新民報創始人陳銘德鄧季惺傳》，新世界出版社，2004 版，第 78 頁。

開得勝之理？

開端良好的《新民報》一年後便遭遇發展挫折。1939 年 5 月初，日機對重慶市區連續進行大規模轟炸，導致重慶各報均無法正常出版。國民黨當局遂決定，《新民報》與《中央日報》、《新華日報》、《大公報》等 10 家報紙，出版《重慶各報聯合版》。三個月後各報才得以恢復獨立出版，但《新民報》的銷路已大不如前。為打開報社出路，同時也為了緩解物價飛漲下同人的困苦生活，陳銘德、鄧季惺召集報社骨幹商議，決定集中優勢陣容，增出一張晚報。1941 年 11 月 1 日，重慶《新民報》晚刊問世，崔心一任總編輯，張友鸞主編社會新聞版，張慧劍主編副刊《西方夜譚》。晚刊《發刊詞》說：

> 報紙之消極作用，在報導新聞，積極作用，在指導社會。但無論報導和指導，要貴在空間和時間方面俱能與讀者發生密切聯繫。晚報之發行，正所以在空間和時間方面補充上項之缺憾者也。

> 本報創刊已十有一年，自慚對於社會服務之工作，猶有未逮。尤其在此國際國內情勢瞬息萬變之時，各方需要情報，更為迫切，早報消息雖多，但轉眼便成往史，且目前陪都並無任何晚報之發行，本報今以晚刊補此缺陷，自為事實上所必要。惟晚報消息來源，比較缺乏，本刊自當盡力，以求充實；同時並著重於副刊之趣味化，藉使首都人士每日工作疲勞之餘，得以煥發其精神。至如衡論事物，一本日報之旨，公正平實，要期有益於社會。所可憾者，籌備時間太短，同人等能力亦復有限，益以目前各種物價高漲，人力物力胥感困難，草草問世，缺憾甚多，尚望賢者不時賜教，是所厚幸。

當時，偌大的重慶報業市場只《新民報》晚刊一家晚報，因此一創刊便不脛而走，發行量不久攀至四萬份，是日刊的四倍。晚刊經營所得，不僅維持和壯大了重慶社，也為日後《新民報》的擴張積累了資金。晚刊發行的成功，使陳銘德、鄧季惺明確了《新民報》的經營思路，即著重發展晚刊。以後創辦成都版和抗戰勝利後恢復南京版，就是先從晚刊起步，打下基礎後再經營日刊，上海版則只出晚刊。

胸懷大志者永遠不會「小富即安」。1943 年，陳銘德、鄧季惺夫婦把事業的領地拓展到「花重錦官城」的成都，於 6 月 18 日在成都創辦《新民報》晚刊，兩年後的 2 月 1 日又增出日刊。至此，《新民報》已擁有重慶、成都兩社

四版，初具報系規模；日總發行數最高達到 10 萬份，成為抗戰時期大後方發行量最大的一家報紙。

事業的發展需要經營管理水平的跟進，否則終難形成氣候。早在 1937 年春天，南京《新民報》經過八年的努力，經濟上終於實現了自給自足，不用仰人鼻息，靠接受各方津貼艱難度日。鄧季惺也不再做執業律師，正式加盟《新民報》，擔任副經理，幫助夫君陳銘德打理報社。鄧季惺學法律出身，又善於理財，加盟《新民報》之後，首先着手建立健全的財會、廣告、發行、印刷等一系列規章制度，使報社走上企業化管理軌道。1937 年 7 月 1 日，南京《新民報》股份有限公司依法成立，國民黨中央通訊社社長蕭同茲任董事長，董事幾乎囊括了國民黨統治集團的各派各系，陳銘德由社長改稱總經理。當然，他們把自己個人的事業變成公司組織，不僅僅是為了經營管理的需要，更是出於報紙生存的政治考慮：「在當時的形勢下，既要找些人來擋風擋雨，掩護這個事業；又要合作的人不過分干涉《新民報》的內政，好讓我們還有點『自由』。」〔註 3〕

1943 年 9 月，根據董事會決議，《新民報》總管理處在重慶成立，下設稽核、業務、秘書三室和供應部，陳銘德任總經理，羅承烈、張恨水、鄧季惺任協理。總管理處聘請會計師事務所對公司會計制度重加修訂，貫徹由總管理處集中領導和成、渝兩社獨立核算的精神。總管理處的成立，使報社經營管理進一步資本主義企業化。

抗戰勝利在望，《新民報》公司已經糧草充沛，蓄勢待發。1944 年 5 月，第三次股東大會決定增值增資為 1200 萬元；1945 年 3 月，為復刊南京版做準備，陳銘德、鄧季惺再次召開股東大會，決定增資為 2000 萬元；6 月，他們另組重慶新聞公司，集資 3000 萬元，作為上海版的創辦費。他們還把集資款和報社原有積累，買進黃金美鈔存儲，以規避法幣貶值風險。

真正讓陳銘德、鄧季惺感到自豪的是報社人才濟濟，戰將如雲。報社在重慶開辦時，職工只有八九十人，到抗戰勝利，重慶、成都兩社職工已達 300 餘人。陳銘德帳下有可以倚重信賴的同鄉摯友、總主筆羅承烈，新聞界名宿「三張一趙」——張友鸞、張恨水、張慧劍、趙超構，重慶新聞界「四大名旦」之一浦熙修，編輯高手程大千、姚蘇鳳，主筆崔心一、方奈何，還有一

〔註 3〕 陳銘德、鄧季惺：《〈新民報〉二十年》，全國政協文史資料研究委員會編《文史資料選輯》第 63 輯，中華書局（北京），1979 年版，第 113 頁。

大批年輕的編輯記者。另外，抗戰時期先後入川的文化界知名人士，如郭沫若、老舍、田漢、夏衍、巴金、葉聖陶、朱自清、洪深、陽翰笙、陳翰伯、黃炎培、陳寅恪、章士釗、徐悲鴻、顧頡剛、吳宓等新朋故交，幾乎被陳銘德羅致無遺，成為《新民報》的作者。其中夏衍還親自主編過重慶《新民報》晚刊的副刊《西方夜譚》，陳翰伯曾擔任重慶版晚刊的副總編輯。如此強大的編採、管理陣容和作者群，放眼當時的民營報館，恐怕只有《大公報》一家可以媲美。

抗戰勝利前夕，《新民報》管理層就規劃好了戰事結束後報社的發展藍圖：重慶、成都兩社繼續經營，由協理兼總主筆羅承烈負責；協理鄧季惺、副總主筆趙超構負責南京版復刊和上海社的創辦；協理兼主筆張恨水負責創辦北平社，鄧季惺協助籌備；陳銘德在重慶完成調度工作後，將總管理處遷往南京。

1945 年 8 月 15 日，日本宣佈無條件投降，苦撐八年之久的中華民族，終於迎來了抗日戰爭的最後勝利！按照事先的規劃，陳銘德坐鎮重慶，調兵遣將，指揮同人兵分三路從 9 月起先後出川：一路是鄧季惺、張友鸞、張慧劍、程大千、鄭拾風和配備的經理、印刷部門人員，分乘飛機、輪船赴南京；二路是趙敏恒〔註 4〕、周重光等赴上海；三路是張恨水、方奈何等去北平。

《新民報》女管家鄧季惺，在抗戰勝利後一年內「開疆拓土」的氣勢和效率，讓同行驚歎不已：

〔註 4〕 趙敏恒（1904～1961），江蘇南京人。早年畢業於清華學校，官費入美國科羅拉多大學文學院學習，後轉入密蘇里大學新聞學院、哥倫比亞大學新聞學院，獲得碩士學位，被留美學生會推舉擔任《中國留學生月報》總編輯。1927年夏回國，擔任北京《英文導報》副總主筆，兼任中國大學教授。1928 年 8 月受聘於英國路透社，先後擔任南京特派員、漢口特派員、中國分社兼重慶分社社長，還曾兼任美聯社駐南京特派員。「九·一八」事變後，美國國際新聞社、倫敦每日電訊社、日聯社、朝日新聞社、塔斯社都曾聘他發佈新聞。在路透社工作期間，因搶先報導國聯李頓調查團報告、西安事變、開羅會議等事件，享譽國際新聞界。1944 年，經英、法去非洲採訪，因在重慶《新民報》連載《倫敦去來》，揭露英國殖民主義者在非洲的殘酷統治，受到路透社指責，憤而辭職。後任重慶《世界日報》總編輯，1945 年 10 月起任上海《新聞報》總編輯，兼任復旦大學新聞系教授。新中國成立後，任復旦大學新聞系採訪與寫作教研組主任。1955 年 7 月因「國際特嫌」受到審查，1961 年在江西逝世。

1945 年 9 月 18 日，鄧季惺隻身一人從重慶飛抵南京。到南京後，立即將新街口原來的報社社址收回，作爲總管理處辦公地址；又租下中山東路一幢樓房，作爲報社社址。本來，原計劃張友鸞、鄭拾風是和鄧季惺一起復刊南京版的，可兩人乘船到南京後卻離開了《新民報》，張友鸞帶着鄭拾風去復刊自己的《南京人報》了。鄧季惺硬是克服了種種困難，於 1946 年元旦在南京出版《新民報》晚刊，這是繼國民黨《中央日報》在南京復刊的第二家報紙。同年 10 月 10 日，《新民報》南京版日刊也成功復刊。鄧季惺親任南京社經理，總編輯、採訪部主任分別由曹仲英、浦熙修擔任。

南京《新民報》日刊 1946 年 10 月 10 日社論《復刊致詞》。

南京版復刊、上海版創辦籌備工作告一段落後，鄧季惺即飛到北平，冒着嚴寒滿城尋找合適的社址，最後以 1400 兩黃金購得東交民巷瑞金大樓作爲北平社社址，還爲張恨水買下了一處宅子，供他到京後安頓家小。北平版本來由張恨水負責籌備創辦，可是他攜家帶口，一路輾轉到北平時，已是 1946 年 2 月，社址和印刷、辦公設備鄧季惺已經置辦停當，不勞他費心了。1946 年 4 月 4 日，《新民報》北平版日刊創刊。報紙創刊之日，發行即達四萬多份，一躍而居北平報紙發行之首。

上海版的創辦原由趙敏恒主持。趙敏恒到上海，向怡和洋行租下圓明園路 50 號房屋作爲社址後，就參加《新聞報》去了，創刊工作實際上處於停頓狀態。南京諸事稍有頭緒，鄧季惺馬不停蹄趕赴上海，和趙超構一起接手上海版的創刊工作。她乾脆在圓明園路 50 號樓內爲自己安排了一個床鋪，吃住都在這裏，不分晝夜地籌備起來。南京是《新民報》的發祥之地，北平是張恨水的成名之地，《新民報》在這兩個城市復刊、創刊，雖有不少困難，但總

體上還比較順利。但是上海人地
生疏，報館又多，在這裏開辦一
份新報紙，困難和風險可想而
知。陳銘德、鄧季惺知難而上，
冒險出擊，是經過一番深思熟慮
的：「第一，因爲上海是東方大
港、國際市場，中外觀瞻所繫，
要在國內以至世界報壇上爭取地
位，必得在上海取得一席立足
地；其次，上海人文薈萃，組稿
組畫容易，可以同時供應其它四

1953 年 1 月 24 日，陳銘德、鄧季惺結婚 20 週年留影。

社七版的需要；再次，便於爲其它四社採辦紙張和其它印刷物料。」〔註5〕
陳、鄧二人的膽識和戰略眼光，由此可見一斑。1946 年 5 月 1 日，《新民報》
上海版晚刊正式發刊，經理鄧季惺，總主筆趙超構，總編輯程大千。隨着國
民政府還都，陳銘德已將總管理處遷到南京。他也來到上海，和同人們一起
住在報社，苦撐苦鬥，直到上海《新民報》晚刊的銷路趕上或超過其他晚報
後，才返回南京。鄧季惺因身兼南京、上海兩社經理，只好兩地奔走，在滬
寧鐵路的火車上睡覺，對她來說則是常事。

　　陳銘德、鄧季惺夫妻恩愛，但是爲了《新民報》的事業，鄧季惺常常不
得不去其他分社處理事務。當她不在南京時，陳銘德在布置完日常工作後總
會打長途電話給她：「季惺，我好想你噢——！」偏偏鄧季惺耳朵有點背，聽
不清楚，陳銘德只好在眾目睽睽之下再重複一遍。南京社同事就模仿老闆給
夫人打電話的腔調取樂。〔註6〕

　　在抗戰勝利後不到一年的時間，《新民報》由兩社四版擴張到五社八版，
成爲現代中國規模最大的報系，陳銘德、鄧季惺創造了中國新聞史上的奇
蹟，走向一生事業的顛峰。《新民報》戰後的大發展，當然與戰前陳銘德有計
劃地積累資金、招賢納士分不開，更得力於鄧季惺步步搶得先機和嚴格的管
理。多年以後鄧季惺回憶起這段往事，還是用這樣的口吻說道：「要快點跑

〔註5〕　陳銘德、鄧季惺：《〈新民報〉二十年》，全國政協文史資料研究委員會編《文
　　　　史資料選輯》第 63 輯，中華書局（北京），1979 年版，第 147 頁。
〔註6〕　楊雪梅著：《陳銘德、鄧季惺與〈新民報〉》，中華書局（北京），2008 年版，
　　　　第 35 頁。

啊！要趕緊哪！要讓那些錢盡快變成東西！」〔註7〕五社八版運作後，信奉法治的鄧季惺，爲總管理處和各分社制訂了詳盡的規章制度，一切按規章辦事，使《新民報》股份公司成爲一個名副其實的現代化企業。很難想像，這位嬌小體弱、將屆不惑之年的女性，能夠迸發出如此巨大的能量。「巾幗不讓鬚眉」，這句話用在鄧季惺身上，眞是再恰當不過了。

1949 年 9 月《新民報》創刊 20 週年，陳銘德在紀念特刊中發表了一篇總結性長文《二十年之回顧與前瞻》，對報社的核心人物進行評價，向曾經榮辱與共的「戰友們」表示感謝。他揚善不避親，第一個提到的就是自己的妻子鄧季惺：「鄧季惺先生事實上是成都、南京（復員以後）、上海、北平四個社的創立人，找社址，買機器，買紙張，安排人事，甚至一顆螺絲釘的裝設，一張凳子的安置，都經過她的眼，透過她的心，艱難擘畫，貢獻最大。她是銘德的妻子，然而就事論事，絕對不應該因她與銘德的關係，就抹殺了她在本報的業績。」〔註8〕

陳銘德對妻子的感激之語，發自肺腑，情眞意切。

鄧季惺 1907 年生於重慶，祖父、父親和外祖父都是商人，叔父鄧孝可曾是四川保路同志會的副會長，舅父吳梅修隨孫中山參加了同盟會，母親吳婉知書達理，性格剛強，主張女子教育，從北京女子高等師範學校肄業後，創辦了重慶第一所女子學堂。受先天遺傳和家庭環境的薰陶，鄧季惺具有經營理財的天分和改造社會、追求民主自由平等的精神。14 歲時，在母親的支持下，她離開家塾，考入重慶省立第二女子師範學習。後來成爲風雲人物的盧作孚、惲代英、張聞天、蕭楚女，當時都在該校任教，蕭楚女還誇獎過鄧季惺文章寫得好，有思想。

1923 年，鄧季惺與同學吳淑英相約出川，先後在南京暨南大學附中、上海中國公學預科讀書。其間，她認識了吳淑英的弟弟吳竹似，兩人相愛，於1925 年結爲夫婦。第二年秋天，因爲生育，她中斷了學業，全家回到重慶。吳竹似受聘於《大中華日報》任編輯，結識了同社的陳銘德，三年後一起在南京創辦了《新民報》；「新民報」三字，就是精於書法的吳竹似從孫中山先生的遺墨中摹寫下來的。

〔註7〕 蔣麗萍、林偉平著：《民間的回聲──新民報創始人陳銘德鄧季惺傳》，新世界出版社，2004 年版，第 140 頁。

〔註8〕 陳銘德：《二十年之回顧與前瞻》，1949 年 9 月 9 日《新民報二十週年紀念特刊》（新民報總管理處編）。

不料吳竹似積勞成疾，患上了肺病，在杭州調養數月，不見起色，只好到氣候乾燥的北平碰碰運氣。鄧季惺也帶着三個孩子，陪丈夫北上養病。但是，北方的氣候也沒能救回丈夫的生命，1931 年 7 月，吳竹似撇下年紀輕輕的鄧季惺和三個孩子撒手西去，最小的兒子吳敬璉（後成為我國著名經濟學家）只有一歲半。

陳銘德到北平去看望朋友的遺孀，發現鄧季惺並沒有想像中的那樣悲愁哀怨，而是一邊撫育孩子，一邊在朝陽大學攻讀法律，堅忍地面對喪夫之痛。對鄧季惺，陳銘德由同情而生敬佩、憐愛之心，決心用自己的肩膀，為這位嬌小而頑強的女性分擔人生的不幸。當時陳銘德已經結婚，並育有一雙兒女。他就和妻子協議離婚，使自己能夠光明正大地去關愛鄧季惺一家。1933 年 1 月，兩人在北平南河沿歐美同學會禮堂舉行了婚禮，一百多位親友見證了他們別開生面的結合——所有來賓都得到了一張粉紅色卡片，上面印着陳、鄧二人的結婚協議，並蓋有「海枯石爛　永不相忘」一對印章。協議內容為：婚後各人用各人的姓，即鄧季惺不冠以夫姓；鄧季惺帶來的三個孩子依舊姓吳；婚後實行分別財產製，雙方共同負擔家庭生活費用。〔註9〕協議的內容，應該都是鄧季惺提出的。這樣的約定，在時人眼裏可能有悖情理，卻也反映了鄧季惺對法治的信服和對平等的追求。事實上，這份協議也並沒有影響夫妻二人半個世紀的真摯感情。

1933 年夏，鄧季惺從朝陽大學法律系畢業，回到南京，任職於國民政府司法部。不過，她很快就厭倦了衙門裏的生活，開始熱衷於婦女運動，和李德全、曹孟君、譚惕吾等一起，成立「南京婦女文化促進會」，開辦南京第一托兒所，承辦《新民報》的《新婦女》周刊，有聲有色地開展起「女權運動」的實驗來。

1935 年秋，因為《新民報》刊登了一則不利於司法部的消息，鄧季惺受到部長訓斥。一氣之下，她乾脆辭掉了司法部科員之職，專門在南京、鎮江兩地做掛牌律師。陳銘德多次邀請她進入《新民報》工作，她不願被看作是丈夫的附庸，決心經濟獨立，事業有成，所以一直沒有應允，只同意業餘主持《新民報》的《法律問答》專欄。

1937 年 6 月，鄧季惺終於被陳銘德說動，正式加盟《新民報》任副經理，

〔註 9〕　楊雪梅著：《陳銘德、鄧季惺與〈新民報〉》，中華書局（北京），2008 年版，
第 20 頁。

掌管經營和財務。從此，「劉備」得到了「女諸葛」，鄧季惺用自己的才智和膽識，通過建立健全財會、人事、廣告、發行、印刷等方面的制度，使《新民報》從個人的小作坊式經營走上了現代化的管理之路。可以說，沒有善於理財、崇尚法治的鄧季惺的加盟，《新民報》在陳銘德手裏可能只是個小小的文人論政的舞臺，不會成長爲現代中國規模最大的報業集團。難怪陳銘德在20週年社慶時充滿感激地說，鄧季惺對《新民報》的貢獻是最大的。

八版文章千滴淚

　　《新民報》一向以「超黨派」、「獨立」的民間報紙自居。1931年9月，《新民報》創刊兩週年之際，陳銘德就以「傳達正確消息、造成健全輿論、促進社會文化、救濟智識貧乏」與同人共勉，表示決不「官報化、傳單化」。1946年10月10日南京《新民報》日刊復刊，復刊詞又特別申明《新民報》「以自給自足爲原則」、「以是非和正義做出發點」的民間報紙性質：

　　　本報是個民營報紙，以自給自足爲原則，不接受任何人、任何黨派的津貼，所以說話不受拘束。本報是一個民間報紙，以民主自由思想爲出發點，不管什麼黨，什麼派，是者是之，非者非之，只求能反映大多數人群的要求與意見，絕不謳歌現實，也不否認現實。本報在現政治極端尖銳化的環境之下，精神上時常感受一種左右不討好的威脅，但我們的態度很鮮明：除了主張和平，反對內戰，主張民主，反對獨裁，主張統一，反對分裂之外；更具體的講：我們是服膺三民主義的，決不信奉共產主義。我們是擁護現政府的，但確不滿現狀。我們很珍愛國民黨的革命歷史，但認爲一黨專政的辦法應該趕快結束了。我們相信大家只要以國家民族的生命爲重，不要向同歸於盡的道路走，則忠實執行政協各項決議未始不是解決政治糾紛比較有效的辦法。我們反對一面倒的外交政策，不能反美，也不能反蘇，中國應做蘇美間的橋梁。我們對官僚資本、買辦資本式的財政經濟政策，深惡痛絕，希望增加生產，促進外銷，緊縮通貨，平抑物價，提高人民生活水準，救濟貧苦失業大眾。有人說：你們這樣主張，必爲當局所不喜，又不曾做了中共和民盟的尾巴。

我們鄭重聲明：要做一個純民間性的報紙，它只能以是非和正義做出發點，以主觀的良心裁判，配合着客觀的社會大眾之要求，不偏不倚，表達輿情，取捨好惡，決於讀者，其餘知我罪我，皆非所計了。〔註1〕

1947年9月9日，《新民報》迎來18週年社慶。當天，重慶《新民報》日刊發表紀念社評，重申「本報的整個意識形態以純超然性的反映民主主義思想為原則」：「本報創刊十有八年，中經八載抗戰，慘淡經營，得有今日，深知造成正當輿論之不易，與吾輩報人責任之重大。本報自創刊以來言論編輯之一貫方針，為根據國家民族之當前需要，促進國家之統一與民主，維護人們之自由與權力，藉此以實現三民主義之最高理想。惟有遵循此一之方針，明辨是非，追求真理，『不立異以鳴高，不逆情以沽譽』，不憑主觀好惡任意攻擊政府，亦不謬執成見替任何黨派宣傳。始能堅持本報之獨立立場，發揮本報愛自由愛民主之真精神。吾人深知言論自由之可貴，吾人尤凜於報人所負道德責任之重大，故切盼同人勿濫用新聞自由主義，發為偏激不負責任之言論，或作歪曲事實之報導，犧牲本報獨立自主之精神，徒作他人利用之工具。」〔註2〕

但是，民間報紙的生存和發展，是以政治民主為前提的。「民間報紙其實是和政黨一樣，只是施行民主政治的工具。所謂民主政治，其實就是民意政治。民間報紙，說白了，就是彙集、組織、表達民意的一個工具。」〔註3〕政治協商會議達成的和平建國協議墨跡未乾，蔣介石就將其撕毀，繼而發動全面內戰。在戰火四起、國民黨政府專制獨裁、鉗制輿論的政治生態下，陳銘德、鄧季惺雄心勃勃營建起來的五社八版《新民報》，在1946年至1949年的四年間，「走過了比過去十六年所走的還要曲折險峻的道路」。〔註4〕

由於《新民報》總管理處設在南京，陳銘德、鄧季惺夫婦也常住於此，南京社擁有收發報電臺，各社的政治新聞主要依靠南京社供應，因此，南京

〔註1〕《復刊致詞》，1946年10月10日南京《新民報》日刊社論。

〔註2〕轉引自蔣麗萍、林偉平著《民間的回聲──新民報創始人陳銘德鄧季惺傳》，新世界出版社，2004年版，第206頁。

〔註3〕蔣麗萍、林偉平著：《民間的回聲──新民報創始人陳銘德鄧季惺傳》，新世界出版社，2004年版，第150頁。

〔註4〕陳銘德、鄧季惺：《〈新民報〉二十年》，全國政協文史資料研究委員會編《文史資料選輯》第63輯，中華書局（北京），1979年版，第143頁。

版是他們刻意經營的版面，其政治態度在五社八版中具有代表性。

南京《新民報》日刊。

南京版雖然聲稱「服膺三民主義」、「擁護現政府」，但其主張和平、民主、統一，反對內戰、獨裁、分裂的態度卻是鮮明而堅決的，尤其是在蔣介石發動全面內戰之後。陳銘德和同人們當時的認識就是：只有走政協達成的和平、民主、統一之路，國家才有前途，事業才能發展，個人也才有出路；打，誰也消滅不了誰，兵凶戰危，只有使民生更加痛苦，包括民間報紙在內的民族工商業必然會受到絞殺。〔註5〕南京版的新聞，主要採用本社特訊、專電和英、美、法等國通訊社電稿，同時收聽新華社廣播，稍加改寫後以本社專電名義發表，並發給其他各版。當時鄧季惺只有十幾歲的兒子吳敬璉，已開始在家裏偷偷收聽延安廣播，記錄稿由其姐夫關在漢（美聯社記者，與中共南京辦事處梅園新村聯繫密切）改寫後，以「美聯社」、「法新社」名義見諸《新民報》。南京版各地新聞版編輯蔣文傑是中共地下黨員，凡是於國民黨不利的消息，他都運用編輯技巧使其在版面上顯得醒目、突出，致使辦報出身的蔣介石智囊陳布雷驚呼：《新民報》南京版上凡加框的消息，清一色不利於國民黨政府！

南京版的「左傾」自然引起了國民黨當局的注意和惱怒，決定施以「顏色」，以儆效尤。1946年6月23日「下關事件」中，國民黨特務看準《新民報》南京社採訪部主任浦熙修，揪住她的頭髮一陣暴打。龔德柏的《救國日報》〔註6〕也公然聲討《新民報》，連續發表《檢舉新民報為共匪宣傳》、《證

〔註5〕陳銘德、鄧季惺：《〈新民報〉二十年》，全國政協文史資料研究委員會編《文史資料選輯》第63輯，中華書局（北京），1979年版，第145頁。

〔註6〕龔德柏（1891～1980），湖南瀘溪人。早年留學日本，參與組織中國留日同學總會，揭露日本借「一戰」德國戰敗、企圖獲取德國在山東利益之陰謀。1922年回國，曾與成含我在北京合辦《世界晚報》、《世界日報》，後自立門戶創辦《大同晚報》。因抨擊時政而數度被捕入獄，在新聞界有「龔大炮」之稱。「九‧一八」事變後出版《征倭論》一書，主張對日長期作戰，轟動一時。1932年在南京創辦《救國日報》，被蔣介石聘為國民政府軍事委員會少將

明新民報是共黨機關》等社論，要求「對共匪第五縱隊採取斷然處置」。《救國日報》還發表詩文，指稱《新民報》接受延安三億津貼。陳銘德、鄧季惺一怒之下要與《救國日報》對簿公堂，對方只好發表了一篇閃爍其辭的文章，搪塞、耍賴過去。

　　上海社進步或傾向進步的員工較多，因此上海版一開始就比其他各版更左一些。其發刊詞宣稱要忠於民，忠於國，堅決不效忠於任何政治集團，已經有別於南京版日刊復刊時聲稱「擁護現政府」了。發刊詞明確上海版的立言態度為：「我們相信一張報紙必須配合時代的要求，始有其存在的意義。我們的時代需要什麼？這很容易回答：為了國民的幸福，我們需要民主自由；為了國家的富強，我們需要和平統一。民主自由，和平統一，這是普遍於我們民間的要求，也都是極平常的道理，我們願追隨各界稍稍盡一點鼓吹的責任。」〔註7〕在民主自由、和平統一的主旨下，趙超構的《今日論語》、夏衍的《桅燈錄》言論專欄，對《中美商約》〔註8〕簽訂、國民黨「制憲」等內政外交，進行及時評論。兩人的文章，短小精悍，辛辣犀利，針砭時弊，不遺餘力，經常被南京、重慶、成都各版轉載。新聞方面，對美國駐滬水兵打死三輪車夫事件、上海各界集會追悼李公僕聞一多活動、上海警察局取締馬路攤販而引起的攤販風潮、美國兵強姦北大女生事件、國民黨特務製造的上海勸工大樓血案〔註9〕，上海版都給予了詳實報導。有關攤販事件的報導使上海市長吳國楨大為光火，以停刊報紙相威脅，勒令《新民報》交出所謂被警察打死的攤販屍首，交出撰稿人和編輯。關於美國兵強姦北大女生的報導，國民黨軍統局認為「有礙中美邦交」，要求《新民報》切實整頓編輯部，改變編

　　　參議。全面抗戰爆發後《救國日報》停刊，任國際問題研究所主任秘書，後
　　　辭職專事寫作與演講，支持全民抗戰。1946年在南京復刊《救國日報》，極力
　　　宣揚行憲反共，1948年被中共列為戰犯之一。1950年初攜眷到臺灣，蔣介石
　　　委其為「國大代表」和「光復大陸設計研究委員會委員」。不久被臺灣當局秘
　　　密關押，「不審、不判、不殺、不放」數年。1980年6月13日病逝於臺北。
〔註7〕《我們的志趣》，1946年5月1日上海《新民報》晚刊。
〔註8〕《中美友好通商航海條約》，簡稱《中美商約》，1946年11月4日由國民黨政
　　　府與美國政府簽訂。
〔註9〕1947年春，上海市百貨業職工在中共領導下，掀起「愛用國貨，抵制美貨」
　　　運動，以挽救瀕臨崩潰的民族工業。2月9日，「愛抵會」在南京路勸工大樓
　　　召開成立大會，郭沫若、鄧初民受邀到會演講。國民黨特務進入會場搗亂，
　　　打死永安公司職工梁仁達，重傷13人，史稱勸工大樓事件，又稱「二‧九」
　　　血案。

輯方針，改組編輯部人事。由於同人團結一致和大多數董事主持公道，方才作罷。勸工大樓血案真相見報後，國民黨上海市黨部要員揚言要砸爛新民報社，社會局並唆使派報工會的一些特務和流氓，冒充報販，天天在機器房和發行部藉端鬧事，妨礙報紙印刷、發行。

1947年2月20日，上海《新民報》副刊《夜光杯》（吳祖光主編）刊登了一首署名「愚者」的社外投稿，標題為《冥國國歌》：

戰神土地，污黨所宗，

以建冥國，以進「打同」。

茲爾多事，唯民前鋒，

昔也非現，主義是崇。（原注：別讀為崇，以諧其音。）

世人似蛹，畢螯畢終，

異心億得，動輒死終。

這首諷刺詩根據國民黨黨歌亦即「代中華民國國歌」〔註10〕改編而成，一經刊出就在民眾中引起強烈反應，讀者紛紛致電致函編輯部，拍手稱快。

國民黨上海市黨部主任委員方治見報後當眾破口大罵《新民報》「侮辱國歌」，訓斥陳銘德「大逆不道」，要以黨紀制裁陳氏的「妄行」。過了幾天，方治又把陳銘德、鄧季惺和趙超構「請」去，咆哮責罵一通後，正式提出要上海《新民報》自動停刊，交出《冥國國歌》作者，在跑馬廳開群眾大會公審。經陳銘德、鄧季惺在南京、上海多方奔走，最後才以上海版自動停刊一天、登報導歉而暫時了結。

上海版《冥國國歌》事件剛剛化解，重慶社又起風波。1947年3月16日，重慶版日刊副刊《呼吸》（聶紺弩主編）登出一篇寄自云南自貢、署名「子於」的文章《無題》，講述一國民黨軍人在市場上買菜時，不但不按市價付錢，反而毒打、痛罵菜販。文章結尾說：「槍就是強權，也就是公理，就能夠一意孤行。……有槍階級是何等令人羨慕呀！我要大聲疾呼：槍是偉大的！武力至上！強權至上！」國民黨當局認為該文侮辱了全國軍人、警察、憲兵，當晚即出動幾卡車「軍警憲代表」，開到大田灣報社，割斷電話線，包圍編輯部和印刷部，強迫報社承認「侮辱了中華民國軍人」。這些代表拿出擬

〔註10〕中華民國國歌原詞是：三民主義，吾黨所宗，以建民國，以進大同。咨爾多士，為民前鋒，夙夜匪懈，主義是從。矢勤矢勇，必信必忠，一心一德，貫徹始終。

好的「《新民報》道歉啓事」，要《新民報》送交全國各大報紙刊登，並要求《新民報》停登廣告三個月；交出副刊主編和文章作者。重慶社負責人羅承烈向重慶警備司令孫元良等反覆求情，當局才作出讓步：道歉啓事只登本報和重慶《中央日報》、《大公報》、《和平日報》，停止刊登廣告三個月緩議。羅承烈委曲求全，「最後在一、二百特務包圍脅迫的形勢下和全社職工悲憤飲泣聲中，被迫簽了城下之盟。」〔註11〕然而事情並沒有到此爲止，特務們不許報童拿報，警備部以一連兵力，每天派一個班駐七星崗營業部，阻撓讀者和廣告客戶訂閱報紙和刊登廣告。他們威脅讀者和廣告客戶說：《新民報》侮辱了中華民國軍人，讀《新民報》或在《新民報》上登廣告也就等於侮辱中華民國軍人。他們還分遣爪牙挨個找到《新民報》廣告客戶，強迫他們在停登廣告通知信上蓋章。國民黨特務、軍警對重慶社的騷擾持續了一個多月。

《新民報》五社八版雖然在經營管理上屬於一個公司，由總經理陳銘德總攬全局，但五社八版不設總編輯，對各社各版的政治態度沒有嚴格劃一的標準，基本上隨各個版的主持人和言論編輯人的政治態度而異趣。《新民報》各版不斷「滋事」使國民黨當局傷透了腦筋，決計通過設總編輯的方式，達到從內部控制《新民報》的目的。國民黨中宣部副部長許孝炎請行政院新聞局副局長鄧友德（鄧季惺弟弟）出面，對陳銘德假以辭色說：國民黨中央已決定查封《新民報》，但他們爲了這個已經辦了近 20 年的事業，同蕭同茲（國民黨中央通訊社社長）、彭學沛（國民黨中宣部部長）、吳鐵城（國民黨中央黨部秘書長）商量結果，想由《新民報》總管理處設一個總編輯，負責指導五社八版的言論工作，來挽救報社危局；總編輯人選也已找好，就是曾任國民黨中央黨部新聞事業處處長的彭革陳。

陳銘德考慮到按當局意圖設一個總編輯，以後報紙再遭受迫害，也有人出面爲自己排憂解難，況且彭革陳是《新民報》股東，又是自己的朋友，比較容易相處，就接受了這一建議。1947 年 4 月 14 日，《新民報》股份公司在南京舉行董事、監察聯席會議，通過了總管理處設置總編輯並由彭革陳擔任的決定，並通過了由羅承烈、趙超構、彭革陳合擬的五社八版總的言論方針：

> 本報的整個意識形態，應以客觀的態度，發揮民主自由思想原

〔註11〕陳銘德、鄧季惺：《〈新民報〉二十年》，全國政協文史資料研究委員會編《文史資料選輯》第 63 輯，中華書局（北京），1979 年版，第 156 頁。

則：本報立場應在維護國家民族利益及促進人民自由幸福之前提下，不偏不倚，不囿於任何黨派之立場；本報各個地方版以及同一版面之新聞態度與言論方針，應力求統一；並需嚴格遵守總管理處之指示，力求避免有自相衝突矛盾之情事發生，尤忌各自為政，自由發揮其個人思想自由之作風。必須牢牢記取「報社有自由，個人無自由」之原則。在言論方面，要求不受任何黨派意見之束縛，追求真理，明辨是非；對政府施政的批評，應取建設態度，不作消極的諷刺或破壞性的攻擊，應審度當前的社會環境，採取穩重而進步的言論標準。在編輯方面，要求對國際國內要聞處理，態度力求嚴肅公正，並多用本報特訪消息；社會新聞應避免作政治性之宣傳和主張，應幽默多於刺激。在採訪方面，要求對實際政治問題之訪問與描寫力求客觀，最忌受人宣傳，被人利用；對政治社會人物之描述，尤不應有個人愛憎之表現。

在這次董監會上，陳銘德還作了《本報言論編輯方針總檢討》：「過去各版連續出毛病，在於各自為政，個人有自由，報社無自由，而作風上偏於幽默諷刺，缺乏一種積極性的嚴肅穩重之決決風度。」「本報雖擁有廣大群眾，但只具有社會影響，而政治上影響並不大，國際新聞界雖很重視本報之超然立場，但也只限於消息報導。今後應該以堂堂之鼓，正正之旗，本民間報紙之公正立場，發揮言論上之領導作用，使政治影響能高於社會影響。」〔註12〕

彭革陳擔任總管理處總編輯後，除了和陳銘德一起奔走各社「救火」外，根本不能左右各版言論編輯。這種不尷不尬的職位使他頗感無趣，上任兩個月即離京返渝，仍去做川康興業公司總稽核去了。當初吳鐵城曾面授機宜，要他切實掌握《新民報》五社八版言論編輯工作，使其對國民黨小罵大幫忙。彭革陳1948年5月再來南京，吳鐵城責備他沒有負責把《新民報》的工作做好，方治也面斥他被陳銘德利用，和《新民報》一鼻孔出氣。

問題不在於彭革陳不負責任，也不在於陳銘德及《新民報》同人故意和當局作對，關鍵是國民黨政府的所作所為使人齒冷，民心喪失殆盡。1947年5月20日，正是四屆三次國民參政會開幕的當天，南京、上海、蘇州、杭州

〔註12〕 轉引自蔣麗萍、林偉平著：《民間的回聲——新民報創始人陳銘德鄧季惺傳》，新世界出版社，2004年版，第245～246頁。

四市學生聚集南京，舉行「挽救教育危機」聯合大遊行。蔣介石出動全市警察、憲兵，打傷學生百餘人，逮捕 20 餘人，釀成震驚全國的「五‧二〇」血案。第二天，南京《新民報》日刊根據數名記者的現場採訪，以《昨日淒風苦雨天愁地悲》為通欄標題，詳盡地報導了事件經過。然而，首都衛戍司令部卻認為《新民報》報導失實，天天派員到編輯部糾纏。

陳銘德正在南京與當局周旋之際，5 月 25 日，上海方面又傳來噩耗：《新民報》上海版和《文匯報》、《聯合晚報》一起，被上海「黨政軍會報」勒令停刊，罪名是「破壞社會秩序，意圖顛覆政府」。停刊通知送達當天下午，武裝特務即進駐報社予以執行。幾天後，在議長潘公展操縱下，上海市參議會全體通過「永遠不許三報復刊」的決議。陳銘德、彭革陳跑遍國民黨上海市黨部、政府、參議會、警備部，最後上海市參議會和國民黨中宣部聯合提出兩點意見，作為《新民報》上海版復刊的條件：（一）由中宣部「介紹」上海版總編輯；（二）由潘公展、方治各「介紹」記者一至兩名。陳銘德無奈只好接受了這屈辱的條件。7 月 30 日，上海版停刊兩個月後終於復刊。10月，「欽派」的總編輯王健民，帶着腰挎手槍的「記者」鄧武蓀、蔣志清、郭良蕙等，大搖大擺地到報社上任。這樣的陣勢，在中外新聞史上堪稱「奇觀」！

與此同時，重慶社總編輯陳理源、成都社總編輯關白暉等兩社員工多人被捕。經陳銘德及各社負責人多方營救，這些被捕員工才陸續獲釋。可半年之後，重慶社又有三名員工先後被捕。

這時的陳銘德感到心力交瘁，面對一二知己，常常潸然淚下。

1948 年 6 月 24 日，立法委員鄧季惺領銜 10 餘位立委，在南京立法院會議上提出臨時動議，質詢國民黨軍隊為何出動飛機對開封實施輪番轟炸，造成大量市民死傷，國防部長何應欽不得不於當天下午到會答覆。第二天，《新民報》南京版日刊登出了何應欽關於中原戰局的檢討報告、立委們的質詢及何應欽的答覆要點，同時登出鄧季惺等立委主張停止轟炸城市的提案。蔣介石怒不可遏，於 6 月 30 日親自主持官邸會報，悍然做出決定：南京《新民報》永久停刊！

當時陳銘德正在北平處理社務，聞訊鄧季惺「大鬧立法院」，知道《新民報》到了最後關頭，迅即趕回南京。他拉着彭革陳一道奔走權門，卻不得要領。陳銘德一看連續幾天查封命令並沒有下達，還抱着挽回的僥倖心理。7 月

8 日，《新民報》南京版日刊以《豫東國軍空前大捷，一舉殲匪達十萬名》作為頭條新聞，希望藉此討得當局的饒恕。然而到了晚上九點多，宣判南京《新民報》永久停刊的公文終於送達他們府上：

> 查南京《新民報》屢次刊載爲匪宣傳、詆毀政府、散佈謠言、煽惑人心、動搖士氣暨挑撥離間軍民及地方團隊情感之新聞、通訊及言論；近更變本加厲，在豫東軍事緊張之際，企圖發動輿論，反對空軍對匪部之轟炸，顯係蓄意摧毀政府威信，中傷軍民感情，有計劃之反對戡亂步伐，實違反出版法第二十一條第二、三兩款出版品不得損害中華民國利益及破壞公共秩序之宣傳或記載之規定，依照出版法第三十二條規定，應即予以永久停刊處分。

送公文的使者還特意強調，命令爲立即執行，第二天即不得再行出報。陳銘德和鄧季惺立即趕回報社，約集全社員工開會，告訴大家，命令終於下來了。「正在寫稿的記者放下了筆，編輯放下了手中的版樣，排字工人放下了正在檢排的鉛字，幾個女記者和女職員已經忍不住哭了起來，更多的人則是懷着一腔悲憤，含着熱淚沉默着──報社周圍此時已經佈滿了特務，高聲怒罵亦不可能了。」〔註13〕

張友鸞主辦的《南京人報》，第二天發表了一篇通訊《沉痛的一天》，詳細地記錄下南京《新民報》被封當晚的情景：

> 九點多，中山東路的新民報社，來了很多的人，一部分是社內同事，聽候總經理的報告，一部分是同業和朋友，前來慰問。桌上電話鈴，響個不停，每個電話都是關心者的探詢。
>
> 陳銘德先生始終在苦笑，沒有別的表情。他決不說一句埋怨的話，汗濕透了他的襯衫，和平常一樣親切地招待客人，似乎忘記了疲乏，一位報社同事偷偷的說：總經理這兩天差不多一點飯都沒吃。
>
> 有人安慰他，說到什麼「事業」一類的話，他只是搖頭，並不作答，搖頭，是他昨天除了苦笑以外唯一的表情。
>
> 經理鄧季惺先生原是學法律的，她手拈那紙命令，只是出神。命令中有兩句話：「……依照出版法第二十一條第二、三兩款出版品

〔註13〕 蔣麗萍、林偉平著：《民間的回聲──新民報創始人陳銘德鄧季惺傳》，新世界出版社，2004 年版，第 279～280 頁。

不得損害中華民國利益，依照出版法第三十二條之規定，應即予以永久停刊處分。」這命令援引的是出版法，而出版法正是行憲立法院所將考慮審查的一個單行法，偏巧，鄧又是立法委員，所以她有些迷惘。

業務部向各報送出停刊啟事，要通知其他分社同人安心，同時準備清理賬目，莫不汗流浹背。

十點左右，陳、鄧、彭總編輯，王總編輯，全體同人，聚集在編輯部裏，鼻頭發酸，互不忍看，只得看着窗外的黑暗。

陳把公文拿給大家看了，他始終帶着苦笑。他說話是一種令人的心弦也發生扣擊的腔調。他勉勵大家不要難過，在人生的旅程上，在事業的創造上，這樣的遭遇是隨時都可以遇到的。我們既然立心要做一個真正的新聞記者，我們要堅毅忍耐，那麼我們將來必然有更遠大的前途。小小的挫折，是算不得什麼的。他更勉勵大家，乘這個機會，多多檢討自己過去的缺點，多多讀書學習。

繼續有人發言，然鄧季惺一言不發，只是坐着。

許多人在流淚，痛哭。〔註14〕

7月8日晚，國民黨中央社發佈了南京《新民報》被永久停刊的消息，同時發表了內政部發言人關於停刊處分的談話。內政部發言人在談話中羅列了南京《新民報》的三大「罪狀」：第一，「為共匪宣傳，誇大匪軍戰力」；第二，「故意散佈謠言，擾亂社會人心」；第三，「謊報事實，污蔑國軍」。每條「罪狀」之下，發言人均開列了南京《新民報》曾經刊登的文章，以示「證據」充分，言之鑿鑿。

消息一出，中外輿論大嘩。7月9日，成舍我的北平《世界日報》，以《京新民報日晚兩刊昨不幸奉令停刊！》為標題，報導了南京《新民報》被封的消息，對同業的遭遇表示同情。7月10日，上海《大公報》發表王芸生撰寫的社評《由新民報停刊談出版法》，從歷史和法理的角度，分析當局封閉《新民報》所援引的《出版法》，「實在不合時代精神」，應予廢止；上海《正言報》連續發表文章，抨擊國民黨政府封閉《新民報》，「不是行憲國家的民主態勢」，「以行憲之名，幹違憲之事」。駐南京的路透社、法新社、合眾社等外

〔註14〕 《沉痛的一天》，1948 年 7 月 9 日《南京人報》。

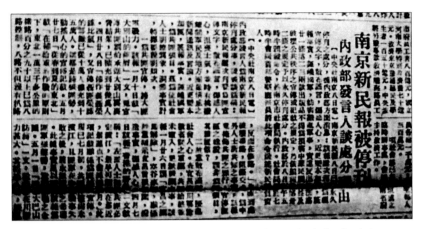

1948 年 7 月 9 日上海《大公報》刊登的《南京新民報被停刊》消息。

國通訊社，於 7 月 8 日當晚即將南京《新民報》被停刊的消息發出，僅美國國內就有 60 餘家報紙以顯著位置刊載了這一消息，不少報紙還刊文對國民黨的做法表示不滿，對《新民報》的遭遇寄予同情。如美國《舊金山紀事報》7 月 13 日發表評論說：「中國倘欲發揚民主，擴大新聞自由即為一種象徵。目前法律規定禁止刊佈被認為違反『國家利益』的新聞，則此種自由即不存在。新民報所被援引的五種犯規，均關於戰事報導，顯然極其廣泛，甚至欲杜絕任何程度的批評。吾人於承認一個困苦的政府有權防備自身垮臺之餘，唯有以中國政府不能辨別超然批評與破壞活動為憾。」〔註15〕

中共系統的報紙則更加不客氣。7 月 17 日，中共在香港暗中經辦的《華商報》，發表了夏衍撰寫的《人心如此》一文，嘲諷國民黨封閉南京《新民報》，正印證了「上帝要他死亡，必先使他瘋狂」這句西方諺語：

> 南京《新民報》被封這件事，的確震動了寧滬蔣管區的人心。儘管這張報是四川財閥和政學系的背景，但在全蔣管區，這仍然是唯一敢於報導一點真情實況的民間新聞紙，所以一般老百姓，對於蔣家「保王黨」的這一措置，表示了強烈反感。有一件事最足的證明，就是七月八日《新民報》被封之後，第二天南京所有黨報一律幸災樂禍，用「為匪張目」之類做了標題，其中只有《南京人報》用比較同情的口吻，婉曲地速寫了一下被封當時的情景，這一天的《南京人報》就增銷了一萬多份。

〔註15〕 《美報評新民報被封》，1948 年 7 月 15 日上海《大公報》。

從這些事可以看出，現在蔣管區的人心，已經完全表示得清清楚楚，政府頂喜歡的，老百姓就頂討厭，政府不喜歡的，老百姓偏喜歡他。這是一種人心的潮流，槍桿子威脅不了，金錢收買不了，「沛然莫之能禦」，這句話用在這兒再恰當也沒有了。

這次堅決主張封閉《新民報》的，據說是蔣侍從室的一個被叫做「保王黨」的最反動的集團，即陶希聖、陳布雷、李惟果、俞濟時等。這些人，平時是以蔣的「智囊」自居的，那麼你說陶希聖、陳布雷他們，連封閉《新民報》這一件事不僅要激起更大的人民的憤怒，甚至要招致美國主子的反感的結果都不能預想到麼？當然他們是預想到的。但「時勢危矣」，所謂圖窮而匕首現，不如此倒施而逆行之又還有什麼辦法？此即西諺所謂「上帝要他死亡，必先使他瘋狂」之謂也。〔註16〕

上海新聞界、文化界、法律界的毛健吾、方秋葦、姜豪、胡道靜、曹聚仁、萬枚之等24人，聯名寫了《反對政府違憲摧殘新聞自由，並為南京新民報被停刊抗議》的抗議書，在上海《大公報》上發表，籲請全國新聞文化界人士一致主張，立即復刊南京《新民報》，永遠廢止窒息言論的所謂《出版法》之類的枷鎖。〔註17〕

陳銘德、鄧季惺知其不可為而為之，除多方找人轉圜外，還請章士釗等六位律師代撰了萬言「訴願書」，要求內政部復議，希冀通過「合法鬥爭」使南京《新民報》起死回生，就像一年前上海版的遭遇一樣。

分為法律、事實和情理的萬言「訴願書」呈送後的結果可想而知：石沉大海，有去無回。國民黨政府南京當局隨後還逮捕了《新民報》南京社採訪部主任浦熙修等人。北平、南京、上海相繼解放後，垂死掙扎的國民黨地方當局，對《新民報》的迫害更加變本加厲。1949年7月23日，國民黨四

〔註16〕 夏衍著：《白頭記者話當年》，重慶出版社，1986年版，第203~204頁。

〔註17〕 據當事人姜豪回憶：南京《新民報》被勒令永久停刊後，總經理陳銘德會同貴陽《大剛報》負責人毛健吾來到上海，請求各方支持。來滬後他們先與《亞洲世紀》主編方秋葦取得聯繫，正好當時方秋葦、萬枚之、姜豪等七人有個座談會，開展民主自由活動。方秋葦在座談會上就把這件事提了出來，請各位討論。大家激於義憤，一致主張發表公開抗議書，並擴大徵求聯署人，以壯聲勢。最後徵得24人在抗議書上署名。姜豪：《反對封閉南京〈新民報〉的聯名抗議書》，上海市文史研究館編《海上春秋》，中華書局（北京），2005年版，第35~36頁。

川省主席王陵基出動軍警憲兵六七百人，包圍了《新民報》成都社，逮捕經理趙純繼以下六人，宣佈「新民報成都社迭次違反戒嚴法令，着即查封整理」。王陵基武裝劫掠成都社後，竊《新民報》之名繼續出版報紙，在成都解放前的四個多月時間裏，把成都社儲備的紙張和其他物資耗費殆盡。

1948 年 9 月 9 日北平《新民報》日刊登載的張恨水詩文《本報二十歲》。

在成都社遭劫奪的前兩天，30 多名特務闖進重慶社大田灣編輯部，以報紙刊登上海解放後的消息為藉口，剪斷電話線，衝入排字房，將全部字架推翻，致使當天晚刊不能出版，第二天日刊也只能減張出版。此時重慶社負責人羅承烈已避居外地，為了報社職工的人身安全和財產不受嚴重侵害，避免類似成都社的遭遇，經理劉正華和部分董事遂決定改組報社，將「新民報重慶社」改為「重慶新民報社」，請國民黨四川省黨部主任委員、《新民報》董事曾擴情任發行人和社長，於 8 月 6 日登報聲明獨立經營，與原《新民報》總管理處和陳銘德、鄧季惺脫離關係，希望能夠「借房子躲雨」。就在重慶獲得解放的前夜，重慶社四位被逮捕的編輯記者——胡作霖、陳丹墀、張朗生、胡其芬，死難於渣滓洞集中營。

1948 年 9 月 9 日，是《新民報》創刊 19 週年紀念日，北平社還是舉行了慶祝會。會上，經理張恨水感慨萬端地說：「照虛歲說，《新民報》今天二十歲，照實足年齡說，也有十九歲了。在這個大時代裏，一張報紙辦到二十歲，由一版辦到八版，不是一件簡單的事。這裏面有成千人的血和汗，有不少的人白了頭髮。流自己的汗，吃自己的飯，沒有詐取，沒有掠奪，何況我們對國家社會還有小手指這麼一點微末貢獻。記得在重慶慶祝十週年的時候，一個茶會未完，空襲警報嗚嗚的長鳴，大家還是到防空洞去完成了這個紀念會。這多少象徵《新民報》同人還不是投機取巧、囤積倒把之流，而是一直這樣苦鬥下來的。不巧得很，二十年的慶祝，創始的《南京版》不能參加這個盛典！」說到動情處，他即席賦詩一首：

幾人高就幾人休，尚有人能撐白頭。

八版文章千滴淚，新聞圈著足千秋。〔註18〕

「八版文章千滴淚」，這正是陳銘德、鄧季惺夫婦及同人，抗戰勝利後四年間在夾縫中慘淡經營《新民報》的真切寫照。

〔註18〕 1948 年 9 月 9 日北平《新民報》。

鄧季惺「大鬧立法院」

南京《新民報》被封的誘因不止一端，其中導火索是鄧季惺在國民政府立法院上的言行，引起了最高當局的忌恨。

1947 年下半年，國民黨爲所謂的「行憲」，在遍地烽煙中開始搞「國大代表」、「立法委員」和「監察委員」的選舉。陳銘德、鄧季惺不顧家人激烈反對，分別參加了國大代表、立法委員的競選。他們決定這樣做，主要是出於保全自己事業的目的：《新民報》五社八版均在國統區，躋身於國大、立法院這些國家權力機關，對《新民報》來說未嘗不是一件好事。當然，也不排除兩人當時對國民黨施行「憲政」還抱有一線希望。中國走向民主、法治是他們最大的政治期待，只要有一線可能，他們也願意去嘗試努力。特別是鄧季惺，用她兒子吳敬璉的話說，「她相信『法治』到了迷信的程度」。〔註1〕

10 年前劉湘統治四川時，陳銘德就被推選爲國大代表；1946 年 1 月重慶政治協商會議議定，戰前選出的代表依然有效，所以陳銘德參加了同年年底在南京召開的「制憲」國大。根據國民大會組織法，這次「行憲」國大代表總額爲 3045 人，其中職業團體（包括農、工、商、漁、教育、自由業）487人。陳銘德參加的是「職業選舉」，即自由業中的新聞業選舉。職業選舉由各行業自行操作，《新民報》在西南區（四川、雲南、貴州）新聞界聲名遠揚，陳銘德在競選中也就沒有遇到多大阻力。

參加四川區域立法委員競選的鄧季惺卻遇到了麻煩。立法委員總額爲 773 人，其中四川省分得 53 人。選舉法規定，女性議員名額約爲十分之一，

〔註1〕 蔣麗萍、林偉平著：《民間的回聲——新民報創始人陳銘德鄧季惺傳》，新世界出版社，2004 年版，第 259 頁。

因此四川省至少要選出五名女性立法委員。那時國民黨政府早已公佈了《戡亂建國綱領》，鄧季惺還在反對內戰，主張和平、民主，所以一開始就受到國民黨的排擠，不予提名候選。國民黨為了主導選舉，特設了一個籌辦選舉的機構「國民大會代表及立法委員選舉事務總所」，地方再設分所，以指揮和監督選舉事務。國民黨控制下的國代、立委選舉，原規定參選者先進行簽署──一定數量的選民聯署支持成為候選人，旋即發現聯署費時費事，改由政黨提名。雖然簽署方式並未放棄，但國民黨員參選，必須經由黨中央提名。國民黨又設立提名指導委員會和提名審查委員會，前者有委員數十人，派往各省市執行提名工作；後者設於中央，審查核定合格的候選人。各省市的提名指導委員會，與選舉事務所合併，由中央派去的大員和地方政要組成。除鄧季惺外，《新民報》的羅承烈也準備參加四川區域的立委競選，但兩人都沒有得到國民黨當局的提名。羅承烈無奈退出，鄧季惺絕不輕言放棄，她改而從事「自由競選」，由成都社同人代為湊足兩百個選民提名，取得了候選人資格。

投票的日期一再更改，最後定於 1947 年 11 月 21 日至 23 日選舉國大代表，次年 1 月 21 日至 23 日選舉立法委員。陳銘德、鄧季惺抗戰期間接納的地方勢力關鍵時刻發揮了作用，四川省議會 140 多縣的參議員，大都在本縣為鄧季惺拉了些選票。鄧季惺的家鄉奉節縣，因無他人參選，選票大多也投給了她；成、渝兩社的同人，都盡力為老闆夫婦奔走宣傳，「活動」選票。〔註2〕經過多方努力，最後陳銘德、鄧季惺都如願以償，分別當選為國大代表和立法委員。

從年齡、受教育程度等因素看，這次當選的國代、立委、監委，「仍屬一代精英分子」。但是，選舉的過程烏煙瘴氣，混亂不堪。且不說選民登記胡編亂造，不少投票人懵懂無知，只好請學童代填選票，鬧出「點秋香」的笑話，僅候選人請託行賄一項，就足以使這次大選蒙羞。蔣介石在國大代表投票前一日即 1947 年 11 月 20 日，專門下了一道《飭行政院制止全國各地競選流弊令》〔註3〕，於此可見奔營賄選風氣之盛。

〔註2〕 陳銘德、鄧季惺：《〈新民報〉二十年》，全國政協文史資料研究委員會編《文史資料選輯》第 63 輯，中華書局（北京），1979 年版，第 166 頁。

〔註3〕 蔣介石在《飭行政院制止全國各地競選流弊令》中指出：「此次大選，關係地方利害，國家安危至深且巨。當選舉興辦之日，即憲政實施之時，亦即民主政治進展之始。過去政治由上而下，現在政治由下而上，倘運用不良，敗壞

在國共交兵、物價飛漲的形勢下，老百姓自顧不暇，哪裏還有興趣去投票選舉？國民黨內外有識之士曾建議推遲大選。1947 年 11 月間，國民黨中常會推定孫科、居正〔註4〕、于右任、白崇禧、陳立夫等 10 人密集研商，看大選應否立即叫停。研商的結果是傾向停辦，但蔣介石堅持「選舉不能停辦，應如期舉行爲宜」。蔣之所以一意孤行，目的有二：「開國會是要以民主的外觀實現他的全國最高領袖之夢，同時可以獲得美國的援助，『早日消滅共匪』；前者是他的生平大願，後者是他的心頭大患。」爲了能夠開會，國民黨當局不擇手段，尤其是強迫實行「退讓」政策〔註5〕，簡直是民主政治史上的一大笑話，喪失民心，莫此爲甚；這次國代、立委、監委選舉，國民黨內部 CC 和黃埔兩系拼鬥得也十分激烈，「其嚴重性關係到國民黨在大陸上的解體失敗。」總之，以蔣介石爲首的國民黨集團執意舉行的這次大選，「不得其時，絕不相宜」，

道德，紊亂秩序，不僅爲地方之害，且將貽國家之憂，自宜早加防範，免釀選災。蓋自政府籌備選舉以來，各地從事競選者風起雲湧，流弊所及，甚至有挾其來歷不明之錢，廣事招徠；募致流氓、地痞爲爪牙，爲之奔走，設處招待，設席宴會，誘以嗜好，投以物品。凡此所爲，類似行賄。……各參加競選人員，均應恪遵法令，依循正軌，以爭取選民之同情，不得稍有威脅利誘或其它舞弊情事。」《中華民國史檔案資料彙編》第 5 輯第 3 編「政治」（二），江蘇古籍出版社，2000 年版，第 751 頁。

〔註 4〕 居正（1876～1951），字覺生，湖北廣濟人。1905 年留學日本東京政法學校，加入同盟會，追隨孫中山，致力於民族革命事業。1910 年潛回湖北主持同盟會工作，籌備武漢地區起義。1912 年民國成立，任臨時政府內務部次長。同年 8 月，同盟會改組爲國民黨，任交通部長、國民黨上海聯絡處主任等職。「二次革命」失敗後逃往日本，參加中華革命黨，任黨務部部長。後回國參加護法、反袁運動，1919 年中華革命黨改組爲中國國民黨，任總務部主任。1924 年 1 月當選爲國民黨第一屆中央執行委員，並任常務委員。因反對國共合作，次年與鄒魯等人在北京召開西山會議，組成「西山會議派」。國民政府定都南京後，因反對蔣介石一度被監禁。1932 年至 1948 年任國民政府司法院院長。1949 年去臺灣，任國民黨中央改造委員會評議委員。1951 年 11 月在臺北病逝。

〔註 5〕 這次大選，候選人改行政黨提名後，國民黨中央掌握着最後的核定大權。國民黨中央圈定的候選人，有正選與候補之別，正選無條件當選，候補只能在正選出缺時遞補。另外，爲了裝點「憲政」門面，還必須有一定數量的青年黨、民社黨人士當選。國民黨雖欲嚴加控制大選，事實上卻無法完全做到。許多得不到提名的國民黨人，便以簽署的方式參加競選；那些被定爲候補者，心中不服，也奮起與正選競爭。國大代表選舉結果，國民黨、青年黨、民社黨預期當選而未當選者近 500 人，其席位被競選中表現突出的簽署參選者和提名候補者奪得。這一結果大出國民黨中央所料，遂要求非本黨提名而當選者退下，讓給國民黨、青年黨、民社黨三黨提名而落選者。

圖了虛名而得實禍。〔註6〕

1948 年 3 月 29 日，國民大會在絕食請願、陳棺請願的沉重氣氛中開幕。〔註7〕大會的重頭戲是選舉總統和副總統。1946 年 12 月「制憲」國大制定並通過的憲法，規定中華民國實行責任內閣制，行政院對立法院負責，總統只是虛君。蔣介石不願做有名無實的總統，聲明自己不參加競

上海《新民報》晚刊。

選，推舉胡適為總統候選人。胡適是何等聰明之人，堅辭不就。而一幫「從龍」之士聞訊大驚，哭哭啼啼地懇求他們的蔣總裁無論如何要出任總統。國民黨於是召開中常會，討論總統副總統的候選人問題。會上，賀衷寒、袁守謙等與「三青團」有關係的常委，都主張尊重蔣的意見，張道藩、谷正綱等與 CC 有關係的常委則一致堅持請蔣出馬。雙方爭辯異常激烈，張群忽然站起來說：「總裁不是不想當總統，而是依據憲法的規定，總統並沒有任何實際權力，他只是國家元首，而不是行政首長，始自然不願任此有名無實的職位。如果常會能想出一種辦法，賦予總統以一種特權，則總裁還是願意當總統候選人的。」〔註8〕中常會推張群、陳布雷、陳立夫去徵詢總裁的意見，蔣介石一看部屬已揣摩到自己的心思，也就不再忸怩作態，同意參加總統競選。於是，現代「叔孫通」王寵惠博士等再定「朝儀」〔註9〕，制訂

〔註6〕 參閱張朋園著：《中國民主政治的困境，1909～1949：晚清以來歷屆議會選舉述論》，吉林出版集團有限責任公司，2008 年版，第 167～207 頁。

〔註7〕 國大開幕前一天即 3 月 28 日上午，顏澤滋等 10 位被要求「退讓」的國大代表，悄悄進入國民大會堂，開始靜坐絕食。另一位被要求「退讓」的國大代表趙遂初，抬著自己買來的白木棺材，在會場外進行抗議，引來無數記者圍觀、拍照。在安撫、勸導均不奏效的情況下，國民黨當局採取強制措施，派 40 位彪形大漢，將 10 名絕食抗議者挾持轉移到國大招待所軟禁起來，趙遂初的白木棺材也被裝上一輛大卡車強行拉走。

〔註8〕 程思遠著：《政壇回憶》，廣西人民出版社，1983 年版，第 180 頁。

〔註9〕 王寵惠（1881～1958），字亮疇，廣東東莞人。早年留學日本，研究憲政，後赴耶魯大學留學，獲法學博士學位。1912 年南京臨時政府成立，任外交總長，臨時政府北遷後改任司法總長，同年 7 月辭職。1927 年南京國民政府成立後，歷任國民政府委員、司法院長、中央監察委員。1930 年至 1935 年任海牙國際

《動員戡亂時期臨時條款》，賦予總統以緊急處分特權，並設法在國民大會通過。

國民黨元老居正本來要參加總統競選，在得知蔣介石同意參選後，不願「陪太子讀書」，於4月8日在各大報刊發表聲明，放棄競選：「余不揣腐朽，偶聽朋友勸告，出面競選總統。嗣經記者圍繞，率作片段談話，雖曰吹笙引鳳，識者已竊笑矣。茲經本黨全會深切研究，鄭重決議，一致懇請總裁出面應選為第一屆總統候選人。余身為黨員，應即服從黨議，再不做競選言說以淆視聽，特此聲明。」〔註10〕蔣介石為了製造「競選」效果，一定要居正參選，他只好陪着蔣介石跑回龍套。4月19日國民大會投票選舉總統，蔣介石以2430票的絕對多數當選，陪選的居正僅得了269票。正式開票時出現了一張廢票，頗有意思。選票上候選人「蔣中正」與「居正」並列，但這張選票沒有圈選任何人，卻在「居」與「正」中間的空格內填了一個「不」字，成為「蔣中正居不正」，令人啼笑皆非。〔註11〕

副總統的競選卻異常熱鬧、激烈，候選人有孫科、于右任、李宗仁、程潛、莫德惠、徐溥霖六人之多。在六位候選人中，蔣介石和國民黨CC派力挺孫科，最不願意能夠與自己分庭抗禮的李宗仁當選，而希望南京政府出現新氣象的美國卻中意於李宗仁。蔣介石企圖用政黨提名正副總統的辦法阻止李宗仁參選，遭到李宗仁的堅決反對。蔣又單獨召見李，勸其放棄競選，以免黨內分裂。李說：「委員長，我以前曾向你請示過，你說是自由競選。那時你如果不贊成我參加，我是可以不發動競選的。可是現在就很難從命了。」蔣問何以見得？李回答：「正像個唱戲的，在我上臺之前要我不唱是很容易的。如今已經粉墨登場，打鑼鼓的、拉弦子的都已叮叮咚咚打了起來，馬上就要開口唱，臺下觀眾正準備喝彩，你叫我如何能在鑼鼓熱鬧聲中忽而掉頭逃到後臺去呢？我在華北、南京都已組織了競選事務所，何能無故撤消呢？我看你還是讓我競選吧！」蔣一怒之下，說自己不支持李，李一

法庭法官。1937年至1941年任外交部長，國防最高委員會秘書長，一度代理行政院長。1945年代表中國出席聯合國創立會議，參與制定聯合國憲章。1948年當選中央研究院院士。1949年去臺灣後任國民黨中央評議委員、「司法院」院長，1958年在臺北逝世。

〔註10〕轉引自劉統著：《中國的1948年：兩種命運的決戰》，三聯書店（北京），2006年版，第68頁。

〔註11〕張壽齡：《「蔣中正胡適」與「蔣中正居不正」》，載上海市文史研究館編《海上春秋》，中華書局（北京），2005年版，第156頁。

定選不到；李也來了氣，說自己一定選得到。談話已無轉圜餘地，兩人不歡而散。〔註12〕

　　4月23日，副總統競選進行首輪投票，李宗仁、孫科、程潛名列三甲，另外三人得票靠後，退出競選。但是，李、孫、程三人得票數均不過半，按照《總統副總統選舉罷免法》的規定，必須進行第二輪投票。

　　首輪投票結束後，南京城發生了廣東籍國大代表搗毀龔德柏的救國日報社事件。原來，當天國大代表們步入會場時，發現座位上都有一份《救國日報》，頭版赫然刊登着孫科與「如夫人」藍妮的醜聞。抗戰勝利後，中央信託局在上海沒收了一批德國進口顏料，作爲敵僞財產處理。藍妮覬覦這批顏料，孫科就致函國民大會秘書長洪蘭友，說這批顏料爲「敝眷」藍妮所有，要求發還。洪無奈寫信給中央信託局局長吳任滄，請其看在孫的面上，將顏料發還給藍妮。這些材料落到綽號「龔大炮」的龔德柏手中，他就在《救國日報》上給抖了出來。此時此地登出這樣的新聞，顯然對孫科競選不利。於是，張發奎、薛岳兩位上將，指揮百餘名粵籍國大代表，乘坐兩輛國民大會交通車，呼嘯而至位於鬧市區的救國日報社，「逢人便打，遇物便毀」，並嘯聚至報社印刷所，將字架推翻，機器毀壞。

　　4月24日進行第二輪投票，仍然沒有人獲得法定當選票數，必須在這三人中再次圈選。副總統選舉已成爲李宗仁、孫科兩人的競爭，實際上是蔣、桂之間的角逐。第二輪投票當天，有人在國民大會上散發傳單，說李宗仁「加官」以後就要接演「逼宮」，「反對威脅政府貪污跋扈軍人李宗仁當選副總統」。本輪投票結束後，蔣介石指示賀衷寒、袁守謙，讓他們把爭得的票全部都投給孫科，並示意程潛放棄競選。24日晚，程潛招待其競選團，聲明「本人已受命放棄繼續競選副總統」。李宗仁也接受其競選「參謀長」黃紹竑的建議，以退爲進，宣佈放棄競選。孫科突然沒有了競選對手，也被迫宣佈退選，國大成了「空城計」，只好暫時休會。選不出副總統，國大就無法收場。大會推舉胡適、于斌主教等五人，分別去規勸三位候選人，希望他們繼續參選；蔣介石也不得不親自出面，召見桂系的白崇禧，表示：「黨內同志參加副總統競選，絕對可以自由競選，外傳的約束投票之說，完全無稽。」

　　4月28日，選舉的鑼鼓重新敲響，但投票結果仍無人超過法定半數，必

〔註12〕 李宗仁口述、唐德剛撰寫：《李宗仁回憶錄》（下），廣西師範大學出版社，2005
　　　　年版，第665～666頁。

須進行第四輪也是最後的決選。根據規定，最後的決選在前兩名之間進行，得票比較多數，即可當選。4月29日，李宗仁與孫科展開最後對決。李宗仁得到了原來支持程潛的基本票，結果以1438票對1295票，擊敗孫科當選副總統。〔註13〕

5月1日，因副總統「難產」而延長了一周的國民大會終於閉幕。有人彈冠相慶，有人落寞失意。最高興的是那些得了「投票疲勞症」的國大代表們，他們終於可以打道回府了。但是有一位東北籍代表叫孔憲榮，因其組織的「抗日義勇軍」被解散，家鄉又成了解放區，感到無家可歸，於4月15日開會期間，在代表駐地旅館自縊身亡，只能「魂兮歸來」了。這次「行憲」國大最大的問題，正如《大公報》社評所言：「憲法已經戳了一個洞，它今後的形狀將演變成什麼樣子頗為難知」，「最後的副總統競選給國民黨本體劃了一道刻痕。」〔註14〕

以往和《新民報》為難的大都是CC派，因此，在這次副總統競選中，陳銘德指使《新民報》暗中支持李宗仁，藉以尋求一股政治力量，希望以後多少能對《新民報》有所寬假，渡過殘局。例如，南京版日刊1948年3月10日登出的分析文章《競選副總統面面觀——李宗仁可能性最高》，傾向就非常明顯。4月23日，即副總統選舉投票日，南京版日刊登出南京交通服務社總經理朱光正的大幅啟事，列舉擁護李宗仁的12條理由，說李若膺選，「對於安定時局勝任有餘，對外亦足備條件」，並「至誠擁護李宗仁先生競選副總統，特備專車免費迎送國大代表至國民大會堂投票」。4月25日，程潛、李宗仁和孫科先後放棄競選，使大選無法進行下去。南京《中央日報》為此發行號外，將候選人全部退選歸咎於若干報紙刊登互相攻擊的言論和新聞，致使謠言蜂起。《中央日報》號外特別指出，23日南京《新民報》日刊刊載的朱光正啟事，「最足以引起誤會」。中央社也發佈類似內容的電訊，把《新民報》刊登的那幅啟事，視為該報對副總統選舉的態度。南京《新民報》只得拒絕刊登朱光正以後多次送來的廣告，並在4月27日新聞版發表編者附白，進行自我辯解，說廣告不代表報紙的態度，《中央日報》號外所引的那個廣告，與

〔註13〕 朱宗震、陶文釗著：《中華民國史·國民黨政權的總崩潰和中華民國時期的結束》（第三編第六卷），中華書局（北京），2000年版，第51～54頁；劉統著：《中國的1948年：兩種命運的決戰》，三聯書店（北京），2006年版，第68～77頁。

〔註14〕 《國大觀感》，1948年5月2日上海《大公報》社評。

《新民報》的態度風馬牛不相及。〔註15〕

辯解歸辯解，《新民報》實際上確實在暗捧蔣介石最不屬意的候選人李宗仁，而李宗仁最後又逆勢勝出。因此，《新民報》在這次副總統競選中的態度，為兩個月後蔣介石「欽令」南京版永久停刊埋下了禍根。

國民大會閉幕一周後，「行憲」第一屆立法院成立。孫科競選副總統失敗，回頭還去做他的立法院院長。在立法院副院長競選中，由於蔣介石和 CC 派都支持陳立夫，鄧季惺和一些立委雖然反對陳立夫而屬意於傅斯年，也無濟於事。這樣，《新民報》與 CC 派進一步結下冤仇。

1948 年 6 月 17 日，解放軍華東野戰軍陳（士榘）唐（亮）兵團突然圍攻河南省會開封，猝不及防的國民黨守軍一邊堅守，一邊請求空軍救援。6 月 20 日，國民黨空軍從徐州、鄭州方向出動大批飛機，對開封實施輪番轟炸，造成無數平民死傷，大半市區化為廢墟。6 月 22 日，解放軍攻佔開封，國民黨守軍 66 師師長李仲辛被擊斃，省主席劉茂恩化裝逃脫。開封是中原地區被解放軍攻佔的第一座省會城市，國民黨方面極為震動。6 月 24 日上午，國防部長何應欽在立法院秘密會議上作了檢討中原戰局的報告，一些立委蜂起質詢，要求追究開封之戰的責任。鄧季惺領銜于振瀛、譚惕吾等 30 餘位立委，當即提出「開封城內，盲目轟炸，責任誰負？今後應嚴禁轟炸城市」的臨時動議，致使何應欽當天下午不得不到會答覆質詢。

說起開封之戰，有一齣「兄弟鬩牆」的家庭悲劇，令人唏噓。詩壇名宿喬大壯教授，四川華陽人。他的長子，抗戰時期投身空軍，擔任隊長，作戰非常勇敢，曾在昆明空戰中一手擊落七架敵機，自己也受到重創，下巴被打得粉碎。美空軍司令敬佩其英勇，特地派專機運他到印度加爾各答就醫，下巴居然修補完整，康復後又回到空軍效力。抗戰勝利，他隨軍回到南京，升任大隊長。不料內戰爆發，「舊使賊膽悸」的飛將軍，而今卻奉命殺戮國人。長子的遭遇，本已使喬大壯十分痛苦，恰好開封戰役，外間傳言，中共軍隊帶隊攻入開封城的，乃是自己的第三個兒子，而率領「國軍」飛機去轟炸這座城市的，又是自己的長子。「用自己的右手去斫自己左手，這在蔣介石心頭，並不會有什麼了不得的反應；但在一個詩人心頭，卻是一件大刺激。」喬大壯不久聽說自己的三子已在開封被炸死，悲不自勝，乘家人不

〔註15〕 蔣麗萍、林偉平著：《民間的回聲──新民報創始人陳銘德鄧季惺傳》，新世界出版社，2004 年版，第 261～262 頁。

備，從上海搭車到蘇州太安旅館，寫下遺書，又寫了一首詩——「白劉往往敵曹劉，鄴下江東各獻酬。為此題詩真絕命，瀟瀟暮雨在蘇州」——寄其弟子蔣維崧，於 7 月 2 日午夜跳進了蘇州護城河。〔註16〕

6 月 25 日，《新民報》南京版日刊登出了何應欽關於中原戰事的檢討報告、立委們的質詢及何應欽的答覆要點，同時登出鄧季惺等立委主張停止轟炸城市的提案。《新民報》這次把婁子捅大了！當天的立法院會議就以「《新民報》洩露秘密會議消息」開鑼。CC 分子相菊潭首先出馬，要求嚴追嚴辦洩密事件，眾多 CC 立委群起附和：有的質問《新民報》的消息是誰供給的（秘密會議不許記者旁聽）；有的說親眼看見鄧季惺在會場上做詳細記錄，不是她透露的又是何人？有的主張調閱《新民報》這條新聞的原稿，辨明筆跡；有的指責《新民報》把鄧季惺等嚴禁轟炸城市案登在顯著位置，故意影響士氣民心；還有人登臺狂叫：「《新民報》已經兩次洩露立法院秘密了！第一次洩露了財政部長王雲五報告財政情況，這一次又洩露了軍事秘密。」「共產黨的尾巴已伸進了立法院，一定要徹底追查，把潛伏本院的奸類清

喬大壯子女在 1948 年 7 月 15 日上海《大公報》上刊登的「喬大壯先生赴告」。

逐出去！」鄧季惺在四面楚歌中上臺答覆，卻被「滾下去！滾下去！」的聲聲囂叫打斷。支持鄧季惺的立委與 CC 分子互相詰罵，整個會場鬧成一團。院長孫科只得用錘子在主席臺上大敲大喊休會 10 分鐘。復會後，鄧季惺還是鎮靜地對所謂《新民報》兩次洩密進行了答辯：「兩次秘密會議消息，各報均有登載，有的比《新民報》還詳。即如何部長報告，《新民報》還略去了一些數

〔註16〕 曹聚仁著：《採訪外記　採訪二記》，三聯書店（北京），2007 年版，第 420～421 頁；臺靜農著：《龍坡雜文》，三聯書店（北京），2002 年版，第 71～79 頁；黃墨谷：《喬大狀遺事》，載中央文史研究館編《史迹文蹤》，中華書局（北京），2005 年版，第 37～40 頁；牟潤孫著：《海遺叢稿》（二編），中華書局（北京），2009 年版，第 192～193 頁。

字，所不同者《新民報》只是多了幾位質詢者的姓名和發言紀要而已。何以單獨責備《新民報》？」鄧季惺的答辯又引起會場一片騷動，胡子昂提議組織一個委員會對此事進行調查，意在平息會場的爭吵。CC 首腦張道藩聞言，當即表示贊成，趁機溜下主席臺。其它 CC 立委一看陣勢，也不敢再放肆喧鬧了。〔註 17〕最後，多數立委通過成立一個「立法院秘密會議消息責任調查委員會」，對《新民報》展開調查，一場鬧劇才草草收場。

雖然調查委員會 20 天後提出的調查報告證實鄧季惺所言不虛，但蔣介石已無耐心、也無必要等待這一紙調查報告了。如果說在蔣介石 60 大壽和「膺任」總統時，南京《新民報》刊出《慈禧太后做壽》、《袁世凱當皇帝》等類比嘲諷文章，他還可以睜一隻眼閉一隻眼的話，這次刊登鄧季惺等人反對國民黨空軍轟炸城市的提案，已經完全超出了蔣的容忍限度。要知道，在內戰戰場上節節失利的國民黨軍隊，空軍是他們的最後一根「救命稻草」。1948 年 6 月 30 日，蔣介石不等「立法院秘密會議消息責任調查委員會」的調查報告出來，親自主持官邸會報，判了南京《新民報》的「死刑」。

正如陳銘德、鄧季惺夫婦所言，在「戡亂」的年頭，不是《新民報》更「向左轉」，而是國民黨政府的尺度更狹窄了。如果蔣介石集團的日子好過，未始不可以顯示「寬大」，留著《新民報》作為「民主」的裝飾。問題是他們連連潰敗，而《新民報》的基本態度又不肯改變，最後的決裂就必不可免。「階級鬥爭到了決死關頭，中間派自無容身之地。」〔註 18〕

〔註 17〕 陳銘德、鄧季惺：《〈新民報〉二十年》，全國政協文史資料研究委員會編《文史資料選輯》第 63 輯，中華書局（北京），1979 年版，第 171～172 頁。

〔註 18〕 陳銘德、鄧季惺：《〈新民報〉二十年》，全國政協文史資料研究委員會編《文史資料選輯》第 63 輯，中華書局（北京），1979 年版，第 176 頁。

「報紙本身就是目的」

在中國新聞史上，陳銘德稱得上是為數不多的以辦報為終生職志的職業報人。

陳銘德，1897 年生於四川長壽縣。父親在重慶一家川貨莊任職員，去漢口做生意虧了本，被東家誣陷為貪污營私，百口難辯，一怒之下吞服砒霜，以死來表明自己的清白。陳銘德時年才六歲。父親的朋友出於義憤，設法讓川貨莊主給了陳家一筆不多的撫恤金，孤兒寡母就靠這筆錢和親友的資助艱難度日，陳銘德也得以接受了完備的教育。在家鄉小學畢業後，他隻身一人到重慶上中學，接着又考入北京政法大學，專攻政治經濟學。大學期間，陳銘德兼任了北京《國民日報》編輯，開始從事新聞工作。當時他認為，辦報是民主政治下光輝的事業，出自己的汗，吃自己的飯，說自己的話，就決定走新聞工作之路，把辦報作為一生生命的歸宿。1924 年他大學畢業回到四川，先後任成都《新川報》總編輯和重慶《大中華日報》主筆，1928 年又應邀到南京任國民黨中央通訊社編輯，一度還兼任《華北日報》駐京特派員。陳銘德大學時代已加入國民黨，但畢業回川後和國民黨一直沒有組織上的聯繫，也沒有在國民黨集團中混個一官半職，終身以一個報人自居。

在中央社這個官方通訊社工作，陳銘德感到事事掣肘，與自己大學時代就開始信奉的新聞自由理念相去甚遠。「出自己的汗，吃自己的飯，說自己的話」，辦一份屬於自己的報紙，一直是陳銘德的夢想。1929 年 9 月 9 日，32 歲的陳銘德和同鄉劉正華、吳竹似在南京創刊《新民報》，多年的夢想終於成真。從此，陳銘德個人的命運就和《新民報》的命運緊緊地聯繫在一起。

需要說明一下《新民報》的開辦經費問題。陳銘德等三位年輕人是拿不

出一筆不菲的啓動資金的。爲了報紙能夠創辦，陳銘德只好奔走權門，最後得到四川軍閥劉湘的支持，給了 2000 元開辦費，並按月給《新民報》津貼 500元，給陳銘德個人活動經費 200 元。除劉湘的資助外，國民黨中宣部以所出《七項運動》周刊隨《新民報》附送爲條件，每月給《新民報》津貼 800 元。孫科在中山文化教育館經費中一次撥給津貼 2000 元，名義是在《新民報》上刊登該館所出的季刊廣告。《新民報》從創刊到 1938 年劉湘去世，的確爲劉湘集團的「文治武功」做了不少吹捧。拿人錢財，替人宣傳，對於篳路藍縷時期的陳銘德來說，這似乎也不足爲病。陳銘德雖然變相接受了國民黨中宣部的津貼，但《新民報》挖國民黨當局「牆根」的事也時有發生。「一・二八」淞滬抗戰爆發前後，《新民報》連續發表多篇社評，呼籲政府對日絕交宣戰、收復東北，與當局的「攘外必先安內」政策大唱反調，致使首都警備司令部勒令報紙停刊一日，中宣部的津貼也到此爲止。抗日戰爭時期，盧作孚的民生實業公司等川幫企業對西遷的《新民報》多有支持，不過大部分屬於投資入股性質，與當年劉湘的津貼不同。況且，這時的《新民報》經濟上已能自給，與初創時資金捉襟見肘不可同日而語。這些投資《新民報》的民族資本家，「他們的投資實際上是從他們所主持的企業的盈餘中提出點滴之數，作爲扶助社會文化事業開支銷賬；醉翁之意不在酒，自然不在企求從《新民報》车取利潤。」〔註1〕另外，在抗戰時期，陳銘德爲了使《新民報》在政治上有人照拂，主動與繼劉湘擔任四川省主席的張群接納。張群被視爲所謂的「新政學系」巨頭，懂得運用宣傳工具，對已成器的《新民報》，自然也不會漠視。不過，張群對《新民報》的影響，一般是通過中間人或陳銘德夫婦、羅承烈等友誼關係來實施的，很少直接以具體意圖要求《新民報》如何行事。這些內情是不足爲外人道的，夏衍說《新民報》有「四川財閥和政學系的背景」，實際情況並非如此。《新民報》雖然在創辦之初接受過權貴津貼，後來也吸納了民族資本家的投資，爲了生存也不斷地尋求過政治靠山，但這並不能改變其民間報紙的性質。

陳銘德難能可貴之處在於，《新民報》雖得權貴資助而創辦，但他的內心是清醒的，就是報紙決不「官報化」、「傳單化」。他在《新民報》創刊兩週年時就向社會鄭重聲明：

〔註 1〕 陳銘德、鄧季惺：《〈新民報〉二十年》，全國政協文史資料研究委員會編《文
　　　　史資料選輯》第 63 輯，中華書局（北京），1979 年版，第 122〜123 頁。

　　新聞記者之清苦，早為社會所共知，本報同人，感情意志，兩皆融洽，雖外侮頻來，經濟屢厄，而同人精神上尚能互相慰安，不為外誘，日常互勵，輒有數語，「出自己的汗，吃自己的飯，求自己心安。」

　　今之報紙，大都僅謀增加收入，以至商業尖銳化，仰鼻息於資本家，奔走於銀行及百貨洋行之門，分潤彼等榨取勞工血汗之唾餘，沾沾自喜，故不惜喪心病狂，為特殊階級做喉舌，造成少數人享樂的社會，忘卻重榨下之勞苦工人；或辦報者優然高官貴爵，席豐履厚，但求個人享樂，忽視事業之革新，其結果非為誘惑，即係煽動，是何能安定目前社會之人心，而促進世界永久之大同。本報不敏，決不官報化，傳單化，此則又可為社會告者之一。〔註2〕

　　1947 年社慶之日，他又在重慶《新民報》日刊上發表社評，繼續闡明自己的辦報信條：「愛護自己，愛護自己的報紙，說起來並不簡單，但有一個基本的前提不可忘卻，那就是為辦報而辦報，報紙本身就是目的。倘以報紙為其它企圖的橋梁，那就難免有過河拆橋之一日；倘以報人身份為敲門磚，那就免不了有閉門棄磚的時機。總之，辦報的目的，倘在報紙以外的什麼企圖，總有一天，報紙要受其它企圖的犧牲，這自始即乏辦報之心，又怎能愛護報紙的歷史？」〔註3〕

　　明白「為辦報而辦報，報紙本身就是目的」這一基本前提，才能理解當國民黨政府擠壓、迫害《新民報》時，陳銘德屢屢向當局低眉的良苦用心。1946 年 2 月 10 日上午，重慶各界在較場口集會慶祝政協會議閉幕，國民黨當局出動大批特務打手，喬裝成民眾代表，在會場搗亂滋事，打傷民主人士施復亮、李公僕、馬寅初、郭沫若等多人，釀成「較場口血案」。當天的重慶《新民報》晚刊第一版，刊登了多名記者現場採寫的報導，搶先把事件真相揭露出來，引起國民黨當局強烈不滿。事後，陳銘德對晚刊副總編輯、中共黨員陳翰伯說，「你要可憐可憐我這點事業」，遂將陳翰伯「禮送出境」。〔註4〕1947

〔註 2〕　轉引自蔣麗萍、林偉平著：《民間的回聲——新民報創始人陳銘德鄧季惺傳》，新世界出版社，2004 年版，第 16 頁。

〔註 3〕　轉引自蔣麗萍、林偉平著：《民間的回聲——新民報創始人陳銘德鄧季惺傳》，新世界出版社，2004 年版，第 159 頁。

〔註 4〕　關於重慶《新民報》對「較場口事件」的報導，時任晚刊副總編輯的陳翰伯回憶：較場口開會當天，《新民報》的浦熙修等多名記者去現場採訪。浦熙修

年 5 月,上海《新民報》與《文匯報》、《聯合晚報》一起被當局勒令停刊。《文匯報》和《聯合晚報》都沒有刻意去爭取復刊,照鄧季惺之意,《新民報》也

到會場後,看到臺上臺下有很多特務,感到形勢不妙,立刻跑出會場,借了個電話,告訴負責晚刊的陳翰伯,較場口可能要出事,讓陳留好版面,等她回來後發稿。事發後,浦熙修怒氣沖沖地趕回編輯部,顧不得多說,一屁股坐下來就開始寫稿。陳翰伯在旁邊等着她發稿,她寫多少,陳就發多少,結果第一版一個整版還不夠,又加上一個尾巴轉到四版。這樣,重慶《新民報》晚刊當天就把「較場口事件」的真相揭露了出來。晚刊出來以後,編輯部接到國民黨中宣部的一個通知,說共產黨在較場口搗亂,這個新聞由中央社統一發消息,各報不得自行報導。可是,重慶《新民報》晚刊已經在馬路上叫賣了,中央社發的消息,只能由第二天的日刊登了。同一個事件,日刊登了中央社消息,晚刊則用本報記者採寫的消息,一個老闆的兩張報紙互相矛盾,這樣的事《新民報》不只一回發生,但最顯著的就屬對「較場口事件」的兩個報導。晚刊上的這篇東西,國民黨很不滿意,陳銘德受到了來自國民黨中宣部和行政院新聞局的壓力。有一天,陳銘德將陳翰伯叫去,對他說了一句發自肺腑的話:「你要可憐可憐我這點事業。」又過了幾天,陳銘德沒有跟陳翰伯商量,就在報紙上登了一條「本報副總編輯陳翰伯,回北方省親,已辭職離社」的啟事,然後送給陳翰伯一張機票,將他「禮送出境」。《陳翰伯文集》,商務印書館,2000 年版,第 456~457 頁。曾任重慶《新民報》日晚兩刊總編輯的陳理源先生,查閱當年的報紙,發現陳翰伯的回憶與實際情況多有出入:(一)晚刊關於「較場口事件」新聞稿的撰寫者不是浦熙修,而是本報另外三位記者;(二)晚刊當日的報導並非頭版頭條,全文加標題僅占第一版的四分之一弱;(三)日刊的報導比晚刊要詳細得多,並且與晚刊立場一致,並不存在陳翰伯所說的「一個老闆辦的兩張報紙互相矛盾」的情況。至於陳銘德未經陳翰伯的同意,就刊登啟事將其「禮送出境」,陳理源則說根本沒有這回事。陳理源回憶:早在 1945 年 11 月的一次報館部分成員會議上,陳銘德提出調陳翰伯任資料室主任,陳理源、浦熙修等人都不贊成,陳翰伯自然也深感不快。因此,陳翰伯提出了辭職。至於那張千金難求的飛機票,也不是陳銘德送的,而是報館先送一張輪船票給陳翰伯,而陳翰伯向陳理源說明希望乘飛機離開,陳理源就向經理張君鼎提出改換成飛機票。陳理源看到陳翰伯的回憶文章後,大為詫異,寫信給陳翰伯,對其文章中的失實之處進行訂正。可惜信未寄出,陳翰伯已經去世。為了留存史料,陳理源遂將此信交曾發表陳翰伯回憶文章的《新聞研究》和《人物》雜誌發表。蔣麗萍、林偉平認為,陳翰伯的回憶之所以與事實有這麼大的出入,並非是一個簡單的記憶力問題。「解放以後,意識形態是一面倒的,以致所有的民主人士都得站在共產黨釐定的經緯中重新檢討和規範自己的一切。」儘管陳翰伯的回憶差錯很多,但有一點肯定是真的,就是陳銘德講的那句話:「你要可憐可憐我的那點事業。」《新民報》老闆陳銘德對下屬說的這句話,既帶着謙卑和懇求,也含有深深的譴責,「意思是你的作為危及到我的事業的存在了——而事業,是陳銘德的命根子。」蔣麗萍、林偉平著:《民間的回聲——新民報創始人陳銘德鄧季惺傳》,新世界出版社,2004 年版,第 202~205 頁。

要保持「名節」，不向當局低頭。可是陳銘德依然百般求情告饒，爭得了報紙復刊。後來，還有人對《新民報》上海版接受當局苛刻條件而獨自恢復出版提出責難，批評陳銘德的做法無疑於向當局屈膝投降。其實，這些批評者並不理解陳銘德「報紙本身就是目的」的辦報思想。

1944年，陳銘德夫婦和羅承烈、張恨水、趙超構、張友鸞等報社核心人員，為《新民報》確立了一條耐人尋味的言論編輯方針，即「中間偏左，遇礁即避」八字訣。他們執行這一方針的尺度是：「左」不能左到招致報社關門，「右」不能右到和國民黨一鼻孔出氣，甚至罵共產黨。〔註5〕也許有人會說陳銘德他們投機取巧，立場不夠堅定。1948年10月，著名學者張申府就曾在《觀察》上撰文，批評有些知識分子「左了怕得罪現在，右了怕得罪將來」。〔註6〕不過在今天看來，在當時國共雙方激烈黨爭的夾縫中，陳銘德能夠做到「中間偏左」已屬不易，「遇礁即避」也不失為保全報紙的明智之舉。

不管是陳銘德的「軟弱」性格，還是《新民報》的「中間偏左，遇礁即避」八字方針，說到底，一切都是為了《新民報》能夠生存，陳銘德費盡心力開創的這份事業能夠延續和光大。《新民報》是陳銘德安身立命的事業，他就像呵護自己的孩子一樣保護著《新民報》，生怕出現一點閃失，更不願坐視其中途夭折。「《新民報》是陳銘德、鄧季惺個人創辦的事業，他們珍惜的是那篳路藍縷的歷程，是那曇花一現的機會，是那聚沙成塔的用功。」〔註7〕如果報社關了門，那些崇高的新聞理想就無從談起。因此，「生存至上，事業第一」是陳銘德最基本的辦報信條，對《新民報》，他「不為玉碎，寧為瓦全」。曾任南京版總編輯的曹仲英，對老闆的做法深為理解。他說，陳銘德的忍辱是為了負重，為了這一民間報紙的「苟全」。《新民報》能夠在國民黨專政下生存20年，而且有了輝煌的發展，陳銘德的韌性和鍥而不捨精神，是直接起了作用的。周恩來對陳銘德的處境和做法也表示過理解和支持。1946年11月，周恩來從南京撤回延安，曹仲英和浦熙修去梅園新村送行。周恩來對他們說：「我們走了，《新民報》承受的壓力必然會增加，陳銘德先生的日子將更加不好過了。作為民間報紙，必須反映社會真實，做人民的喉舌，不然，

〔註5〕 陳銘德、鄧季惺：《〈新民報〉二十年》，全國政協文史資料研究委員會編《文史資料選輯》第63輯，中華書局（北京），1979年版，第134～135頁。

〔註6〕 張申府：《呼籲和平》，載《觀察》第5卷第9期（1948年10月23日出版）。

〔註7〕 蔣麗萍、林偉平著：《民間的回聲——新民報創始人陳銘德鄧季惺傳》，新世界出版社，2004年版，第252頁。

又成什麼民間報！民間報又是在國民黨統治區內辦的，這就不能同他硬頂牛，頂牛過了頭，它會封你的門。民間報一般是同人的結合，報存人在，報沒了人就散了，再集合就困難了。所以民間報紙必須採取迂迴曲折的戰術，既要生存下去，又要持續地同它鬥。」〔註8〕

不過，陳銘德的容忍是有限度的，在關鍵時刻也能夠挺身而出，維護《新民報》獨立自主的立場。這是陳銘德「報紙本身就是目的」辦報思想的另一重含義。

1947 年 2 月、3 月，上海版因刊登所謂的「侮辱中華民國國歌」、重慶版日刊刊登「侮辱中華民國軍人」的文章，激起當局震怒。刊登道歉啟事可以接受，自動停刊一天也未嘗不可，但對當局提出的報社交出文章作者和編輯的要求，陳銘德一口回絕。5 月，上海版被當局勒令停刊，陳銘德勉強接受了當局提出的撤換總編輯等屈辱的復刊條件。當時，陳布雷還授意彭革陳，要《新民報》辭去上海社的趙超構和南京社的浦熙修，陳銘德均沒有答應。陳銘德這樣做，當然有保護同人、愛惜人才之意，更重要的是出於對報紙獨立自主立場的維護。即使有時報紙的獨立自主立場無奈受到當局的干涉，陳銘德也要設法予以補救。1947 年 10 月，國民黨中宣部為上海《新民報》「介紹」的總編輯王健民「履任」，陳銘德即調重慶社總編輯陳理源來滬任副總編輯，牽制王健民。他還告訴王健民說，《新民報》的編輯、言論工作，有個「雙軌制」傳統，即總編輯掌管新聞版面，總主筆掌管言論。這樣，代表上海《新民報》立場的言論，仍掌握在趙超構手中。

陳銘德是一位有良知、有社會責任感的報人。作為一家廣有影響的民間報紙「掌門人」，報紙生存對他來說固然是第一要務，但在苟且偷生與主持正義之間，他也敢於選擇後者，代民眾立言，盡報人天職，發揮「本報愛自由愛民主之真精神」。這是陳銘德「報紙本身就是目的」辦報思想的第三重含義。

抗戰勝利後，大家滿以為國家會踏上和平、統一、民主的大道，而殘酷的現實令人失望，政治夾縫中的民間報紙，發言立論感到異常苦悶、困難。在如此艱難的辦報環境下，陳銘德依然宣稱《新民報》要「明是非，辨真偽」，代民立言：「時至今日，一切都是打的局面，種種都是亂的特徵，我們站在兩

〔註8〕　曹仲英：《鍥而不捨　思賢如渴──記銘德同志辦報生涯中的幾個段面》，
　　　　1990 年 2 月 11 日、12 日《新民晚報》。

端的中間來辦報，談和平，談民主，來反對內戰內亂，當然是不識時務。但四萬萬老百姓誰願意打下去？再亂下去呢？一個純民間性的報紙，要為老百姓說話，要使國家社會和平安定，要使政治清明，不貪污，有效率，要經濟走上軌道，人人無匱乏之虞，又豈是謳歌現實，文過飾非所能濟事？所以我們雖然明知這條中間道路是一條左右不討好的道路，但為了明是非，辨真偽，為了代民立言起見，本報立場將始終如此做去。」〔註9〕

內戰進入 1947 年，中國大地已是烽火連天，哀鴻遍野；通貨膨脹，民不聊生。2 月 11 日，各地《新民報》都刊登了《請問有效的辦法在哪裏？》的社評，代表民眾向當局提出嚴厲責問，甚至以「革命」來威脅國民黨政府：

> 由於各種事態的無法可想，由於各種矛盾因素的無法消除，於是只好用打的方法來解決。好，那就打吧！今天這個局面，便是這個結論的注解。但老百姓有一個要求，就是「速戰速決」，不管馬打死牛牛打死馬，若果長年累月的內戰下去，那不是甲打乙，乙打甲，而是在和老百姓作對了，為什麼老百姓該白受犧牲呢？這當然由於中國的老百姓大多沒有知識，沒有組織，沒有力量，所以才不敢有所主張，縱有主張也不能發生效力。但我們要問：中外歷史的教訓，加上目前世界局勢的推移，誰能保證主人翁始終不會擡頭，誰能保證革命運動不會再演？我們真想不出我們的最後結果是什麼。我們今天不希望別的，只希望主政者能給我們一個答案，什麼是他們利國利民的有效辦法，以免我們彷徨，以免我們疑懼。

1947 年 4 月，張群繼宋子文擔任行政院院長。張內閣發佈「戡亂建國綱領」，託人要《新民報》來篇社評捧場。《新民報》捧場文章沒有寫，反而在南京版上發表了《生存第一！和平第一！》的社評，對國民黨當局在抗戰勝利後繼續執行「軍事第一」政策「不敢苟同」，指出實現和平才是挽救中國人民厄運的唯一辦法。隨後又發生南京軍警鎮壓學生遊行的「五・二〇」血案，陳銘德接到官方通知，必須按照「軍警和學生互毆」的統一口徑進行報導。國民黨中央通訊社社長蕭同茲也專門來到報社，當面告誡他：此事干係重大，不可造次，《新民報》的報導應以當局的口徑為準。在南京社編輯部，陳銘德看著正在奮筆疾書事實真相的記者，欲言又止。只是臨去之前，對總編輯曹仲英悄悄地說了兩句意味深長的話：「今天的報導，關係到報紙的生死

〔註 9〕　《本報十七週年紀念》，1946 年 9 月 9 日重慶《新民報》。

存亡，要當心啊！當心啊！」〔註10〕在事實和謊言之間，報人的良心促使陳銘德最終還是選擇了前者，沒有按照當局的意圖而阻止同人們對事件真相的揭露。

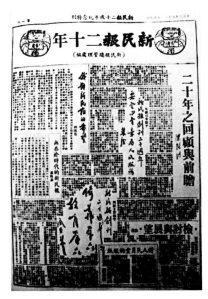

新民報總管理處編輯的《新民報二十週年紀念特刊》（1949 年 9 月 9 日出版）。

即使南京版被強行封閉後，陳銘德等《新民報》同人仍然表示「不畏難苟安」、「不唯強力是視」，還要代表民眾意見，爭取言論自由，實現民間報紙的理想：

> 本報已有十九年之歷史，現在五社八版，職工近千人，純賴刻苦經營，謀自給自足，並未受任何方面之津貼，亦不願以此作敲門磚。我們既係以民間性之報紙問世，所以結合的分子多係一些自由主義派人士，也正因為是自由主義分子，我們並沒有好多成見，並沒有任何黨見，不願意過左也不願意太右，民之所好者好之，民之所惡者惡之，總想求得一個不偏不倚之道。但在這個政治路線極端尖銳化的環境下，中間空際，遂愈來愈狹，便成了左右不討好，左右做人難之勢。但我們總覺得這是必有的現象，報紙本身就是一種社會教育，就是一種文化動態，他代表着民間的意見，我們就得要爭取這點自由，要實現這點理想。因此他並不畏難苟安，他並不唯強力是視。假使一個純民間性報紙而竟失去了存在的理由，我們也就根本懷疑到政治是否有革新之望，民主是否有實現之可能了。〔註11〕

陳銘德待人謙恭厚道，遇事委曲求全，有人因此覺得他沒有什麼堅定的理想。但是和他相濡以沫 50 多年的鄧季惺並不這樣認為。陳銘德去世以後，鄧季惺在追思會上終於向大家坦陳了自己對丈夫的看法：

> 他這個人凡是和他接觸過的，都感覺如坐春風，因此覺得他這

〔註10〕 曹仲英：《鍥而不捨　思賢如渴──記銘德同志辦報生涯中的幾個段面》，1990 年 2 月 11 日、12 日《新民晚報》。

〔註11〕 重慶《新民報》社評。轉引自楊雪梅著：《陳銘德、鄧季惺與〈新民報〉》，中華書局（北京），2008 年版，第 111 頁。

個人不一定有什麼堅定的理想（但我們共同生活幾十年，我知道他是有堅定理想的。他的理想就是堅持民主自由，想用辦報通過新聞來推動社會進步，就是作育新民，繼承和貫徹中山先生的那一套主張）。在解放前的二十年，那樣一個社會那樣一個複雜的環境裏，他不能不在一定的限度內作適當的讓步，在報館裏，他去當外交部長，為了《新民報》的生存，有時要對有權有勢者磕頭作揖。要是讓我來的話，我不會說話，磕頭作揖更辦不到，《新民報》早就玉碎不能瓦全了。銘德為了《新民報》的生存不能不委曲求全，有些人便誤認為看不出銘德這個人內心有什麼堅定的理想。但是幾十年的實踐證明，我們的生活經歷證明，在政治上，他沒有拿報紙去做敲門磚，解放前他沒有做過國民黨的官，在經濟上，他沒有藉辦報斂財，蓄積財產，兩袖清風……〔註12〕

知夫莫如妻，誠哉斯言！

在一個新聞自由不受尊重與保護的國度裏，在激烈的黨爭中，既要報紙生存，又要維護報紙獨立自主的立場，代民眾立言，盡報人天職，主持正義，倡導民主，陳銘德的辦報思想本身就充滿了矛盾。然而，這正是他的可貴之處：忍辱負重，竭盡心力，作育新民，造福社會。知其不可為而為之，陳銘德看似不合邏輯的辦報思想，卻閃爍着理想主義的光輝。

〔註12〕 轉引自楊雪梅著：《陳銘德、鄧季惺與〈新民報〉》，中華書局（北京），2008年版，第233頁。

老闆做不成了

在浦熙修等南京社同人被捕前後，陳銘德、鄧季惺從朋友處獲悉：國民黨當局決定在立法院休會後即着手逮捕反對派立委，鄧季惺的名字已列在黑名單內；「蔣王朝」中還有人主張把他們二人逮捕，交「特種刑事法庭」治罪。

事已至此，陳銘德、鄧季惺才對蔣政權徹底絕望。1948 年 10 月，在黃苗子的幫助下，鄧季惺化名乘機從南京逃到香港。陳銘德則繼續留下來，部署各社做好應變準備。12 月，蔣王朝崩潰已成定局，國民黨中宣部欽派的上海社總編輯王健民，建議陳銘德將《新民報》南京社全部設備遷往臺灣，或者借給他、由他負責運到臺灣，出版《新民報》臺灣版，遭到陳銘德的斷然拒絕。實際上，南京社被封後，陳銘德、鄧季惺不但將原來租賃的社址買了下來，還搞到了一張《江南晚報》的登記證，暫時出版《江南晚報》，等待光明的來臨。各社部署妥當之後，陳銘德於 12 月底也化名出走香港。

三大戰役結束後蔣介石被迫下野，李宗仁擔任「代理總統」。李宗仁「履任」後，或是為了酬答自己競選副總統時《新民報》的捧場，或是為了顯示「民主」，特許《新民報》南京版復刊，甚至表示可以貸款。遠在香港的陳銘德夫婦清楚國民黨大勢已去，李宗仁政權軟弱無力，不足為恃，遂電告留守南京的同人：「復刊事須從緩議。一切等大局安定、我們回來後重作打算。」〔註1〕他們之所以作出這樣的決定，是因為已經和中共香港工委負責人夏衍取得聯繫，並得到了夏衍的肯定答覆：解放後新政權仍然允許私人報紙出版。

〔註 1〕 陳銘德、鄧季惺：《〈新民報〉二十年》，全國政協文史資料研究委員會編《文史資料選輯》第 63 輯，中華書局（北京），1979 年版，第 179 頁。

夏衍的話無疑使陳銘德夫婦吃了定心丸。他們也自認為《新民報》不同於另一家民間報紙《大公報》。王芸生主持的《大公報》，在抗戰勝利後發表的《質中共》、《可恥的長春之戰》等社評，呼籲共產黨要「政爭」不要「兵爭」，指責共產黨軍隊在東北戰場上驅使赤手空拳的老百姓打頭陣，遭到共產黨報紙《新華日報》的嚴詞批駁，稱《大公報》對蔣政權一貫「小罵大幫忙」，其社評作者是「法西斯的有力幫兇」。《新民報》雖然也發表過對國共雙方各打五十大板的社評，但總體上是「中間偏左」的。況且，陳銘德、鄧季惺及《新民報》的一些骨幹，有的與中共要人私交頗好，有的本來就是中共秘密黨員。浦熙修與周恩來、鄧穎超夫婦及董必武的私交自不待言，陳銘德在重慶時期也與周恩來多有往還，鄧季惺有三個弟弟奔赴延安參加了革命。趙超構則深受毛澤東的賞識。1944 年初夏，國民黨組織了一個中外記者團到延安採訪，趙超構代表《新民報》參與其中。他將延安見聞整理成 10 萬多字的通訊，命名為《延安一月》，同時在《新民報》重慶、成都兩版連載，引起讀者強烈反響，使國統區人民對神秘的革命聖地的人與事，有了系統、客觀的瞭解。在《毛澤東先生訪問記》一文中，趙超構對延安共產黨頭號領袖的描寫，細膩傳神，別具一格：

> 身材頎長，並不奇偉。一套毛呢制服，顯見已是陳舊的了。領扣是照例沒有扣的，一如他的照相畫像那樣露着襯衣。眼睛盯着介紹人，好像在極力聽取對方的名字。

> 談話時，依然滿口的湖南口音，不知道是否因為工作緊張的緣故，顯露疲乏的樣子，在談話中簡直未見笑顏。然而，態度儒雅，音節清楚，詞令的安排恰當而有條理。我們依次聽下去，從頭至尾是理論的說明，卻不是煽動性的演說。

> 這就是中國共產黨的領袖毛澤東先生。

> 聽取談話中，我有更多的餘暇審視他。濃厚的長髮，微胖的臉龐，並不是行動家的模樣，然而廣闊的額部和那個隆起而端正的鼻梁，卻露出了貴族的氣概，一雙眼睛老是向前凝視，顯得這個人的思慮是很深的。〔註2〕

毛澤東後來曾說：「我看過《延安一月》。能在重慶這個地方發表這樣的文

〔註 2〕 趙超構著：《延安一月》，南京新民報館，1946 年版，第 60～61 頁。

章，作者的膽識是可貴的。」毛澤東對趙超構的印象是可想而知的，後來兩人建立了很特殊的個人關係。中華人民共和國成立後，毛澤東有一次經過上海，在稍事逗留的幾個小時裏，很想到《新民晚報》見見趙超構，碰巧他外出不在報社。上海人民廣播電臺破天荒地廣播了一則尋人啓事，內容是「請趙超構同志聽到廣播後，立即到《新民晚報》報社去，有緊急事宜」云云，〔註3〕可見兩人的關係非同尋常。

1945 年 11 月 14 日重慶《新民報》晚刊發表的毛澤東詞《沁園春·雪》。

　　毛澤東的詩詞，也是通過《新民報》首次發表的。1945 年 11 月 14 日，重慶《新民報》晚刊刊登了毛澤東的《沁園春·雪》，並加了編者按：

　　　　北國風光，千里冰封，萬里雪飄。望長城內外，惟餘莽莽，大河上下，盡失滔滔。山舞銀蛇，原馳臘象，欲與天公共比高。須晴日，看紅裝素裹，分外妖嬈。

　　　　山河如此多嬌，引無數英雄盡折腰。惜秦皇漢武，略輸文采；唐宗宋祖，稍欠風騷：一代天驕，成吉思汗，只識彎弓射大雕。俱往矣！數風流人物，還看今朝。

　　　　毛潤之氏能詩詞似渺為人知。客有抄得其《沁園春》詠雪一詞者，風調獨絕，文情並茂，而氣魄之大乃不可及。據毛氏自稱則遊戲之作，殊不為青年法，尤不足為外人道也。

　　這是毛澤東的詩詞第一次公開刊佈。抗戰勝利後毛澤東「翩然到渝」，與蔣介石握手言和，《大公報》總編輯王芸生特撰社評，激動不已，「為今日的中國人民，真是光榮極了！」〔註4〕在「雙十協定」簽訂、毛澤東返回延安之後，《新民報》又發表其詩詞，使國人知道共產黨領袖還有文采風流的一面，這等於替共產黨做了最好的宣傳。《沁園春·雪》發表後，國民黨組織一幫文

〔註3〕 蔣麗萍、林偉平著：《民間的回聲——新民報創始人陳銘德鄧季惺傳》，新世界出版社，2004 年版，第 167 頁。
〔註4〕 《毛澤東先生來了！》，1945 年 8 月 29 日重慶《大公報》社評。

人墨客進行所謂的「唱和」,「欲與毛公共比高」,結果風調、文情和氣魄均不及毛作,只好作罷。

如此看來,《新民報》在新政權下繼續出版是不成問題的,身在香港的陳銘德夫婦對未來充滿了期待。此時,香港聚集了大批進步的文化人,上海社的趙超構、北平社的錢家瑞等同人也先後逃難來港。陳銘德、鄧季惺與這些同人、新朋舊交,自然少不了接談酬酢,共話劫後餘生。作為《新民報》的老闆,他們念念不忘的還是報紙在解放後的發展問題。在香港,陳銘德、鄧季惺開始閱讀鄒韜奮的著作,研究生活書店職工持股辦法,招攬辦報人才,為《新民報》的東山再起潛心準備着。

1949 年 4 月中旬,在夏衍安排下,鄧季惺帶着吳敬璉,從香港乘船,取道天津來到已經解放的北平。鄧季惺離港後,陳銘德也秘密回到上海,保護《新民報》的財產,迎接上海的解放。

回到上海的陳銘德情緒頗為高昂。他雖然還為尚在蔣政權控制下的成、渝兩社的安危擔心,但南京版日刊已於 5 月下旬復刊,上海社的工作也進展順利:國民黨指派的總編輯王健民離開了報社,流亡在外的趙超構、浦熙修等人,先後回到了上海。同人中有的參軍南下,有的離職他就,報社不斷開歡迎會和歡送會。不管去留,大家情緒都十分高漲。置身於如此熱烈的氣氛中,陳銘德覺得終於可以放手大幹一番事業了。

鄧季惺遇到的則是另一種情況。當她興致勃勃地回到北平,碰到的卻是令人懊喪的局面。原來,北平社已在解放軍入城後成立了職工會,並發布了《本報職工會重要啓事》:

> 一、本報職工會在 2 月 2 日職工會全體大會中正式宣告成立,當場並推選工人代表三人為執行委員會委員。今後所有本報對內外一切事宜均由本執行委員會負責。

> 二、本報前總經理陳銘德在解放前離平他往,本報業與該報總經理完全脫離關係。

> 三、前本報經理張恨水、代經理曹仲英前後解除職務。

> 特此鄭重聲明。

這就是說,北平社已經不再屬陳銘德、鄧季惺所有了!鄧季惺看到這則啓事後勃然大怒,罵代經理曹仲英「軟骨頭」(張恨水於 1948 年 12 月離開《新民報》,北平社經理由曹仲英代理),即刻找新政權領導討說法。以往《新

民報》遇到過不去的坎兒，陳銘德總要請託說項，力求化解。唯獨這一次，他對夫人的激烈反應不以為然，反而在上海大讀《七劍十三俠》。他說：「到了新社會，風氣一新，只要對於變革現實的有志之士，都有充分發抒聰明才智的可能，新社會是實事求是的，我們的事業，要是對人民有利，人民會需要我們並幫助我們發展，用不着我們磕頭；要是對人民不利，人民乾脆也不要我們，磕頭也無所用。」〔註5〕

7月12日晚，周恩來在中南海頤年堂設宴招待新聞界朋友，集中回答多次要求見他但一直沒有工夫接見的新聞界朋友們提出的問題。鄧季惺受邀參加了這次宴會。她向周恩來訴說了《新民報》北平社的遭遇，提出民間報要不要辦、怎麼辦等種種疑問。周恩來回答說，民間報紙肯定要辦，至於《新民報》等民間報紙面臨的問題如何解決，他交給了時任中宣部副部長的胡喬木具體負責。胡喬木後來在燕園臨湖軒開過一次新聞界座談會，對大家進行安撫。

實際上，在上海解放前夕，周恩來在中南海就召集過夏衍等南下接管幹部談話，針對報紙工作予以指示。周恩來說，共產黨過去在山溝裏辦報，讀者對象主要是工農兵和幹部，入城後情況就不同了，特別是像北平、上海、武漢、廣州這些大城市，按解放前那樣辦當然不行，辦成解放區那樣讀者也不習慣，達不到教育、宣傳的目的。民辦報紙，像《大公報》、《申報》、《新聞報》、《新民報》，以及黨領導的外圍報紙，是一個相當複雜、政策性很強的問題，中央的初步意見是北平、上海這樣的地方，還可以保留幾家民營報紙。〔註6〕《新民報》就是按照這一指示被保留下來的。

《新民報》雖然得到中共高層的允許可以繼續辦下去，但是時代畢竟不同了。曾經的報業老闆，現在卻被視為剝削者、寄生蟲，失去了對報社的領導權。鄧季惺想把浦熙修安排到北平社，卻遭到報社工會一些人的反對，加上其他原因，浦熙修離開《新民報》去了《文匯報》。1949年3月趙超構從香港到北平後，陳銘德、鄧季惺想讓他負責北平社的工作，但北平社的一些人不能容他。陳、鄧二人隱約意識到，對於自己創辦起來的事業，他們再也不能像從前那樣完全當家作主了。

〔註5〕 《陳銘德自傳》，轉引自蔣麗萍、林偉平著：《民間的回聲——新民報創始人陳銘德鄧季惺傳》，新世界出版社，2004年版，第300頁。

〔註6〕 夏衍著：《懶尋舊夢錄》（增補本），三聯書店（北京），2000年版，第395頁。

別了，《新民報》

1949 年 9 月 9 日，是《新民報》創刊 20 週年的日子。每年此日，《新民報》都要鄭重地發表一篇社評，撫今追昔，向全社會申明報紙的立場和發行人的辦報理念。時移世易，20 週年社慶，發表這樣的社評比往年看起來更爲必要：

> 新民報創刊二十週年了。二十年的時間在個人生命史上雖不算短，在一個集體事業上說起來卻是很平常的。流連過去，誇耀歷史，這是沒落階級的心理，不是我們新民報同人所該有的。我們所需要的，是檢討過去，是趁這個二十週年的機會，勇敢地檢討過去二十年這張報紙所表現的一切，把它作個結束，作爲新的開始。

> 二十年前，新民報創刊於南京，創辦新民報的同人，對於出張報紙，是抱着自以爲相當進步的理想的。那時新民報的同人，沉溺於資本主義的新聞觀念，相信新聞在其本質上是必當「大公無私」，而且幻想報紙是可以超然於階級鬥爭黨派性之外，站在中立地位的。二十年來，新民報同人多多少少都有着此種信念，作爲職業報人，爲新聞而新聞，爲辦報而辦報，自居於「民間立場」，向反動統治者爭取「新聞自由」。

> 從今天看，這種辦報的態度，這種新聞工作的理想，完全是幼稚的，幻想的，迷信的，一切資產階級的新聞教育都犯着共通的錯誤，他們有意隱蔽階級鬥爭的事實，製造一個虛幻的「人類」「民間」的立場，在這個虛幻的基礎之上追求虛幻的「公正」虛幻的「中立」虛幻的「自由」，卻忘記本身在客觀上已成了某個階級所利用的

播音機。因爲我們所承受的，是資本主義的教育，而我們所處的又是一個半封建半殖民地的社會和反動專制的政治環境，所以在我們本身便經常發生矛盾與鬥爭。一方面，我們的反帝反封建的傾向是很明確的，我們不能過於自貶，說新民報過去二十年對於這方面的工作毫無表現；但是成爲問題的，是我們仍然受了資本主義民主觀念的束縛，仍然醉心於英美式的「民主」，仍然夢想英美式的「言論自由」。二十年來若干歷史事件反映到新民報紙面上的，九一八以後的堅決主張抗日，可是同時又是「合法主義」的抗日論者；舊政協時期，新民報是積極的擁護者，可是又是國民黨「中央政府」的追隨者；國民黨發動反人民的內戰，新民報是一貫的反對論者，可又是自居於「中立」者，和平主義者，幻想超乎黨派之外。南京反動派統治末期，新民報是進一步了，反對蔣介石頑固派的反動統治，支持各種反對反動統治的民間運動；可是，仍然寄其幻想於國民黨內的開明派、民主派。在最近幾年，我們反美，卻仍不能忘情於第三條路，我們爭取言論自由，甚至爲此被反動派停刊，但是沒有勇氣丟掉幻想準備鬥爭。這一切說明了新民報在過去反動派統治的歷史階段中，在某一方面是進步的，但在另一方面又是落後的。其表現於紙面的是：舊民主主義的迷信，自由主義之鼓吹，對國內問題，徘徊於中間路線，對國際關係彷徨於第三條路。

從今天看二十年來的新民報，雖然並無一貫的反動立場，但在客觀上是起了幫兇幫閒的作用，解放以前的新民報，在其追求進步的作風中，同時就包含着小資產階級的落後、動搖、軟弱、自私性。解放以前的新民報是受過迫害的，新民報同人是受過苦難的，這說明新民報也鬥爭過來的。但從今天看來，我們對於過去的自我估價是有限的，沒有多少值得自負值得誇耀的。

解放使我們獲得自由，同時使我們接近眞理。解放後的新民報歷史雖還很短，但已足夠有機會反省我們過去的錯誤與幻想了。

我們充分認識：報紙是階級鬥爭的武器，是政治鬥爭的武器；在目前階段，我們的報紙必須和人民民主專政的理論聯繫起來，作爲人民民主專政之下，爲人民服務的報紙。

我們充分認識：現在的公營報紙與私營報紙的合作關係，基本

上已不同於過去反動統治時期的官場與民間報紙的對立關係。我們應當在中國共產黨與人民政府的領導之下，有機而靈活地配合公營報紙，為着同一個大目標而分工合作。

我們充分認識：現在已不是書生辦報或以辦報為單純的職業的時代，所有我們新民報的工作人員應當從思想到行動，努力改造自己，克服自己的知識分子的缺點和根性，建立對人民負責的工作態度，以期報紙不斷的進步，能對人民作更好的服務。

新民報創刊二十年了，摸索了二十年道路的新民報今天見到光明了。解放區的天地是明朗的天地，解放區的報紙也應當是乾淨的、坦白的、健康的、富於新鮮活力的，讓我們在檢討過去的錯誤中穩步踏上這一條應走的路上去吧！今日新民報的同人是有這個決心的，在做得不夠或做得不好的時候，那是必須讀者、朋友以及先進人士的不斷批評援助的。〔註1〕

1949 年 9 月 9 日北平《新民報》社論《二十年來的新民報》。

這篇社評據說是趙超構撰寫的。如此重要的文章，當然經過陳銘德、鄧季惺的審閱並同意發表。社評從階級鬥爭的角度，對《新民報》一向引以自豪的「公正、中立、自由」的「民間立場」進行否定，把 20 年來的《新民報》定性為統治階級的「幫兇幫閒」。就在 1948 年社慶日，陳銘德夫婦還「毫不愧怍」地說，19 年的歷史可以證明他們是「貧賤不移」、「為辦報而辦報」的職業報人，為保持報紙的潔淨，力求以報養報，採取純粹的商業方針。〔註2〕事隔一年，他們的立場和對自己事業的評價卻發生了如此巨大的扭

〔註1〕 《二十年來的新民報》，1949 年 9 月 9 日北平《新民報》日刊社論。
〔註2〕 《十九年的考驗》，1948 年 9 月 9 日《新民報》社評。

轉，是出於自覺還是別有隱衷？

　　隱衷肯定是有的。他們的報社老闆身份已經受到質疑，對報社的領導權實際喪失，《新民報》的前途也不明朗。同時，他們也有些許政治上的失落感。共產黨召開新政協會議，各界代表共商建國大計，《大公報》的王芸生、《文匯報》的徐鑄成、《觀察》周刊的儲安平，都作為新聞界代表應邀與會。作為國內最大報系——《新民報》的負責人，陳銘德夫婦沒有受到邀請，自己的下屬趙超構反而名列其中。徐鑄成還為自己只是個候補代表而「殊感委屈」，〔註3〕他們夫婦的感受就可想而知了。因此，陳銘德夫婦同意發表這樣的社評，恐怕主要是為了向新政權表白：他們和《新民報》願意放棄民間立場，接受中國共產黨與人民政府的領導。

　　為解決報社解放以來面臨的問題，1949年9月，《新民報》在北平召開了平、寧、滬三社經理、職工代表聯席會議，中宣部副部長胡喬木和上海市委宣傳部長夏衍都參加了這次會議。胡喬木在會上說：「我們有工人階級做領導，工農聯盟做基礎，統一的領導，統一的基礎。我們各個報紙要合作，所謂合作，就是共同為新民主主義服務；但另一方面要分工，以適應各種群眾的需要，使他們各得其所。……目前我們感到缺少一份通俗讀物的機關報，假如《新民報》能有計劃的這樣做，這是《新民報》的光榮，這是對新民主主義文化運動很大的貢獻，否則無非等於《人民日報》多出幾份而已。」關於勞資糾紛，胡喬木提出要「勞資兩利」，「做經理的要使職工興高采烈地工作，職工也應使做經理的有積極性。」夏衍說，與其解放後喊我們萬歲，還不如那個時候不踢我們一腳；《新民報》不是這樣的，《新民報》是我們的老朋友，我們不能忘記幫助過我們的朋友。夏衍建議《新民報》不妨以小資產階級中的進步分子為對象，耐煩地向較為落後的分子宣傳，也就是說，《新民報》的讀者對象應該定為「中小工商業者、廣大店員、里弄居民和家庭婦女」等。

　　這次會議決定，《新民報》在總管理處下設一個臨時管理委員會，由勞資雙方組成，職工代表參與報社管理，經理還有決定權。職工代表不滿意決定權還在經理手裏，他們認為這樣無法保障職工利益。胡喬木安慰大家說：「這種擔心是多餘的。新民主主義社會，是以工人階級為領導的，我們在國家中

〔註3〕　宋雲彬著：《紅塵冷眼——一個文化名人筆下的中國三十年》，山西人民出版社，2002年版，第162頁。

佔領導地位，怎麼會失去保障呢？在企業方面，當然也要知道決定權是應該審慎用的，否則對他也是不利的。」〔註4〕

無論如何努力，陳銘德夫婦感到他們已無法撐持《新民報》這份事業了。除了管理權被離析、社內勞資矛盾凸顯外，事業發展還面臨着三個無法突破的瓶頸：首先，作爲私營新聞業主，他們不能參加官方頻繁舉行的宣傳工作會議，與官方的方針政策在交流上存在隔膜。其次，解放初期國困民窮，工商業凋零，直接影響了報紙的銷路和廣告來源。《新民報》本來是舊中國爲數不多的僅靠發行和廣告就能贏利的民營報紙，但到了1949年，因銷路不暢和缺少廣告，經營開始出現虧損。第三，新聞來源出現問題。《新民報》雖以社會新聞見長，但並不忽視政治新聞，浦熙修就是以採寫政治新聞而聲名鵲起的。解放後，社會新聞之「趣味性」、「轟動效應」，被視爲資產階級辦報思想，而黨政機關只歡迎黨報記者採訪，常把私營報紙記者拒之門外，中央政府的重大新聞，更輪不到《新民報》這樣的私營報紙發表。本來駕輕就熟的社會新聞不知道如何做了，政治新聞又得不到，這是《新民報》當時面臨的最大困境。

無奈之下，陳銘德夫婦決定將《新民報》交出去，由政府收歸公營或公私合營。從1949年8月起，他們就開始懷揣着報社財產的有關證明，一次次地找政府相關部門，僅陽翰笙（時任政務院文化教育委員會秘書長）的秘書爲此事接待他們就不下十次！他們的理由是：「辦報是一個尖銳的政治事業」，「我們是從舊社會裏來的，對理論、對政策，過去都沒有好好學習，對新鮮事物還不能充分接受和認識」，因此難以承擔領導《新民報》的使命。〔註5〕這恐怕是堂而皇之的理由。1949年10月8日，剛參加過開國大典的徐鑄成，與趙超構一起到陳銘德夫婦家便宴，「銘德、季惺深感能力無從發揮，他們對北京『新民』尤感不滿」。〔註6〕由此看來，「深感能力無從發揮」，才是他們夫婦當時內心的眞實感受和決定交出報紙的原因所在。

不過，因爲他們的想法太「超前」——國家對資本主義工商業的社會主義改造是兩年之後的事情，無論他們多麼誠懇地反覆申請，政府都無法出面

〔註4〕 蔣麗萍、林偉平著：《民間的回聲——新民報創始人陳銘德鄧季惺傳》，新世界出版社，2004年版，第303～305頁。

〔註5〕 蔣麗萍、林偉平著：《民間的回聲——新民報創始人陳銘德鄧季惺傳》，新世界出版社，2004年版，第305頁。

〔註6〕 《徐鑄成回憶錄》，三聯書店（北京），1998年版，第208頁。

將《新民報》收歸國有或公私合
營。到了 1950 年 9 月，曾屬意過
這份報紙的國民黨革命委員會，
和《新民報》達成了公私合營協
議，由李濟深、邵力子任正副董
事長，陳銘德任總經理，黃苗子
爲公方代表兼副總經理。

20 世紀 70 年代初，陳銘德、鄧季惺夫婦與孫女在一起。

　　《新民報》與「民革」的公
私合營只維持了一年。1952 年，
新中國開始對資本主義工商業進
行社會主義改造。4 月，北京市
委收購北京《新民報》，用原名出版，半年後改出《北京日報》，鄧季惺被聘
爲顧問。1953 年初，上海《新民報》實行公私合營，重組編委會，陳銘德被
聘爲副社長，鄧季惺任顧問。他們兩人接受了聘書，但再也沒有過問報社的
事情。成都、南京兩社於 1950 年 4 月，重慶社於 1952 年 1 月已先後結束。
至此，曾經擁有五社八版的《新民報》，只有上海版碩果僅存。上海版 1958
年 4 月 1 日易名爲《新民晚報》繼續出版，雖然延續了《新民報》的一些傳
統，但畢竟和原來的民營報紙不大一樣了。

　　公私合營後，陳銘德被任命爲北京市社會福利事業局副局長，鄧季惺擔
任北京市民政局副局長，都離開了自己鍾情的新聞事業。陳銘德做《新民報》
老闆時，爲了疏通關係、聯絡感情，整天都在請客吃飯，日久竟成了「美食
家」。他一走上新崗位，就忙着把自己在上海、南京吃過的好餐館介紹到北京
來，以解決首都存在的飲食單調問題。鄧季惺的「政績工程」，則是負責建設
了北京市第一個火葬場。

　　陳銘德、鄧季惺雖然離開了《新民報》，但是他們內心仍不能忘懷新聞事
業。在 1957 年「大鳴大放」中，鄧季惺對黨報和非黨報的待遇不同很有意見，
她主張多辦同人報紙，應該把同人報紙辦成報紙的民主黨派，這樣可以和黨
報競賽，減少報導中的主觀片面性。陳銘德則說，建國後非黨的報紙不是太
多而是太少了，報紙作爲百花齊放的園地和百家爭鳴的講壇來說，「多一片園
地就能開出更多的花朵，多一個講壇就能多明辨一些是非。」他對首都北京
連一張晚報都沒有深表遺憾，建議及早在北京辦一份晚報，「假如有人辦一張

晚報，如經營得法，我擔保不會賠錢的。」言外之意，他還是想辦報紙、也有能力辦好報紙的。〔註7〕由於這樣的言論，夫婦兩人隨後雙雙被打成「右派」，直到 1961 年才被安排到全國政協文化俱樂部工作——陳銘德做書畫組顧問，鄧季惺做小餐廳顧問。陳銘德、鄧季惺夫婦的新聞夢徹底破滅，只有當各地《新民報》老人赴京，到他們的家裏拜訪時，「他們才在熱情款待和絮絮交談中溫習五社八版的輝煌。」〔註8〕

1989 年 2 月 11 日，陳銘德以 92 歲高齡在北京病逝。六年後，鄧季惺也追隨而去，享年 88 歲。在他們的墓碑上，刻有這樣的文字：

> 陳鄧兩人畢生追求自由、民主法治和民族富強，即使身處逆境，
> 依然保持堅定執着的信念，相濡以沫，共度艱難歲月……

〔註7〕 楊雪梅著：《陳銘德、鄧季惺與〈新民報〉》，中華書局（北京），2008 年版，第 56～58 頁。

〔註8〕 蔣麗萍、林偉平著：《民間的回聲——新民報創始人陳銘德鄧季惺傳》，新世界出版社，2004 年版，第 312 頁。

「一個看革命的旁觀者」
——1949 年前後的曹聚仁

青春作伴好還鄉

　　1945 年 8 月 10 日，日本天皇裕仁決定接受無條件投降條款。消息傳來，舉國若狂。國人八年來的痛楚悲辛，壓抑忍耐，堅毅不屈，憧憬期盼，被這突如其來的喜訊所激蕩，一下子迸發出來。國民黨中央通訊社戰地特派員（戰地記者）曹聚仁，記下了這激動人心的歷史場景：

　　　　民國三十四年八月十日晚上，千千萬萬給八年抗戰折磨得太夠
　　了的國人，每一角落上都在以狂熱的情緒，迎接這最後勝利的消
　　息。每一新聞記者的筆尖，都給太興奮的熱情堵住了，好似非到街
　　上去叫喊一番不可。《前線日報》是在偏僻的鉛山城外，所有工作人
　　員，除了電臺的報務員，拿着種種不同的樂器：臉盆、大鼓、銅
　　鑼，到城中亂敲亂喊一陣。從鉛山喊到河口，直喊到天亮。重慶中
　　央廣播電臺的廣播員，幾乎都說不出話來；他斷斷續續地把消息報
　　告了，就說：「諸君，請聽陪都歡愉之聲！」是時收音機中送出重慶
　　街上的爆竹聲、鑼鼓聲以及盟友的「頂好」聲，復聞萬眾合呼的「中
　　華民國萬歲，蔣委員長萬歲」之聲。〔註1〕

　　這一天，曹聚仁正在贛東北樂平縣的臨時家中。抗戰期間，皖南和贛東北是敵軍炮火所不及的「死角」，一直比較安全。1945 年那一年，他把家安在樂平，自己則往來於鉛山（第三戰區司令部長官部所在地）與樂平之間，像鐘擺似的，不停地在「戰爭」與「和平」之間遊走。美軍向廣島投原子彈那天，《樂平日報》收到了一條五六十字的中央社電訊，報導廣島全城被炸，

〔註1〕　曹聚仁著：《採訪外記　採訪二記》，三聯書店（北京），2007 年版，第 266
　　　　頁。

死傷 17 萬人。編輯部眾人都看不懂這條新聞，樂平縣長也疑惑不解，就向曹聚仁咨詢「這究竟是怎麼一回事」。他就在總理紀念周上講了一次鈾原子分裂的經過，並斷定三天之內日本必然投降，提醒報社中人時刻注意收聽電訊。形勢的發展果然不出所料！曹聚仁走上街頭，彙入遊行的人流，和樂平民眾一起慶祝這期盼已久的勝利。遊行歸來，他仍然亢奮不已，難於入眠，就和妻子鄧珂雲秉燭夜談。他喋喋不休地向妻子描述不知講過多少次的戰後藍圖：要做現代的徐霞客，重作戰地旅行，搜集資料，寫一部最完備的中國抗戰史；周遊全國，在各地做通俗的科學演講，幫助百姓認清現代戰爭的特性。

　　樂平地僻，爲了採寫到重要新聞，曹聚仁急忙往浙贛線上的上饒趕。到了鷹潭，得知中日商洽投降事宜的地點，指定在江西玉山。曹聚仁等一幫記者趕到玉山，才知道那裏的機場跑道還沒有修好，不便於大型軍機降落，當局已決定改用江西南城機場。可是等到他們趕到南城，又撲了一個空，最後決定在湖南芷江洽降了。在勝利之初，身爲記者的曹聚仁就這樣往來奔走，到處追尋着洽降的地點。

　　經過協商，東南地區由顧祝同的第三戰區接受日軍的投降。第三戰區決定 9 月 21 日在杭州舉行受降典禮。曹聚仁得設法盡快趕到杭州，一是能夠參加受降典禮，二是爲了出版《前線日報》上海版。

　　《前線日報》1938 年 10 月 1 日創刊於皖南的屯溪。抗戰爆發後，各戰區都配備出版《陣中日報》，其性質屬於政治部系統的宣傳刊物。各地本來出版有屬於軍方系統的《掃蕩報》，《陣中日報》只能算是臨時性報刊。各戰區的《陣中日報》都先後消亡，惟獨第三戰區改出《前線日報》，獨樹一幟，可以和《掃蕩報》並駕齊驅。

　　《前線日報》在屯溪創刊不久即嶄露頭角，半年後遷到江西上饒，在浙贛線上和 CC 系的《東南日報》平分秋色，讓《東南日報》社長胡健中驚羨不已。後來日寇竄擾浙贛線，《前線日報》從上饒遷到福建建陽，最後又從建陽遷回鉛山。抗戰期間，《前線日報》是贛東北唯一銷行的報紙，曹聚仁稱其爲「東南戰區孕育長成的奇迹」。

　　《前線日報》能夠在戰時艱苦的環境中生長起來，當然離不開第三戰區司令長官顧祝同的支持；就辦報事務而言，則歸功於社長馬樹禮、總編輯宦鄉和副社長邢頌文這「三劍客」的苦心經營。馬樹禮對新聞業有興趣，更重

要的是他與顧祝同乃江蘇安東（今漣水）小同鄉，顧對他信任有加：「顧將軍有一個特點，即是不把報刊當作自己的宣傳工具，可以讓馬兄放手去做。」〔註2〕宦鄉畢業於上海交通大學，讀的是工程專業，卻有編寫長才，是新聞界的後起之秀。邢頌文則是一個最適當的事務人才，能夠應付複雜的環境。在馬樹禮等人的經營下，《前線日報》已經不是單純的一份報紙，除了日報以外，還擁有周刊、通訊社、出版社、書店、造紙廠及蘇皖學院、中國建設社等一整套文化機構。

　　1944 年是中國抗戰軍事上最黑暗的一年，日軍發動「一號作戰」，在湘桂線上連陷長沙、衡陽、柳州、桂林等名城，陪都重慶爲之震動。但大家都相信這是「黎明前的黑暗」，勝利一定會到來，大後方的文化人，都在籌謀着勝利後的遠大計劃。向中國新聞事業的「羅馬」——上海望平街進軍，是每一個報人的夢想，馬樹禮更是心嚮往之。1945 初，曹聚仁與馬樹禮在重慶不期而遇。馬樹禮當時正在進行去美國的計劃。兩人一見面，馬樹禮幾乎必向曹聚仁描繪戰後《前線日報》的願景：希望《前線日報》能夠像《大公報》那樣獲得 20 萬美金的官價外匯，他就可以拿着這筆錢到加拿大訂購到足夠三四年敷用的白報紙；到美國後，和那些新聞托拉斯取得聯繫，只要拆運一家第二流報館的印刷機件回來，就夠在中國「大鬧天宮」了。抗戰勝利後《前線日報》移上海出版，肯定會異軍突起，一下子就可以壓倒《新聞報》、《申報》那幾家老爺報館。馬樹禮理想中的《前線日報》，還是小型四開報紙，平時出 16 張，和倫敦《每日鏡報》一樣每日有兩張畫報；星期日增加 16 份周刊，出 32 張。他還邀請曹聚仁到時候來主持這 16 份周刊。其實，曹聚仁當時也有一個私人的計劃：「首先聯絡全國各大城市的民間報紙，成立中國聯合通訊社，以報社爲基本會員，彼此在發行、採訪、電訊上通力合作。這樣，一個民間通訊社，就可以和中央社去爭一日之長了。」同時，他還計劃建一個全國性的報刊發行網，帶着這份網向望平街進軍，「要望平街看我們的顏色。」〔註3〕

　　到了勝利在望的 1945 年春，《前線日報》的「三劍客」已經開始做「搶灘」上海的準備：社長馬樹禮到重慶去推動他的戰後擴張計劃，總編輯宦鄉、

〔註2〕曹聚仁著：《採訪外記　採訪二記》，三聯書店（北京），2007 年版，第 218 頁。

〔註3〕曹聚仁著：《採訪外記　採訪二記》，三聯書店（北京），2007 年版，第 213～215 頁。

副社長邢頌文就在鉛山整合手下那一支文化部隊，作種種開拔的安排。他們邀請曹聚仁來主持《前線周報》，也是爲了日後在上海打開局面做預演。

　　曹聚仁本以爲抗戰勝利後，自己可以在新聞界施展拳腳，打出一片更廣闊的天地。誰知日本一投降，爲共同抵禦外侮而結盟的國共兩黨，隱藏的矛盾頓時顯露出來。芷江洽降議定：日本投降後，日軍有守城之責，等待中國軍隊前來接管。但是，日軍在華最高軍事長官岡村寧次偏向國軍，而抗戰期間周佛海就曾經到過上饒，與第三戰區暗通款曲。「這樣一來，僞軍、日軍倒成爲國軍的友軍；國軍的友軍新四軍，事實上卻成爲國軍與日軍的共同敵人。」新四軍在「皖南事變」後雖然已被軍事委員會取消了番號，但是卻在蘇南發展壯大；蘇北的淮陰，儼然成爲中共新政權的中心，和國民黨南京政權隔江相對。在東北問題上，蔣介石派宋子文、王世杰、蔣經國到蘇聯，簽訂了出賣中國權益的《中蘇友好同盟條約》，蘇聯答應把關外還給中國，而且只承認國民政府是中國唯一的政府，蔣氏政令可以行到關外，「暗中踢了毛澤東一腳」。所以，抗戰軍事一終了，曹聚仁這個中央社戰地記者的處境，便立刻複雜起來：「作爲戰地記者，中央社可以容許我這個並無政治關係的人工作着的，最主要的，還在社長蕭同茲先生的大度包容。一旦投入了國內政治鬥爭的新圈子中去，我立刻就碰上了難以自處的複雜環境了。」〔註4〕

　　《前線日報》內部的問題也不是想像的那麼簡單。中共有意要爭取社內的那幾位負責人。馬樹禮與顧祝同有同鄉之誼，還不致被滲透；對現狀不滿、又目睹舊軍人腐敗的宦鄉，想擺脫與第三戰區的依附關係，帶着《前線日報》走向進步。這些不爲外人道的隱情，有意無意間造成了《前線日報》內部的裂痕。這裂痕，曹聚仁也是到報社主編《前線周報》之後，才看明白的。他想調和社內的左右兩種傾向，但於事無補。《前線日報》社內的裂痕，終於在一件小事上擴大了。有一天，「編餘漫筆」欄目刊載了一節批評三青團的文字，引起三青團團員的惱火，《前線日報》在各地被扣留，不許發行。這節文字是一位編輯寫的，只是說三青團的準官僚作風，簡直要不得，除了語氣比較強硬外，並沒有什麼大錯誤。但是，三青團方面卻要歸罪於總編輯宦鄉，到處貼標語要打倒他。過了幾天，《前線日報》的社論對政治部工作有所批評，竟有人到重慶告「御狀」，矛頭又集中到宦鄉身上去。這時正巧勝利到來，宦鄉

〔註4〕　曹聚仁著：《採訪外記　採訪二記》，三聯書店（北京），2007年版，第269～270頁。

就借着到上海出版《前線日報》，離開了上饒。

「羊棗事件」更增加了對《前線日報》的政治性麻煩。羊棗，本名楊潮，湖北沔陽人。1923 年畢業於上海交通大學，1933 年加入中國共產黨，一度主持過「左聯」工作。1936 年 6 月至 1939 年，任塔斯社上海分社電訊翻譯，同時爲《世界知識》等刊物撰寫軍事和國際時事評論，名重一時。後去香港，用「羊棗」筆名爲《星島日報》寫軍事評論，與俞頌華合編民盟機關報《光明報》，並爲共產黨的《華商報》寫稿。1944 年到福建永安，供職於美國新聞處。次年，被國民黨特務機關秘密逮捕，關押在江西鉛山第三戰區長官部。羊棗「失蹤」時，連洗換衣服都沒讓帶。押解到鉛山後，他託人帶了一張字條給宦鄉說：「我和你雖只是見了一次面，但是相信你會幫我一次忙；我這次匆匆離開永安，什麼東西都沒有帶。可否請你替我設法弄一床被頭，秋夜涼了，我的身體，有點吃不消呢！」〔註5〕當時宦鄉已經去了上海，曹聚仁叫報社派人送了棉被去，那邊卻回說沒有這個人。後來羊棗又被移押到杭州，因飲食不調，患上了惡性瘧疾，不幸於 1946 年 1 月 11 日病逝。第三戰區發動「皖南事變」，已爲中共所仇視；現在又秘密逮捕、關押文化人，又成爲中共譴責的對象。《前線日報》是第三戰區辦的報紙，自然無法置身事外。曹聚仁慨歎：「我們在抗戰長時期，從事新聞工作，並不感到十分困難；而今戰爭一結束，政治所造成的困惑，卻無從解消了！」〔註6〕

杭州受降在即，曹聚仁暫時拋開憂心煩慮之事，於 9 月 15 日從上饒動身，先乘火車到浙江江山縣。浙贛線在抗戰後期只剩下這一段能夠通車，江山縣以下只有走富春江水路了。17 日，他才勉強找到一條又破又狹的小船，卻滿滿擠上了 18 位客人。大家歸心似箭，當天又突降大雨，江水暴漲，船行如飛。曹聚仁站立船頭，朗聲吟誦唐代大詩人杜甫的詩句：「劍外忽傳收薊北，初聞涕淚滿衣裳。卻看妻子愁何在，漫捲詩書喜欲狂。白日放歌須縱酒，青春作伴好還鄉！即從巴峽穿巫峽，便下襄陽向洛陽。」曹聚仁平生最愛杜詩，八年戰地旅行，有兩部書不離行囊，一部是清代顧祖禹的《讀史方輿紀要》，另一部就是《杜工部集》。此情此景，也只有杜甫的這首《聞官軍收河南河北》，才能表達他的這份「奔迸式的情緒」！

〔註 5〕 曹聚仁著：《採訪外記　採訪二記》，三聯書店（北京），2007 年版，第 335 頁。

〔註 6〕 曹聚仁著：《採訪外記　採訪二記》，三聯書店（北京），2007 年版，第 221 頁。

9月18日清晨，小船從蘭溪西門出發，中午即過嚴子陵七里瀧，傍晚過桐廬，到窄溪才泊船上岸，這一天就走了100多公里。19日，小船一過聞家堰，就遠遠地望到了六和塔，接着錢江大橋的影子也漸漸地清晰起來了。「自我不見，於今八年；舊地重來，悲喜交集；我們都流出眼淚來了！」〔註7〕

1945年9月9日，南京受降會場全景。

西子湖畔這座天堂般的城市，是在1937年12月24日陷入日寇之手的。城市陷落前一天凌晨，浙江省主席黃紹竑才沉痛地離開：「冷峭的寒風，吹着霏霏的微雨，汽車沿着湖濱駛過，零落不見一個行人。但那街頭的路燈好像含着滿眶熱淚的眼睛，放出慘紅的光圈，一明一暗地，在那裏閃爍著，湖上的碧水，也像一個困苦顛連的流浪人，在那兒長籲短歎如怨如訴的悲鳴。我就在這種情況下，離開了號稱天堂的杭州！天堂天堂，剎時就要變成地獄了！想起了天堂的快樂，便想到地獄的痛苦，不知何日可以再回到天堂哩？我是兩任的西湖守主，這種景況是我終身不能忘記的呵！」無限感傷之餘，黃主席填了一闋《菩薩蠻》，以志不忘：

> 越王欲雪稽山恥，越溪送女愁西子。一步一回頭，酒旗樓外樓。　吳宮人已去，教訓謀生聚。期以十年春，還伊湖上人。〔註8〕

曹聚仁是和黃紹竑同一天離開杭州的。這座城市，是曹聚仁的求學之地，也是他和青梅竹馬的妻子王春翠歡度蜜月之地。人同此心，心同此理，當年曹聚仁離去杭州之時，也是「一步一回頭」，依依難捨。

不過，當時大家都相信，總有一天會勝利歸來的。可是，當真的踏着勝利的腳步歸來，連曹聚仁自己都有些不敢相信了。當時錢江大橋還不允許過船，小船就在閘口碼頭泊了下來。曹聚仁他們在滿岸觀眾驚奇、欣羨的目光中上了岸，看到守衛候潮門的國軍，也都顯得氣宇軒昂。

〔註7〕 曹聚仁著：《採訪外記　採訪二記》，三聯書店（北京），2007年版，第272頁。

〔註8〕 黃紹竑著：《五十回憶》，嶽麓書社，1999年版，第365～366頁。

　　不料，曹聚仁到杭州的第二天，染上了惡性瘧疾，寒熱交作，渾身疼痛，半步不能移動。曾經出生入死的戰地記者，戰爭結束了卻突然怕起死、留戀起人世來：「我覺得中國既已有了希望了，應該讓我看看盛世了！」9月21日，杭州受降這一天，他讓工友安好籐椅，掙扎着坐看全副武裝的國軍，唱着戰歌，喊着口號，踏着齊整的步伐，雄赳赳地向內西湖開去。士兵們所唱的那首戰歌，歌詞就是曹聚仁在1932年應國立音樂學院院長蕭友梅教授所請而寫的：

> 槍在我們的肩膀，
>
> 血在我們的胸膛！
>
> 我們來捍衛祖國，
>
> 我們齊赴沙場！
>
> 渡過鴨綠江，
>
> 衝過大同江！
>
> 哈，富士山算得什麼！
>
> 嘻，富士山算得什麼！
>
> 我們濯足乎扶桑！
>
> 我們濯足乎扶桑！

　　聽着這再熟悉不過的歌詞和旋律，曹聚仁心潮澎湃，熱淚盈眶。

　　9月23日，國民政府論功頒獎，身為戰地記者的曹聚仁名列其中，獲得雲麾勝利勳章。他認為自己受之無愧，應分獲得這份光榮！

土地與時代的兒子

　　曹聚仁字挺岫，1900 年 7 月 7 日出生於浙江省浦江縣南鄉蔣畈村（現屬蘭溪市）。曹家本是金華東鄉人，明中葉遷居金華、蘭溪、浦江三府縣交界的蔣畈。四百年間曹家世代務農，門庭衰薄，沒有出過一個讀書人。到了曹聚仁的父親夢岐先生，發憤圖強，力行耕讀，終於考中秀才，算是擠到紳士階層中去了。夢岐先生參加童子試，還有一段辛酸經歷。他到浦江縣應考，浦江童生說他是金華人，給他扣了一頂「冒籍」的帽子，被趕出考場。生性剛毅倔強的夢岐先生，不甘心就此放棄，瞞着心灰意冷的父親，背着曹氏宗譜，到金華參加考試，這才達了志願，以第一名秀才壓倒了全場士子。南鄉本是窮鄉僻壤，秀才已屬鳳毛麟角，舉人四百年間也只出了一個。夢岐先生不肯認命，到杭州參加最後一科鄉試。雖然沒有考中舉人，但這次杭州之行使他眼界大開，返鄉時把康梁維新變法的新思想帶回了閉塞的山村。1902 年，他自籌經費，在家裏辦起了全鄉第一所學校——育才小學，免費培育鄉鄰子弟。1929 年夢岐先生辭世，育才小學由長子曹聚德接掌，一直辦到 1950 年。50年間育才小學培養的學生達 3000 人以上，親受夢岐先生教益的就有千餘人。夢岐先生除了致力鄉村教育，還注重移風易俗，清除鄉間積弊，其品行頗似陶行知先生，在當地極孚人望。

　　曹聚仁幼時被目為「神童」，6 歲即能動筆寫四五百字的完整文章，13 歲留讀育才小學的最後一年，就可以代父親教初級小學的國文課，批改學生的作文課卷。1916 年夏，他到杭州考取浙江省立第一師範，於同年秋天入學。浙江一師的校園就是原來的省府貢院，當年夢岐先生在這裏參加鄉試，落第而歸。而今，在鄉人眼裏猶如中舉的少年曹聚仁又來到這所鼇宮，一生的志

業由此開始。

　　曹聚仁進入浙江一師的時候，陳獨秀已在上海將《青年雜誌》改名爲《新青年》，正扛起新文化運動的大旗。實際上，浙江一師也是新文化運動的淵藪，先後任職的教師，如單不庵、朱自清、俞平伯、陳望道、劉大白、夏丏尊、許壽裳、姜伯韓，都和新文化運動有密切聯繫，在這所學校播撒着新時代的文化種子。時人談五四運動的演進，除北京大學之外，必以湖南一師與浙江一師相提並論。不過，在校的前三年，新文化運動似乎沒有給曹聚仁帶來什麼洗禮，自小受宋明理學薰陶的他「埋頭讀書，一意做理學家門徒」，跟着單不庵師潛心學習桐城派古文和治史門徑。直到 1919 年五四運動爆發，曹聚仁才「束書不觀，要把『天下興亡』的責任擔當起來」了。〔註1〕

　　五四運動在北京爆發後，自然也燎原到杭州的學校，頑固的浙江省長齊耀珊用提前放假的手段來釋散年輕學子的滿腔激情。但是，秋季開學後，學生們的熱情又高漲起來。在校長經子淵（名亨頤）的支持下，浙江一師成立了學生自治會，廢除考試制度試行學科制，要求新知識，提倡白話文，研究進化論，維護學生利益，和學校當局的不合理規定進行抗爭。自治會還組織了學生法庭，處理和仲裁學生間的糾紛。曹聚仁參加了自治會《宣言書》的起草工作，並代表浙江一師參加了杭州學生會。與此同時，浙江一師的施存統（即施復亮）與省一中的阮毅成、甲種工業學校的沈乃熙（即夏衍）等 20 多名學生，創辦了《浙江新潮》周刊。正是這份只出了三期的短命雜誌，將杭州的學生運動推向了新的高潮，也將曹聚仁推進了現實政治的激流漩渦。

　　1919 年 11 月，《浙江新潮》第二期發表了一篇施存統寫的文章《非孝》。這篇不過從《新青年》裏偷得一些淺薄見解、加上一個嚇人題目的短文，在浙江引起軒然大波。12 月 7 日，省議會 65 名議員聯名致電北京大總統、國務院和教育部，矛頭直指一師校長經子淵，控告他「提倡非孝、廢孔、公妻、共產主義；於校內發行《浙江新潮》、《校友會十日刊》等報，貽害青年，滅倫傷化」，〔註2〕籲請迅速將其嚴令法辦，以杜邪說而正人心。經子淵校長是恂恂長者，爲人博雅大度，主張「人格教育」，在教育界享有極高聲譽。他思

〔註1〕　曹聚仁著：《我與我的世界》（上），北嶽文藝出版社，2001 年版，第 192 頁。
〔註2〕　轉引自盧敦基、周靜著：《自由報人──曹聚仁傳》，浙江人民出版社，2003 年版，第 42 頁。

想開明，支持一師的革新運動，每次在校內演說，講到五四運動中學生要求撤換的交通總長曹汝霖，總說成是「曹聚仁」，引起學生一次次哄堂大笑。如此一來，省內的頑固派便對他忌恨在心，抓住「非孝」事件向他發難。

經子淵校長表面上看去脾氣很好，卻是那種性格憨直倔強之人。省教育廳要求學校將「四大金剛」——陳望道、劉大白、夏丏尊、劉次九這四位進步教師解職，遭到他的嚴詞拒絕。於是，省長齊耀珊、教育廳長夏敬觀便在學生放寒假期間，撤了經子淵的校長職務，另派一位兩級師範的畢業生金布來擔任校長。

消息一出，群情激憤。在校學生領袖徐白民、宣中華立即組織寒假留校的同學向全校同學發信，呼籲大家「留經護校」。春季開學後，學生自治會迅速將同學們凝聚起來，掀起了一場聲勢浩大的「留經」運動。學生們的要求是：校長必須由經子淵留任，拒絕其他任何人當校長；解除陳望道等四位教師職務的成命必須收回。

因為省議員彈劾經校長「非孝、廢孔、公妻、共產」，學生自治會認為必須發表宣言予以辯駁。曹聚仁讀一師的第二年，在全校國文會考中獲得過第一名，次年又獲得國文朗讀第二名，平時又經常給報刊寫文章，筆頭之快，文采之優，在一師頗有名氣。大家就公推他來起草這篇宣言。這篇文理並茂的宣言，滬杭各報都予以刊載，為一師學生的「留經」運動贏得了社會輿論的支持，也提升了曹聚仁在學生自治會中的地位。

省府當局對學生們的停課請願採取了強硬措施，教育廳宣佈一師「暫行休業」，勒令學生一律離校。1920 年 3 月 29 日清晨，500 餘名警察突然包圍了一師，將學生領袖徐白民、宣中華監控，強迫學生全部離校。同學們不為所懼，呼喊着都到大操場集合，決不離校。唯有曹聚仁一個人拎着衣箱走出了校門，大家還以為他做了「逃兵」。原來，曹聚仁出來是為了和杭州學生會取得聯繫，尋求其他學校同學的聲援；同時，他又將警察包圍一師的詳細情況寫成新聞電訊，發給上海的《申報》、《新聞報》和《民國日報》。第二天，三大報都以顯著位置將其刊出。

3 月 29 日下午一時許，在操場和學生僵持了大半天的警察突然撤走，曹聚仁也於當晚返迴學校。原來，這是蔡元培暗中斡旋的結果。五四運動後，蔡元培被迫辭去北京大學校長之職，赴歐美考察教育。遠在國外的蔡元培，從報上得知一師鬧風潮的消息，害怕家鄉學子受到傷害，打電報給任中國銀

行行長的弟弟蔡元康，讓其務必設法妥善解決。齊耀珊綽號「琉璃蛋」，做官圓滑世故，一看事情因報刊的報導引起全國矚目，竟然連海外的蔡元培都驚動了，請出弟弟來說項，也擔心事態再擴大而不可收拾，就給了蔡元康一個順水人情，同意將警察從一師撤回，但條件是經子淵絕對不能留任。經蔡元康力爭，齊耀珊同意繼任校長可由學生自治會推選，然後由省府委任。即使如此，學生們依然堅持經校長留任。經子淵卻已經看清楚，為了自己的去留使學生與官府對抗，最後的結果必然兩敗俱傷，因此決意離開。同時，蔡元康也

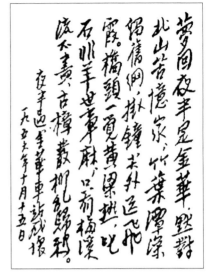

曹聚仁懷鄉詩。

向同學們曉以利害，勸大家接受現實。最後，經過全校學生票選，一致同意請北京大學代理校長、浙江餘姚人蔣夢麟先生擔任一師校長。蔣夢麟是極會辦事的人，他專程趕回杭州，在一師做公開演講，向同學們表示謝意，然後金蟬脫殼，推舉姜伯韓自代。同學們沒有任何心理準備，也就鼓掌通過了。事後得知，由姜伯韓任校長，本來就是教育廳長夏敬觀的腹案。

不管如何，一師風潮總算平息下來。經過抗爭，學生們得到的結果也算不差，繼任校長姜伯韓先生向屬開明。就曹聚仁個人而言，經過這次學潮，他名聲大振，尤其是在 3 月 29 日危急之際的機智反應，贏得了同學們的稱讚。1920 年秋季開學後，領導學潮的風雲人物徐白民、宣中華已經畢業離校，曹聚仁自然成為新的學生領袖。他作為學生自治會主席，代表學生出席校務會議，不僅過問學校決策，還能決定教師去留，因此連教師都對他另眼相看，每門課都給他優等成績。曹聚仁奔走校務，參加校外各種社會活動，儼然踏上了政治的路途。

浙江一師五年，也是曹聚仁嘗試做新聞記者的開始。曹家經濟並不寬裕，當初父親讓他報考浙江一師，就是因為師範學校不收學費，學生每年只需交 18 元半的膳費。即使這區區之數，曹家得賣掉 15 擔新穀，再加上路費和日常零用，每年就得賣掉 30 擔穀，等於 10 畝田的收成。曹聚仁在杭州，家裏每月只給他一塊零用錢，常常感到捉襟見肘。他有位好友叫查猛濟（其

姑母是蔣百里先生的夫人），在杭州《之江日報》做編輯，就讓曹聚仁爲報紙寫新聞，掙點兒稿費零用。但是一師的校規十分嚴厲，學生一律住校，即使假日外出也得請假，晚上八時前必須回校。這樣的規定使學生和社會幾乎完全隔絕，猶如關在大籠子中的曹聚仁如何去找新聞呢？「我便異想天開，和蘭溪的《蘭江日報》取得連絡，我答應替他們寫杭州通訊，不取稿酬，社中送我一份報。我便從那份報上，找尋金華地區的地方新聞資料，加油加醋，重新寫過，投向《之江日報》，居然刊載出來，有了稿費了。有幾回，居然得了一元一條的高酬。每月就有四五塊錢收入作零用。這是我做新聞記者的開始，那時，我只有 16 歲。不過，當時學生是奉令不許做報館訪員的，好在我所寫的都是錢塘江上流的地方新聞，和學校當局河水不犯井水，沒給夏丏尊師訓斥過。」〔註 3〕後來，他主持校刊《錢江評論》，在「留經」運動中爲滬杭報刊寫新聞，並將這些文字結集爲《思痛集》（後改爲《浙潮第一聲》）出版，讓新聞圈裏的朋友相信他是進得了這個圈子的，想不到終身的命運也就由此而決定了。

　　1921 年夏天，曹聚仁與一幫同窗好友遊覽了南宋都城舊址鳳凰山、爬上初陽臺眺望東海日出後，就從浙江一師畢業了。他不願像其他同學那樣回鄉做小學教師，決定考入花費較低的高等師範繼續深造。他先返回老家蔣畈住了一個月，然後攜新婚妻子王春翠東下杭州。兩人是春節期間完的婚，王春翠考取了省立女子師範學校，要到杭州讀書。曹聚仁和妻子在西子湖畔補度了蜜月，隨即束裝北上，孤身一人去報考南京高等師範學校。在浙江一師的後兩年，他忙於學生運動，荒疏了功課，英語、數學考得很差，結果名落孫山。打道回府肯定是沒有顏面之事，曹聚仁毅然溯江而上，再考武昌高等師範。由於食宿不當，他得了瘧疾，勉強堅持考了第一場國文便放棄了。武漢三鎮，九省通衢，喜歡發思古之幽情的曹聚仁也無心攬勝，只到了黃鶴樓，對着浩浩長江放聲大哭了一場。

　　極度失望的曹聚仁乘船東返，在江輪上過了中秋節，回到上海時兜裏只剩下一塊多錢。站在黃浦江邊的十六鋪碼頭，茫茫人海，舉目無親，他禁不住又黯然垂淚。幸好知道陳望道師家在法租界白爾路（今順昌路）三益里，他就坐車來到老師家，暫時總算有了寄身之處。

〔註 3〕　曹聚仁著：《我與我的世界》（上），北嶽文藝出版社，2001 年版，第 114 頁。夏丏尊時任浙江一師舍監。

「一師風潮」後，陳望道離開杭州來到上海，翻譯《共產黨宣言》，編輯《新青年》，擔任中共上海地方委員會書記。巧的是，陳望道正和邵力子結鄰而居，曹聚仁自然也就結識了這位仰慕已久的「青年導師」、《民國日報》副刊《覺悟》主編。實際上，邵力子對曹聚仁並不陌生，一師鬧風潮時期，曹聚仁所寫的報導在《民國日報》上刊登，曾引起他的注意。在上海各報中，《民國日報》對一師支持最力，社長葉楚傖寫社論諷刺浙江教育廳長夏敬觀，邵力子則在《覺悟》副刊中大量刊登過教育界、文化界聲援一師的文章。接談應對之下，邵力子對這位學識不錯的小同鄉頗有好感。

正在曹聚仁為工作無着而發愁之際，邵力子將他介紹到浦東川沙縣，做縣立高小一年級的主任。川沙畢竟太小了，雖能容身但施展不了才學，曹聚仁在這裏呆了半年就回到上海，邵力子又給他介紹到陝西鹽商吳懷琛先生（吳宓的堂叔）家去做西席。他在吳家一共呆了三年。這三年，賓主相得，師生融洽，曹聚仁食宿無憂，終於在上海立下了足，不用再去叨擾陳望道和邵力子了。更重要的是課業輕鬆，他有從容讀書寫稿的機會。溫習國故，吸納西學，廣泛涉獵時人新著，他的學識在不知不覺中突飛猛進。後來回憶起這三年家庭教師生涯的自修成績，他相當自豪：「那是我自修研究進步最快的時期，幾乎讀遍了當時從歐西譯介過來的文學名著，旁及社會科學、哲學、史學專著，彷彿一個通人了。我開始用現代的燭光來照明中國的古籍，我讀了無數種前人的筆記，也就是前人的雜學；正因為他們的議論，互有出入，大開了我的眼界。」〔註4〕

機遇只垂青那些有準備的人。1922 年 4 月，江蘇省教育會請章太炎在上海開設國學講座，逢周六下午開講，一共講了十次。教育會還請了兩位老先生來記錄講辭。上海的各大報紙，對章大師的講座極為重視，事先廣而告之，開講後又派記者前往記錄，準備在報紙上揭載。教育會請的兩位老先生，不知是聽不懂章大師的一口餘杭方言，還是筆頭太慢，無法再記下去；各報委派的記者，理解不了大師的博學奧義，所記錯誤百出，根本無法刊載。《民國日報》也特派曹聚仁去聽講、記錄。章太炎的《國故論衡》、《檢論》等艱深著作，曹聚仁在吳家都已經認真地研讀過，因此記錄起來得心應手，並且還能夠糾補演講中的疏漏。邵力子非常滿意曹聚仁的記錄稿，加上批語後在《覺悟》連載。學術界為之驚動，章太炎也驚異於記錄稿的詳盡準確。章從弟子

〔註4〕 曹聚仁著：《我與我的世界》（上），北嶽文藝出版社，2001 年版，第 215 頁。

錢玄同那裏得知曹聚仁曾受業於單不庵，〔註5〕就傳話讓曹聚仁上門來拜師。曹聚仁就這樣因緣聚合，成了章門最年輕的弟子。同年底，上海泰東書局依照曹聚仁的記錄和整理出版了章太炎的《國學概論》。這本小書，三年內就重印了十次。成為眾人仰望的國學大師章太炎的入室弟子，曹聚仁在上海文化學術圈聲名鵲起，為以後進入大學執教準備了「名片」。

與此同時，曹聚仁在上海新聞界也開始小有名氣。當時的上海，文壇和報界本來就是一幫人的兩個陣地。由於邵力子的關係，曹聚仁從 1921 年秋天到川沙縣教書開始，就成為《民國日報》副刊《覺悟》的長期撰稿人。《民國日報》是窮報館，葉楚傖和邵力子常常脫下皮袍抵押，換取紙張開印。曹聚仁初期寫的文字，大多在《覺悟》上發表，四年中差不多寫了 150 萬字，卻不曾拿過一文稿費，心甘情願地來撐開《民國日報》這一場面。更重要的是，通過《民國日報》，他結識了一大批才俊英豪：就在《民國日報》這一小圈子中，除了邵力子先生和陳望道、劉大白、夏丏尊諸師，還認識了葉楚傖、柳亞子、胡樸庵、陳獨秀、戴季陶、孫中山，都是扭轉乾坤或即將在歷史舞臺上大放異彩的風雲人物。1923 年 5 月，曹聚仁還和柳亞子、邵力子、陳望道、胡樸庵、葉楚傖等人共同發起組織了「新南社」。

俗云：高人指點不如貴人相助。在曹聚仁的一生中，邵力子絕對是在關鍵時刻給予他無私幫助的「貴人」。沒有邵力子多次援之以手，並把他薦引到《民國日報》這個圈子中，曹聚仁也許會落拓一生，湮沒無聞。曹聚仁自己就曾說：「我的思想，一部分可以說是《覺悟》的兒子，邵先生乃是我所終身師事的一人。」〔註6〕

這段時期，除了《民國日報》那一幫師友外，曹聚仁還結識了對他一生思想上影響最大的忘年交吳稚暉。吳稚暉生於 1865 年，江蘇常州人。青年中舉，後薄文人而不為，決計科學救國，發動赴法勤工儉學，刻苦耐勞，為人表率。1923 年下半年，他從倫敦歸國，寓居上海，曹聚仁通過書信結識了這位行事、文風詭異的民國元老。吳稚暉約曹聚仁到上海西門黃家闕一家茶樓見面敘談。這天，從上午 10 點一直談到下午 3 點，吳稚暉滔滔不絕，興致很高，講了很多有趣的事情。其中一則故事給曹聚仁留下了深刻印象：

> 張三李四同住在一所屋子裏，張三住在樓下，李四住在樓上。

〔註5〕 單不庵的姐姐單士釐，是錢玄同的兄長、外交家錢恂的夫人。
〔註6〕 曹聚仁著：《我與我的世界》（上），北嶽文藝出版社，2001 年版，第 305 頁。

一天晚上，附近起了大火了。張三驚醒過來，披衣下床，連忙高聲叫李四：「李四，大火了，快點下來！」這時張三聽得樓下響，卻不見人下來。他又叫了：「李四，怎麼啦！」李四回到：「我在穿襪子，還有一隻沒穿！」張三歎息道：「蠢材！逃命要緊，還穿什麼襪子？」可是，老半天，仍不見李四下樓。張三又叫了，「怎麼啦？」李四回答道：「你不是說不要穿襪子嗎！我正在脫那隻襪子呀！」

曹聚仁從這則令人發笑的故事中，聽出了極深的寓意：「要穿襪子是笨，可是要脫襪子，那就更笨。我一生就緊緊記住這一故事！」〔註7〕

在《民國日報》那幫師友特別是吳稚暉的影響下，曹聚仁加入了國民黨，只是他後來很少提及自己的國民黨黨員身份：「我的加入國民黨，和《民國日報》有相當關係；那時編《覺悟》的邵力子先生和主辦《星期評論》的戴季陶、沈定一先生都是指導學生運動的導師。可是我的決意入黨，還是受吳稚暉先生的影響最大；他在《現代評論》發表文章，沸騰了我心頭未冷的血。」〔註8〕後來蔣介石發動「四・一二」政變，曹聚仁接連寫了三封信給吳稚暉，質問他為什麼「首議清共」，吳都避而不答。從此，兩人的交往就稀少下來。不過，吳稚暉對曹聚仁思想上的影響卻是終生的，曹一直把吳視為「思想上的拐杖。」在曹聚仁的一生中，除父親曹夢歧外，有三個人對他影響至大，而各有偏重：單不庵重在學問，吳稚暉重在思想，邵力子重在實際的援助。

1925 年 6 月，邵力子應蔣介石之邀，南下廣州，擔任黃埔陸軍軍官學校秘書長，曹聚仁也隨之結束了在吳家的西席生活。此時，已從浙江一師改任暨南大學校長的姜伯韓，請曹聚仁去暨南，任中學部國文教師。原來，暨南中學部的國文教師多次被學生轟走，讓新掌校的姜伯韓很傷腦筋，他就想到了曹聚仁這位昔日的學生領袖，請他去試試看。曹聚仁 13 歲就在育才小學做過父親的「助教」，在吳家做西席時又先後在上海藝專、上海大學附中等校兼過課，已經有了一些課堂教學經驗。他國學根底紮實，又通曉時論西學，上課非常受學生歡迎，一下子享譽暨南。曹聚仁在暨南開始教的是初中二三年級的國文課，一個月後升到高中師範科，到 1925 年 10 月底，他就正式被調

〔註7〕　曹聚仁著：《我與我的世界》（上），北嶽文藝出版社，2001 年版，第 213～214 頁。

〔註8〕　曹聚仁：《十分誠意與三分希望答羅園先生》，載《濤聲》第 2 卷第 34 期（1933 年 9 月 2 日出版）。

入大學部任商科一年級的國文教師了。

1927 年 4 月 12 日，正當曹聚仁滿心在大學講堂授業解惑、受着與自己年齡相仿的學生追捧之時，蔣介石在上海突然向共產黨下手，他的多名同窗好友在政變中遇害，其中就有在浙江一師時一塊兒鬧學潮的宣中華。驚濤駭浪，斑斑血迹，讓曹聚仁痛心、惘然，不知所措：

> 一九二七年，從初夏到深秋，這百八十天中，眞是使釋迦大徹大悟的大千世界！多少人從最高層跌入血污池，多少人從貧民窟爬上三十六天，多少人把自己的親友當作犧牲品，多少人把仇敵當作親滴滴的同志，所謂友誼，所謂政見，都不過是這麼一回事。那時，熟人的死訊，一起一起傳來，幾乎流眼淚的餘裕都沒有了。可是「死」予我以啓示，並不予人以威懾；我並不想活下去，但也並不想死。我問我自己：「害怕不害怕？」我的回答，是「我不害怕，我沒有恐怖，我只有淡漠！」於是，我揩乾我的眼淚，在這淡漠上活了下來。〔註9〕

當時的曹聚仁，並不能看清國共「婚變」背後那錯綜複雜的關係，但是血雨腥風中的人生浮沉，使他眞切感受到了政治鬥爭對人性的戕害。他知道自己只是一個「口的長人，手的侏儒」，決心遠離政治漩渦，不再過問社會問題。1927 年秋，恩師單不庵任浙江省立圖書館西湖分館主任，請曹聚仁去做館員，幫助整理文瀾閣藏書。他畢竟年輕，不願終老在湖山勝地的文瀾閣鑽故紙堆，便於第二年春天重回暨南大學任教。從 1928 年到 1931 年，曹聚仁安家於暨南大學所在的眞如鎮，過著優裕淡定的大學教授生活，很少再寫東西，加上 1927 年，他差不多沉默了五個年頭。這幾年，「一個社會革命的力量，慢慢從地下成長起來，和我已經沒有什麼關係了。和我相知的朋友，很多都已在狂潮中死去了。」〔註10〕

〔註 9〕 曹聚仁著：《我與我的世界》（上），北嶽文藝出版社，2001 年版，第 354～355 頁。
〔註 10〕 曹聚仁著：《我與我的世界》（下），北嶽文藝出版社，2001 年版，第 469 頁。

「他脫下長袍，穿起短裝，奔赴了戰場」

　　「九‧一八」事變的爆發，使曹聚仁再也沉默不下去了。他在眞如鄉下的家和藏書，在「一‧二八」淞滬會戰中被毀散，只好在上海法租界金神父路（今瑞金二路）花園坊重新置家。他和幾個朋友創辦《濤聲》周刊、《芒種》半月刊，協助陳望道師編輯《太白》月刊，爲朋友陳靈犀主編的《社會日報》寫社論，爲黎烈文主編的《申報》副刊《自由談》撰稿，參與發起「大眾語運動」，與創辦《人間世》、主張「閒適」的林語堂論戰，成爲望平街上的活躍人物。柳亞子寫信稱道他：「我覺得在今日的言論界中，頭腦清楚而使我佩服的人，除了魯迅先生以外，怕只有你曹先生了。」〔註1〕在曹聚仁的文字生涯中，這一時期的文風最爲激憤，魯迅形容其爲「赤膊上陣，拼死拼活」。〔註2〕從熱河陷於日軍後《濤聲》所發表的宣言，即可感受到曹聚仁這一時期的文風和立場：

　　　　蔣介石北上，張學良下野以後，中日之間轉出一個新局勢；對於這個新局勢，我們的態度是如此：

　　　　政府若有積極抵抗的決心，我們願望站在最右翼，把最後一滴血奉獻給政府，肝腦塗地，死而無怨！政府若是因循苟且，依舊那麼妥協下去，我們決心站在最左翼，和政府處敵對的地位，死而有靈，爲厲擊人！

〔註1〕曹聚仁著：《我與我的世界》（上），北嶽文藝出版社，2001 年版，第 296 頁。
〔註2〕魯迅：《祝〈濤聲〉》，載《濤聲》第 2 卷第 31、32 期合刊（1933 年 8 月 19 日出版）。

這一次是蔣介石的最後機會，也是中華民族的最後機會，非積

極抵抗以圖存，即國際共管以亡國，生死存亡，間不容髮；謀國者

好自爲之！〔註3〕

不過，辦報刊寫文章只是副業，曹聚仁的主業還是大學教授。1932 年 6 月暨南大學大學部南遷廣州，曹聚仁隨中學部一度遷到蘇州。次年，他就離開了執教九年的暨南大學，教學中心轉到復旦大學，兼及大夏、持志、中國公學等大學。他十年不變地穿着一身藍布長衫，穿梭於十里洋場的大中學校、報館書店。這身藍布長衫，被朋友們視爲他的永久「商標」。關於這身一成不變的行頭，按照他的解釋，也是出於愛國的熱忱：「我之所以穿藍布衫，倒有點小小的曲折。五卅運動以後，憑着一點愛國熱忱，決意抵制英國貨。我曾咬定牙齦，三個月不坐電車，也不再穿呢絨英國貨，這都是年輕時的一股勁。不穿英國呢絨，照說可以代之國產綢緞，那知那時的綢貨，染料不成，容易褪色；一件長衫，穿了兩三天，下水一洗，便走樣了，變成了奇形怪樣的地圖，簡直不成；無可奈何，只好走布的路子，乃看中了陰丹士林；這是我穿藍布衫的開頭。其後，大約穿了十多年的藍布長衫，夏天則代之以白夏布，直到後來，才知道陰丹士林也是洋貨，只好歎息自己國家工業的落後了。」〔註4〕

歷史行進到 1935 年，內戰不止，外患日亟，中華民族已到存亡絕續的危急關頭。1936 年 1 月，沈鈞儒等愛國人士在上海成立各界救國會聯合會，曹聚仁參與其事，被推爲執行委員。他在會上激動地表示：「這回抗日，乃是我們這一輩人的事，要死，我們就去死好了！」〔註5〕1937 年 7 月 7 日盧溝橋的炮火，使曹聚仁下決心走出書齋，奔向抗擊日寇的戰場。

第一步向何處去，曹聚仁並沒有明確的計劃。正在他躊躇不定之際，暨南大學畢業生陳希文從廣州來到上海，爲即將出版的《星粵日報》訂購輪轉印刷機，同時爲報社延攬採編人員。曹聚仁就接受《星粵日報》的聘請，擔任京滬一帶的採訪工作。從此，他和「星系」報紙建立了長期的合作關係。當時，國民政府召集各方人士商討抗日大計的廬山會議即將開幕，曹聚仁整理行裝，準備去牯嶺採訪。不料，日寇突然將戰火引到上海，「八‧一三」淞

〔註3〕 《我們的態度》，載《濤聲》第 2 卷第 10 期（1933 年 3 月 18 日出版）。
〔註4〕 曹聚仁著：《我與我的世界》（上），北嶽文藝出版社，2001 年版，第 274 頁。
〔註5〕 轉引自盧敦基、周靜著：《自由報人──曹聚仁傳》，浙江人民出版社，2003 年版，第 149 頁。

滬抗戰爆發。他終於「脫下長袍，穿起短裝，奔赴了戰場」，〔註6〕開始了驚險而傳奇的戰地記者生活。

曹聚仁初任戰地記者。

　　一介書生的曹聚仁能夠成為戰地記者，得益於他與孫元良將軍的交誼。孫元良原籍浙江紹興，1904 年生於成都華陽，黃埔軍校第一期畢業。1932 年參加「一・二八」淞滬抗戰，次年升任 88 師師長。紅軍從瑞金長征後，孫元良奉命率部尾追，駐防於四川奉節，曾住在湘軍悍將鮑超（字春霆）家裏。鮑超乃曾國藩的愛將、湘軍「霆字營」統領，家中積存有不少珍貴文獻。當時鮑氏家道已經中落，這些珍貴文獻被後人視同廢紙。孫元良知道它們的價值，就用幾包煙土換了過來，隨軍輾轉運到南京。但是孫元良無暇整理這些材料，他的秘書周震寰在上海暨南大學聽過曹聚仁的課，知道曹有志於研究近代史，便從中通款，把全部八大簍文件送給了曹。這是文人曹聚仁與武將孫元良訂交的開始。

　　1937 年 8 月 7 日，也就是盧溝橋事變後一個月，孫元良從無錫來上海休假，在福州路一家咖喱飯店請曹聚仁吃飯。此時，孫元良已率 88 師駐防無錫，成為拱衛首都南京的「御林軍」。談到戰局，孫認為戰事只是在北方膠着，一時還不會燃到南方來。曹聚仁向孫表達了上前線做一名戰地記者的心願。孫許諾說，如果 88 師參戰，就邀請他到自己的部隊來。不料兩天後孫元良返回無錫，就接到動員令；8 月 11 日，他已經率 88 師向上海近郊挺進，13 日下午，中日雙方前哨即發生遭遇戰。曹聚仁做一名戰地記者的願望，就這樣很快地成為現實。

　　當時國民政府軍事委員會統帥部規定，淞滬各軍不得隨便發佈軍事新聞，所有新聞擬定後必須報告給蘇州第三戰區長官部，再由長官部轉告上海市政府，然後由市府新聞處轉告中外記者。新聞如此這般輾轉下來，都已成了明日黃花，報紙不願採用。日軍方面每天則發佈五六次新聞，在宣傳上反

〔註6〕　曹聚仁之子曹景行語，見曹聚仁著《萬里行記》，三聯書店（北京），2000 年版，第 440 頁。

而搶了先機。因此，各報都希望有戰地記者，直接進入前線採訪。但是，前線各師司令部都不歡迎記者到來，因為記者的採訪車常常跟來敵人的炮彈，非常不安全。這是「八·一三」淞滬會戰前期報社與前線部隊之間難於解決的矛盾。

曹聚仁受聘的《星粵日報》還在籌備中，用不着採訪新聞。〔註7〕《大晚報》總編輯曾虛白聽說曹聚仁有進入前線的門路，就請他擔任《大晚報》的戰地記者。1937 年 9 月 3 日晚，曹聚仁搭乘《大公報》的一輛採訪專車，冒險到達蘇州河北岸茂新麵粉廠 88 師師部。不過，他進入前線，並非以記者的身份，而是頂孫元良的秘書周震寰的缺。這是孫元良想出的妙法，這樣曹聚仁就可以隨軍進退，自己擔當新聞發佈的責任，師部無需為此負責。

孫元良特意安排曹聚仁與師參謀長張柏亭同住一個房間。他不恥下問，很快學會了看軍事地圖，分析兵力配置，悟到了軍事新聞的寫作要領。他每天將戰地見聞，寫成通訊、特寫，發給《大晚報》，後來還給上海《立報》和中央社發新聞。可以說，淞滬戰線上的新聞，也就是自曹聚仁到了軍中之後，才轉入正常化。由於得天獨厚的採訪優勢和過人的採寫能力，除了平型關戰訊到來那天，曹聚仁的電訊，佔了上海報紙兩個月的頭條。他不無自豪地說：「說起來，戰地記者也正是富有刺激性的生活，可遇而不可求的。一個特殊的機會，讓我一個人獨佔了東戰場右翼的軍事新聞，便是留居四行倉庫的那兩個月。」〔註8〕更讓曹聚仁自豪的是，他採寫的戰訊，不僅滿足了後方民眾對戰事的瞭解，而且對抗戰發揮了實際效用。10 月 3 日，日軍出動 20 餘架飛機轟炸我軍閘北陣地，爾後敵方發言人向各國記者宣稱：「閘北中國軍隊陣地經轟炸後，完全動搖，即將向後總潰退。」曹聚仁聞訊，一言不發，馬上到陣地巡遊了一圈，隨即寫成電訊發給報社和通訊社。第二天，上海的中外文報紙都在顯著位置登出了這則電訊：

　　【本報戰地特訊】今晨一時前方報告：昨日左右兩翼，均有激
　　戰，左翼雖吃緊，但並無危險；右翼工事鞏固，敵人雖狡謀很多，
　　前途仍可樂觀；此係記者最忠實的報導。

　　　　左翼敵軍，屢以一二聯隊之兵力，在各線探擊，前日之攻顧家

〔註7〕　《星粵日報》1937 年冬才在廣州試版，只出了幾天，日本就在大鵬灣登陸，
　　　　報紙轉香港出版，改名為《星島日報》。
〔註8〕　轉引自李偉著：《曹聚仁傳》，南京大學出版社，1993 年版，第 177 頁。

宅，昨日之攻劉行，均係同一用意。自劉行鎮全成焦土後，我即移守××附近陣地，又成拉鋸戰之形勢。昨日下午三時起，敵以大炮飛機，密集射擊轟炸，我方亦以重炮還擊，至下午五時左右，敵約兩聯隊，過滬太公路，向西犯我陣地，我以戰車隊及機槍隊猛烈還擊，至晚九時起，槍聲稍息，惟炮戰又起，敵炮有一分鐘發五響者，隆隆之聲，閘北方面，亦可聽到，至晚十一時許，我軍即開始衝鋒前進，與敵肉搏，至今晨尚在血戰中。

右翼敵軍集結於北四川路一帶，昨下午二時起，敵向我寶山路寶興路口中興路口衝進，被我截斷包圍，殺敵四十餘名，敵即倉皇退出。下午七時左右，敵又由虬江路口寶興路口衝進，我分頭迎擊，激戰達兩小時之久，敵卒被我逐回北四川路。昨雙方激戰終日，聲震全市，預料今晨當有更激烈的戰事發生。〔註9〕

消息一出，敵方所謂的我軍「總潰退」之說不攻自破，消解了民眾的恐慌情緒。孫元良看了，也大為讚賞曹聚仁用事實來澄清敵人謠言的做法。

然而，現代戰爭是要用實力說話的。儘管我軍將士前仆後繼，英勇異常，無奈血肉之軀終難抵禦日寇的飛機大炮。最高統帥部遂決定淞滬前線國軍撤退到先前構築的福吳國防線（福山－吳縣，時稱「東方馬其諾防線」），依託工事再與日軍展開決戰。原計劃國軍11月1日開始次第撤退，至6日行動完畢。不料日軍11月5日在杭州灣北岸的金山衛登陸，攻陷松江青浦，直趨平望、吳江，繞過了福吳國防線向江南各地挺進。如此一來，我軍有秩序撤退、回防福吳國防線的計劃被打亂，陷入極度混亂、狼狽之境地。

孫元良將軍把師部撤出四行倉庫、留下謝晉元副團長率「八百壯士」據守之時，曾與曹聚仁約定，等88師撤防到青浦後，讓曹再去部隊找他。不料青浦很快失陷，曹聚仁就與88師失去了聯繫。他困坐在法租界家中，從報紙、廣播中得到的都是國軍潰退的消息，心急如焚，無計可施。

1937年11月20日，國民政府為使敵方逼我簽訂「城下之盟」的陰謀破產，發表宣言，移駐重慶：

國民政府移駐重慶宣言

自盧溝橋事變發生以來，平津淪陷，戰事蔓延，國民政府鑒於

〔註9〕《我昨晚開始衝鋒前進》，1937年10月4日《立報》。

暴日無止境之侵略，爰決定抗戰自衛。全國民眾，敵愾同仇，全體將士，忠勇奮發，被侵略各省，均有極急劇之奮鬥，極壯烈之犧牲。而淞滬一隅，抗戰亙於三月，各地將士，聞義赴難，朝命夕至。其在前線，以血肉之軀，築成壕塹，有死無退。暴日傾其海、陸、空軍之力，連環攻擊，陣地雖化灰燼，軍心仍如金石。臨陣之勇，死事之烈，實足昭示民族獨立之精神，而奠定中華復興之基礎。

邇者暴日更肆貪黷，分兵西進，逼我首都，察其用意，無非欲挾其暴力，要我為城下之盟。殊不知我國自決定抗戰自衛之日，即已深知此為最後關頭。為國家生命計，為民族人格計，為國際正義與世界和平計，皆已無屈服之餘地。凡有血氣，無不具「寧為玉碎，不為瓦全」之決心。

國民政府茲為適應戰況，統籌全局，長期抗戰起見，本日移駐重慶。此後將以最廣大之規模，從事更持久之戰鬥。以中華人民之眾，土地之廣，人人抱必死之決心，以其熱血與土地凝結為一，任何暴力，不能使之分離。外得國際之同情，內有民眾之團結，繼續抗戰，必能達到維護國家民族生存獨立之目的。

特此宣告，惟共勉之。〔註10〕

聽着這慷慨悲壯的言辭，曹聚仁下決心離開租界去尋找部隊。就在國民政府發表移駐重慶宣言的當天下午，他告別正在熱戀中的鄧珂雲，〔註11〕隨着亂糟糟的人群在上海東門碼頭擠上了一艘開往寧波的輪船。翌日清晨船到寧波，看了江南著名藏書樓「天一閣」後，於晚間乘火車直達杭州。此時杭州人心惶惶，謠傳日軍已到離杭州只有 50 里的臨平，警察大隊都全部撤離了，南逃的市民猶如一股潮水，將浙贛線全線沖潰。一位綢緞莊的老闆在街上碰到曹聚仁，看他似乎並不驚慌，感到奇怪，便設宴款待，還請來救火會會長王五權等作陪，要曹聚仁談一談對軍事形勢的看法。他分析說：日軍到嘉興後，會西攻湖州、宜興，從那兒轉攻蕪湖，切斷我軍退路，在南京保衛戰未分明前，日軍不會來攻杭州。這些人聽了曹聚仁這位大記者的一席話，

〔註10〕 上海社會科學院歷史研究所編：《「八一三」抗戰史料選編》，上海人民出版社，1986 年版，第 612 頁。

〔註11〕 鄧珂云是曹聚仁任教的務本女中學生。妻子王春翠因曹移情別戀，已於 1936 年上半年與曹分手，離滬回杭。

心裏塌實了許多。抗戰勝利後，他回到杭州，在舊書攤上買到一本日本雜誌，上面登有一份某銀行秘書的留杭日記，說王五權那天本來已決定成立維持會投敵，正是聽了曹某這番話，動作才推遲了一月多，此所謂「曹聚仁一語救杭州」。〔註12〕

形勢的發展果然如曹聚仁所料，杭州混亂的局面也就很快平息下來。蔣介石為了穩定家鄉局勢，派桂系軍人黃紹竑到浙江，接替朱家驊任省主席。曹聚仁本來打算從杭州轉往無錫，尋找88師歸隊，不料無錫已經陷落，京杭國道被阻斷。無奈之下，他決定乘車先回老家看看。在蘭溪縣城，他還招待逃難至此的豐子愷一家吃了頓飯。此時，白崇禧將軍到了金華，通過蘭溪縣長約曹聚仁去金華一談。他坐小船到了金華，意外地遇到了在上海分手的好友、暨南大學同事曹禮吾。當時曹禮吾正隨同一批大學生西進，準備到廬山籌備東南聯大。曹聚仁就擠上他們所乘的列車，一道去了南昌。曹禮吾改變計劃南下贛州，曹聚仁和好友黯然道別，獨自憑弔了滕王閣，又乘浙贛線列車返回杭州。

日寇已於12月14日攻陷南京，轉攻杭州。曹聚仁雇船獨自一人到裏西湖兜了幾圈，又去看了一眼即將被炸毀的錢塘江大橋，便於了12月23日再次離開杭州，暫回家鄉蔣畈。第二天，杭州就陷落了。

在家鄉，曹聚仁得知第三戰區司令長官部已移到皖南屯溪，便迅即搭船前往。到了屯溪，終於知道88師在首都保衛戰中全軍覆沒，孫元良將軍生死不明。傷痛之餘，他對88師也就斷了念，決定另找出路。就在這時，中央社社長蕭同茲慕其聲名，聘請他擔任戰地記者。1937年農曆年底，他從屯溪回蔣畈過春節。大年初五到金華，浙江省主席黃紹竑請他吃飯，交流對時局的看法。在金華，他與中央社東南分社的張明烈、盛維棨接上了頭。兩人分別是曹聚仁在暨南、復旦任教時的學生，殷勤招待老師之後，把中央社總社頒發的「中央社戰地特派員」聘書轉發給了他。從此，獨立記者曹聚仁正式成為中央社的一員。關於「中央社戰地特派員」這一稱號的來歷，還有一段插曲：七七事變後，中央社總社先後派胡定芬、韓侍桁北行採寫新聞。胡定芬久歷官場，懂得官場習氣，在名片上印了「中央社特派員」的字樣；韓侍桁書生不懂世故，名片上只印着「中央社記者」。兩人都到了濟南，卻互不相謀。

〔註12〕 盧敦基、周靜著：《自由報人——曹聚仁傳》，浙江人民出版社，2003年版，第161頁。

有一天，山東省主席韓復榘在官邸請客，將「胡特派員」尊於首席，同宗的
「韓記者」卻叨陪末座。經此一事，中央社總社專門發一通告，讓參加戰地
外勤的工作人員，一律稱「中央社戰地特派員」。〔註13〕後來曹聚仁到福州，
當地報紙報導了他的行蹤，老百姓誤認爲他是「中央特派員」，紛紛找他告狀。
無可奈何，他只好發新聞說自己是「中央社」的特派員，不是「中央」特派
員，笑話才沒有再鬧下去。

　　CC系的《東南日報》已經從杭州遷金華出版。〔註14〕《東南日報》的「三
巨頭」胡健中、許紹棣、劉湘女，曹聚仁和劉湘女最相熟，許紹棣則是上海
《民國日報》時的舊友。這樣，他就替《東南日報》寫專欄了。《東南日報》
在抗戰時期一直獨霸着浙江新聞界，聲威及於閩、贛，連黃紹竑主辦的《浙
江日報》和中央社本地分社，都難與之抗衡並駕。後來馬樹禮、宦鄉、邢頌
文創辦《前線日報》，才在他們的「臥榻之旁割取了一席」。

　　曹聚仁在金華稍事逗留即去南昌，會晤了中央社南昌分社主任陳熙乾和
記者劉尊棋，然後啓程來到武漢三鎮。武漢這時已成爲軍、政、文化中心，
各方人士雲集，充滿着團結抗戰的新氣象。在武漢，曹聚仁見到了救國會領
袖沈鈞儒和時任國民黨宣傳部長的邵力子，並終於有機會謁見了中央社蕭同
茲社長。第一次見面，兩人談得很好，他評價蕭同茲是自己生平碰到風度汪
洋願爲之效命的人。〔註15〕曹聚仁還被剛成立的中華全國文藝界抗敵協會推
爲候補執行委員，同時又兼任了《星島日報》的戰地特派員，成了「星系」
的成員。更讓他高興的是，鄧珂雲從上海取道香港、廣州，來到了武漢。亂
世鴛鴦，兩人便在旅館結爲夫婦。

　　曹聚仁下榻的漢口平江會館，88師在此設立有辦事處，收容流散袍澤。
辦事處處長是36師師長宋希濂的長兄，視曹聚仁爲88師中人，對他殷勤款
待。41軍軍長孫震是孫元良的叔叔，因此41軍武漢留守處負責人劉大元也奉
命接待曹聚仁。他與劉大元一見如故，劉告訴他41軍正在徐州前線，「徐州

〔註13〕　曹聚仁著：《我與我的世界》（下），北嶽文藝出版社，2001年版，第751頁。
〔註14〕　《東南日報》原名《杭州民國日報》，1927年3月12日創刊於杭州，1934年
　　　　　6月16日改名《東南日報》。1937年12月杭州陷落後遷金華出版，1942年5
　　　　　月金華失守，又先後在浙江麗水、雲和復刊，並在福建南平出南平版。1945
　　　　　年8月杭州光復，雲和版遷杭，續出杭州版；1945年12月南平版停刊遷滬，
　　　　　於次年6月16日出版上海版。杭版、滬版出至解放前夕停刊。
〔註15〕　曹聚仁著：《我與我的世界》（下），北嶽文藝出版社，2001年版，第913頁。

將要有一場大戰」。曹聚仁於是和鄧珂雲奔赴徐州，首報臺兒莊大捷，書寫了作為戰地記者最輝煌的一頁。

臺兒莊之戰開始於 1938 年 3 月 23 日。曹聚仁夫婦是 3 月底到的徐州，蔣介石和白崇禧剛來過前線視察，他們到徐州時蔣介石已回漢口，白崇禧則留下協助第五戰區司令長官李宗仁指揮戰事。中央社在徐州的隨軍記者是胡定芬，配有電臺。曹聚仁到徐州後，即和胡定芬取得了聯繫。當時，《大公報》、《新華日報》、《武漢日報》、《掃蕩報》、《大剛報》等報社，派駐徐州的記者有 20 多人，其中《大公報》的范長江、《新華日報》的陸詒，都是一時之選。各報記者奉社命不許協作，都是孤軍奮戰，互不溝通信息，新聞競爭異常激烈。

臺兒莊距徐州約 120 公里，敵我在此血戰正酣，而呆在徐州的記者團實際上並不清楚前線的情況。一直到了 4 月 5 日，臺兒莊正面守軍第二集團軍司令孫連仲，邀請記者前往前線視察，曹聚仁等 17 名記者才從徐州趕往臺兒莊。范長江與孫連仲素來相識，第二天清晨便進入孫的臥室，談起軍情來了。曹聚仁也通過關係，得到了與孫單獨晤談的機會。這樣，軍情就落在他和范長江手中了。不過，孫連仲並沒有告訴他們我軍當晚在臺兒莊有總攻擊的行動。

4 月 6 日中午，守衛臺兒莊的第 31 師池峰城師長，約記者到最前線的運河車站見面。記者們走到半路，遇到敵方猛烈炮火，繼續前行非常危險，池師長就派一名副官長迎到中途，請大家在旁邊的一個小村落中談了一陣子。這位副官長說：「我軍現在雖戰得很苦，但敵人也同樣精疲力盡，我方右翼的湯（恩伯）軍團已開始動作，我們正準備反攻。」恰巧《大公報》的范長江還在孫連仲司令部那裏盤桓，無意參加這一次的記者招待會，而參加的其他記者，大多缺乏軍事常識，都沒有留意這位副官長的話。獨具「新聞眼」的曹聚仁卻從中得出判斷：我軍當晚在臺兒莊將進行反攻！他趕回孫連仲司令部，求證於金典戎參謀長。金參謀長笑着不置可否，這更堅信了自己的判斷。當時范長江也在旁邊，他還不相信反攻一說法。

當晚 8 時 25 分，曹聚仁借用司令部軍用電話，向徐州的胡定芬報告我軍總攻臺兒莊獲勝的戰訊。他剛報告完這段戰訊，正在旁邊下棋的田鎮南將軍（指揮臺兒莊正面作戰的 30 軍軍長）停下棋子，笑着對他說：「進攻剛開始呢，沒有那麼快的勝利吧！」為了留有餘地，他又接通電話，讓胡定芬在電

訊中增加「控制」及「退卻模樣」等字眼。胡定芬參考徐州第五戰區長官部報告，寫了一則戰訊發向總社。晚上 10 點左右，孫連仲司令部備車送記者們回徐州，范長江、陸詒託故留了下來，準備搶發臺兒莊大捷的頭條新聞。曹聚仁則認爲此時回徐州更能看清全局，看清楚了再來前線，亦不爲遲，遂和鄧珂雲決定搭車趕回徐州。一到徐州，前線勝利的消息已被證實，曹聚仁和胡定芬接着又發了一份更詳細而確定的戰訊，這便是 4 月 7 日轟動全國的臺兒莊大捷電訊。〔註16〕《申報》漢口版 1938 年 4 月 7 日頭條新聞，使用的就是曹聚仁他們所發的三條中央社電訊，從中可以感受到他們當時緊張而激動的心情：

昨晚第三次總攻　臺兒莊我軍大捷
數路合圍奮勇襲擊　敵兵四千悉遭殲滅

【徐州七日上午二時中央社電】我軍爲徹底殲滅臺兒莊東北各村落殘敵，於六日晚八時起開始第三次總攻，預料七日晨當有更好捷音，困守一隅之殘敵，即可全告肅清。

【徐州七日上午零時卅分中央社電】軍息：嶧縣臺兒莊間敵我激戰，五日晚我軍突出奇兵，將敵四面包圍，同時譚莊堡子、張樓、劉莊等處我軍，亦協力出擊，發生大規模喋血混戰。我第一次挑選敢死隊五百衝入敵陣，黑夜混戰，敵陣大亂，後頭部隊亦跟蹤而上，敵聯絡切段，我軍遂加緊猛攻，再四挑選敢死隊，不斷衝擊，直到六日晚五時，敵卒不支，全線搖動，我軍當將當面敵人全部殲滅，獲空前未有之勝利。計此役斃敵三千餘，俘獲堆積如山。

【徐州七日上午一時中央社電】臺兒莊正東東北及正北一帶村落敵之主力，被我圍攻，至六日晚計內線各軍殲敵逾千，外線各軍，殲敵達三千，兩晝一夜，共殲敵四千餘眾，俘獲無算，開抗戰以來未有之勝利。

曹聚仁和鄧珂雲發完電報之後，倒頭便睡，醒來已是 4 月 7 日午後。胡定芬打來電話，說武漢三鎮十萬人正在集會遊行慶祝勝利，舉國若狂！4 月 8 日，他綜合各方消息，又寫了篇長文《臺兒莊巡視記》發給總社，全國各

〔註16〕曹聚仁著：《採訪外記　採訪二記》，三聯書店（北京），2007 年版，第 68～70 頁。

報第二天紛紛在顯著位置刊出。范長江的長篇報導，在《大公報》刊出已是一周之後。戰後日本朝日新聞社編纂戰史，關於臺兒莊戰役，援用的就是曹聚仁當時採寫的報導。

首報臺兒莊大捷新聞，使曹聚仁在全國新聞界聲名大振。「八·一三」淞滬會戰，因為其他記者無法隨軍，他幾乎獨佔了兩個月的軍事新聞。臺兒莊戰役的報導則不同，數十位同行會集於此，其中不乏范長江、陸詒這樣的名記者。在激烈的「新聞戰」中，曹聚仁能夠獨佔鰲頭，當然與他的中央社身份有一定關係。但是，他的知識素養和人際交往能力，尤其是非凡的新聞觀察力和判斷力，使他脫穎而出，一舉成名。他後來總結說，作為一個新聞記者，不僅要會使用「顯微鏡」，還必須學會使用「望遠鏡」，「以我個人的經驗來說，每覺得愈接近戰線，所得的消息愈零碎、愈真實，但未必正確；而能設法接近高級指揮部，所得的消息愈是綜合的，愈增加正確性！」〔註17〕

1938 年 4 月 13 日香港《立報》刊出的「本報戰地特派記者」曹聚仁採寫的通訊《臺兒莊殲敵記》。

4 月下旬，中外記者團、慰問團紛至沓來，採訪、勞軍，甚是喧騰。作為首報臺兒莊大捷的記者，曹聚仁多次被請去做戰況介紹。一位德國海通社的記者，不相信我軍打了勝仗，到臺兒莊聽了曹聚仁的介紹，目睹了日軍焚燒的骨灰堆後，才真正信服。

臺兒莊之戰後，日軍暗中增兵魯南豫東，徐州、蘭考、開封一線局勢實際上已非常緊張。曹聚仁接受一位軍中至親的建議，與鄧珂雲迅速抽身西行，先搭火車從徐州到開封，然後雇黃包車趕到鄭州，再乘火車到了洛陽。那些

〔註17〕 曹聚仁著：《大江南線》，復興出版社，1946 年版，第 2 頁。

沒有及時離開徐州的記者，後來都陷在了敵人的包圍圈中。

曹聚仁原計劃西入潼關，或去延安看看，或去盛世才主政的新疆考察一番。不料一路顛簸，鄧珂雲患了傷寒症，只好在洛陽暫住下來，安心養病。其間，他意外得知四弟曹藝的運輸部隊正駐紮在澠池，大喜過望，遂乘車前往相聚。「世亂從知骨肉親」，〔註18〕兄弟兩人促膝談論到午夜，曹聚仁才戀戀不捨地返回洛陽。

三個月後，鄧珂雲病體初愈，兩人決定不再西進，南返武漢。7月29日乘上火車，次日下午就到了武漢。曹聚仁給妻子買了一張到廣州的火車票，讓她經香港回上海休養。第二年四月，曹聚仁巡遊到福州，鄧珂雲知道後要從上海趕來與夫君相聚。不料福州局勢突然緊張，兩地間的海上輪運斷絕，曹聚仁也疏散到福建南平。後來他轉到溫州，鄧珂雲搭上通往溫州的輪船，南駛四小時，在甌江口外，突然接到電訊說溫州海口被封，輪船又掉頭駛回上海。曹聚仁在溫州癡等了半個月，望穿秋水，也沒有看到妻子的身影。七月初，鄧珂雲聽說寧波口岸已經開放，不斷有船隻往來，便下決心坐船先到寧波再說。想不到她到寧波時，曹聚仁已經於三天前到了這裏，兩人下榻的旅店還十分接近。有一天，竟然同在一家荣館吃午飯，曹聚仁和幾位朋友在樓上，鄧珂雲在樓下。飯時大雨，還在飯館中一同挨等。兩人近在咫尺，卻彼此不知。第二天，鄧珂雲去電報局發電，告訴曹自己的行程，正巧郵遞員送信到電報局，她一眼瞥見一封從南平寄來留交曹的信，才知道丈夫已經到了寧波，於是向電報局職員說明原由，把那封信拿走。下午，曹聚仁也到電報局發電，局方告訴他鄧珂雲在寧波的住址，分別了一年的夫妻在亂世中終於喜劇性地相遇。

1938年8月的武漢，已是風聲鶴唳，軍政文化機構和人員紛紛入川。在群情惶惶之際，曹聚仁還去漢口的一條陋巷看望了陳獨秀。他與陳獨秀原來就有交往。陳獨秀被國民黨政府囚禁於南京老虎橋監獄時，曹聚仁的妹妹曹守三正好在這個監獄任獄醫，他就通過妹妹時常在生活上幫助陳，並勸陳寫回憶錄，他供給資料。抗戰爆發後，陳被釋放，也來到了漢口。這次兩人一見面，陳獨秀劈頭就說：「我以為你已經變成了共產黨員了！」曹聚仁答到：

〔註18〕抗戰期間，黎烈文離開《申報》，來到陳儀主政的福建主持文化工作，創辦改進出版社，主編《改進》半月刊。黎有「國危愈覺江山美，世亂從知骨肉親」詩句，傳誦一時。

「然而你又早已不是共產黨員了！」兩人相對，默然良久。〔註19〕

8月9日，曹聚仁乘船離開武漢，過洞庭，入湘江，於8月12日到達長沙。主政湖南的張治中，原是指揮淞滬會戰的總司令，第二天正好是「八·一三」週年紀念日，他在集會上發表演講，總結我軍之所以在淞滬能夠支撐三個月，「得力於士氣者半，得力於民氣者亦半；民氣士氣相激相蕩，是即旺盛精神之主要條件，民氣士氣交相爲用，是即軍民合作之徹底成功。」〔註20〕他並揚言，如果敵人進犯武漢，洞庭湖將是他們的葬身之地。張治中的豪言壯語，也感染了採訪他的曹聚仁。不料三個月後的11月12日深夜，長沙守備人員誤信謠傳，以爲日軍將至，情急之中縱火焚燒長沙市區，房屋被燒五萬餘棟，來不及撤退的市民死傷兩萬餘人。長沙警備司令酆悌等三人因此被處死刑，省主席張治中革職留任。

在長沙停了一周，曹聚仁經株州東行，第三次來到南昌。新四軍軍長葉挺來電邀請，他與彭文應、龔梅彬、程希孟等四人前往屯溪採訪。途經皖南祁門，還訪談了移駐於此的第三戰區司令長官顧祝同將軍。在屯溪，葉挺將軍把幾張日寇在南京姦淫殺戮的照片送給了曹聚仁，這是從被擊斃的日軍中隊長身上搜到的。後來，他將這些照片編入了《中國抗戰畫史》，讓日寇的罪行永污史冊。

1938年10月26日，武漢棄守，中日戰爭進入相持階段。從這時到抗戰勝利，曹聚仁除了1942年夏至次年春曾在贛州爲蔣經國辦《正氣日報》外，其它時間大都是「一身舊軍裝，腰間束了一條皮帶，普通一兵，貌不驚人」，〔註21〕帶着一部顧祖禹的《讀史方輿紀要》和一部杜甫詩集，在東戰場的江西、福建、浙江等地巡遊，寫下了難以數計的新聞報導、戰地雜感和人物通訊，爲《東南日報》、《前線日報》、《大剛報》、香港《立報》、《星島日報》等報刊所刊載。他用一枝健筆，不僅記錄了八年抗戰的壯闊畫卷，而且對抗戰也發揮了直接助益，因爲在他的字裏行間，始終充溢着抗戰必勝的信念。下面是他1938年11月23日所寫的金華通訊：

> 今天微明，又來到了金華。

〔註19〕 曹聚仁著：《新事十論》，香港創墾出版社，1952年版，第15～16頁。

〔註20〕 曹聚仁著：《大江南線》，復興出版社，1946年版，第12～13頁。

〔註21〕 羅孚：《曹聚仁在香港的日子》，載《讀書》1986年第12期。1942年，曹聚仁巡遊到桂林東郊星子岩《大公報》編輯部，羅孚時任該報練習生，負責收發兼管資料，大記者曹聚仁的這身裝扮給他留下了深刻印象。

　　金華的面貌，若配上一個西湖，就變成十足的杭州城；街頭偶步，目之所見，耳之所聞，全是蘇小小的鄉親。樓外樓、天香樓、西泠飯店、頤香齋的招幌，格外使浙西人士引起鄉思。南宋之際，汴都南遷，整個杭州，變成了開封風味，由今思之，眼前景物，與古無殊。其中有一家粵中人的菜館，名廣州酒家，亦仿傚滬杭格式。開張於廣州陷落前夕，中懸粵中軍人賀聯，句云：「嶺表正烽煙，願諸君酒飲葡萄，快活沙場拼一醉；天涯同敵愾，看滿座氣吞胡虜，軒昂眉宇奪三軍。」想南島人士，讀此聯必為神馳。整個市面，因為浙西人全力支撐，在狂炸後依然熱鬧非常。他們說：「反正是無家可歸，拼着死了也就算了。」這便是犧牲的決心的具體表白。〔註22〕

這樣的文字，足以使人忠勇奮發，同仇敵愾！

　　抗戰時期，我國出現過一位現代「花木蘭」，名叫唐桂林。唐是湖南零陵人，婚後與丈夫不和，便棄家出走，化裝成男人投了軍，混迹於湖南地方部隊。抗戰軍興，改入唐雲山的52師，參加東菇嶺之戰，任機關槍手，身受重傷，這才暴露了女兒本色。傷癒後奉師部命令，調往江山傷兵醫院任看護長。曹聚仁在皖南從唐雲山師長那裏聽到這一佳話，當即發了一個專電，唐桂林頓時成為新聞人物，聲名震動了全國。港滬各報，古風排律，贊誦之詩不絕，軍事委員會也頒發給她一枚鐵十字獎章。曹聚仁從皖南回浙東時，特地到江山去訪她，不料她不習慣於平安無奇的看護生活，又回到部隊去了。後來她隨軍向溧陽挺進，不幸途中翻車，重傷身亡。唐雲山師長曾給過曹聚仁一張唐桂林的照片，並對他說，唐桂林生前到處要找曹聚仁一見，她想不到新聞記者的筆，有這麼大的力量。當時軍中有這樣的說法：「像唐桂林一樣，就算死了，也是值得的了！」

　　1940年，上饒的戰地圖書出版社，將曹聚仁採寫的戰地通訊結集為《大江南線》出版。他從贛州把這本書寄給了遠在昆明西南聯大執教的朱自清師。朱自清收到《大江南線》後，回信當年浙江一師的學生：「多年不見，也沒通信。抗戰以來，常在報上讀到您的通訊。您似乎走了不少地方。這其間，一定冒了許多險，吃了許多苦，但一定也增長了許多閱歷。最值得欽佩的，是這種事業，直接幫助了抗戰。」〔註23〕朱自清評價曹聚仁所投身的事業「直

〔註22〕曹聚仁著：《大江南線》，復興出版社，1946年版，第26頁。

〔註23〕曹聚仁著：《我與我的世界》（上），北嶽文藝出版社，2001年版，第415頁。

接幫助了抗戰」，可以說代表了時人對戰時新聞工作的看法。

　　曹聚仁所採寫的戰地通訊，不但刊諸報端，有的還被選入戰時教科書，流佈極廣。1939 年 4 月，他巡遊到福建，時任桂林行營主任的白崇禧將軍正好也來到福州，做了三次公開演講。曹聚仁採寫了《萬人爭說白將軍》的長篇通訊，刊登在香港《星島日報》的專欄上。後來，多種新聞學教材和戰時國文讀本都選作範文。這種水準的新聞通訊，如今已難得一見了。特摘錄第三節，以見曹聚仁的文才筆力：

萬人爭說白將軍——四月二十二日福州通訊

三　把福建變作山西式的戰場

　　白將軍在演講與談話中，幾次提到山西戰場所使用的全面戰術的成績。他說：「去年三月間，敵軍由臨汾沿同蒲路將我軍向晉南壓迫，想在黃河邊上將我軍一網打盡；敵軍發言人已預言將有驚人的戰果可以獲得。閻司令長官向大本營請示今後作戰方針，大本營即執行不離戰區的命令，指示四個要點：一、化整爲零，以一個旅爲作戰單位；二、敵向南壓迫，我即向北（向太原五臺山）撤退，即向敵人後方推進：三、黨政軍人員不准退過黃河，過河即軍法從事；四、儘量與民眾合作，真正成爲民眾的武力。閻司令執行這個命令，成績非常之好；二十二個月之中，中條山太行山五臺山一帶，軍隊配合着民眾，和敵軍不知周旋了多少回，牽制敵軍十五萬以上的兵力，消耗敵軍實力非常之大。敵軍打不下山西，即不敢過河；山西對於華北，關係非常重大；我方便用全面戰術，即已保全了山西。」他又舉某師的事實爲證：某師曾被敵驅迫，退至黃河邊上，由參謀長電請渡河；大本營嚴令北進，渡河必殺。該師遵令北進，推進得非常順利，還打了好幾個勝仗；直到現在，實力反而加強。白將軍因強調這個意思，對在座的同志們說：「大家須知前進即是安全，後退即是死路！」

　　白將軍從軍事地理來說福建最適於全面戰術的使用，希望以山西爲標準，把福建變作山西式的戰場。他認定全面性的戰爭，必須軍隊與民眾徹底合作，他希望黨政當局趕緊組織民眾訓練民眾，使一千二百萬民眾真正動員起來，他說：「軍隊如魚，民眾如水，魚離開了水就不能生存。民眾，不組織，不訓練，並沒有力量；一經組

織訓練，就發生偉大的力量。敵人若是來進攻福建，我們能運用一千二百萬民眾來對付他，他有什麼辦法？」白將軍關於發動民眾，說了許多具體的意見；他希望政治、經濟、文化與軍事相配合，縣、專署、省府每個單位也都配合着軍事，來一個精神總動員，徹底實行軍民合作，實行國民公約：消極方面使民眾不做順民不做漢奸，積極方面使民眾人人認識敵人的陰謀毒計，人人參加抗戰工作。他希望沿海一帶，要假定為敵人所攻佔，不時作攻守假演習；從演習中得應付的經驗，一旦有事，不至手忙腳亂。白將軍最後鄭重提示擔當黨政責任的人：「認識要清楚，準備要快！」他引用一句成語：「凡事豫則立，不豫則廢！」

在白將軍諄諄提示這一刻間，福州人士的確有點醒悟了；全市市民疏散的工作也在開始了，組織民眾訓練民眾的工作也有人在着手了。記者從南街經過，看見「醉生夢死的生活必須改除」的橫額，不覺微笑。不知那天從文藝劇場出來的人，還有人再作「只要我方不做積極抗戰工作，不刺激敵人，敵人是不會來的！」的想頭不？〔註24〕

實際上，曹聚仁的文字並不局限於報導戰事，記述言行，描寫風物，有的通訊已經達到了對問題學理研究的水平。日寇在對華進行軍事戰的同時，還發動經濟戰，企圖使我國經濟社會崩潰，徹底喪失抵抗的力量。日寇發動經濟戰的預定目標之一，就是通過封鎖沿海口岸、大量使用軍用票、濫發偽幣、傾銷日貨等方法，摧毀我國法幣的外匯價格。敵人的狠毒伎倆表面看來的確發揮了作用。1938 年 4 月，法幣在上海的暗市，從一先令兩便士半的外匯率，落到八九便士之間，一年後又下落到六七便士；國民政府放棄上海黑市場後，一度瀉至兩便士七。這樣的經濟大波瀾，如果發生在歐美國家，立即要影響億萬人生活，然而在中國的農村大海中，依然不曾掀起什麼浪濤，農村經濟與農民生活，並沒有受到什麼影響。曹聚仁感歎，這簡直是世界經濟史上的奇蹟！那麼，是什麼因素造成了這一奇蹟？1939 年 9 月，曹聚仁在閩浙贛三省交界的浦城，用統計學的方法，對比分析了自耕農抗戰前後的家庭收支情況。研究發現：外匯暴跌，既未使農村主要用品價格暴漲，而農村物品的平衡漲價，也沒有嚴重影響農民的生活。自耕農是中國農村的基

〔註24〕 曹聚仁著：《大江南線》，復興出版社，1946 年版，第 77～78 頁。

幹，他們是「經濟的母財」——土地的忠
實兒子，相信土地生生不息，只要辛勤耕
耘，土地一定會回報他們以財富。在社會
經濟變動過程中，自耕農就發揮他們的保
守性武器，只承認物物交換的原始經濟原
則，用自己的勞力在土地上生產所需物
品，再用自己的產品交換其它的生活必需
品。因此，「在一個不相信土地會破產，而
認定自己的勞力，可以再造財富的農民面

1937 年曹聚仁與鄧珂雲在上海。

前，外匯率漲落在他們心頭，能激起什麼作用呢？」〔註25〕曹聚仁進而得出
結論：關於抗戰，只有農民，能作「能不能支持下去」的最後答覆。他建議
政府，不但要節用民力，更要扶植民力：如何扶助自耕農，如何穩定農村經
濟，這是決定持久抗戰力量的重心。他把這一研究心得寫成長篇通訊寄出，
八開八版、版面緊張的《前線日報》當即刊出，而中央社只發了參考稿，重
慶的路透社、美聯社卻都發了長篇專電。於是中央社又發了專電，全國各報
也刊登出來，《前線日報》又刊載了一次。曹聚仁說，在他的一生中，這是最
高的榮譽，比後來獲得雲麾勝利勳章還感到光榮。

　　當然，這些成就、榮譽的獲得是曹聚仁在「讀萬卷書」後，於烽火連天
中「行萬里路」的結果；埋首書齋、儒弱虛浮之人，是不可能寫出如此多而
有影響的通訊報導的。八年的戰地記者生涯，曹聚仁所經歷的苦難，遭遇的
危險，何止一二！1938 年春，他與妻子鄧珂雲採訪臺兒莊戰役，為防不測，
兩人在徐州的一個月，幾乎從來沒有脫過衣服睡覺。4 月底搭車離開徐州西
行，第二天，他們所住的徐州花園飯店就遭到敵軍轟炸，逃過一劫。同年 8
月，他在長沙參加「八‧一三」淞滬抗戰週年紀念、採訪過湖南省主席張治
中後，乘車前往株州，不料第二天敵機轟炸長沙，他住過的那家旅館被炸
毀。杭州出版的偽報紙，還報導了他在長沙被炸之事，朋友們都以為他已經
遇難，相互轉告，表示悼念。

　　「海水悠悠難化酒，書生有筆日如刀；戰場碧血成虹影，生命由來付笑
嘲。」這是曹聚仁 1943 年所做的感懷詩，足以作為他八年戰地記者生活的寫
照！

〔註25〕曹聚仁著：《我與我的世界》（下），北嶽文藝出版社，2001 年版，第 852 頁。

《抗戰畫史》足千秋

　　1945 年 8 月杭州收復，第三戰區司令長官顧祝同將軍把長官部從上饒移到杭州，《前線日報》也就跟着在杭州出了分版。抗戰八年，第三戰區一直在東南地區撐持著，終於熬到勝利，接收該地區乃是順理成章之事。誰知半路生變，蔣介石讓自己的嫡系、遠在黔桂的湯恩伯第三方面軍飛來接收京滬這一富庶之地，顧祝同的防區，頓時縮水許多。《前線日報》的這幫人，本來要在勝利後大幹一場的，當然不甘心局促於杭州一隅。同時，CC 系的胡健中把杭州看作《東南日報》的禁臠，連省主席黃紹竑的《浙江日報》都是他的眼中釘，《前線日報》在杭州出版，更招致了他的不快。因此，《前線日報》一定要到上海的望平街去顯身手了。

　　1945 年 9 月 30 日，杭州受降典禮後 10 天，曹聚仁扶病從杭州乘特快專車回到上海。他離開上海那一年，還沒有孩子；等到勝利歸來，已經是三個孩子的父親了。回首前塵，如夢如幻。車過麥根路車站，自己隨 88 師師部住過 50 多天的四行倉庫赫然在目，「舊景如新，又不禁迸出酸楚歡喜之淚來了！」曹聚仁一到上海，便碰到了已經擔任第三方面軍副總司令的孫元良將軍。孫元良當年率 88 師撤出上海後，一路退守至南京。京滬線上的防禦戰和首都保衛戰，88 師都是首當其衝，英勇異常。南京血戰，88 師幾乎全軍覆沒。首都淪陷後，孫元良在南京寓所的地窖裏潛伏了三個多月，最後化裝逃出。他因此被軍法處審問了很久，丟了軍職，黯然出國。因結怨於宋子文，歸國後也沒被起用。直到抗戰末期，才到湯恩伯的第三方面軍任副總司令。故舊重逢，曹聚仁問這位當年淞滬戰場上風頭最勁的將軍，而今坐飛機回來接收上海，飛機在江灣機場降落的那一刻，心頭有何感想？孫元良說那是情人會面的鏡

頭，要說是說不出來的，這不是語言文字所能形容的！〔註1〕

曹聚仁在上海過了平生最狂熱的雙十節。但是，勝利後國民黨對東南淪陷區的大接收變味兒爲「大劫收」，使他頓感失望。中國新聞事業的「羅馬」──望平街是曹聚仁的心儀之地，然而，當局在望平街上對新聞事業的宰割，也是大打出手，六親不認。

戰爭一結束，望平街上隨即出現了三種新聞力量。首先是「地下鑽出」吳紹澍的《正言報》。吳紹澍本是上海人，早年就讀於上海法政大學，加入了國民黨，畢業後任職於國民黨南京市黨部、漢口市黨部等部門。1939 年夏，國民黨中央派他從重慶潛回上海，籌建上海市黨部和三青團支部並擔任負責人，接應、護送出入敵佔區的國民黨軍政人員和新聞工作者，搜集日僞情報，派人滲透敵區，制裁日僞漢奸，爲抗日救亡做地下工作。1940 年 9 月 20 日，他打着美商旗號在上海租界創辦了《正言報》，這是上海「孤島」時期代表重慶國民黨當局的一份報紙。太平洋戰爭爆發當天，該報宣告停刊。抗戰一勝利，一直在上海指揮地下工作的吳紹澍得地利之便，搶先接收敵僞的《平報》資產，於 1945 年 8 月 23 日復刊《正言報》，自任社長。此時的吳紹澍，擔任上海市副市長、社會局局長等職務，一人身兼六職，炙手可熱。同時，原來望平街上的龍頭老大《申報》、《新聞報》因爲「附逆」被勒令停刊整頓，《正言報》一下子便替代了這兩家報紙的地位。嚴寶禮則下手更早，於 8 月 18 日就復刊了「孤島」時期停刊的《文匯報》。

接着是「天上飛來」的詹文滸〔註2〕等「重慶人」。最後，馮有眞〔註3〕

〔註1〕 曹聚仁著：《採訪外記　採訪二記》，三聯書店（北京），2007 年版，第 284～285 頁。

〔註2〕 詹文滸（1905～1973），浙江諸暨人。早年畢業於上海光華大學，後遊學美國，獲哈佛大學碩士學位。回國後任上海世界書局編譯主任，1938 年 11 月在上海租界創辦《中美日報》，任總編輯。太平洋戰爭爆發後轉往重慶，任《中央日報》副社長、中央政治學校新聞系主任。抗戰勝利後，以國民黨中央宣傳部上海特派員身份，從重慶飛回上海，接收敵僞新聞業。曾任《新聞報》總經理、上海市記者公會理事、上海暨南大學新聞系主任。1949 年 5 月逃亡他鄉，1973 年逝世。

〔註3〕 馮有眞（1905～1948），江蘇常熟人。早年就讀於之江大學，1928 年到南京，任中央通訊社駐立法院記者，爲院長陳果夫賞識，成爲 CC 系干將。上海淪爲「孤島」後，被國民黨中宣部委派爲駐滬專員。1940 年 9 月，與吳紹澍合作在滬創辦《正言報》。太平洋戰爭爆發後，復被國民黨中宣委任爲東南戰區特派員，設辦事處於安徽屯溪，在南京、上海、杭州一帶進行秘密活動，

的《中央日報》、宦鄉的《前線日報》也從「陸上走來」〔註4〕。馮有眞是從皖南屯溪帶人馬來到上海，接下河南路上僞《新中國報》的房子和印刷機，出版上海《中央日報》的。

馮有眞乃國民黨中宣部東南戰區特派員，吳紹澍又一向在上海指揮地下工作，可以捷足先登，接收敵僞新聞業。但是，詹文滸從重慶帶了「尙方寶劍」一飛來，要重新「洗牌」，馮、吳兩人的美夢便被打碎了。這樣，對上海敵僞新聞業的接收，在國民黨自己的圈子裏就已經攪不清了，各方神聖你搶我奪，望平街上亂作一團：

> 新聞界那幾位巨頭，掮着文化宣傳的招牌在那兒爭地盤；政學系的《大公報》，CC系的《東南日報》和《大剛報》（毛健吾），都是「近水樓臺先得月」，分得二十萬美金的官價外匯。（南京《中央日報》和上海《申報》，也分得同樣的數目。）上海《中央日報》分得了房子、機器和大量的白報紙。《正言報》也分得了半部《時報》的印機和大量白報紙。《和平日報》的房子、印機，規模也是很大，軍方之力也。第三方面軍，就借了日方的《每日新聞》社，出過一些日子的日文報紙，所收得的白報紙數量之多，更在各報之上。《中華時報》，就因爲是青年黨的機關報，也很快分得了房子、印機和白報紙。至於《前線日報》，雖說也帶點軍方的關係，一直到後來，才從徐州分到一架老舊的轉輪機，開頭擠在四川中路的一所房子的樓上，勉強開了業；後來也轉了許多彎，才把分配給《和平日報》的，就是那所《每日新聞》社的房子買了過來。（這中間，又有許多微妙的關係。）大概你搶我奪，到了第二年夏天，才算各霸一方，轉到白報紙的外匯分配額上去吵嘴的。〔註5〕

當時，國民黨當局爲了阻止共產黨的《新華日報》從重慶遷滬，又作出了一個毫無道理的規定：戰前沒有在上海出版的報刊，現在不能到上海來出

並於 1942 年 7 月 18 日創辦《中央日報》屯溪版。1945 年 8 月 30 日，屯溪《中央日報》遷至上海出版，任社長，兼任中央社上海分社主任。1948 年 12 月 21 日，受命籌備上海《中央日報》南遷事宜，所乘飛機在香港附近的火石山失事，與同機的彭學沛一起遇難。

〔註4〕 《前線日報》1945 年 8 月 24 日在上海出臨時版，同年 11 月 16 日江西上饒版正式停刊，單出上海版。

〔註5〕 曹聚仁著：《採訪外記 採訪二記》，三聯書店（北京），2007 年版，第 279～280 頁。

版。如此一來，不但《新華日報》不能在
上海刊行，連軍方的《和平日報》（原《掃
蕩報》）、CC 系的《東南日報》、青年黨的
《中華時報》、第三戰區的《前線日報》、
天主教的《益世報》，都不能在上海出版
了。最後，只有《新華日報》被拒之門外，
其它報紙兜了許多圈子，經過行政院特
許，先後又都在上海出版了。

　　曹聚仁到上海時，馮有眞和詹文滸之
間的暗鬥已經白熱化。在詹文滸看來，上
海《中央日報》隨時可以轉到他的手裏。
馮有眞惴惴自危，只能守住中央社上海分
社的地盤，作最後退步之計。國民黨中
樞，自然要把歷史最悠久、銷路最大、經

上海望平街（今山東中路）。

濟基礎最穩固的《申報》、《新聞報》這兩塊肥肉一同抓了去的。通過內部整
頓，這兩家大報改組爲官商合營報紙，大權操在陳布雷手中，而以潘公展主
《申報》，以程滄波主《新聞報》，編輯全權操在 CC 手中，堂而皇之地復業，
實際上已成爲國民黨的機關報。詹文滸被委以《新聞報》總經理之職，和社
長程滄波平分秋色，這才讓馮有眞穩住了江山。江山是穩住了，不過上海《中
央日報》也變成「童養媳」了。抗戰勝利後國民黨在上海的新聞統制，以《申
報》、《新聞報》爲中心，《中央日報》、《和平日報》乃是外衛；《正言報》、《東
南日報》、《前線日報》、《益世報》更是外衛的外衛。

　　《前線日報》總編輯宦鄉是在上饒受了悶氣，抱着理想跑到上海準備大
幹一場的。《前線日報》上海版開頭那一時期，果然也辦得有聲有色，宦鄉自
己寫「編餘漫筆」，可以說是最接近理想的「新聞說明」，其識見和文筆，可
以和第一流的評論家抗衡並駕。到上海後，宦鄉又結識了周予同、鄭振鐸、
唐弢等一幫開明書店的朋友，他在杏花樓宴請這幫朋友，拍着胸膛表示可以
擔當責任，讓大家儘管賜稿支持《前線日報》。因此，《前線日報》的副刊和
學術性周刊，顯得比當年上海的《立報》更富有自由主義色彩。

　　但是，上饒的那一筆賬是不可能不了了之的。當時有 17 位政治部主任在
重慶告《前線日報》的「御狀」，使顧祝同十分爲難。而且，《前線日報》的

言論、新聞，時常被重慶《新華日報》引用，這讓那些帶有「眼鏡」的人看來，《前線日報》已不僅僅是一張自由主義報紙了。社長馬樹禮一團高興從芷江參加完洽降會議飛回南京、上海，打定了天下，不料積勞吐血，只好住進醫院調理。各種政治性的攻擊，密集而至，《前線日報》風雨飄搖，宦鄉一個人幾乎支持不下去了。

顧祝同十分器重宦鄉，他的意思是要宦鄉改變態度，這樣可以繼續主持這份報紙。顧祝同滿以為宦鄉會聽從自己的勸告，誰知宦鄉在顧家吃了一頓午飯後，便和他分道揚鑣了。宦鄉斷定顧這一幫軍人已經沒有了前途，在顧祝同與進步的前途之間，他毫不猶豫地選擇了後者。當時，《前線日報》上饒版還在繼續出版，邢頌文抽身不得。上海方面，馬病宦走，《前線日報》這只「石臼」就落在了曹聚仁這個半客卿的頭上。宦鄉走時還特意囑託曹聚仁不要步自己後塵，希望他能夠頂着做下去，否則就等於拆了《前線日報》的臺。這樣，曹聚仁也就在上海定居下來，變成《前線日報》的一員了。

來自外部的各種壓力，使馬樹禮不能再用開明書店的那幫朋友。曹聚仁心裏也明白，自己留下來撐持《前線日報》，肯定會被一些朋友誤解。但是，《前線日報》關係到二三百人的生存問題，為了大家有一個吃飯容身之地，他也就顧不了許多了。有一天晚上，馬樹禮從南京回來，急匆匆地找到曹聚仁，訴說京中的遭遇：顧祝同的責備，朋友們的攻擊，使他覺得走投無路，前途茫茫；當局分給《前線日報》的 18 萬美元官價外匯，本已在望，就因為報紙的態度問題被擱淺了；徐州方面可以分得的白報紙，也落空了。曹聚仁看着急火攻心、一碰就會倒下去的馬樹禮，頓生憐憫悲壯之情，當即拍着胸膛對老朋友說：「我的主張是一件事，報社主張又是一件事，你要怎麼做，你說好了！」〔註6〕這樣，曹聚仁就掌着《前線日報》的舵，不讓這隻船沉下去，過了大半年為報社謀生存的日子，任何外間的誤解，都不聞不問了。

1945 年 12 月底，曹聚仁從友人處得知，才兩歲的二女兒曹霆，在江西樂平染上痢疾，因無藥醫治，已於三個月前夭折。想着千里之外悲傷無助的妻子和孩子們，他立刻放下手頭工作，趕去樂平接他們回來。其間，國共和其他黨派正在重慶召開政治協商會議。曹聚仁從上海、南京溯江而上，經蕪湖到九江，又在贛東北兜了一圈。等到他一圈子兜回去，再從九江、南京回到

〔註6〕 曹聚仁著：《採訪外記　採訪二記》，三聯書店（北京），2007 年版，第 291 頁。

上海，也已經把政協帶來的一點新希望都兜完了。不過，他也知道這種會議是談不出什麼結果的：「政治協商會議，擺在會議席上那些堂堂正正的議論，都是要從侍從室挖出實權交給國民政府去，要使主席成為『虛君』，內閣制所容許的『總統』，要終結『手令政治』，這是拔根的工作，豈不要蔣氏的政治生命？無論如何，是不會成功的。」這種看法，是基於他對蔣介石性格的深切瞭解。回上海後某一天，他和幾位民盟的朋友閒談，他們想聽聽他對政協會議成果的看法。曹聚仁反問他們：「蔣介石和袁世凱不同之處在哪兒？」這幾位民盟朋友都回答不出。他就自問自答說：「袁世凱狗抓地毯，老忘不了皇帝夢，盡在總統制、內閣制上兜圈子。蔣介石呢？他並不要兜這些圈子。主席也好，行政院長也好，委員長也好，總統也好，結果還是他的天下。（到後來，捨不得總統這寶座，也還是『狗抓地毯』。）」〔註7〕

曹聚仁事後明白，抗戰勝利後的第二年即 1946 年，是離心與向心轉變的總樞紐。當時他只是覺得社會情緒真是微妙。以新聞業來說，一般人都希望國共雙方真的能夠停戰談和，但報館老闆方面，似乎都受了上頭的指示，以強調破裂為言論編輯中心，只要把責任加到對方去，頗有不擇手段之意。〔註8〕就在這一年，顧祝同奉命指揮軍隊在隴海線上和中共軍隊對壘。發生在昆明的李公僕、聞一多慘案，又是由顧祝同主持軍事法庭來處理的。《前線日報》的言論，自宦鄉離去之後，曹聚仁為了報紙能夠生存，日趨於灰色，只說些不痛不癢的話。但是他也是有底線的，顧祝同的這些作為，《前線日報》就格外無法相配合了。一份失去靈魂的報紙，自然難以打開銷路的。《大公報》上海版復刊、《東南日報》出版上海版以後，望平街上的市場也讓他們佔了先，《前線日報》在上海變成了二流報紙，僅能和《益世報》、《和平日報》相比肩，只是比《中華時報》稍好一點而已。

因此，在《前線日報》的基礎穩定之後，曹聚仁就開始逐漸地和報社疏淡關係，擔任了上海法學院報學系和社會教育學院新聞系的教授，把上海方面的工作重心移到新聞教育上去。戰前曹聚仁在上海大學已教過新聞學，那

〔註7〕 曹聚仁著：《採訪外記 採訪二記》，三聯書店（北京），2007 年版，第 336 頁。「狗抓地毯」是狗的一種下意識行為。狗已經在地毯上睡覺了，還要像以前在山野草堆裏睡覺那樣，先在地毯上亂抓一陣。曹聚仁用「狗抓地毯」喻指下意識中生根的傳統思想。

〔註8〕 曹聚仁著：《採訪外記 採訪二記》，三聯書店（北京），2007 年版，第 291 頁。

時難免紙上談兵。八年的戰地記者下來，重上三尺講堂，時事分析、採訪學、編輯學、新聞學，不管是業務課還是理論闡釋，他都能現身說法，得心應手。社會教育學院設在蘇州拙政園，新聞系主任是俞頌華。俞頌華曾任香港《星島日報》總編輯，和曹聚仁早有工作上的關係。當時他已病入膏肓，可是對新聞事業仍抱有濃厚興趣。他對曹聚仁說：「我們總是辦報的人，等我身體好一點，我們還是到海外辦報去！」〔註 9〕然而過了不久，他就在蘇州病逝了。

北平《世界日報》1947 年 6 月 24 日所登之《中國抗戰畫報》廣告。

至於新聞報導的工作，曹聚仁則移到香港的《星島日報》上去。他擔任着《星島日報》的外勤記者，這份境外報紙，為他採寫的通訊的發表，提供了最大便利。這一時期，政府當局有鬧不盡的笑話，他也就有寫不盡的通訊了。他的南京通訊，居然發出了「國民黨不亡，是無天理」的憤激之語。誠所謂嬉笑怒罵皆成文章，曹聚仁迎來了新聞生涯中「偉大長篇通訊的黃金時代」。到了 1946 年底，他認為內戰的戰場上已經用不着像他這樣的記者了，就下決心離開中央社，把新聞工作的重心，完全放在為《星島日報》寫通訊上。

1946 年夏天，內戰之火愈燒愈旺，經濟危機一天天深化。在這個危機四伏、天氣熱得怕人的夏天，曹聚仁蝸居在上海狄思威路（今溧陽路）的家中，每天以五六千字的速度，埋頭趕寫着他的不朽勝業——《中國抗戰畫史》。

早在 1943 年春曹聚仁隨蔣經國到重慶時，偶遇商務印書館的老闆王雲五，向王透露了自己準備編寫一部戰史的計劃。王雲五當即跟他談妥，書成之後由商務印書館出版。後來，中央社也有意出版這部戰史，社長蕭同茲想調曹聚仁到社裏的資料室去趕這份工作。上海聯合畫報社的舒宗僑生意眼敏感得多，他對曹聚仁說：中央社是官衙門，腳步遲慢，而且顧忌重重；商務印書館頭緒繁多，不會替你來爭取時間。他勸曹聚仁不要把戰史當作名山事

〔註 9〕 曹聚仁著：《採訪外記　採訪二記》，三聯書店（北京），2007 年版，第 294 頁。

業來做，跟他合作，抓住時機，早出版一天好一天。〔註 10〕曹聚仁覺得舒宗僑言之有理，於是兩人聯手，曹撰寫文字，舒選配圖片，半年即完成了編撰工作。1947 年 5 月，《中國抗戰畫史》由聯合畫報社正式印行。

　　1947 年 6 月 24 日，聯合畫報社在北平《世界日報》上做了一則「《中國抗戰畫史》隆重出版，運抵北平」的廣告，從中可以看出該書大要：

　　　　本報動員中外記者五十人，名記者曹聚仁舒宗僑編著，印刷半載，耗費數億元之《中國抗戰畫史》，茲特鄭重宣佈，本書已隆重出版！

　　　　本書初版已全部預約一空，致市面無書可以發售，再版經日夜趕印，亦已出書。凡預約書籍，本社已如期於五月二十二日起依預約先後陸續交郵寄出。再版書原定價為十萬元，近以各項工價再漲，特改為十二萬元。

　　　　本書編印既畢，統計共刊用照片一千一百六十七幅，文字四十餘萬字，地圖六十幅，彩圖十四幅，文獻內幕秘聞百餘種，自日本明治維新起，中經八年血戰，至最近中日情況止，共分為十大章（共七十二節），後附抗戰史料一覽，各戰區將領一覽，抗戰大事記，各次戰役統計等。文字通俗美妙，資料豐富確實，圖片新鮮生動。內容之結實完備，無論就文字，就圖片，國內無以出其右。尤其本書刊用之圖片，至少有百分之八十，因戰時物質條件欠缺關係，從未向外間發表，而由本書加以搜羅刊用。大部分照片，均為戰地作戰實錄，關於敵偽動態則搜自日方，故參閱文字與圖片，既像小說，又似電影，從學術立場看，則又是一部最完善的史料，從普通軍事學立場看，是一部戰史。適宜於各種職業、年齡、趣味的人閱讀。

　　抗戰勝利後，國民政府國防部設立了戰史局，結果連最簡略的戰史也沒有編寫出來。青年黨的左舜生曾向國民參政會建議設立戰史委員會，着手編寫完備的戰史，當局就說國防部已經有了戰史局，不必再設戰史委員會。曹聚仁對當局不重視總結戰爭經驗教訓的做法非常失望，他憤慨地說，「這八年仗是白打的！」所以，他雖然覺得《中國抗戰畫史》編寫得並不盡人意，但是也相當自豪：「畢竟地也只有我這部戰史，算是把八年抗戰的史迹留下

〔註10〕　曹聚仁著：《採訪外記　採訪二記》，三聯書店（北京），2007 年版，第 352 頁。

來了。」〔註11〕

　　浙東學術有重視史學的傳統，有清一代，編撰《明史》的萬斯同、萬斯大兄弟，著《文史通義》的章學誠，都是浙東人。章太炎曾說：「浙東學派，多從史學入手；史學使我們胸襟開闊，這與孤陋寡聞的冬烘文翁頗不相同。胸襟開闊，所以有識力，有識力，乃不至隨聲附和。胸襟開闊，所以能組織自己的思想系統，才能左右逢其源。」〔註12〕在這樣的學術氛圍中，曹聚仁似乎對史學有天生的興趣。他 9 歲即在父親的朋友朱芷春師的講解下，開始讀王夫之的《讀通鑑論》，後來又耳濡目染於單不庵、章太炎兩位大師，便想做章學誠的傳人，終生以史家自期了。

　　曹聚仁自己說，他是以研究歷史的態度進入新聞圈子的。他有着非常強烈的、自覺的歷史意識，從走出書齋邁向戰場的第一天起，便留意搜集敵我雙方的各種材料。臺兒莊戰役後，他和妻子鄧珂雲重回戰地巡行，在敵屍堆中找到了一本一位日本士兵寫的日記，成爲瞭解臺兒莊戰役過程的第一手材料。那位不相信中國軍隊打了勝仗的德國海通社記者，就是看了這本日記後才啞口無言的。1945 年 9 月曹聚仁從上饒到杭州參加受降典禮，突染惡性瘧疾，寒熱交作，舉步維艱。在發病間歇期，他還趕到荒貨攤去收集大量有關抗戰軍事的文獻。「我要研究日軍的戰略和戰術，我要瞭解日軍的士氣和戰後心理，日軍一百三十萬戰鬥兵，居然悶聲不響，放下武器，這是多麼重大的一件事。其間，偶而出點小亂子，有的苦悶之至，憤而自殺，裏西湖時常有投水自殺的日軍官兵，大體說來，他們都服從了天皇的命令，毫無保留的向我軍投降了。就我仔細研究和實地觀察所得，日軍在戰術上，可說是成功的；但是他們的戰略卻是失敗的；正如德軍一般，他們打贏了許多戰役，卻不曾打勝過整個戰爭。」〔註13〕當他開始着手編寫戰史後，八路軍和川桂系軍人，把這項工作看得十分重要，又供給了他不少史料和照片，特別是川軍的孫震將軍，給他提供了最充分的史料。

　　同時，爲了戰地報導的需要，曹聚仁一穿上戎裝就開始潛心研究古今中外的軍事學典籍。八年戰地巡遊，經常與軍政要人往還，使他從一個門外漢

〔註11〕曹聚仁著：《採訪外記　採訪二記》，三聯書店（北京），2007 年版，第 273、353 頁。

〔註12〕轉引自李偉著《曹聚仁傳》，南京大學出版社，1993 年版，第 265 頁。

〔註13〕曹聚仁著：《採訪外記　採訪二記》，三聯書店（北京），2007 年版，第 274 頁。

變成了一位具有豐富軍事知識和深刻軍事洞察力的專家。1938 年 10 月 26 日，我軍事當局宣告放棄武漢三鎮。次日，身在金華的曹聚仁寫了一篇綜述通訊，其對宏大戰事的概括、分析能力，絕非一般記者可比：

> 過去三個月，戰局之擴大、緊張、激烈，變化之迅速、複雜，為先前所未有；記者片段的記述，決不足以盡壯闊的波瀾。當此大幕將落之際，且回溯歷程，作簡單的綜述。七月間，敵軍越過馬當、香山，進陷九江，戰事焦點由鄱陽湖東岸移至西岸，南潯線每個據點都經過幾度進出。那時候，敵軍的意向已判明並無在鄱陽湖地找尋我們的野戰軍來一度決戰的野心；而敵軍主力是否由德安西進或南冒，尚未可測。七月底邊，敵又把戰事重心放在黃梅、廣濟的線上，這才搖動了武漢人心。可是八月間的重心又北岸移南岸，敵軍對於瑞昌的攻擊，猛烈而且堅韌（現在判明那是敵軍的副主力）。一般頗掛心敵軍由武寧攻咸寧的企圖，尤其當瑞昌右邊潰敗之際，只怕牽動了南潯線全局。九月間，敵軍的正主力，由合肥向潢川、光山出動，平漢線才受到重大脅迫，北岸田家鎮、蘄春也終於不守。南岸敵軍以同樣姿態向陽新、大冶方面推進，恰和北岸同一步伐。最近這一個月（十月），信陽失守以後，敵軍居然鑽入大別山脈，叩武勝關的正門，因此武漢的北面，比東岸更為吃重了。到了這幾天，敵軍由平靖關向應山，由沙窩向麻城，由黃岡向黃陂，由鄂城向葛店，由金牛向賀勝橋，五路構成大半圓形的包圍圈，武漢守衛已到了最嚴重的關頭了。到了現在，再回看敵人的戰略，我們可以明白敵軍在長江兩岸的每一個動作，都有其中心作用——刺激、吸引我軍的主力以待我軍的疲憊。擇我軍比較稀薄處，從正面來攻堅。總括一句話：敵軍的基本戰略，只要占得據點，即不計戰果之生熟了。

> 如上所述，敵軍安排實力，北線重於南線，其意在取巧；我軍應付這局面，則南線重於北線，其意在留有餘以相待。國人對於當局的苦心，怎可不曲加原諒？而軍人在各線應戰之堅苦卓絕，更不可不讚歎欽佩。〔註14〕

曹聚仁覺得自己是一個最幸運的歷史家，因為親身參與了戰爭的全過

〔註14〕 曹聚仁著：《大江南線》，復興出版社，1946 年版，第 19 頁。

程，不但積累了大量的第一手材料，而且培養了觀察、分析、識斷軍事、政治、外交問題的能力，爲這場波瀾壯闊的民族戰爭，編寫一部翔實可靠、高屋建瓴的戰史，準備了必要條件。

在《中國抗戰畫史》之《扉語：我們的獻詞》中，曹聚仁開宗明義地說：「這是一部戰爭的記錄。」既然是戰爭的記錄，敘事必須信而有徵，這是治史的第一要義。早在暨南大學執教時，同事楊人楩翻譯的法國史學家馬迪厄的《法國革命史》，曹聚仁研讀過多遍，對馬氏「求眞」的治史方法推崇備至：「非有可靠證據勿下論斷，非證以可信的史料，勿輕於相信；對人物與事變之判斷，必須依據當時之思想與判斷。任何文獻必須予以最嚴厲之批評；對於流行之歪曲與錯誤的解釋，即出於最可靠的史學，亦須無情地予以擯棄。總之，須以求眞爲主。」他曾經對好友曹禮吾說：「馬迪厄可以和中國的王船山比美，兩人對史學的貢獻一樣大。」〔註15〕《中國抗戰畫史》中的史事，多爲曹聚仁親歷筆錄，可以稱得上信實可靠。日本朝日新聞社戰後編次《進入太平洋戰爭之程途》，若干課題採用的就是曹聚仁的記述，說明他的記述合乎事實。

關於史事的信實問題，曹聚仁還有自己獨到的見解。在他所記的《東戰場上的日記》中，有這樣一段精闢的論斷：

> 偶閱曾國藩日記，其中有一天，忽提起史事的可信不可信問題，因爲他自己身在戎行，手造歷史，眼邊過的事，也有許多不可信的，則史籍所載，可不足憑。但曾國藩畢竟是一個文人，尚不知史家治史自有爲造史的人所不能瞭解的特點。史家治史，觀其流變之跡，不着重一環，而重環與環之間的連鎖關係，連鎖關係，非有史眼不能見了。我現在所往來的，很多是造史的人；他們看了報紙，有時相顧而笑；可是報紙並不減低其眞實性，積一個月的報紙，則戰局之輪廓自在，並不因爲每天誇張了一點就走了樣兒。歷史亦當作如是觀，惜不能起曾國藩於地下，與之一談耳。〔註16〕

基於這樣的認識，曹聚仁在力求史事信實可靠外，特別重視中日之戰「環與環之間的連鎖關係」。《中國抗戰畫史》從日本的社會、文化和民族性入手，剖析了日軍侵華的複雜因素，呈現了中華民族奮起抵禦外侮的全過程。因果

〔註15〕 轉引自李偉著《曹聚仁傳》，南京大學出版社，1993年版，第84頁。
〔註16〕 無暇編：《戰地日記》，之初書店，1938年版，第36～37頁。

流變，環環相扣，脈絡清晰，要言不煩。披覽此書，我們不得不佩服曹聚仁化繁為簡的「史筆」和高屋建瓴的「史眼」。

聯合畫報社 1947 年版《中國抗戰畫史》扉頁。

當然，《中國抗戰畫史》決不只是一部「戰爭的記錄」。它的重要價值還在於，作者通過記錄戰爭，探究了敵我雙方勝負興衰的內在因素。曹聚仁說，日本潰敗，一個世界第一等的強國隕星似地從天空墜落，這都是日本軍閥種的因造的孽，自食其果，怨不得別人。那麼，日本何以來勢洶洶而終歸敗亡？曹聚仁指出，現代戰爭是一個「總體性戰爭」。首先，現代戰爭是工業效能的戰爭，以一國的經濟力與人力的總和來作戰：「全國生產，供戰爭之用，雖則戰爭行動本身並不拿出原料來進行，也不把工廠拿出來作戰，而是拿出高度完備的特殊構造的戰爭機器，以特殊有訓練的戰鬥員來操縱。工業與人力的軍事化程度，便是戰鬥力的一部分。」另一方面，現代戰爭又是一種政治戰，「若不得民眾誠心擁護，則不能為民眾所忍受；現代的戰爭，必須是屬於人民的戰爭。」這次戰爭，因原子彈的出現縮短了行程。但是，日軍的潰敗不在於原子彈的威力，而在於科學技術的落後。日軍是在「科學的戰爭」、「腦力的戰爭」中吃了敗仗。有日本學者認為，中國的地廣人多與大平原環境，使生長於「山嶽叢錯彈丸黑子的島國」日本人產生錯覺，制定的「速戰速決」戰略不能實現，從而陷入戰爭泥沼。但是，日本人忘記了中華民族的「國民潛力」，也忽視了中國的抗戰乃是「屬於人民的戰爭」，「少年中國之廣大領土與中國人民之出於意料之外的團結與抗戰到底的決心，使日本的侵略計劃全部擱淺了。」曹聚仁總結道：「對於這次戰爭性質的任何錯誤估計，以及對於政治與物質的警覺性的任何一點的認識不夠，都會演成致命創痕；致命的創痕，是無法補救的。法國的潰敗，日本的終於敗北，以及希特勒的覆滅，別無他因，便是對於戰爭性質估計錯誤，對於政治與物質的警覺性認識不夠之故。」〔註17〕

〔註17〕 曹聚仁、舒宗僑編著：《中國抗戰畫史·扉語：我們的獻詞》，聯合畫報社，1947 年版，第 2 頁。

　　更爲可貴的是,《中國抗戰畫史》雖是一部戰史,卻閃耀着祈望世界和平、人類幸福的光輝。在《扉語:我們的獻詞》中,曹聚仁提到,日本名將東鄉平八郎在東京逝世前不久,曾經對一位知心朋友說:「熱心戰爭的人,不懂得戰爭。凡是經驗過戰爭的恐怖,而仍愛戰爭者,簡直就不是人類。無論什麼方法都要比戰爭好,我們必須以任何代價來避免戰爭,除非在民族生存受到危害的時候。我是恨極了戰爭。」曹聚仁說,《中國抗戰畫史》正是東鄉平八郎所作的沉痛遺言的注釋:

> 　　我們所寫的雖是關於戰爭的記錄,但希望由此而閃出增進人類幸福,促成世界和平的光輝。我們承認和平乃是一個「綿延的創造」,「和平並非破壞和平的人失敗以後所得到的一種靜止狀態。相反的,和平是一種動的方法,用這種方法,以完成必須的調整變革,以減輕而非加重過去因武力侵略曾經予世界的各種弊害。」「和平必須是一種動態的賡續的程序,進而實現世界規模的自由、正義、進步和安全。」我們希望我們的戰士,以往爲了抗拒強權爭取民族之自由而奮鬥,今後爲着實現世界永久和平而努力! 〔註18〕

　　存信史,究成敗,誠來者,這就是《中國抗戰畫史》這部煌煌巨著的史學價值。曹聚仁曾說,他有份小小的心願,要讓百年後的史家承認他是一個有眼光的史家,而不僅僅是一個新聞記者。《中國抗戰畫史》的行世,足以使他躋身「有眼光的史家」之列。

〔註18〕　曹聚仁、舒宗僑編著:《中國抗戰畫史・扉語:我們的獻詞》,聯合畫報社,1947 年版,第 3 頁。

桃花扇底送南朝

　　國共聯手驅除外侮之後，固有的矛盾便浮出水面，打打談談，糾纏不清。重慶政治協商會議後，曹聚仁採訪了不少軍政要人，問他們國共談不攏的原因究竟在哪裏。那些「大佬」都說他問得天眞，言外之意，蔣介石同意和談，僅僅是做給美國人看的戲法，遷就一下美國人希望中國和平、確保不徹底倒向蘇聯的旨意。蔣內心是堅信憑藉武力可以消滅中共的，所以並不把來華調解國共爭端的馬歇爾元帥看得十分重要，有時還玩弄這位老人。等到蔣氏瞭解到馬歇爾地位的重要，這位美國總統特使已經回國當國務卿了。曹聚仁曾反問一位國民黨的總司令：「究竟是你天眞，還是我天眞？」[註1] 還有一次，他與一位總司令去參加文化界舉行的座談會。這位總司令在會上與文化界人士爭得面紅耳赤，事後對曹說：「現在你們不懂，一仗打贏了，你們就懂了！」通過這些事情，曹聚仁明白，蔣介石和國民黨的眞實想法，是想用武力來說話的。

　　在國共之間「吃夾檔」，採訪國共和談新聞，曹聚仁覺得這是像他這樣的新聞記者最困難的工作，因爲雙方的成見以及報館的處境，不容他們做客觀性的報導。1946 年 10 月，由福建調任臺灣省主席的陳儀，電邀京、滬新聞界人士前往臺灣考察省政。感到大陸空氣沉悶、壓抑的曹聚仁，就代表《前線日報》參加了這個新聞考察團，到海外去換換新鮮空氣。

　　新聞考察團由國民黨中宣部副部長許孝炎任團長，人員除曹聚仁外，還

〔註 1〕 曹聚仁著：《採訪外記　採訪二記》，三聯書店（北京），2007 年版，第 329 頁。

有《申報》總編輯陳訓悆、《新聞報》總經理詹文滸、上海《中央日報》社長
馮有眞、《東南日報》總編輯杜紹文、《正言報》的朱雯和《大公報》的高集，
多爲國民黨當局的「新聞官」。接待方爲他們安排了密集的考察行程，寶島的
主要地方幾乎都走到了。考察快結束時，陳儀在草山與大家進行了座談，第
二天又在長官公署正式招待了考察團一行。陳儀主閩時曹聚仁已與他相熟，
這次見面，他劈頭就問陳：依你自己的觀感，治閩和治臺相比，哪一個更滿
意些？陳儀愉快地回答：「臺灣的省政進程，不僅是順手，而且可以拔步走向
理想的社會主義社會去！」殊不知，「二・二八」事件的風暴正在醞釀積聚之
中，只是躊躇滿志的省主席沒有察覺而已。

在臺期間，凡是集體應酬之事，曹聚仁概不參加，自己去走訪想訪問的
人，搜尋想看到的資料。這麼一圈走下來，他對臺灣的政況民心，也有一番
自己的瞭解了。抗戰時期，曹聚仁根據對軍事地理的研究，曾經產生過一個
想法：如果把南洋群島、菲律賓群島、海南島、臺灣、琉球群島和舟山群
島，看成一個海上王國，其戰略意義和世界意義將不可估量。經過這次實地
考察，他堅信了自己的看法。他對陳儀說：「中國畢竟是大陸的國家，所以不
懂得海洋的偉大；三寶太監雖說七次下西洋，結果東南亞的世界，還要等哥
倫布、麥哲倫來發見，東印度公司來開發的。」「臺灣的地位，應該放到島鏈
上去看的，不要把它當作大陸的一部分多餘的東西，中國先民有海外開拓的
效力，卻缺乏建立海外扶餘的政治組織能力，這便是中國人比不上荷蘭人之
處。」〔註2〕陳儀聽了大爲讚賞，把日軍司令投降時獻給他的一把軍刀轉送給
了曹聚仁。

這次訪臺，前後 10 天，曹聚仁搜訪到了 80 多本有關臺灣的史料。同時，
新聞考察團中，也只有他和《東南日報》的杜紹文寫了稿子，一棒打落了那
一群趾高氣揚的新聞官。

1946 年 11 月 15 日，蔣政權不顧中共的強烈反對，悍然召開國民代表大
會，制定《中華民國憲法》。曹聚仁從臺灣返回上海後，就被《前線日報》派
往南京採訪「制憲大會」。他在南京住了一個多月，「朝野上下，各黨各派之
人士，我都接觸過，只見明槍暗箭，彼此鬥爭着，沒有和衷共濟的祥和空
氣。袞袞諸公，都是以國事爲兒戲，這就使人感到『秦淮河之冬』的眞實氣

〔註2〕　曹聚仁著：《採訪外記　採訪二記》，三聯書店（北京），2007 年版，第 360～
　　　　361 頁。

氛。」〔註3〕

這次大會，名為「制憲」，但是出席會議的兩千多名代表，曹聚仁認為最多只有三五十人知道什麼叫憲法，蔣介石本人也根本不會尊重憲法。他曾與300多名國大代表談憲法問題，發現至少有290人漠然無知，對憲法不感興趣；他們感興趣的是掛過紅條子，有了地位、權勢，便可以回家鄉為所欲為了。有一次，曹聚仁到中山陵去，碰巧那些掛了紅條子的國大代表也在遊園，他們趾高氣揚，遊來蕩去。這時，一位教師帶了一隊小學生過來，大概是走累了，孩子們坐在草地上休息，警察便馬上過來驅趕。他隱隱聽到那位教師氣憤地說：「好！看你們橫行到幾時！」這些代表，坐在會場上，癡頭癡腦，只會打盹，但一到晚上，在秦淮河的鶯歌燕舞中，一個個都變得生龍活虎，精神飽滿。那些頭腦清楚的代表則明哲保身。某天，曹聚仁和一幫記者去北極閣中央研究院採訪胡適，胡博士一開頭就和他們大談他的《水經注考證》，聽得那些文史功底差的記者一頭霧水。

因為經濟拮据，《前線日報》只派了曹聚仁一個人採訪這次「制憲」大會。但是，單槍匹馬的他，憑着自己的交遊能力和勤奮，採寫了一系列通訊報導。在這些通訊中，他敏銳地指出社會潛伏的重重危機，最主要的還在於：蔣氏不會尊重憲法的民主精神，一般百姓無視憲法的存在，朝野人士沒有守法的精神。〔註4〕他自豪地說，就「制憲國大」的南京通訊來說，幾乎沒有一家報紙能比得上《前線日報》的。

在南京期間，曹聚仁時常到《東南日報》辦事處聊天。《東南日報》的三巨頭胡健中、許紹棣、劉湘女，都是國大代表或立法委員。有一天晚上，恰巧三人都到了辦事處，大家自然就聊了起來。說到時局，曹聚仁第一次聽到胡健中發牢騷。他笑着對胡健中說：「你發什麼牢騷！今日之事，還不是都在你們的手中嗎？不過，《桃花扇底送南朝》的長篇歷史小說，不是正在你們的報紙連載着嗎？可惜，你們也不是復社中人呢！」〔註5〕

〔註3〕曹聚仁著：《採訪外記　採訪二記》，三聯書店（北京），2007年版，第372頁。

〔註4〕曹聚仁著：《採訪外記　採訪二記》，三聯書店（北京），2007年版，第373頁。

〔註5〕曹聚仁著：《採訪外記　採訪二記》，三聯書店（北京），2007年版，第376頁。

1942 年 1 月 3 日金華《東南日報》。報頭下注明：現社址：金華塔下寺望府墩；原社址：杭州眾安橋；本報今日一大張，售國幣貳角。

1949 年 3 月 3 日上海《東南日報》。報頭下注明：經理部：南京路 377 號、長春路 410 號；編輯部：溧陽路 1380 號；今日本報一大張，售價每份金圓一百元。

　　清人孔尚任譜寫南明興亡的《桃花扇》，曹聚仁早就讀過。1921 年秋，他從南京溯江而上到武昌應考，三天的落寞旅程，就是靠看《桃花扇》打發的。由《東南日報》正在連載的長篇小說《桃花扇底送南朝》，他想到而今的國民黨政府，與當年的弘光小朝廷何其相似：「那朱紫半朝，只不過呼朋引黨；這經綸滿腹，也無非報怨施恩；人都說養馬成群，滾塵不定，他怎知立君由我，殺人何妨？」即使有史可法那樣的忠烈之士，也挽不過大局來了。

　　還有一晚，三更已盡，相別經年的湖南《中央日報》社長段夢暉突然叩門來訪曹聚仁。原來，他第二天一早要回長沙，特地來找老朋友談談。話題不由自主地又落到了時局上，段夢暉說：「局勢越來越壞，而滿朝文武，昏天黑地，簡直不知死活呢！」曹聚仁問他：「為什麼這樣憂慮之深？」段說：「各地的情形更糟！」那一晚，兩人幾乎談到天明。新聞記者比較敏感，當眾人還在混沌不覺的時候，他們早有大禍臨頭的預感了！〔註6〕

　　國民大會於 1946 年 12 月 25 日制定並通過《中華民國憲法》後，宣佈閉

〔註6〕　曹聚仁著：《採訪外記　採訪二記》，三聯書店（北京），2007 年版，第 376 頁。

幕。1947 年下半年，國民黨在遍地烽煙中開始搞「國大代表」和「立法委員」的選舉，爲來年的「行憲國大」做準備。1948 年 3 月 29 日，「行憲國大」在一片賄選和絕食請願、陳棺請願的鬧劇中開鑼，選舉總統和副總統。國民黨「訓政」20 年後，要「還政於民」了，忙壞了來自四方的新聞記者。曹聚仁當然不會置身事外，他往來於京滬的列車上，爲《前線日報》、《星島日報》採寫着一篇篇別具隻眼的選舉通訊。

　　不過，在這次大選中，曹聚仁不僅僅是一位客觀的記錄者。據他自己說，在副總統選舉中，他受桂系的白崇禧之託，助選李宗仁成功勝出。這次大選，總統選舉沒有什麼懸念，非蔣介石莫屬；副總統的競選異常熱鬧、激烈，李宗仁、孫科、于右任、程潛都參加了競選，最後在孫科和李宗仁之間展開競爭，蔣介石和國民黨 CC 派都力挺孫科，排斥李宗仁。至於曹聚仁在幕後如何幫助李宗仁，他沒有細說，不好臆測；但助選之事，根據他與桂系幾位巨頭的交誼，應該不是子虛烏有。另外，曹聚仁聽說吳稚暉不贊成蔣介石競選總統，建議老蔣退讓，就寫信代《星島日報》徵文，請這位疏淡了多年的忘年交談談對時局的意見。吳稚暉回信說：

　　　　曹先生，闊別數年，無日不馳繫。數年前於先生在贛州時，得到小小尊論以外，均無所見，想見著作必等身矣。《星島報》徵言及我，榮幸之至。然一部十七史，從何說起？加以最近衰疲日甚，不堪構思。先生必已有所答，高見萬倍於我，可若親獻附議也。〔註 7〕

　　吳稚暉以「一部十七史，不知從何說起」爲由，婉言謝絕。曹聚仁又寫了一封信，堅持要吳談一些看法。吳稚暉乾脆把回覆他人的信照抄給曹聚仁，當作答覆。這位進了「大觀園」的「劉姥姥」，肯定有不少難言之苦呢。

　　1948 年春間，陳布雷從南京來到上海，住了一個星期。京滬之間交通便捷，旦夕往返並非難事，但陳布雷這次來滬好像特別鄭重似的，首先由上海《中央日報》社長馮有眞公宴報界巨頭，介紹陳與各報負責人碰頭，然後又由各報公宴陳，對其蒞臨表示歡迎。另外，黨團會議及其他不公開的會議，又舉行了十次以上。原來，蔣介石把黨政軍重心集中於官邸，由陳布雷掌宣傳之職，所以他專門來報館薈萃的上海調度一番。在滬期間，陳布雷特意找曹聚仁去談了一次話。陳在歎息了一番之後，談了曹聚仁的《星島日報》通訊問題。曹聚仁就老老實實告訴他：「港報有港報的觀點、立場，我們站在新

〔註 7〕 轉引自李偉著《曹聚仁傳》，南京大學出版社，1993 年版，第 288 頁。

聞記者的立場，就不能和政府一鼻孔出氣的。我指出政府並無固定的宣傳方針；在香港的宣傳戰，政府是一敗塗地的。連受政府支持的報紙，都不支持政府的政策，何能責怪我們這樣的民營報紙呢！」後來又談到當前政局的危機，陳也十分同意曹聚仁的看法。曹聚仁認為，陳布雷這次來上海，上海新聞界沒有什麼改進，還是天天爭白報紙的外匯分配，天天談女人，講反共八股。暮氣沉沉的望平街，顯然已經到末日了。半年之後，自感油盡燈枯的陳布雷在南京寓所吞安眠藥自殺。曹聚仁為陳的「一死謝君王」憐惜哀歎良久，他認為陳能夠看得清是非，識得破利害，「但逢君之惡，從來沒有勇氣和蔣氏去爭論，改變過蔣氏的意向的。」從陳布雷的遭遇，他又聯想到國民黨的其他政要：「從吳稚暉、汪精衛、胡漢民、戴季陶、葉楚傖、邵力子、陳布雷、潘公展、程滄波以上那些文人，都是望平街上好漢，以新聞事業為敲門磚，進入政治圈中去的。一進入官場，立即和舊官僚同流合污，替軍人貼標語去了。當他做新聞記者時期，都是筆鋒甚健，把天下事看得很輕易的；一做了官場，又是因循苟且，阿附權勢以取容了。」〔註8〕

　　到了 1948 年，物價如脫韁野馬，狂飆不止，直接撼動着國民黨政權的統治基礎。8 月 19 日，蔣介石依照憲法臨時條款，以緊急處分命令頒行一種新幣值金圓券，限期兌換人民手中的黃金、白銀和外匯。上海為東南財富薈集之地，蔣介石委派兒子蔣經國任上海經濟管理協助督導員，責令其「只許成功，不能失敗」，企圖築起一道可以倚重的經濟防線。

　　蔣經國果然不辱父命，到上海後雷厲風行，逮捕、槍斃了一批違規商人，黃牛投機銷聲匿跡，市場很快穩定下來。「蔣督導員」頓時成為上海市民心目中的傳奇人物，曹聚仁的大女兒曹雷正在讀小學，放學回家，向父親講述從老師那裏聽來的關於蔣督導員的故事，繪聲繪色，蔣經國簡直成了現代包公。曹聚仁一生最討厭道聽途說的所謂「傳奇」，他就以「丁舟」為筆名，在《前線日報》上發表了「談蔣經國」的系列文章，把自己身歷目睹的「一代傳奇人物」蔣經國公之於眾。這組文章連載了 20 多天，引起了大家的廣泛興趣，成為當時望平街的一件大事。

　　曹聚仁 1938 年 8 月初識蔣經國於南昌。蔣經國是這年春天從蘇聯歸國的，蔣介石先讓他住在老家奉化溪口養性。對於在異國他鄉羈留了 14 年的長

〔註8〕　曹聚仁著：《採訪外記　採訪二記》，三聯書店（北京），2007 年版，第 422、
　　　　425～426 頁。

子，身爲「一國之主」的父親還不知道如何來「雕琢這塊璞玉，使之成器」。江西省主席、政學系的熊式輝揣摩到了老蔣的心意，就把這位「太子」接到江西，擔任保安處少將副處長，同時籌劃牯嶺的游擊工作。而當時主浙的黃紹竑，雖然比較有政治頭腦，卻缺少政治敏感，近水樓臺而不「撈月」，白白讓熊式輝搶去了這政治資本。蔣經國能吃苦耐勞，沒有公子哥習氣，也確實想幹一番事業，所以到江西後口碑不錯。曹聚仁是在自武漢乘船到長沙的途中，從一位乘客口中第一次聽到蔣經國「傳奇」的，遂決定東歸途經南昌時見見這位「政治新人」。這次晤談僅一小時，兩人素昧平生，但蔣經國坦誠、務實的態度和作風，給曹聚仁留下了深刻印象，事後他對人說：「名實相符，這正是我想像中的留俄人物。」

第二年 5 月，蔣經國被外放到贛州，任江西第四行政區督察專員兼領少將銜保安司令。他終於有了用武之地，在贛州整肅治安，推行新政，提出「人人有工做，人人有飯吃，人人有衣穿，人人有屋住，人人有書讀」的施政綱領。在他的治理之下，贛州聲譽鵲起，《大公報》記者孟秋江首先發表通訊爲新贛南喝彩，《大公報》桂林版總編徐鑄成、特派員楊剛接着也寫了幾篇稱讚新贛南的文章。一時間，贛州成爲戰時青年嚮往的地區之一。

由於妻子鄧珂雲懷孕待產，需要安全穩定之所，1939 年農曆年關，曹聚仁和妻子來到贛州，在城裏竈兒巷租了一間民房，把家安在了這裏，成爲蔣經國治下的「子民」。

曹聚仁是名滿大江南北的新聞記者，安家贛州，蔣經國豈有不知之理。除夕那天，蔣經國邀請他們夫婦出席貧兒家屬聚餐會，蔣談笑自若，與一群衣衫襤褸的婦女兒童坐在一起吃年夜飯，讓曹聚仁頗爲感動。半個月後，他又邀請曹同去曾經的「赤都」瑞金，參加中央軍校分校的集體入黨典禮。在路上，蔣經國淒然地告訴曹，12 月 25 日，日軍飛機向家鄉溪口瘋狂投彈，母親毛氏不幸蒙難。他還拿出溪口被炸的照片，讓曹觀看。曹聚仁感到，蔣經國還是一位重感情、人倫的年輕人。通過這一段接觸，曹聚仁對蔣經國有了進一步的瞭解。

雖然蔣經國在廣攬人才，但此時的曹聚仁還沒有成爲蔣的入幕之賓。他依然保持着獨立記者的身份，在粵、桂、湘、贛、閩、浙之間巡遊，爲了全家生計，還一度隨朋友到距淪陷的杭州僅有幾十華里的小山村南潯走私做生意。不過，作爲記者，他寫過一些蔣經國「義釋假經國」之類的傳奇，通過

新聞媒體向外傳播，對樹立小蔣的正面形象、宣傳贛南新政肯定是有助益的。他認為，蔣經國的青年冒險精神和接近民眾的態度，是構成傳奇的基本因素。小蔣本人受過嚴格的軍事訓練，短裝革履，千里跋涉，本是平常之事，但在民眾心目中，舊官僚是養尊處優的，見到這刻苦耐勞的地方行政長官，就不免傳為奇談。這番話傳到蔣經國那裏，他笑笑說：「知我者，曹公也。」

1942 年 7 月，蔣經國「三顧茅廬」，請曹聚仁擔任專員公署高級參議兼《正氣日報》總經理、總編輯、總主筆，曹聚仁才正式成為蔣經國的幕僚。1927 年大革命失敗，曹聚仁曾發誓從此遠離政治，永保自己的自由之身；現在為何自毀誓言，授人以「待價而沽」的口實？分析起來，可能主要有兩個方面的原因：其一，蔣經國當時確實奮發有為，帶來了新的政治氣象，曹聚仁一時也起了追隨他一展才學的念頭，這是中國讀書人自古以來的夢想。歷史上，幕主對幕僚言聽計從、賓主協力建立不朽功業的事例很多，曹聚仁熟讀史書，肯定了然於心。其二，幕主與幕僚的關係近乎師友之間，合則留，不合則去，比較自由。曹聚仁成為蔣經國的入幕之賓後，不少人認為他要做陳布雷第二，他只回應了一句「燕雀安知鴻鵠之志哉」，不置可否。

《正氣日報》的前身為《新贛南日報》，是蔣經國主政贛州後創辦的機關報，由他的留蘇同學高理文主持，魏晉負責編務。由於《新贛南日報》對皖南事變消息的處理不合上峰「規定」，江西省黨部就說蔣經國祖共，魏晉有共產嫌疑。高理文、魏晉因此去職，蔣經國把《新贛南日報》改頭換面為《正氣日報》，繼續出版。但是，創刊後的《正氣日報》消息平淡，版面沉悶，而且報社人事複雜，留蘇派、CC 派和練兵派你爭我奪，蔣經國甚為不滿。在這樣的情況下，高理文就向小蔣推薦了曹聚仁。蔣經國認為無論聲望、才具、經驗還是黨派關係的平衡，曹聚仁都是主持《正氣日報》的最佳人選，於是力請他出山相助。

曹聚仁主持《正氣日報》後，報紙的面目煥然一新：新聞、言論有了全國乃至國際視野；戰事之綜述、分析，材料翔實，觀點允當；報紙與讀者的交流得到加強；版面編排簡潔美觀，有大報風範。同時，曹聚仁也十分重視經營，一年之內報紙發行量增加到 12000 份，竟然實現了贏利。在他和同人們的努力下，《正氣日報》一躍與《東南日報》、《前線日報》鼎足而立，成為戰時東南地區有影響的報紙了。

　　《正氣日報》的成功，在曹聚仁本爲「牛刀」小試，對蔣經國來說卻意義非凡：他終於擁有了有影響力的輿論工具。1943 年 3 月，蔣經國帶曹聚仁去重慶「面聖」。兩人一到陪都，備受矚目。曹聚仁應該受到過蔣介石的召見，老蔣諷喻曹「輔佐」小蔣，即坊間所說的做「陳布雷第二」，也不是沒有可能。在重慶，曹聚仁見到了邵力子、陳布雷、孫科、吳稚暉等政要，他覺得大家看他的眼光都頗爲微妙。其間，他還去看了夏衍，並見到了周恩來。1938 年 12 月，他曾經在金華采訪過周恩來。這次會見，曹向周恩來介紹了蔣經國這個人很有一點事業心，想在東南大幹一番。周恩來對他進行了鼓勵。〔註 9〕

　　蔣經國重慶之行，本來頗有打算。他想把三青團這一新的幹部力量掌握到自己手裏，結果被陳誠抓走了。當時新疆的盛世才輸誠中央，老蔣有意讓兒子去新疆磨練，蔣經國也說要帶曹聚仁同去新疆辦報，不料張治中也有意經營西北，出來扯腿，蔣經國的新疆之行也化爲泡影。政學系的人，看到自己提拔的這條「龍」越出藩籬，破壁而走，心裏老大不舒服；陪蔣經國來重慶的高清嶽，就向小蔣剴切進言，說是羽毛未豐，不可遽就大任。〔註 10〕蔣經國在重慶盤桓了一陣子，無功而返。

　　從重慶返回贛州後，曹聚仁便辭謝《正氣日報》的一切職務，到上饒與《前線日報》那幫朋友共事去了。到了 1944 年冬，日軍攻佔贛州，他就放棄了居住五年的家，重新安家於贛東北的樂平。關於他離開蔣經國的原因，眾說紛紜。最主要的原因，想必是重慶之行，「肉食者」的作爲讓他失望，後來又看到這位太子「依然落在庸俗的窠臼」裏不能自拔，他便「掛印」而去了。

　　不過，曹聚仁認爲，贛南時期的蔣經國瑕不掩瑜，是一位眞心「爲國爲民的地方官」。他說蔣經國是哈姆雷特型的人物：

> 他是熱情的，卻又是冷酷的；他是剛毅有決斷的，卻又是猶疑不決的；他是開朗的黎明氣息，卻又是憂鬱的黃昏情調。他是一個悲劇性格的人，他是他父親的兒子，又是他父親的叛徒！〔註 11〕

　　「他是他父親的兒子，又是他父親的叛徒」，曹聚仁對蔣經國的這句斷

〔註 9〕　夏衍著：《懶尋舊夢錄》（增補本），三聯書店（北京），2000 年版，第 243 頁。

〔註 10〕　盧敦基、周靜著：《自由報人——曹聚仁傳》，浙江人民出版社，2003 年版，第 222 頁。

〔註 11〕　曹聚仁著：《蔣經國論》，人民出版社，2009 年版，第 81 頁。

語，成爲公認的允當之評。

　　曹聚仁雖然離開了蔣經國，但是由於
贛州入幕的這層淵源，兩人建立了非同尋
常的關係。1946 年冬曹在南京採訪「制憲
國大」期間，蔣經國還曾經到南京《前線
日報》分社來看他。曹聚仁毫不客氣地對
蔣經國說：「今後六個月，乃是你的最後的
考驗機會；經不得考驗的話，前途是難於
預料的！」他認爲蔣家政權是經不得考驗
的，勸蔣經國能夠離開南京到邊疆去打開
天下。〔註12〕如果兩人關係一般，他是決
不會這樣造次的。正是與蔣經國這種非同
尋常的關係，決定了曹聚仁在大陸解放後
的行止。

　　1948 年 8 月蔣經國奉命到上海「打
虎」，曹聚仁就在《前線日報》上發表「談
蔣經國」的系列文字，「來發揮一點『中有
所感』的繁念」。10 月，他又把這些文字
加上贛南時所寫的相關通訊，編爲《蔣經
國論》一書，交上海聯合畫報社出版。這
是所有蔣經國傳記中最早問世之作，在當
時，對提升蔣經國的聲望，讓民眾瞭解小
蔣之爲人，無疑是大有益處的。

1948 年 9 月 9 日北平《新民報》日刊
對蔣經國在上海「打虎」行動的報
導。

　　曹聚仁對國民黨當局的沉屙知之深切，知道蔣經國在上海的最後一搏也
無濟於事：

　　　　蔣氏這一套主張，行之於贛南，已經蜚語紛起。那一時期，重
　　慶方面若干政團，自己的天地大，河水不犯井水，大家都肯聽其自
　　然，有時也誇獎一番，反正不礙自己的利益。現在，他要把這一套
　　主張，行之於上海；而目前這一階段，又正當國民黨、國民政府以

〔註12〕曹聚仁著：《採訪外記　採訪二記》，三聯書店（北京），2007 年版，第 291
　　　　頁。

及蔣總統的威望受最嚴重考驗的時候。他的每一種設施，都要和各政團以及袞袞諸公的既得利益短兵相接。南京與上海，京滬路一線相通，官僚資本與買辦資本相連得那麼密切，上海經濟市場每一角落都有着豪門巨紳的經濟蜘蛛，他的計劃又如何能避免和他們直接衝突呢？〔註13〕

　　事態的發展果然如此。上海真正的「大老虎」是和蔣政權關係最密切的四大家族，尤其是孔宋兩家；蔣經國無法和自己一家人為敵，只能打幾隻「老鼠」，將囤積大戶王春哲等處死或投入監獄。據說，王春哲臨刑前大聲叫道：「我死了，物價如能穩定了，金融投機如能遏止了，我也死得值得了。」上海市長吳國楨、警備司令宣鐵吾，知道蔣經國定會鎩羽而歸，都站在旁邊看他一個人耍把戲。蔣經國的打虎精神與個人神話，使金圓券初期在上海的發行還比較成功；但是在內外交攻之下，蔣經國不久即感到力不從心。9 月 30 日晚，他請曹聚仁到自己的私寓閒談。曹聚仁向昔日的主人一連提了幾個問題：為什麼不發行銀圓券，而要發行金圓券？為什麼不準備大量的銀圓來兌現，先堅定人民的信念？為什麼不等軍事上贏得一場勝利，再來改革幣制？蔣經國只是很沉重似地摸着下巴，無言以對。這時，警察局一副局長進來報告說，金圓券開始崩潰了。〔註14〕蔣經國自己覺得對不起老百姓，縱酒狂飲，大哭了幾場，一周後悄然離開上海。

　　曹聚仁的政治觀點，本來和民盟相一致，但是民盟後來發生分裂，失去了中立地位，使他失望。他只希望自己所報導的政治動態，有着歷史的價值。但是，望平街自抗戰勝利後第二年，就成為國民黨清一色的天下，除了黨報、團報、軍報以及半黨報，幾乎沒有不是和政府一鼻孔出氣的。《文匯報》不願和政府同調，結果被封。曹聚仁慶幸自己還有香港《星島日報》這個地盤，供其自由發揮。在他看來，上海新聞界勉強可以說是出於黨報之外的，只有王芸生的《大公報》和陳銘德、鄧季惺惺夫婦的《新民報》，而最敢正面批評國民黨政權的，要算《大美晚報》，其次為儲安平的《觀察》周刊，再次才是《大公報》。王芸生和儲安平一樣，採取獨立的自由主義辦報方向。所以，共產黨在香港出版的《華商報》，就把儲安平、王芸生和曹聚仁

〔註13〕　曹聚仁著：《蔣經國論》，人民出版社，2009 年版，第 34～35 頁。
〔註14〕　曹聚仁著：《採訪外記　採訪二記》，三聯書店（北京），2007 年版，第 417～419 頁。

三人，一併攻擊。而《觀察》的
南京軍事通訊，國民黨政府當局
有一段時期還疑心出於曹聚仁之
手呢。

1948 年 3 月，上海電話公司的職員在領工資。

風雨激蕩的 1948 年，曹聚
仁的京滬通訊，幾乎成爲時代的
預言者，他的推斷很少不被應驗
的。上海很多工商、金融界團體
都在仔細研究他的通訊，航運到
上海的《星島日報》，銷數增加到
兩千份左右。「這一來，我原先以
爲可以比較自由動筆的文字，爲
了適應環境，有時不能不出之於曲筆了。」〔註15〕

緊接着金圓券崩潰的是徐蚌會戰慘敗，京滬人心立刻浮動起來，大局顯
然是不行的了，社會上開始流行一個新詞語：「應變」。翁文灝內閣隨着「八‧
一九」經濟防線的坍塌而倒下，孫科內閣就是在「應變」的口號中產生的。
所謂「應變」，其實就是準備逃亡的意思。

南北各大城市的報館，多是官辦或半官辦的，政府撥有「疏散」、「遷移」
的款項，應變的行動最爲迅速。國民黨中央機關報南京《中央日報》首先遷
移到了臺北。CC派的《東南日報》有着杭州和上海兩副家當，他們先把杭州
的輪轉機拆掉運往臺灣，不料搭乘的太平輪在舟山群島附近傾覆，機器和報
社當局的大批財富，連同幾位隨行的家屬一起沉入海底。這樣一來，上海《東
南日報》的機件，就在員工們的反對之下不能移動了。上海《中央日報》的
機件、白報紙和其它財富，與南京《中央日報》不相上下，馮有眞、彭學沛
去香港打前站，想在那裏找個新的據點，誰知他們搭乘的那架飛機在香港上
空失事，兩人一同遇難，遷移報館的計劃便受到了阻礙，除了一大批白報紙
和印刷原料給幾位高級人員瓜分了去，其它粗重器材都被職工保留了下來，
等待共產黨方面的接收。《申報》和《新聞報》也曾有過南遷香港出版聯合版
的打算，但是遭到中下級職工的反對，兩報的幾位大頭目，也就各撈到一大

〔註15〕 曹聚仁著：《採訪外記　採訪二記》，三聯書店（北京），2007 年版，第 391
頁。

筆現款，遠走高飛了。《前線日報》的邢頌文在臺南高雄找到了房子，把印刷機件運去，想在那裏打開新的天地。可是，全社職工中，只有四五個人願意隨社遷臺，《前線日報》也就一直不曾在臺灣復刊。

　　「大變動的局面，有如海潮，一波才動萬波隨。舊金山金門之午潮，與上海吳淞口之夜汐，粼粼相銜，如環無端。」身處其中的曹聚仁感受到，當時大家所希望的，就是這個大動蕩的局面趕快終結，至於誰坐朝執政，不管紅面黑面，都是無所謂的。教育文化界人士都知道局勢要變，但並不怕變，只要變得快，經過一場陣痛，讓革命的孩子，早日降生，就大吉大利了。當時人們的應變心理，與其說是恐懼，還不如說是迫切的好。曹聚仁在《新希望》周刊第一期發表了《今日知識分子所以自處之道》的文章，坦陳了知識分子面對大變動局面的意向：我們覺得逃到臺灣去，是一種恥辱，我們要迎接這個大時代的到來。〔註16〕

〔註16〕曹聚仁著：《採訪外記　採訪二記》，三聯書店（北京），2007 年版，第 431、437 頁。

「一個看革命的旁觀者」

　　國民黨主力兵團在徐蚌會戰中損失殆盡。1948 年 12 月 24 日,「當茲國家危急存亡之秋,不能再有片刻猶豫之時」,華中「剿總」白崇禧「不避斧鉞,披肝瀝膽」,在漢口向蔣介石發出主和電報,提出三條謀和建議:(一)先將真正謀和之誠意,轉知美國,請美國出面調處,或者由美國約同蘇聯共同斡旋和平;(二)由民意機關向雙方呼籲和平,恢復和平談判;(三)雙方軍隊在原地停止軍事活動,聽候和平談判解決。白崇禧祈望蔣介石能夠審時度勢,採納自己的建議,「並望乘京、滬、平、津尚在國軍掌握之中,迅作對內對外和談布置,爭取時間。若待兵臨長江,威脅首都,屆時再言和談,已失去對等資格,噬臍莫及矣。」〔註1〕白崇禧還宣稱非蔣下野不能談和,桂系倒蔣之意甚為明顯。1949 年元旦,蔣發表新年文告,表示願下野謀取和平,但是各方反應都很冷淡。軍事財政諸端仍束手無策,社會人心不安已達極點。「我既不能貫徹勘亂的主張,又何忍再為和平的障礙」,〔註2〕蔣介石已無法戀棧,於 1 月 21 日發佈「引退」文告,回到溪口,李宗仁由副總統代行總統職權。

　　針對國民黨的「和平攻勢」,1949 年 1 月 14 日,毛澤東以中共中央主席的名義發表關於時局的聲明,指出人民解放軍有充足的力量和理由,在不要很久的時間內,全部消滅國民黨反動政府的殘餘軍事力量,但是為了迅速

〔註1〕　《總統蔣公大事長編初稿》1948 年 12 月 26 日條。轉引自朱宗震、陶文釗著
　　　　《中華民國史・國民黨政權的總崩潰和中華民國時期的結束》(第三編第六
　　　　卷),中華書局,2000 年版,第 439 頁。
〔註2〕　《張治中回憶錄》(下),文史資料出版社,1985 年版,第 782 頁。

結束戰爭，實現眞正的和平，減少人民的痛苦，中國共產黨願意和南京國民黨反動政府及其他任何國民黨地方政府和軍事集團，在下列條件的基礎上進行和平談判：（一）懲辦戰爭罪犯；（二）廢除僞憲法；（三）廢除僞法統；（四）依據民主原則改編一切反動軍隊；（五）沒收官僚資本；（六）改革土地制度；（七）廢除賣國條約；（八）召開沒有反動分子參加的政治協商會議，成立民主聯合政府，接收南京國民黨反動政府及其所屬各級政府的一起權力。〔註3〕

　　李宗仁一上臺，和談空氣即刻濃厚起來。1月22日，李代總統即發表文告，表示政府願以中共所提八項條件爲基礎開始商談；孫科內閣也決定派遣張治中、邵力子、黃紹竑、彭昭賢、鍾天心五人爲政府和談代表，並通過廣播告知中共，請中共約定和談地點及日期，以便進行談判。中共對此的回應是等北平完全解放後再行決定。

　　在國共爲重開和談相互試探之際，「南京人民和平代表團」於2月初到了北平。〔註4〕因爲這一代表團不倫不類，京滬各日報很少派記者隨行。晚報的新聞競爭正處於白熱化，所以都派了記者。《前線日報》從1949年1月8日起改出晚刊，爲了不敗給其它晚報，自然也要派記者前去採訪。報社本來讓曹聚仁隨行，但他不願前往，就改派了王浩。實際上，中共只讓10名代表和職員進了北平城，王浩等六名隨團記者被擋在了西苑機場。王浩在機場住了六天，所有信息都來自中共的接待人員。2月11日，代表團從北平回到南京。王浩一下飛機，就給曹聚仁通了一個半小時的電話，告訴他北平之行的見聞感受，主旨爲：「誠意爲目前時局之轉捩點，和平如不成功，就是失敗，並無妥協餘地。」曹聚仁據此寫了一篇兩千五百多字的電訊，刊在《前線日報》晚報上。這一天的晚報，銷數破了紀錄，報社門口張貼的那一份，一直吸引讀者達36小時之久。

　　3月12日，國民政府宣佈何應欽接替已經辭職的孫科爲行政院長。何應欽繼任行政院長後的第一件大事就是準備和談。

　　3月23日，何應欽宣佈內閣改組名單，次日召開第一次政務會議，通過組織「南京政府和平商談代表團」決議並發表和談代表名單：首席代表張治

〔註3〕　《毛澤東選集》（第四卷），人民出版社，1991年版，第1389頁。
〔註4〕　「南京人民和平代表團」，是李宗仁爲促成與中共的和平談判而組織的一個民間代表團，由南京的「中國人民和平策進會」與「中國各大學教授國策研究會」組成，成員有邱致中、吳裕後、宋國樞、夏元芝、劉達遠等。

中，代表邵力子、黃紹竑、章士釗、李蒸（3 月 28 日又增補劉斐），秘書長盧郁文，顧問屈武、李俊龍、金山、劉仲華，籲請中共早日決定和談的時間和地點，以便開始商談。

1949 年 2 月 13 日香港《星島日報》對戴季陶突然去世的報導。

3 月 26 日，中共正式發表周恩來（首席）、林伯渠、林彪、葉劍英、李維漢為和談代表（4 月 1 日增補聶榮臻），齊燕銘為秘書長，特別聲明以《中共中央毛澤東主席關於時局的聲明》所列八項和平條件為基礎，請南京政府派遣代表團，攜帶為八項條件所需的必要材料，自 4 月 1 日起在北平開始談判。

4 月 1 日上午，張治中一行 20 餘人乘中央航空公司特意準備的「空中行宮」號飛北平。

經過 10 多天反覆折衝，4 月 15 日晚，中共提出《國內和平協定》八條二十四款，限南京政府本月 20 日前答覆。這等於是最後通牒，沒有任何討價還價的餘地。南京和談代表團決定接受，派黃紹竑和屈武南返，建議政府同意簽字。

由於國共雙方對談判內容都絕對保密，滬港各報幾乎除了謠言，很少有北平和談的真實消息，曹聚仁也無法向海外讀者報導和談的曲折經過。4 月 16 日，黃紹竑和屈武從北平飛回南京，被隔在和談「簾幕」之外的新聞記者們群情激動，總以為有大新聞要發佈——這一大新聞，即使不能讓人十分樂觀，至少也不會是和談破裂吧。誰知，與新聞記者含笑周旋的黃紹竑，內心非常沉痛：他知道，蔣介石是不可能接受中共提出的《國內和平協定》的，和談就此破裂了。果然，南京 4 月 18 日舉行的最高會議，拒絕了中共提出的最後通牒。

4 月 20 日，和談破裂。第二天，中共便下達大進軍命令，發動渡江戰役，23 日解放南京。5 月 11 日，上海市民也已經聽到解放軍的隆隆炮聲了。中共軍隊推進之快，國民黨軍隊潰敗之速，讓曹聚仁感到詫異。和談破裂之前，曹

應邀到一座談會作時事分析。他指出：因為雙方都在備戰，淞滬戰事不可避免，近郊將有一場決戰；國軍「一・二八」、「八・一三」對日作戰的光榮記錄，對於蔣氏是一種有力的暗示，況且日軍當年準備防禦美軍登陸戰的堅固陣地，完整如新，上海可以據守六個月或一年以上以待國際變化；國軍這一仗打得好的話，可以爭取到美援。不過，曹聚仁強調，理論上講淞滬防線可以堅守這麼長時期，但今日之事，並非是理論的事情。〔註5〕

戰爭的進程確非理論之事。4月25日，蔣介石從寧波乘炮艇到上海，以國民黨總裁身份，親

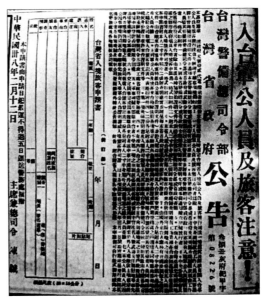

臺灣警備總司令部、臺灣省政府（主席兼總司令陳誠）在 1949 年 2 月 25 日上海《大公報》上刊登的《公告》。該部府為「確保本省治安」，特制定了《臺灣省入境軍公人員及旅客暫行辦法》。本《公告》是對《暫行辦法》所規定的有關軍公人員及旅客應行注意事項及辦理手續事項的說明。

自指揮淞滬防衛戰。蔣氏父子宣稱上海是「東方的斯大林格勒」，要與共產黨軍隊展開逐街逐屋之戰。然而，國民黨軍隊從頭到尾還守不到一個月，便於5月25日晚間土崩瓦解，解放軍於夜半攻入上海市中心地區，一舉佔領了市政府。

那天晚上，望平街上的《申報》和《新聞報》都在準備出版第二天的報紙，卻估摸不准天亮後的上海市，究竟是屬於國民黨的，還是已經換了主人。《新聞報》方面的負責人比較活絡，先編好了國民黨口吻的報紙，澆好了版等待着；等到中共軍隊到了市中心區，便又改編成共產黨口吻的報紙，以新鮮刺目的字眼做了上海解放的頭條新聞，一天之間，蔣介石變成了罪該萬死的獨裁魔鬼了。根據先前的決定，上海解放後，中共准許《新聞報》改版後繼續出版；對於《申報》，則毫不客氣地將其接收，以此為基礎刊行中共華東局兼上海市委機關報《解放日報》。

〔註5〕 曹聚仁著：《採訪外記　採訪二記》，三聯書店（北京），2007 年版，第 493 頁。

曹聚仁家在蘇州河北岸的虹口區。5 月 26 日上午，他和蘇州河南岸的戚友接通了電話，他們把《新聞報》上的新聞念給他聽，知道市區的秩序當晚便恢復了。27 日上午，解放軍進入虹口區，曹聚仁全家吃完午飯，便上街看「解放」去了。「這一場『大決戰』，雷聲大，雨點小，好似濕了的炮仗，一直不曾點響過。街口還有些機槍作戰的掩體，在我的眼中，這簡直是小孩子的演習戰，不像什麼巷戰。北四川路上，東一輛，西一輛，就是前一些日子，遊行祝捷的裝甲車，一隻隻死甲魚似的躺在那兒。走到了蘇州河邊，才有點打仗的氣象。河南那幾座高樓的牆壁上，還留着一些大大小小的斑點，就像臉上的麻子一般，有那麼一些大大小小的洞缺就是了。我們是繞了道，才轉到蘇州河南去的，一到了南京路，一切如常，滿街都是人，熱鬧得很。親戚故舊，大家見了面，彼此就是這麼一句話：『好了！解放了』！」〔註6〕

中共的軍事管制委員會，設在四川中路、福州路路口的原上海市政府大樓之中，曹聚仁看着牆上貼出的布告上的軍管會委員名單，都非常熟悉——他們都是新四軍的老人，曹與他們在皖南分的手，現在都打回上海來了。新聞界的朋友，本來都在望平街工作過，現在也依舊回到望平街了。在《中央日報》大樓掛起新聞組招牌的范長江、黃源等人，正是曹聚仁在中國青年記者學會和國際新聞社的舊友，有的彼此分開還不過三兩年的時間。

曹聚仁發現，「共產黨軍隊到了上海，刻字的共產黨人與不刻字的共產黨人都來了。」雖然中共接管上海的黨政軍及文化人士，多為曹的熟識舊交，但是他立定了主意，「既不想做刻了字的革命黨，也不想做盤了辮子的革命黨，我只是一個看革命的旁觀者。」〔註7〕他認為，1927 年以後自己就下了決心，不參加任何政黨組織，也不捲入任何政治鬥爭的漩渦；抗戰勝利以後，依然靠出賣勞力為活，不曾做過任何屬於資方地位的工作——這便是自己能夠在那個大變動的時代，勉強可以旁觀下去的本錢。

大約在 20 年前，曹聚仁就預想到這樣一場社會大變動的到來。然而，等到這一大場面真的到來了，他又覺得十分陌生，就像在那麼多的熟識舊交面前，他已經變得十分生疏了一樣。「解放」究竟是怎麼一回事？大家面前幾乎

〔註6〕 曹聚仁著：《採訪外記　採訪二記》，三聯書店（北京），2007 年版，第 530 頁。
〔註7〕 曹聚仁著：《採訪三記　採訪新記》，三聯書店（北京），2007 年版，第 9 頁。

都是一張白紙，誰都知道得不多，連章士釗還慨歎「革命讓人成絕學」，說自己要參加革命戰線，「還得捐班成為小資產階級從頭來起」，一般人就更不懂「社會革命」為何物了。朋友們都以為曹聚仁對「解放」知道得最多，懂得最徹底。曹承認自己所懂、所瞭解的只是馬克思主義，而不是馬列主義，也不是馬恩列斯主義，更不是大家都急於想知道的毛澤東思想：「我們初以為懂得馬克思主義，便可瞭解中共的政策了，看了毛澤東的《論聯合政府》和《新民主主義論》，才知道他的思想並不這麼簡單。中共提到馬克思主義，並不是單純的馬克思主義，而是馬克思列寧主義，其中依我的說法，就有克勞塞維支的軍事哲學的成分在其中。說到馬列主義，也還不是這麼簡單，也得加上斯大林主義，這其間就有大彼得的雄圖在其間。因此，馬列斯主義，並不是單純的馬克思主義。至於毛澤東思想，也還有王船山學說的成分，並非純粹是西方的，更不是純粹的馬克思的。」〔註8〕當然，這些都是曹聚仁藏之於心的獨得之秘。他清楚，如果把這些看法講出來，肯定會被視為「異端」。所以，上海解放後曹聚仁閉口不言，而是用他敏銳的「新聞眼」、「新聞鼻」，去觀察、觸感和思考這一場翻天覆地的社會大革命。

曹聚仁明瞭，中共明明白白掛出「階級鬥爭」的口號，敵友是分得清清楚楚的。所謂「階級鬥爭」，照中國的老話，就是「有冤報冤，有仇報仇」的階段。國共鬥爭了幾十年，國民黨欠共產黨的血債太多了，而血債是要清還的。因此，解放軍進上海，這是「手執鋼鞭向你打」的時候了，凡是掛名國民黨黨籍，說得具體一點，凡是替蔣介石工作過的，都在清算之列。有過「軍統」、「中統」以及「中訓團」組織關係的，一概成為解放軍注意的目標，處境就更有些困難了。他對家人說：「安貧樂道，也有安貧樂道的好處；我們生活雖清苦些，總不會碰上這樣被清算的場面的！」〔註9〕

不過，曹聚仁也發現，共產黨軍隊雖然帶有策馬入城的征服者心理，但是，從共產黨軍隊進上海的情形來看，他們並不是高視闊步、昂然踏進的，而是戰戰兢兢小小心心地進來的。共產黨接管上海以後，除了新聞界、出版界發生了顯著變化外，其它方面表面上幾乎都是率由舊章。

望平街上，應變極快的《新聞報》，很快就被停刊改組為《新聞日報》，

〔註8〕　曹聚仁著：《採訪三記　採訪新記》，三聯書店（北京），2007年版，第44頁。
〔註9〕　曹聚仁著：《採訪三記　採訪新記》，三聯書店（北京），2007年版，第13～16頁。

－132－

國民黨官股由中共接去，社長程滄波已經遠走香港，總編輯趙敏恒也卸下編務，只做復旦大學新聞系的教授了；總經理詹文滸，這位抗戰勝利後回到上海辦接收的新聞大員，後來退出報館做了廣告公司的老闆，最終被判徒刑。《大公報》中的舊人，都退居閒職，范長江已經總縮了望平街的新聞樞紐，大政由楊剛女士主持，王芸生從北平回到上海，依然主持編務，但處境已經大不相同了。被國民黨封閉的《文匯報》，隨着上海的解放而復活，言論仍由徐鑄成主持。《大晚報》、《時事新報》晚刊、《自由晚報》等幾家晚報，開始也頗想適應新環境生存下去，結果都不免於停刊，只有趙超構負責的《新民報》晚刊存活了下來。望平街上的新幹事，一部分是戰前《立報》舊人，一部分是《東南日報》的中級幹部，再加上《大公報》的記者群；大部分基幹工作人員，全是新進的新聞幹部，曹聚仁都很生疏。「易手之後，第一個記者節，那一張名單，十有九都是新人，該算是望平街上有史以來的最大的變動。」還有一項大的變化，就是「在上海望平街生了根，幾乎成爲子孫帝皇萬世之業」的報販集團，僅僅經過一年的逐步清除便完全消滅了，派報工作，完全移到郵局手中去。曹聚仁認爲，這種郵局全包的報紙派送方法，對於報社和讀者合理而兩利；共產黨一年之間，便清除了望平街上根深蒂固的報販集團對報紙派送的壟斷，眞使人有「事在人爲」之歎！〔註10〕

　　對於出版業務，軍管會予以嚴格管理，出版界一度惶惑不適，業務簡直停頓下來，商務、中華這兩家最好的書店，只有靠大廉價賣舊書維持生計。商務一部新版的張元濟重編《康熙字典》，只要兩千元人民幣，相當於 10 根油條的價錢。舊書折價從來沒有如此低過，但是讀者並不因爲便宜就搶購，書業生意依然十分清淡。新華書局代替了商務、中華、開明、世界這「四大書局」的地位，出了版本最多的《新民主主義論》，又出了一大批整風文獻、馬恩列斯思想方法論、社會發展史等幹部必讀書，銷行很大。冷落了 10 多年的神州國光社，因緣時會，突然走紅，一大批沉睡的馬克思主義書籍重新出版，銷得很不錯。有幾家舊出版社，也想走神州國光社的路子，出了一些雜湊的中共文獻，但是很快就被禁止，而且還登報坦白了一番。邵絢美的時代圖書公司，準備大量編印社會科學叢書，一出版就碰了幾個大釘子，只好偃旗息鼓，另作計劃了。

〔註10〕曹聚仁著：《採訪三記　採訪新記》，三聯書店（北京），2007 年版，第 18、
　　　　78～79 頁。

1949 年 8 月 22 日上海《大公報》特訊《周副主席倡新風氣》。

1949 年 9 月 10 日上海《大公報》登出的《王芸生徐盈緊要啟事》。

報館盛衰，報人浮沉，報販興亡，書業冷熱，這些都是望平街上看得見的變化。除此之外，曹聚仁更感覺到了新聞出版業背後的深層變動。

曹聚仁的一位文化界朋友黃萍蓀，本來辦着一份文獻掌故類半月刊《子曰》，上海解放後還想繼續辦下去。黃幾次找曹商談，想拉他一起經辦這份刊物，曹都予以回絕：「凡是白紙寫黑字的東西，我都不想積極，因為我們畢竟還不瞭解中共的文化政策。」〔註 11〕黃萍蓀頗有些能耐，憑一己之力拉到稿子，居然出了兩本專號，銷量也不錯。兩本專號的題簽，分別出自「民革」領袖李濟深、「民進」領袖馬敘倫之手。黃萍蓀本意是借李、馬之名為自己撐腰，不料卻招致麻煩。上海市軍管會、市政府、公安局等部門紛紛派人找到黃萍蓀，瞭解他與李濟深、馬敘倫兩人有什麼關係，他們為什麼給《子曰》題簽？民革方面還有什麼文化工作？這件小麻煩，黃萍蓀經過 40 多天才說清楚。

上海《大公報》遭遇的一件事情，也讓曹聚仁感到新聞出版業「氣候」的變化。1949 年 8 月 22 日，上海《大公報》登出了一條《周副主席倡新風氣》的特訊：

【本報北平特訊】中共周副主席八月十四日對社會科學工作者

小組會談話，中間有幾節是很值得記出的，特摘記如次：

周副主席談到準備追悼馮煥章先生，說：「中國共產黨廿八年

〔註11〕 曹聚仁著：《採訪三記 採訪新記》，三聯書店（北京），2007 年版，第 16 頁。

了，我們沒有幾次很大的追悼會。我們能不歌頌今天的人民解放軍鬥士嗎？小規模的，自然可以做。但我們對於一個人，如果以為一切都好，即是沒有歷史的觀點。一個人，有好有壞，都可以提出。自然不能把大家的觀點一致，但進步的朋友們卻不能含混；無原則，無重點，則是不對的。」「人難得『爐火純青』的，連毛主席今天也並未『爐火純青』。他對《毛澤東選集》的文章，也是一段一段的拋掉，我們難道不應該對自己嚴一點，知道自己是不夠的嗎？」

周副主席堅決的說：「我們共產黨，自今年二月以後，已決定不再作喜事。徐老（徐特立）七十歲，吳老（吳玉章）七十歲，值得慶祝；但我們五十歲以上的人很多，要做壽，那還有個完嗎？還有，我最反對用人名代地名。渤海區有個黃華縣，我就不知道這個黃華是什麼人？」

因此，周副主席說：「為人民服務，最怕的是逢迎。不做生日，不送禮，不以人名代地名，我們今後可能成為一種風氣吧。」

（八月十四日寄）

9月10日，上海《大公報》突然登出王芸生和徐盈兩人的緊要啟事，對本報所刊發的《周副主席倡新風氣》這條特訊，表示更正、認錯、道歉：

王芸生
　　　　緊要啟事
徐　盈

八月廿二日，本報第一版所刊本報北平特訊周副主席提倡新風氣一稿，是本報總編輯王芸生根據本報北平辦事處徐盈所寄供參考用的資料刪節而成。該稿原文記錄周恩來先生談話，未經校閱，現已查明頗多失實，有些地方甚至記得完全相反，經刪節後更與原談話面目迥異。例如周先生指出：完全的成熟是不容易的，即在中共黨內，也只有毛主席、劉少奇同志等幾位領袖才算得上是在政治上達到了爐火純青的地步。毛主席因為認真，對於毛澤東選集的文章一篇一篇親自校訂。我們應該怎樣學習這種嚴肅的態度，不要自滿。中間一段話，在記錄中竟記為「連毛主席今天也並未爐火純青。他對毛澤東選集的文章，也是一段一段的拋掉。」與原意恰好相反。其他與原意出入者，不一而足。總之，徐盈未經談話人同意和校閱而寄出這個談話的記錄，是不負責任的表現；王芸生未經徐盈同意

　　而發表並刪改這個記錄，也是不負責任的表現。我們現在除自己檢
　　討這個錯誤，力求今後改進工作外，特聲明完全撤銷這個新聞，並
　　向周恩來先生和讀者道歉。

王芸生
　　　　同啓
徐　盈

九月九日

　　像徐盈這樣有經驗的《大公報》記者，怎麼會把周恩來的談話記得完全
相反？曹聚仁認為，王芸生、徐盈登報認錯道歉，是不得已而為之，肯定別
有隱情。

　　當年國民黨不顧共產黨、民盟的堅決反對和抵制，強行在南京召開「制
憲國大」，曹聚仁就意識到一場革命即將到來，他遍讀法國大革命、蘇俄大革
命的歷史，來理解革命的來龍去脈。俄國一位思想家關於「革命」一語的解
釋，對他頗有啓發：「革命是將幾百年來樹立的似乎不能動搖的，連那些最熱
心的改革家都不敢以文字攻擊的，根深蒂固的制度，在幾年之間很快的推翻
了。就是一向構成一個民族的社會生命、宗教生命、政治生命、經濟生命的
精華的一切在最短的時間中消滅了，崩潰了。」〔註12〕曹聚仁推崇法國史學
家馬迪厄，在採訪「行憲國大」期間，他就在往來京滬的列車上，又專心致
志地研究楊人梗翻譯的馬氏著作《法國革命史》，瞭解革命的動機及演變的進
程。馬迪厄曾說：

　　　　真正的革命，並不限於改變政治形式及執政人物而已。且須改
　　變制度及轉移財產；這樣的革命，須經過長時間的醞釀。遇着偶然
　　情況的湊合，才爆發出來。法國革命之突變而不可遏，使那些製造
　　革命和受革命之惠的人，以及為革命所犧牲的人，同樣地驚訝；這
　　個革命，便是經百餘年之逐漸準備而成的。實際與法律，制度與風
　　尚，表面與精神等，彼此脫節，互相矛盾起來；由於這種脫節，才
　　產生這次革命。〔註13〕

　　由彼及此，曹聚仁知道，發生在中國的這場革命，決不會停留在「有
冤報冤，有仇報仇」的階段，也不可能「牽由舊章」。他要「以一百年的史

〔註12〕　曹聚仁著：《採訪外記　採訪二記》，三聯書店（北京），2007 年版，第 295
　　　　　頁。

〔註13〕　曹聚仁著：《採訪外記　採訪二記》，三聯書店（北京），2007 年版，第 391
　　　　　頁。

家觀點」，來觀察發生在思想信仰、經濟民生、法律制度等社會深層的這場世變。

關於中共發動的思想改造運動，曹聚仁認為這是中共爭取知識分子來做建設幹部的一種手段，並非排除異己。另一方面，知識分子都是以求光明的熱情態度，去主動接受中共的思想改造的，海外多以為大陸知識分子都是被迫而去接受思想改造，這是一種錯誤的看法。就拿自己熟悉的新聞界來說，曹聚仁指出，王芸生在《進步日報》上發表的《我到解放區來》，應該是一篇「自發」的反省文字，其中「拋棄舊習慣，去掉舊成見，一切重新學，一切從頭幹」這四句反省的話，正代表着望平街上一般工作人員的心境。例如，中共在前線日報社設立了新聞記者培訓班，對各報記者及一般工作人員進行培訓。曹的上海新聞界朋友，幾乎人人都是以自發的情緒進入這個訓練班，來接受培訓的。他自己也接受了思想改造，但參加的不是這個培訓班。通過和參加培訓班的學員不時晤談，他發現，這些人的思想進境確實很快。

曹聚仁注意到，思想改造主要是針對知識分子的，而且「中共似乎對於有地位的知識分子折磨得重一點，使你拋棄了那股自尊的心理」。〔註14〕他一直關注馮友蘭、梁漱溟、費孝通、羅常培這幾位有自己的思想體系，又正在接受思想改造的著名知識分子的轉變。知識分子們關於思想轉變的文字，曹聚仁看了很多，他認為馮友蘭在《一年學習的總結》、《參加土改的收穫》等文中的感受，正代表了一般文化界朋友的心曲，而費孝通的說法最為徹底：「我願意低頭了，但是究竟還是個舊時代的知識分子。一旦打擊了自己的心理，立刻就惶惑起來，感覺到自己百無是處了，夢想着一種可稱為魔術性的改造，點石成金似的，一下子變為一個新人。」這種態度不但不現實、不唯物，反而又把自己推入苦惱的境地。後來終於明白：傳統知識分子的性格必然是深入骨髓，要一下子脫胎換骨是不可能的；思想改造是一個長期的過程，改造不是重生，而是發展生的，催促死的。讀着他們坦白心曲的文字，曹聚仁覺得這些知識分子還是把內心的改造看得太重，而把環境的改造、生活的改變，看得太容易了。生活方式不改變的思想改造，還是一張白紙。〔註15〕

這場思想改造運動的成效如何？曹聚仁認為依然是一個大疑問。他說，

〔註14〕 曹聚仁著：《採訪三記　採訪新記》，三聯書店（北京），2007年版，第22頁。
〔註15〕 曹聚仁著：《採訪三記　採訪新記》，三聯書店（北京），2007年版，第39～40頁。

即使是從延安來的，對於馬克思主義的瞭解也未必很深入；至於那些經過六個月短期訓練的青年幹部，滿口新名詞，其精神實質，就更難說了。

曹聚仁差不多用一年的時間來研究、分析中共的總路線，從而瞭解中共的政策。他知道，一個政黨的主義、學說與其所執行的政策之間，自有相當大的距離。他原以為中共奪取政權後會首先重視農業，等到解放軍一進入上海，才使他恍然大悟，自己以往所預料的革命過程，幾乎和實際情形相反：中共首先重視的卻是金融、工商業。

政權更替在經濟領域的體現，就是發行新的貨幣，強制在市場上流通。中共新政權發行人民幣，來取代幾乎已經沒有貨幣功能的金圓券。但是，由於人民幣不是金本位、銀本位或虛金本位，而是跟金圓券一樣是信用本位，所以上海解放之初，人民幣在心有餘悸的市民心目中還是金圓券，幣值一天天低落，黃金美鈔的比價卻天天在高漲，銀圓的鏗鏘聲，照樣在街角巷尾響著。新政府用種種力量來打擊黃金外鈔的黑市市場，但是黑市交易依舊活躍。私人拆放的利率，雖然比解放前稍低，但是高利貸還是通行得很，許多私人銀行及變相的拆放公司，就是靠拆放來維持業務的，這成為 1949 年上海灘最活躍的買賣。中共就提高人民銀行和其它國家銀行的存款利息，使之與私人拆放的利息一樣高，運用人民銀行的力量來與私家銀行、私人拆放的高利貸爭勝。這樣一來，私家銀行及變相拆放公司都垮臺了，上海的金融投機業就到了末日。到了 1950 年春天，拆放的利息直線下落，利息市場第一次回覆到抗戰以前的正軌；大量集中在上海的遊資經過這一回戰鬥，終於風平浪靜。黃金美鈔的比值，也由穩定而低落；人民銀行繼而實行折實單位存款，人民幣的穩定性反而比黃金、美鈔高了。〔註16〕

上海的商業貿易，在政權易手前半年就已經停頓了下來，除了投機，已經沒有買賣可做。這座城市本來是商業市場，商業一停頓，經濟大動脈也就萎縮了。上海解放之後，商業停頓的狀況依然沒有好轉。中共領導人士明確表示，上海過去的繁榮是畸形的，解放後將有一段萎縮期，新的繁榮期要等待城鄉交流時期的到來。這一年，上海的雨水特別多，「一般市民的情緒，已經帶了憂鬱性，對著陰沉沉的天和相逢只說愁苦的生活狀況，就產生另一種寂寞空虛之感。」〔註17〕曹聚仁認為，上海雖然解放了，但是上海人的意識

〔註16〕曹聚仁著：《採訪三記　採訪新記》，三聯書店（北京），2007 年版，第 26 頁。
〔註17〕曹聚仁著：《採訪三記　採訪新記》，三聯書店（北京），2007 年版，第 27 頁。

形態並不曾解放。經過八年抗戰和三年內戰，貨幣不斷貶值，一般人就養成
了重物資輕貨幣的觀念。上海的家庭主婦，在金圓券惡性貶值之時，就像水
獺一樣瘋狂地購備日用必須品，築起「堤壩」來抵擋金融「洪水」。然而，人
民銀行擊敗拆放公司及高利貸買賣之後，利率直線下落，日用品價格也隨之
直線下跌。當初市民用囤積日用品的方法來保持幣值，不料想現在都跌到成
本的關限內去了。大小城市的「水獺群」都打了敗仗，他們的財富因輕幣重
貨而倒了下去，以致一敗塗地。中共在經濟戰上的手段，讓曹聚仁慨歎不已：
「中共在經濟作戰上的手段，不下於對蔣介石的軍事作戰，我們就沒見過一
個有還手之力的人，除了香港的匯豐銀行。」他感覺到，當時上海人有這樣
一種普遍的心態：「共產黨也是有血有肉的活人，他們上了臺，抓到了政權，
也會和國民黨人一樣腐化下去的，等着瞧好了！」但是共產黨沒有腐化下去，
可以說這是奇迹。曹聚仁的看法，這一奇迹歸因於共產黨的監督制度和共產
黨人「公私分明」的行事作風。不過，「中共的政權，若干方面，都顯得是屬
於法家的路向，對於一般知識分子是頭痛的，連我也在內。」〔註18〕

　　對於中共有一時期普遍攻擊國民黨金圓券政策、過分指責「通貨膨脹」
嚴重後果的做法，曹聚仁並不苟同。他認為，中共射向國民黨的這一箭，也
損傷了人民幣的本身信用。因為人民幣也和金圓券一樣，採取的是「信用本
位」，而解放軍事尚未終了，人民對新政權的威望也沒有穩固下來，所以，當
一萬元票面的人民幣要流通之日，在宣傳上就難於自圓其說了。當時，曹聚
仁的女兒曹雷正讀小學五年級，老師布置大家寫一篇「為什麼發大鈔」的作
文。10 歲的孩子當然不知所以然，就回家問父親。曹聚仁就給女兒講貨幣的
本來作用，「通貨膨脹」的調節作用以及與「惡性通貨膨脹」的不同。曹雷據
此寫了一篇文章，竟然得了全校冠軍，連國文老師都佩服不已。

　　關於革命運動，曹聚仁有過這樣的看法：改變政治風氣是一件事，替政
治生命「生根」又是一件事；改變了政治風氣，並不等於就替政治生命紮下
牢固之「根」。他指出，辛亥革命，國民革命軍北伐，包括蔣經國的新贛南政
治在內，開頭都是轟轟烈烈熱熱鬧鬧一片新氣象，但是到後來卻冷落下來，
都不曾生根。共產黨獲取政權之後，即在廣大鄉村推行土地改革，這是準備
生根的表現。「國民政府的三十年歲月，所推行的，乃是以全民政治為口號的

〔註18〕 曹聚仁著：《採訪三記　採訪新記》，三聯書店（北京），2007 年版，第 31、
　　　　 34～35 頁。

軍國政治，以農工政策爲幌子的統制經濟；實際政權，就落在以蔣氏爲中心的血緣集團的上層與地主鄉紳爲中心的下層的手中了。中共的社會革命，就在打碎這兩個集團上下工夫；這是孫中山所夢想的革命程序，毛澤東在新民主主義的口號中兌現了。」〔註19〕

　　不過，曹聚仁對中共「土改」的經濟效能持有疑義。他說，中國的土地問題，經濟意義重於政治意義。國民黨一向忘了政治的意義，也忘了經濟的意義；中共的土地改革，則着重了政治的意義，忽略了經濟的意義。「土改」的成果，從經濟角度看，成問題的基點是依然存在的。同時，他對中共的「土改」政策及幹部在「土改」中的具體做法也頗有微詞。其一，中共的土地法過於籠統，對於複雜的中國農村，並不十分適合。其二，按比例判定階級成分，滋生流弊：「由於下級幹部政治認識不夠，胡亂劃階級成分等事，也到處都有。流弊所及，上一代勤勞創業的農戶，受了重大打擊；而這一代遊手好閒的二流子，坐享其利，和實行土地改革的本來目標，可以說是南轅北轍了。」〔註20〕

　　相比而言，曹聚仁對新政權法律制度的思考更爲深刻。他說，「共產黨軍隊一進入北平，中共當局便通令廢止了六法全書。這對於中國舊社會，可說是晴天霹靂；因爲下意識地覺得失去了社會生活的尺度，在新政權之下，有手足無措之感。」他曾訪問鄂呂弓、李文傑、褚鳳儀等法律界權威，請他們寫一本新法意，這些先生都敬謝不敏，說不知道如何下筆才是。

　　曹聚仁認爲，六法全書是一個農業社會所累積的文化遺產，大部分內容還是繼承了隋唐以來的律令，民國以後借鑒部分日本法律，逐漸修正增補而成──因爲若干司法界的先驅，都是在日本接受法律知識的；那些添加的法律，富有大陸法的精神。國民革命軍北伐成功，國民政府所添改修正的法令，已經採用了蘇聯的法律精神。關於婦女繼承權，女子在政治法律上的平等地位，都比西歐進步得多。法律的條文，立法的人的頭腦，都比推行律令的人進步得多。「中共在廢止六法以後，所繼承的律令條文，與封建社會的法律精神，也比廢止部分多得多。」因此，中共廢止六法全書，只是表示法律尺度的改變，並非表示廢棄了法律。實際上，在法律制度方面，中共「因襲」的

〔註19〕　曹聚仁著：《採訪三記　採訪新記》，三聯書店（北京），2007 年版，第 207、44～45 頁。

〔註20〕　曹聚仁著：《採訪三記　採訪新記》，三聯書店（北京），2007 年版，第 47 頁。

部分，要多於「革除」的部分。「文化傳統的『因』與『革』，就有這麼微妙的關係；即算是一場最重大的社會革命，其結果，還是『因襲』的部分，比革除的部分多，否則那個社會便無法安定下去。」曹聚仁更尖銳地指出，中共提出「清算」、「鬥爭」的口號，不合司法界「不溯既往」的成例；而提倡「親屬相互告密」，也不合中國法律傳統的「容忍」精神。〔註21〕

曹聚仁並非與這大變動的局面毫無關涉。1948年是《前線日報》創刊10週年，社長馬樹禮準備編一本10週年紀念冊，來紀念這份抗戰中辛苦培育起來的事業。等到動手編寫之時，局面已經不行了；這本紀念冊的成本，可能要花掉社裏一個月白報紙的外匯額，而經濟社會的嚴重情勢，報社又非裁員加薪不可。為了被裁員工的生計，馬樹禮費盡心機，最後決定騰出報社大樓的部分樓層，用準備出紀念冊的這筆錢，開辦前進中學，安排被裁員工，同時也算做了一件永久性的文化事業。馬樹禮請曹聚仁出任前進中學校長，頗有先見之明的曹聚仁，答應只負責處理全校事務，不管人事與經濟。想不到馬樹禮無意之中造成的這一「應變」之局，使《前線日報》停刊後的部分員工有了臨時落腳之處。上海一解放，鑒於這所學校與《前線日報》的關係，軍管會認為學校一定隱藏有報社的財產，派員調查過多次。作為校長，曹聚仁當然不免於被軍管會叫去談話。某負責同志問了他三個問題：（一）前進中學有沒有基金？（二）對於前進中學，應該怎樣處理？（三）前進中學和《前進日報》的關係如何？曹聚仁都如實做了回答。軍管會後來也明白，學校教職員雖然多是報社職工，但與報社沒有什麼財產上的關連，就讓前進中學依舊開辦下去。〔註22〕曹聚仁認為，自己「不用私人」和「不問公款」，是學校得以存活的主要原因。

讓曹聚仁有切膚之痛是，長兄曹聚德被新政權作為「惡霸」槍決。1942年日軍侵入蘭溪，蔣畈被燒成一片瓦礫，曹聚德就去了西南大後方做生意。抗戰勝利後返回故里，發了小財的曹聚德「大興土木」，在舊址上建了三幢大房子，還造了大禮堂，育才小學又「浴火」重生。大禮堂落成之日，他請來戲班，熱熱鬧鬧地唱了幾天戲，轟動了四鄉八鄰。這樣一來，民選鄉長時，

〔註21〕 曹聚仁著：《採訪三記　採訪新記》，三聯書店（北京），2007年版，第50～54頁。

〔註22〕 曹聚仁著：《採訪外記　採訪二記》，三聯書店（北京），2007年版，第435～436頁；《採訪三記　採訪新記》，三聯書店（北京），2007年版，第10～11頁。

他以絕對優勢當選。曹聚仁在上海已看清國共鬥爭的結局，寫信勸兄長絕對
不可出任鄉長這類有禍無福的官職，並以斷絕兄弟關係相威脅。曹聚德不聽
弟弟的勸告，頭腦發熱地當了鄉長。到了 1948 年，他醒悟過來，找縣長辭職，
但是沒有獲准。他覺得自己已經辭了職的，雖未辭成，應該沒有什麼事情。
1949 年 5 月解放軍開進浦江，年底，曹聚德被作為「惡霸」逮捕入獄。母親
為此擔驚受怕了一個多天，翌年春被曹聚仁接到上海。不久，曹聚德在家鄉
被處決，開辦了 50 年的「育才」也就此結束。曹聚仁雖然理解這是社會大變
動中難免之事，但是同胞兄弟的悲劇還是讓他難以忘情。

因此，自稱「一個看革命的旁觀者」的曹聚仁，並非「袖手」的旁觀者。
「對於這個大動蕩的局面，盡可能保持冷靜的態度；當我的情緒，無法安寧
的時候，我就把我自己埋藏到古書裏去。」〔註 23〕

〔註 23〕 曹聚仁著：《採訪三記 採訪新記》，三聯書店（北京），2007 年版，第 72 頁。

烏鵲南飛，何枝可依

1950 年 7 月 16 日下午，在大陸「旁觀」革命一年有餘的曹聚仁，在弟弟曹藝的陪同下，乘火車離開上海，「忽然」要到香港去走一走了。第二天早晨車過金華，那是最靠近他家鄉蔣畈的一站，微明中遙望北山，心中生出無限的悵惘。行囊裏裝着王安石的詩集，王荊公「飄然羈旅尚無涯，一望西南百歎嗟。江擁涕泗流入海，風吹魂夢去還家」的詩句，正是他當時的心緒。幾天後，當曹聚仁踏上深圳羅湖橋，就像去國懷鄉的屈原一樣，眷戀反顧，心頭淚湧。過了橋，他駐足橋頭，又一次凝望大陸，久久不忍離去。

1949 年 4 月《前線日報》晚刊結束時，社長馬樹禮派人給曹聚仁送來船票，請他們全家前往臺灣；他婉言謝絕，說要留下來迎接解放。現在，整個大陸已經解放，「中共之成為中國大陸的統治者，已經成為定局」，〔註1〕他卻拋妻別子，把自己「放逐」到香港，這一抉擇，確實讓朋友們感到太「忽然」了。

既然如此依依不捨，曹聚仁為什麼還要決然離去呢？

最直接的原因是家庭生活所迫，使他不得不另謀生路。上海解放時，其他報社的職工，還有機會領取六個月的俘虜生活費，而曹聚仁所在的前線日報社，除了一所大房子和一批遣散的職工，印刷器材都被馬樹禮搬到了臺南，職工們連做俘虜的機會都失去了。曹聚仁失業在家，又沒能領到「俘虜生活費」，但是一家八口——母親、岳父母、妻子和三個孩子嗷嗷待哺，等米下鍋。實在沒辦法，他就組織一家人用剪刀糨糊剪貼拼湊，編輯一本新詞

〔註 1〕 曹聚仁著：《採訪三記　採訪新記》，三聯書店（北京），2007 年版，第 203 頁。

典，準備賣點兒版稅糊口。然而，當時出版業正在接受整頓，沒有出版社願意出版這種詞典。

1950 年曹聚仁去香港首次穿西裝時所攝。

其次，曹聚仁認爲生活方式的突然改變，對像他這樣中年以上的人打擊最大，自己在中共當局心目中已成爲「留了也作不得什麼用，去了也不算少了什麼寶」之人。經過靜觀默察，曹聚仁發現，中共政權的一切教育設計、生活安排，都是爲 30 歲以下的人着想的，對於中年以上的人可說是新的冰河期，氣候變得太快，生存技能的適應，太不容易了。「記者曾檢討過自己的生活條件，由於幼年的農村生活以及抗戰時期的戰地奔波，要我吃苦耐勞，減低生活水準，是可能的。但，我的勞役能力，只能做到每天挑四十市斤的擔，走五十華里路的限度，要我再加重挑擔分量，走更多的路，已經不可能了。假使我今年只有二三十歲的話，只要訓練一個月，挑百斤擔走八十華里的要求，很快會做到的。到了我們這樣的年紀，那就無法可想了；而中共當局所要求於中年以上的人的，還不僅是加重了負擔，同時還減低了營養的分量呢。在生存環境突然改變的當兒，而且沒有逐漸的改變的機會；我們這一代的人，都在很短的時間中倒下去了。」〔註2〕

當然，最重要的還是精神層面的因素。曹聚仁說，大陸解放，就像朱熹所說的，這是一個「一齊打爛，重新造起」的時代。在這個大變動的時代中，既是新聞記者又是史學家的他，最早最深刻地感受到了「精神的干擾」。那麼，曹聚仁感受到的「精神的干擾」是什麼呢？

曹聚仁在上海「旁觀」革命的這段時期，正是中共「征服」整個大陸的時期，他自己卻在「征服着內向的精神世界」。這段時期，從唯物辯證法到周易，從毛澤東思想到康德、叔本華，從馬克思到老莊，失業在家的他閱讀了大量的中外書籍。通過閱讀與思考，他自稱發現了人類社會發展的規律：人

〔註2〕 曹聚仁著：《採訪三記 採訪新記》，三聯書店（北京），2007 年版，第 48～49 頁。

類史，一直是在社會主義與個人主義的鐘擺中前進。西方的國家，永遠爲斯巴達精神與雅典精神的交替之跡；在中國，法家思想與道家思想，也一直在升沉起伏着。他認爲，中共建立新政權後，中國已經進入了新的法家天下，毛澤東也正在砌起了思想上的萬里長城。「從斯巴達精神說，毛澤東是成功的；不過，我們這一群知識分子，卻戀戀於雅典精神而不忍捨。」〔註3〕曹聚仁信仰的是雅典精神即自由主義精神或者說是道家思想，而占統治地位的是斯巴達精神或者說是法家思想，個人信仰與國家信仰之間發生了張力。個人的自由主義信仰能否兼容於新政權？著名馬克思主義哲學家艾思奇的一番話，讓曹聚仁幡然醒悟：

> 那年（1950 年）六月，艾思奇在北京大學講演說：「一塊磚頭，砌到牆頭裏去，那就誰也推不動了，落在牆邊，不砌進去的話，那就一腳被踢開了！」這是對於自由主義知識分子的提示：在中共政權之下，不獨「中共」政團是一個有組織的整體，每一黨員只是一個齒輪。「中共」起了帶頭作用，把民主政團組成一個整體，每一民主人士，也是一個齒輪。於是，全國的學校、報館、通訊社、書店，都組成了一個整體，每一單位都只是一個齒輪；像我這樣離開了齒輪的地位，到自由主義的圈子中來，對於我以後的命運，關係是很大的。我也如屈原一樣，眷懷反顧，依依而不忍去，然而我終於成行了，這也是我心理上的矛盾。〔註4〕

曹聚仁承認自己「骨頭裏的鈣質太多」，自己這塊「磚」可能無法砌進「新牆」裏去，與其日後被人一腳踢開，還不如主動地早點離開，到香港去尋找新的精神天地。自己雖然未曾到過香港，但那是先前所熟悉的世界，不必改變生活方式也可以生存下去，「過了羅湖，我們所進的，乃是希臘精神的天地，從自由主義說，那當然愉快得多了。」

同時，曹聚仁決心南來香港，也是想看清楚整個世界的動態。他在上海，只能看到香港的《大公報》、《文匯報》，求教往來港滬經商的朋友，讓他們談談香港輿論界的情況，朋友們所講的他又認爲是道聽塗說，不足爲信。他疑心自己身在上海，或許坐井觀天，並不曾看到整個世界的動態。關於是否離

〔註3〕 曹聚仁著：《採訪三記　採訪新記》，三聯書店（北京），2007 年版，第 209頁。

〔註4〕 曹聚仁著：《採訪三記　採訪新記》，三聯書店（北京），2007 年版，第 48～49 頁。

開上海南下香港，曹聚仁本來還在躊躇不決，後來朝鮮戰爭爆發，「第三次世界大戰」即將爆發的謠傳四起，而中共當局非常謹慎，幾乎不發議論。他認為從民族的永久命運說，「這決不是鬧政黨意氣的時候了，我們似乎應該聽一聽世界人士對這一問題的議論了。」自信自己這個新聞記者，還不至於落伍到連大局的演變都看不明白的田地，於是決心到香港來看看究竟是怎麼一回事。這時，《星島日報》又匯了一筆稿費給他，他不知道自己所寫的通訊是否還適合現在的報紙，因此更覺得有親到香港來看看的必要。

到香港的第二天，曹聚仁在一家小飯館偶然碰到一位上海的老朋友，他問曹的第一句話是「你靠攏了沒有？」，讓曹茫然無以為答。後來接觸的人多了，才明白這是港九人士對留在大陸的知識分子所要知道的一件大事。他說，在上海，見過「積極分子」或「前進分子」這樣的名稱，大家既有種種機會去參加學習，接受了社會主義的觀點，有的從勞動改造過程中接受了新觀點，這都是「意識形態」的轉變，而不是「靠攏不靠攏」的問題；僅僅「靠攏」，事實上是不夠「積極」的條件的。世變之際「逃難」到香港的不少人，早就想像着曹聚仁在大陸一定倒盡了霉，吃盡了虧，不料曹突然來到香港，反而使他們有些失望了。曹聚仁覺得，「在香港的文化人，大都是帶點心病的，他們都有着不可告人的一篇交待不了的賬目，眼見自己的政治生命已經完蛋了，下意識中也希望人人都和他們一樣同歸於盡。他們把一部分覺悟了的文化人稱之為『靠攏分子』，這也是河水鬼的心理。」〔註5〕

初到香港，曹聚仁還發現了一個有趣的問題：在大陸看革命時，只聽得對舊政權攻擊與詛咒的話，幾乎凡是國民政府所做的一切，都是壞的；到了香港，卻聽到相反的攻擊與詛咒的語調，幾乎凡是人民政府所做的，都是不對的。他認為，相互之間的這種隔膜即所謂的「竹幕」，還是因為「意識形態」的不同而形成種種錯覺，都是不符合事實的。

曹聚仁決定把自己在上海的見聞感受客觀、真實地寫出來，讓港九人士對中共統治的大陸有一個正確的瞭解。《星島日報》社長林藹民支持曹聚仁「忠於事實」的史家態度，請他出任《星島日報》主筆。到港後第四天，曹聚仁的文章便出現在《星島日報》專欄《南來篇》中，首篇第一句話開宗明義說：「我從光明中來！」接着，對解放軍紀律嚴明、秋毫無犯，對「中共治天下

〔註5〕 曹聚仁著：《採訪三記　採訪新記》，三聯書店（北京），2007年版，第208頁。

非常成功」進行讚揚。爾後，他在《隔簾花影》中，報導了留在大陸的冰心、張恨水、梁漱溟、老舍、曹禺等一批文壇巨匠的生活、創作情況，用詳盡的事實挑開了遮住港人之眼的「竹幕」，使某些港報散佈的有關這些人的謠言不攻自破。他還在《數風流人物還看今朝》中，向香港讀者介紹了被某些港報罵爲「匪首」的毛澤東、周恩來、陳毅、劉伯承、賀龍的事跡，並表達了自己對這些中共領袖的敬仰之情。〔註6〕當然，基於「忠於事實」的史家態度，在這些文章中，曹聚仁對中共的有些政策和做法，例如「土改」和「肅反」，也表達了自己不同的看法。總之，是有贊有彈，贊多於彈。

一石激起千層浪。曹聚仁的這些文章，發表後反應非常熱烈，引起臺灣當局的不安。《星島日報》連載《南來篇》的第四天，臺灣國民黨「中宣部」便下令在港的宣傳機構，發起對曹聚仁的總攻擊。這種攻擊，連續進行了五個多月。

除了來自國民黨宣傳機構的攻擊外，曹聚仁更多地還受到在港「忠貞之士」的圍攻與謾罵。大陸政權易手之際，一批反對新政權的人「逃難」到香港，而國民黨當局又拒絕其入臺。曹聚仁稱這批人爲「忠貞之士」：「他們把香港的調景嶺比作首陽山，而他們這一群伯夷、叔齊是準備咬首陽山之蕨薇以盡其忠貞的殘年的。」

在香港報刊上一片「罵曹」聲中，化名「馬兒」的文章尤其引人矚目。「馬兒」本名李焰生，在上海時與曹聚仁就相識。李本是國民黨員，後來認爲蔣介石、汪精衛拋棄了孫中山的主張而脫黨，但反共立場並沒有改變。他在報紙上連續發表《給曹聚仁》、《再給曹聚仁——兼論中國革命問題》的公開信，批評曹不該「投共」，還誣衊曹之所以要做「靠攏的民主人士」、「輕於國而重於共，賤於臺灣而重於北京」，是因爲曹氏出於私利，怕留在大陸的家人受共產黨清算。他希望曹反思自己的言行，和他一起做「中華民國的亡國之民」。面對老友的誤解、責難和勸告，曹聚仁在《星島日報》上也發表《我的觀點、態度——與李焰生先生書》的公開信，予以回應。他在這封公開信中說，香港朋友看不慣自己的文章，可以理解，因爲大家「幾乎都背負着創痛，心中有無名的憤火」。由於李焰生主要是指責曹聚仁不該「投共」，所以，曹在公開信中主要討論了兩人政治觀點的不同：「在政治觀點上，我和你有一絕大的分歧點：你是『反共』的，而我是不主張『反共』的。……共產主義決不是

〔註6〕 李偉著：《曹聚仁傳》，南京大學出版社社，1993年版，第336頁。

自天而降的魔法，我想你決不至於相信天下事是給共產黨攪糟的，認爲共產主義一去，天下就會太平的……我覺得『反共』的朋友，思想上有一絕大錯誤，就是想一拳推倒馬克思主義，結果馬列主義並沒有推倒，他自己卻倒下去了。……我贊成仲長統的說法，一個政權已經安定下來了，就讓它安定下去爲是，因爲『革命』對於社會，是一場突變，不僅消耗人力物力，而且耽誤了建設時間。正如一所舊房子，已經拆掉了，就讓新工程師來試試看他們建築的工程究竟怎樣，好的，也是國家民族之福；壞了，那時再革命也未遲。」接着，曹聚仁又發表了《讀徐道鄰〈我們不可緣木求魚！〉》、《復何永先生的信》兩封公開信，表明自己之所以贊成人民政府新政權，是因爲自己反對「無爲而治」而主張「有爲而治」，「我認爲批評大陸中國人民政府的措施，應該用他們的觀點來下批評的。如果依舊用我們的舊觀點來批評他們的措施，那就如司馬光之批評王安石的新法，永遠合不上來的。」

　　曹聚仁這一「回手」，立刻又招來一片反駁和辱罵。一位自負華南第一人才的「忠貞之士」，用「左通馬克思，右通諸子百家，上通毛主席，下通秧歌舞」來譏嘲曹聚仁。有一位化名「博齋」的作者，因曹聚仁在《我的觀點、態度》一文中引用了曹雪芹的《好了歌》，便依調寫了一首來挖苦、辱罵他：

> 人人都道投機好，富貴功名忘不了。賣身投靠無多時，鬥爭清算便來了。
>
> 人人都道投機好，只有生涯忘不了。卑污狗賤甘折腰，擔米無多跑不了。
>
> 人人都道投機好，解放聲聲忘不了。事到頭來不自由，地網天羅逃不了。
>
> 人人都道投機好，服務人民服不了。吹拍文章廉恥無，討好何曾討得了。

　　還有更惡毒者，罵曹聚仁是「妖孽」，鼓動大家起來「合力掃蕩」。眼看這場論爭就要演變成人身攻擊，主編《星島日報》副刊的易君左，便出來做「和事佬」。他寫了篇《息爭論》，主張大家「稍安勿躁」，不要因「環境不安，生活不安」弄得心情也不安，不妨「等到秋涼時，再計較不遲」。

　　與此同時，曹聚仁這座「箭靶」還迎受着來自香港左派文人的利箭。因爲曹介紹中共新政權的文章，並非全是讚頌之聲，而述及國民黨黑暗時又常

用曲筆隱藏起來，生怕「剝傷若干人士的瘡疤，也不願意激起他們心頭的隱痛」，這便引起了香港左派人士的反感。曹把人民政府與蔣經國的贛南新政相提並論，尤其讓左派人士感到悖謬。在左派人士看來，曹自稱「從光明中來」，既然身在「光明」之中，又爲何離她而去？這便不能自圓其說了。聶紺弩、馮英子、胡希明等紛紛在開設的專欄中撰文，對曹聚仁進行撻伐。其中，聶紺弩利用自己擔任香港《文匯報》總主筆之便，在《周末報》的《今日隨筆》專欄中，不時寫詩文貶斥曹聚仁。〔註7〕

在左派文人所寫的「罵曹」詩文中，《周末報》1950 年 11 月 14 日發表的一首題爲《贈烏鴉》的七律，頗有意思。詩步魯迅《無題》「慣於長夜過春時」之韻：

> 慣投顯貴過春時，頌主心勞鬢有絲。
> 夢裏模糊奴相淚，文壇高插×龍旗。
> 笑看志士成新鬼，跪向刀叢獻頌詩。
> 吟罷請封多賞賜，骨頭有血染綢衣。

詩題中的「烏鴉」，文化圈內的人都知道是指曹聚仁的。1931 年秋天，曹聚仁和四弟曹藝及曹禮吾、陳子展、黃芝岡、周木齋等幾位朋友，辦了一份《濤聲》周刊。他們之間，只有共同的興趣，起初並沒有什麼政治主張，也不替什麼主義作宣傳，對一切問題均採取批判的態度。後來，大家慢慢形成了共識，提出了「烏鴉主義」作口號。曹聚仁妻子王春翠的一位親戚王琳，爲《濤聲》設計了以烏鴉形象爲主體的木刻圖案：「下面是海濤洶湧，上面是群鴉亂飛；一面象徵時代大變動，一面表明我們爲時代而叫喊。旁上題了幾句話：『老年人看了歎息，中年人看了短氣，青年人看了搖頭！這便是我們的烏鴉主義。』」〔註8〕從此，「烏鴉」的帽子便落在曹聚仁的頭上，成爲「長衫」之外曹的另一著名「商標」。關於「烏鴉主義」，曹聚仁有時稱其爲「純理性批判主義」，有時又代之以「懷疑主義」。總之，烏鴉主義的含義有兩重：其一，批判精神。「烏鴉」絕對不同於報喜不報憂的「喜鵲」，它「只有對於惡勢力下批判，既無什麼主義要宣傳，也沒想替什麼主子開留音

〔註7〕　參閱古遠清：《在左右夾攻中的曹聚仁——香港 50 年代發生的一場論戰》，載《黃石教育學院學報》1996 年第 2 期。

〔註8〕　曹聚仁著：《我與我的世界》，北嶽文藝出版社，2001 年版，第 469～470 頁。《濤聲》周刊封面的原文是：「老年人看了搖頭，青年人看了頭疼，中年人看了斷氣。」

機。」〔註9〕其二，懷疑精神。就是要喊醒人們的理性，用自己的眼睛去看，用自己的腦子去想問題。

曹聚仁重新檢視自己南來後在《星島日報》上發表的文字，感覺沒有什麼宣傳性意味，也沒有歪曲事實，還是跟原來的京滬通訊一樣，只是忠實報導而已。那麼，這些文字為什麼會招致左右兩派的無情攻擊呢？後來他才知道，那一時期正是一般「上海人」（香港對內地去的人的統稱）苦悶彷徨的低潮時期，廣州解放以後的大騷動情緒，已經平靜下去，期待大陸因韓戰而總崩潰的幻影，也逐漸破滅。這些「上海人」，本以為曹聚仁的報導會滿足他們的幻想，不料曹的報導如此忠實，一點也沒有誇大的成分。「我的報導，足以證明他們筆下所虛構的大陸新聞，都是幼稚可笑的。」因此，這些「忠貞之士」便群起而攻之了。一位《前線日報》的朋友對曹聚仁說：「你所說的都是對的，但這個時機是不適於說實話的。」他聽後恍然大悟，自己對大陸的忠實報導，對當時香港的左右兩派來說，都是不合時宜的，受到左右夾擊也就不足為奇了。

經過「解放」的大教訓，曹聚仁覺得知識分子的命運已定，遂抱着「苟全性命於亂世，不求聞達於香港」的態度南來，孰料一到香港便受到左右夾擊，成為 1950 年港九的「新聞人物」。某港報資料室一位小姐，把報刊上批曹的文章剪存起來，竟有 800 篇之多。不過，曹聚仁並沒有被「亂箭」射倒，他承認自己是該死的「異端」，但「甘於成為絕物」，要像「世故老人」魯迅那樣，努力加餐飯，「活給那希望我倒楣的忠貞之士多頭痛一些日子。」除了擔任《星島日報》主筆外，他和徐訏、朱省齋、李微塵等創辦了創墾出版社，還出了個《熱風》刊物。更重要的是，從 1950 年到 1956 年，寄身香港的曹聚仁勉力筆耕，出版了「採訪」系列、《新事十論》、《文壇五十年》、《魯迅評傳》等 20 餘種著作，成就了自己的「一家之言」。其中，《新事十論》是曹聚仁發奮續接馮友蘭《新事論》之作，該書中下面的這段話，尤其能夠反映他當時的學術思想與信念：

> 儒家是我的嘉陵江，道家是漢水，佛家是湘沅諸水，宋明理學、浙東學派是贛江，馬克思學說乃是蘇州河與吳淞江，這樣形成我的思想上的揚子江；我的每一勺水中，都有着這些支流的成分。世界

〔註9〕 曹聚仁：《濤聲的宗旨和態度》，載《濤聲》第 2 卷第 4 期（1933 年 1 月 21 日出版）。

上，只有這樣的水，才是眞正的水；那不摻雜任何成分的蒸餾水，除了醫藥，並無其他用處的。我曾說笑話：有一天，我要講「馬曹主義」，大家一定嗤之以鼻，說我的神經有些不健全了。可是，我一說起馬列主義，他們卻又並不驚訝了。可惜馬克思已死，無法使之復生；否則「馬曹主義」與「馬列主義」的優劣論，老師眼底，自有權衡，不一定如世俗人的說法的。……「馬曹主義」固是一個笑話，但既有了「馬列主義」，便不能限制「馬曹主義」的成熟的！……人皆可以爲堯舜，爲學者，不可不存此抱負；一個人在思想上，不可讓別人牽著鼻子走的。我可以信仰馬克思主義，這是我的自發行爲；你要強迫我信仰馬克思主義，我就要考慮一下子了。爲了生活，孔子可以連打更的工作都去做，但顏回雖居陋巷，並不改變他的思想的。明末清初，也是時代的轉角，從「大同」說，顧亭林、黃梨洲、顏元、李塨，連那獨學無友的王船山，也在山谷間有同樣的轉變；但，顏、王、顧、黃四家，各有所見，各自完成其思想系統，既未捨己從人，也沒強人從己的。〔註10〕

〔註10〕 曹聚仁著：《新事十論》，香港創墾出版社，1952 年版，第 39～40 頁。

「我決定收起了『自由主義』的旗幟」

　　1956 年 7 月 1 日，南來香港整整六年的曹聚仁，終於踏上了返回大陸的旅途。他的公開身份是訪問北京的新加坡工商考察團《南洋商報》隨團記者。兩年前《星島日報》右轉，社長林藹民離任，曹聚仁也離開了前後服務十餘年的《星島日報》，應聘擔任新加坡《南洋商報》主筆。但是，新加坡當局宣佈曹爲「不受歡迎」之人，他無法前往履任，只好在香港遙領主筆之職。

　　臨行前兩天，曹聚仁寫了封公開信交《南洋商報》發表，表白自己這次回大陸「絕無政治上的作用」，而是「站在人民的立場、記者的客觀地位」，爲急待知道大陸社會動態、政治進度的千萬海外華僑，做眞實報導的：

　　　　××我兄：

　　　　這封信付郵時，我已束裝就道，到北京去了。我這回回祖國去，絕無政治上的作用；只是替新加坡《南洋商報》，到大陸去作廣泛而深入的採訪工作；同時，新加坡工商考察團訪問北京（由前馬紹爾部長作顧問），社方派我兼任該團隨團記者。這便是我訪問祖國的重要任務，寄語香港朋友們，不必作神經過敏的推測。

　　　　幾天前，《天文臺》二日刊所載關於我的北行消息，顯係嚮壁虛構，可以說是屬於「客裏空」型的新聞，道聽塗說，以耳爲目，捕風捉影，缺乏新聞的眞實性。在新聞技術上，他越描寫得若有其事，越顯得他採訪技術的貧乏。連我到北京去做什麼都不知，還算得是新聞嗎？

　　　　至於我兄筆下，每逢提及弟的行動，總說是「謎樣的人物」。弟

的居處，五年來不曾移動過：日常生活狀況，我兄知之甚悉，終日埋頭作稿，從手到口，日不暇給，還有什麼神秘可言呢？弟所戰戰兢兢的，就是不想牽入政治漩渦中去，因爲我所工作的新加坡《南洋商報》，乃是一家民營的不帶政治色彩，也和任何政治集團絕緣的報紙。在工作上，我的態度，必須與之完全一致。我這回訪問北京，乃是站在人民的立場、記者的客觀地位的一本正經工作。我們的背後，有着千多萬海外華僑，亟待知道大陸中國的社會動態，急欲明瞭大陸中國的政治進度，我們自該爲他們作眞實的報導，使他們有進一步的瞭解的。我乃面對華僑擔當起這一切要的工作，難道會是一個謎嗎？

我所以要向你來作一番討論者，我們的觀點或有不同，但站在國家民族的立場來論，是非得失，那是一致的。記得在《眞報》創刊初期，弟也曾做掃邊工作二年多，其中接連不斷，寫了二年的《觀變日記》。當時對於中國問題的前途，我曾指出幾個要點：(1)中共政權，已經逐漸穩定，面對現實，不必作其他幻想；今後五十年中，大陸的局勢已定，不會有多大的變動，要夢想改朝換代，已經不可能了。(2)臺灣的反攻大陸的希望，韓戰結束以後，越來越渺茫了。依我的說法，簡直是絕望了。（當時，還有人和我來打賭；我拋出了十對一的比例，他們也輸定了。）(3)因此，我的看法，要解決中國問題，訴之於戰爭，不如訴之於和平。國共這一雙政治冤家，既曾結婚同居，也曾婚變反目，但夫妻總是夫妻，床頭打架，床尾和好，乃勢所必至。爲什麼不可以重新回到圓桌邊去談談呢？（不過我要申明：我只是主張國共重開和談的人，而不是發動和談的人，那些謠言專家用不着多費心力的。）我們站在人民的立場，爲什麼不可以對於國事表示如此的意見呢？這都是三年前的看法；目前的事實，不是替我的看法作證明嗎？月前，有一位華僑實業家，他誠摯地告訴我：「國共之爭不止，華僑間的矛盾所引起的苦痛不會消除的。」華僑既有此共同的期望，我們在輿論界，爲什麼不出來高聲疾呼呢？

這一回，政府當局，允許我這樣一個沒有黨派關係的新聞記者到大陸去採訪，而且尺度這麼寬大，這就表明人民政府的政權，已

經十分穩固了：一個身體健康的人，自不怕風吹雨打的。我希望這次北行能夠眞實地報導，這樣才合乎僑胞的期待。政治是最現實的，我們應該認識這一現實。「客裏空」的新聞，應該讓它到字紙簍中去的，尤其對於我這樣一個二十年老老實實做新聞工作的人，加以種種推測，未免太對不起自己了。

我的站在新聞記者地位的態度，大體就是這樣的。

謝謝你！專候你的指教。

弟曹聚仁上

六月二十八日〔註1〕

曹聚仁7月1日早晨從九龍車站動身，正午12點就過了羅湖橋，進入深圳。深圳海關的辦事效率和市面的安全，讓曹聚仁感到中共的治理確有成效。從深圳乘車直達廣州，受到貴賓般的禮遇與招待。7月4日，從廣州乘飛機經武漢前往北京。傍晚，飛機抵達北京西郊機場，恩師邵力子親自到機場迎接，讓曹聚仁十分感動。北平和談破裂後，邵力子留下來參加了中共新政權，任中央人民政府政務院政務委員。

這次北行，曹聚仁受到了周恩來總理7月13日、16日、19日三次接見。其中，7月16日晚在頤和園的宴請最爲隆重，陳毅、張治中及邵力子、傅學文夫婦均出席作陪。曹聚仁到後，迎候於此的周恩來、陳毅把他帶到玉瀾堂，周恩來建議泛舟湖上，於是主客三人乘遊艇私談，至清遙亭棄舟登岸，進聽鸝館，晚宴就設在這裏。這天，鄧珂雲帶着幼子曹景行也在頤和園，但是沒有參加宴會，被安排在了別處；邵力子夫婦怕母子感到冷落，還不時地過去招呼她們。

晚宴結束後，主客六人又在昆明湖上泛舟暢談，歸城時已是深夜。車過一叢墓冢，周恩來以手遙指着說：「這是元代耶律楚材之墓，他是創建北京的宰相，是位大政治家。」

曹聚仁把這次宴會的經過，寫成《頤和園一夕談——周恩來會見記》一文，發表在1956年8月14日的《南洋商報》上。文中說：

記者入京時，恰好在周總理在人民代表大會上公開發表和平解放臺灣的重要演說之後。席上，記者便問到「和平解放」的票面票

〔註1〕 曹聚仁著：《北行小語》，三聯書店（北京），2002年版，第169～171頁。

裏的實際價值。周氏説：「和平解放的實際價值和票面完全相符合，
國民黨和共產黨合作過兩次：第一次合作有國民革命軍北伐的成
功；第二次合作有抗戰的勝利，這都是事實。爲什麼不可以第三次
合作呢？臺灣是内政問題，愛國一家，爲什麼不可以來合作建設呢？
我們對臺灣，絕不是招降，而是要彼此商談，只要政權統一，其他
都可以坐下來共同商量安排。」周氏鄭重説到中共的政策，説過什
麼，要怎麼做，就怎麼做，從來不用什麼陰謀，玩什麼手法的。中
共決不做挖牆腳一類的事。〔註2〕

　　1956 年 6 月 28 日，也就是曹聚仁給朋友寫公開信表白自己回大陸的動
機、目的的那天，周恩來總理在一屆全國人大三次會議上作了「和平解放臺
灣」的報告，曹便在這次晚宴上探詢「和平解放」的實際價值與「票面」價
值是否相符。周恩來就通過這位海外民營華文報紙記者之筆，向臺灣的國民
黨傳遞了「國共第三次合作」的意願。曹聚仁的《頤和園一夕談──周恩來
會見記》這篇文章一見報，迅即在海内外引起強烈震動。

　　弟弟曹藝時任北京公路學院教務長，家住西直門附近的馬相胡同，年過
八旬的老母親這時跟弟弟生活在一起。但是，曹聚仁沒有寄居在弟弟家裏，
以便有更多的時間陪侍母親，而是被安排到了東交民巷新僑飯店。居處寬敞，
他喜歡孩子，就把曹藝的孩子接來同住。據曹藝的女兒曹景濱等回憶，每天
來飯店看望曹聚仁的人絡繹不絕，夏衍、老舍、曾經服侍過慈禧太后的榮齡
公主……，各界人士都有。陳毅經常來敘談，邵力子則差不多每天都來，周
總理還親自來過一次。除了迎來送往之外，曹聚仁也出去拜訪了章士釗、梁
漱溟、梅蘭芳等人。他本來一心一意要去拜訪馮友蘭的，但看了馮氏最近發
表的一篇自我批判的文章，大爲失望，也就作罷。

　　曹聚仁在北京見面最多、談得最痛快的還是新聞界的朋友。他們問曹，
對新中國的報紙有什麼感想？他回答説：「這本來是兩回事，我們所辦的報
紙，等於香煙，而你們所辦的報紙，等於麵包；拿香煙來比麵包，是無從比
價的；但有人非抽香煙不可，飯後一枝煙，快樂比神仙，他們的想法，那是
我所不能體會的。不過，我離開祖國五年，這回回來，覺得祖國的人民，竟
是這麼關心國事，那是大出乎我的意料的。相反的，他們雖這麼關心國事，
卻又只這麼和世情隔絕，他們幾乎不知道國際間的重大新聞呢；這情形的成

─────────────

〔註2〕曹聚仁著：《北行小語》，三聯書店（北京），2002 年版，第 111～112 頁。

果如何，我還不敢說。」曹聚仁曾和王芸生談到天津《大公報》與香港《大公報》的優劣比較問題。他認爲，《大公報》津港兩館的人手不相上下，瑜亮一時，「但在香港能夠發揮才能的，在天津，就不免在圈子中翻斤斗，有所拘束了。」結果，「社中公論香港版比天津版高明得多。」〔註3〕

7月底，曹聚仁離京南下，回到了闊別六年的上海家中。南走香港時女兒曹雷才10歲，現在已亭亭玉立，馬上要升大學了，他既欣慰又愧疚。看到妻子靠做些針黹活勉力撐持着這個老少之家，他更是百感交集，無語哽咽。一家人只團聚了幾天，他就乘車返回香港。

一個月後，曹聚仁再次北行。其間，中共在北京召開了第八次全國代表大會。10月1日，他和妻子鄧珂雲被邀請參加天安門國慶觀禮。10月3日，毛澤東在中南海居仁堂接見了他。這是曹聚仁第一次見到毛澤東，想不到新中國的最高領袖對自己的著作差不多都看過，還要曹回去後寄幾本《蔣經國論》給他。關於這次晤談，曹聚仁沒有專門的文字記載。不過，他在10月12日的《我看中共的「八大」》中寫到，他在和毛主席的談話中，引用了一位觀察家的話：「中共的政權，在這一代是不成問題的，問題乃在他們的第二代。」他還以建都北京的元、明爲例，來說明「第二代」的「瓶頸危機」問題。「毛氏首肯記者的看法，不過記者相信毛主席是超過了成吉思汗的，因爲他承認一黨制不一定是最好的制度，也說，在階級鬥爭終了後，也可以容許兩黨的並存的。這些話，都可以使我們明白這回『八大』以後的政治路向了。」〔註4〕在另一篇文章《從一角看世界》中，曹聚仁談了毛澤東對蔣介石態度的轉變，也是來自這次晤談的觀察：

> 毛主席接見記者時，是在中南海居仁堂，記者對他說到成吉思汗的往事，毛主席謙虛地說：「那只是做詩而已。」事實上，他是走向超過成吉思汗的道路了，因爲毛氏是懂得辯證法的，世間的最強者正是最弱者，而最弱者卻是最強者。（老子說：「天下之至柔，馳騁天下之至堅」，「天下莫柔弱於水，至堅強者莫之能勝。」）他今年對他們的部署講謙虛之道，也就是走向超成吉思汗之路。

> 從這一角度看，毛氏從蔑視蔣介石的角度轉而走向容忍蔣介石的路的。他們可以容許蔣介石的存在，而且也承認蔣氏在現代中國

〔註3〕 曹聚仁著：《北行小語》，三聯書店（北京），2002年版，第28～29頁。
〔註4〕 曹聚仁著：《北行小語》，三聯書店（北京），2002年版，第72頁。

史上有他那一段不可磨滅的功績的。在黨的仇恨情緒尚未完全消逝的今日，毛氏已經冷靜下來，準備和自己的政敵握手，這是中國歷史上又一重大轉變。〔註5〕

10月7日，曹聚仁再次受到周恩來總理的宴請。作陪的除張治中、邵力子外，還有徐冰、屈武、童小鵬、羅青長等人，談宴的話題，依然是臺灣問題。10月13日，他離開北京到上海。曹聚仁這次在北京停留了40餘日，日程安排主要以自由訪問為主，他尋訪了天橋、琉璃廠、八大胡同等地，還專門到八道灣拜訪了周作人。

10月14日，曹聚仁在上海參加了虹口公園魯迅墓落成儀式暨魯迅紀念館開館典禮。19日是魯迅逝世20週年紀念日，這天上午，他在上海國際戲院觀看了夏衍編劇、白楊主演的電影《祝福》。10月底，曹聚仁返回香港，結束了第二次大陸之行。

回到香港不久，曹聚仁給臺灣的胡適寫了封信，告訴胡適，他的著作在大陸並沒有像外間傳言的被焚燒、禁止，建議信奉實驗主義的胡適，組織一班學者到北京去實地考察中共的政治措施：

適之先生：

我上回到北京去，朋友們拋給我的問題，其中有關於胡適思想的批判，以及胡適著作被焚被禁的實情。我所看到的實情，和所獲得的結論是這樣：批判胡適思想是一件事，胡適的著作並未被焚被禁，又是一件事。我在北京、上海的書店，找到你所著的各種書，各種版本都有。朋友們藏有你的著作，也不會引起別人的注意。海外那些神經過敏的傳說是不值一笑的。

先生是實驗主義者，我從《獨立評論》上讀到你寫給張慰慈先生的信；這封信，我可以照樣抄一份給你，當作我今日寫給你的信。只要把「蘇俄」換上「北京」或「中共」二字就行了。今日之事，也正如先生所說的：「許多少年人的盲從固然不好，然而許多學者的武斷也是不好的。」先生正該組織一個北京考察團，邀一班政治經濟學者及教育家同去作一較長期的考察。我相信先生是實驗主義的大師，不容你否認這種政治試驗的正當，更不容你以耳為目，附和

〔註5〕　曹聚仁著：《北行小語》，三聯書店（北京），2002年版，第141頁。

傳統的見解與狹窄的成見的。

　　今日在海外的文化人，就缺少一種到北京去看看中共政治措施
的勇氣；先生乃是新文化運動的倡導人，喊過「自古成功在嘗試」
的口號，那應該和流俗有所不同，面對現實，決不可隨便信任感情
與成見了吧！〔註6〕

　信中提到的胡適給張慰慈的舊信，是胡適當年在其主編的《獨立評論》
上發表的一封公開信。在這封信中，自稱「實驗主義者」的胡適，一反流俗
視蘇俄為「洪水猛獸」的態度，對蘇俄「有理想、有計劃、有方法」的大規
模政治試驗，表示佩服。胡適認為，「在世界政治史上，從不曾有過這樣大規
模的烏托邦計劃，居然有實地試驗的機會。本之中國史上，只有王莽與王安
石做過兩次的『社會主義的國家』的試驗。」胡適當時並不一定贊同蘇俄所
試驗的「主義」，而是同意它有試驗的權利，因為這是「最低限度的實驗主義
的態度」。曹聚仁拿胡適的這封舊信做文章，勸說胡適再行「實驗主義」，組
織一幫海外學者到北京考察，親自看一看中共治下的大陸到底如何。〔註7〕不
知為何，胡適1957年3月16日才收到這封信，他在當天的日記上只記了一
句——「收到妄人曹聚仁的信一封」，後來當然也就沒有回過大陸。

　1957年5月5日，曹聚仁第三次北回大陸。5月10日，他攜妻子鄧珂雲
入京，受到了周恩來總理的再次接見。5月28日，他到北京郊區的功德林戰
犯管理所，訪問了國民黨將領杜聿明、王耀武、康澤、宋希濂、黃維等人。
6月11日，中共中央統戰部辦公室副主任徐淡廬陪同他們夫婦乘火車南下漢
口，然後換乘輪船到九江，上廬山，看了蔣介石的別墅「美廬」、廬山大禮堂
和當年蔣經國的練兵之地海會寺，再返回九江，乘長江輪船到達上海。在上
海稍事休整，一行人便到杭州、紹興、寧波、溪口遊覽。7月14日，徐淡廬
陪曹聚仁南下到廣州，然後曹回香港，徐返北京。

　1958年2月，曹聚仁又一次來到北京，弟弟曹藝已調至南京任交通學校
校長。時值寒假，已是上海戲劇學院學生的曹雷，來北京和父親團聚，父女
二人在新僑飯店過了春節。3月15日，曹聚仁隨陳叔通、邵力子一行，到安

〔註6〕曹聚仁著：《北行小語》，三聯書店（北京），2002年版，第5頁。
〔註7〕耿雲志、歐陽哲生編：《胡適書信集》（上），北京大學出版社，1996年版，第
　　　380～381頁；散木著：《燈火闌珊處——時代夾縫中的學人》，山東人民出版
　　　社，2008年版，第305頁。

東（今丹東）迎接入朝志願軍歸國。這是他平生第一次出「天下第一關」山海關。在丹東的一天一夜，紅旗蔽日，歌聲如潮，他相信「中國的軍隊確乎打了勝仗」，激動地寫下了「五星飄蕩處，橫槊止新戈」的詩句。這次北行，曹聚仁關心的另一件大事是大陸「反右」鬥爭的情況。到京後第二天，他便發出了《右派分子的終局》的報導。4 月 7 日下午，他還去遒茲府 20 號羅隆基家──前北京大學校長、此時已定居臺灣的蔣夢麟舊宅，訪問了被毛澤東稱爲「右派的老祖宗」的羅隆基。

1958 年夏，臺海局勢突然緊張。8 月 17 日，中共中央在北戴河開會，毛澤東決定炮擊金門、馬祖。數日後，毛澤東在北京第二次接見曹聚仁，向他透露了這一消息。8 月 23 日，曹聚仁化名「郭宗羲」，以《臺峽戰火重開配合杜里斯訪臺，華沙談判可能無限期休會，北京停火令與中止停火令實出毛澤東手筆》爲題，在《南洋商報》上予以披露：

> 【本報駐香港記者郭宗羲 21 日專訊】據此間消息靈通人士透露，北京 21 日中止停火，是針對杜里斯東來的一種表示。據云，前此之宣佈停火命令，及 20 日的中止停火命令，雖用國防部長彭德懷名義頒發，但均是出自毛澤東之手筆。其主要用意，是在暗示臺灣海峽問題，由北京與臺灣自己處理，可能產生和平有效的結果；任何外人的干預，將使局勢陷於僵持。

中共炮擊金門是 8 月 23 日中午開始的，而《南洋商報》是早報，先於炮戰面市。因此，曹聚仁的這則報導，成爲全球獨家新聞。10 月 5 日，曹聚仁再次用「郭宗羲」的化名，在《南洋商報》上發表《傳北京同意短期局部停火，避免兩敗俱傷，國共雙方醞釀直接談判》的獨家報導。

曹聚仁最後一次進京是在 1959 年 8 月。當時中共正在召開盧山會議，主要領導都不在北京，只有陳毅留守負責。陳毅擔心曹聚仁對黨內鬥爭有所覺察，就指示徐淡盧陪同他們夫婦到東北考察採訪，越遠越好。8 月 15 日，一行三人乘火車出關，先後參觀了瀋陽、撫順、鞍山、哈爾濱、長春、吉林等重工業基地，歷時 20 餘天。10 月 1 日，他應邀參加了國慶 10 週年慶典。10 月 24 日，曹聚仁又受到周恩來總理的接見，這是兩人的最後一次會面。11 月，他乘火車離京赴滬，隨即返回香港。「可能有些新聞工作以外的事要趕着回去辦」，〔註 8〕曹聚仁途經南京時，不能下車去弟弟曹藝家看望老母親。母親思

〔註 8〕夏衍：《懷曹聚仁》，載上海市政協文史資料委員會、上海魯迅紀念館編《曹

兒心切，讓曹藝陪同到下關車
站，盼望火車停靠時能夠見上一
面。老母親在寒夜中望眼欲穿，
終於盼到了風塵僕僕的曹聚仁。
可是，母子在車站只相聚了八分
鐘，便灑淚而別；不料這一別，
竟成永訣。後來曹賦詩一首，記
下與母親在車站聚散的悲欣一
幕：「迷茫夜色出長欄，白髮慈母
相對看。話緒開端環如繭，淚瀾
初溢急於決。撫肩小語問肥瘦，

1959 年深秋曹聚仁與家人在上海。

撚袖輕呼計暖寒。長笛一聲車去也，四百八秒歷辛酸！」

從 1959 年 11 月離開上海，到 1972 年 7 月在澳門病逝，曹聚仁再也沒有
踏上大陸一步。據他自己回憶，1956 年至 1959 年四年間，他一共回大陸 11
次。

曹聚仁自稱是自由主義者，當年就是因為擔心自己這塊自由主義之
「磚」，可能無法砌進社會主義大陸的「新牆」裏去，才決意來到香港這塊「希
臘精神的天地」的。在香港，針對大陸中共新政權的政治宣傳，曹聚仁說：「記
者是一個不十分會被任何宣傳所欺蒙的，宣傳者儘管言之諄諄，我這個聽者，
簡直一笑置之。我是不大相信，三年五年，就可以把一個積重難返的社會，
變成了仙境的。」他認為，孔子的「三月而魯大治」是一句謊話；「必世而後
仁」，一個政權，總得有三五十年的建設，才談得一點成績的。〔註9〕首次大
陸之行前，他給朋友寫公開信，表明自己要站在新聞記者的地位，為海外華
僑做客觀真實的報導。1956 年 10 月他第一次受到毛澤東接見時，還說自己是
一個自由主義者。但是，在幾度北行、「看了許多使人興奮的建設大業」之後，
「而今我決定收起了『自由主義』的旗幟（並不是別人要我收起，而是我自
覺的，衷心明白自己的淺薄無知，覺得應該收起的）。對於邦國大計，還是聽
從先覺者的領導不錯。政治上的事，就是要切切實實去做，而且按部就班做

聚仁先生紀念集》（《上海文史資料選輯》第 96 輯），上海市政協文史資料編
輯部，2006 年版，第 6 頁。

〔註9〕 曹聚仁著：《採訪三記　採訪新記》，三聯書店（北京），2007 年版，第 369
頁。

通了才對，彈高調也沒有用的。」〔註10〕

　　像曹聚仁這樣的記者，一旦失去了自我觀察，對事實的認知與報導就可能「走樣」。例如，他報導說，「所有右派分子所受到的處分都是極輕的」，吳祖光、丁玲、黃苗子等右派分子「欣然就道」，到「即算不是天堂，也可以說接近天堂」的北大荒國家農場鍛鍊自己；他們在那裏「生活得很愉快，進步得很快」。當「海外論客」問及「勞動改造」有什麼好處時，曹聚仁笑答：「至少可以把若干都市病，如失眠、神經衰弱之類醫好。正如托爾斯泰在《戰爭與和平》中所說的：『他領略到餓時吃，渴時喝，困時睡，他在這個時期所體驗到的精神的恬靜。』」〔註11〕如果曹聚仁活到「文革」之後，讀到吳祖光、戴煌、荒蕪等「右派分子」的回憶文章，不知做何感想？

　　曹聚仁眼中的「人民公社」也頗有意思。1958年4月，他從北京南返香港時，還只看到人民公社的影子；半年後再回來，已經看到人民公社「遍地開花」了。1959年初夏，他到天津市郊的一個人民公社考察，「一到農村，魚、肉、雞就充分供應了，一席午餐，六大盤菜，一大碗湯，都是他們自己生產的。」曹聚仁相信，人民公社是「走進共產主義社會的第一步，中國可能比蘇聯還早一步進入共產社會」；「人民公社的遠景，比中共當局所想望的更美麗，怕連馬克思再生，也不敢這麼想。」〔註12〕

　　應該相信，曹聚仁不會故意去歪曲事實，一些地方和問題之所以看走了眼，可能與「霧中看花」、「走馬觀花」或者「隔岸觀花」有關。更深一層分析，恐怕這是他自覺收起自由主義旗幟的必然結果。一個放棄了懷疑、批判精神的記者，一個流落異鄉、而今「彷彿回到了母親懷抱中」的遊子，又處在「信息不對稱」的情況下，當然是「觸目皆春」了。

　　自願放棄自由主義的立場，曹聚仁為自己立場的轉變找到了崇高理由：孫中山先生在遺教中明明白白要我們放棄個人的自由，所以大陸和臺灣都提出了「有集團的自由，才有個人的自由」的口號，而且要求我們為集團犧牲個人的自由。〔註13〕所以，他為了「集團」即國家民族的自由，就自覺地將個人的「自由主義的旗幟」收拾起來了。

〔註10〕　曹聚仁著：《北行小語》，三聯書店（北京），2002年版，第178頁。
〔註11〕　曹聚仁著：《北行小語》，三聯書店（北京），2002年版，第384、388～389、295頁。
〔註12〕　曹聚仁著：《北行小語》，三聯書店（北京），2002年版，第306、362、366頁。
〔註13〕　曹聚仁著：《北行小語》，三聯書店（北京），2002年版，第407頁。

秘密信使，愛國書生

　　曹聚仁南來香港之初，就有人對他的真實身份表示懷疑。自稱與曹聚仁相識多年、早他一年來香港的「易金」說：「不論他在香港有無任務，起何作用，這個人的『來龍去脈』，還很少有人清楚他。」〔註1〕曹在香港新聞界的一位朋友，則稱他是「謎樣的人物」。1955年，曹聚仁就有回大陸采訪的打算，但遲遲沒有成行，美國《時代》周刊為此還發過一則消息，稱曹正擔任「國共和談的橋梁」。1956年1月15日，曹聚仁通過香港《真報》發表書面談話，力辯《時代》周刊所言純屬謠傳。然而，周恩來總理同年6月28日在全國人大會議上作了「和平解放臺灣」的報告，曹聚仁便於7月1日束裝北返，這就難免使人有「神經過敏」的推測。況且，他臨行之前所寫的公開信，在表白自己回大陸是作廣泛深入的採訪工作、「絕無政治上的作用」之後，卻大談國共「重新回到圓桌邊」的問題，更使人有「此地無銀」之想了。

　　那麼，1950年代後半期曹聚仁頻頻北行，之後孤守海外直至客死異鄉，是否真的與國共和談有關？誠所謂「假作真時真亦假，無為有處有還無」，長期以來雲遮霧罩，因為缺少真憑實據，大家只是猜測而已。直到1990年代後，曹聚仁的部分遺簡被親友陸續公佈，一些當事人也出來澄清事實，一個「真實的曹聚仁」才逐漸從歷史的「後臺」走了出來。

　　曾任中共中央調查部副部長、對臺工作領導小組辦公室主任兼總理辦公室副主任的羅青長回憶：

〔註1〕　易金：《曹聚仁說他要回大陸》，載《新聞天地》（香港）第342期（1954年9月24日出版）。

曹聚仁 1956 年初來北京時，周總理、陳毅副總理和主管統戰工作的徐冰部長都對他很重視，認爲他是臺灣當局派來刺探、瞭解我們對臺政策底細的，而且我們在香港指定聯繫人爲大公報社社長費彝民與他聯繫。我們對曹聚仁這位老朋友，以及他的老朋友馬樹禮、宦鄉都很熟悉。我與曹聚仁也常見面。臺灣當局一方面想摸清共產黨的底，另一方面又怕被別人知道。當時不是曹聚仁的原因，而是蔣氏父子不可能讓曹聚仁，也不可能讓任何人插手，不留文字，這種心理狀態是可以肯定的，蔣氏父子心胸很狹窄。曹聚仁爲兩岸和平統一事業奔波的「愛國人士」，是完全可以肯定的。〔註2〕

1950 年曹聚仁打算離開上海去香港前，曾經寫信給北京的邵力子徵求意見。邵力子回信說到海外一樣可以愛國，還給他指點了一些大綱要目；但邵指點的「大綱要目」的具體內容，曹聚仁從未告訴他人。他同時給上海主管文教工作的夏衍及有關部門發了信，表達了去香港的想法，也沒有受到阻攔。1956 年春天，他讓妻子鄧珂雲轉寄邵力子一信，表示自己願意到北京爲祖國統一做橋梁。不久，鄧珂雲轉來邵力子簡函，對曹的北行表示歡迎。可見，曹聚仁當初南來香港是個人行爲，雖然中共方面知情，但並非派遣。1956 年他首次回大陸，是在得到北京方面的同意之後，由中共在香港的聯絡人、大公報社社長費彝民的安排才成行的。實際上，費彝民是陪着曹聚仁一起北返的。根據羅青長回憶，當時周恩來、陳毅等雖然重視曹聚仁此行，但是並不完全信任他，懷疑他是臺灣方面的「探子」。既然懷疑曹是「探子」，爲何又允許他回來呢？徐淡廬回憶說：「我們將情況向毛主席、周總理作了彙報。毛主席定了假戲眞做的原則，毛主席就是讓曹聚仁作宣傳。」〔註3〕

於是，周恩來在旬日之內三次接見曹聚仁，並於頤和園夜宴那一次，將中共願意與國民黨進行第三次合作的意向告訴了他，讓他在海外廣爲傳佈。

曹藝的女兒曹景滇撰文說，父親爲了不辜負哥哥的重託，一直守口如瓶，小心翼翼地珍藏着伯父曹聚仁的文稿；「文革」期間，文稿被紅衛兵抄去，父親冒「死罪」據理力爭，才索要回來，爲此而忍受着精神上的凌辱、肉體上的鞭撻和非人的折磨。當年，伯父要求弟弟爲其保密 20 年：「20 年內無歷史，

〔註2〕 柳哲：《周恩來爲曹聚仁親擬碑文》，1999 年 7 月 28 日《中華讀書報》。
〔註3〕 魏承思著：《兩岸密使 50 年》，陽光環球出版香港有限公司，2005 年版，第97 頁。

20 年之後再大的機密也可以公開。」但是父親審時度勢，謹慎地把保密期限又延長了 20 年。

在曹藝保存的這批材料中，有部分近似書面報告的文稿，曹景滇曾看過，「其筆跡是曹聚仁和鄧珂雲兩人的，估計是伯母幫伯父謄寫的」：

> 7 月 19 日報告：聚仁此次以 5 月 5 日北行，遵命看了一些地方，本月 14 日方回香港，先後兩個半月。這一段時期，有着這麼重大的政治變化，也不知尊處意向有什麼變動？我的報告是否還有必要？因此，我只寫了一封簡短的信，向鈞座報告，我已經回來就是了。

> 目前，國際情勢如此複雜，聚仁殊不願做任何方面的政治工具，我個人只是道義上替臺從奔走其事，最高方面如無意走向這一解決國是的途徑，似乎也不必聚仁再來多事了。誦于右任先生讀史詩：「無聊豫讓酬知己，多事嚴光認故人」之句，為之惘然。依聚仁這兩個月在大陸所見所聞，一般情況比去年冬間所見的更有進步，秩序也更安定些。聚仁所可奉告臺座者，6 月 13 日，我和朋友們同在漢口，晚間在武昌看川劇演出，社會秩序一點沒有混亂過，海外誤傳，萬不可信。聚仁期待臺座早日派員和聚仁到大陸去廣泛遊歷一番，看實情如何，千勿輕信香港馬路政客的欺世浮辭。

> 周氏再三囑聚仁轉告臺座，尊處千勿因為有什麼風吹草動，就意志動搖，改變了原定的計劃。以聚仁所瞭解，最高方面千勿認為時間因素對臺方有利，這一因素對雙方同樣有利，或許對大陸比臺方更有利些，聚仁為了國家民族才來奔走拉攏，既非替中共作緩兵之計，也不想替臺方延長政治生命。說老實話，中共當局不獨以誠懇態度對我，也耐着性子等待你們的決定，希望最高方面再不必弄機謀玩權術，要看得遠一點才是。北京方面的朋友，囑聚仁奉候起居！

7 月 23 日下午，曹聚仁接到 W 兄電話：「G 公囑兄耐性，我即來港面談。」然後是曹聚仁 7 月 27 日的「綜合」報告。該報告分甲、乙、丙三個部分。甲部分為「前詞」，曹聚仁在綜合報告前先講了三個要點：（一）中共在短期內就把這麼一個大的國家搞好，我們應該自慚不如。我們對大陸的態度應該是：既不應再有阻礙、擾亂視聽的言行，也不應旁觀冷笑，「一切只能就

中共當局已有的建國基礎上去做，不必另起爐竈。聚仁反對再革命的一切打算，時不我與，我們應該共同去建設。」（二）《蘇俄與中國》一書分量雖多，並無新義，對孫總理外交政策的繼承與批判，頗難自圓其說，在美國的反響也並不如預期。（三）只有和平解放臺灣，「臺座」才有政治新機，中共也可加強建設力量。此乃兩利之「自求多福」途徑，

1957 年 6 月 18 日，曹聚仁、鄧珂雲夫婦與徐淡廬在廬山。

關係「臺座」一生成敗，不可交臂失之。

乙部分為「廬山及溪口近況」：

> 聚仁此次遊歷東南各地，在廬山住一星期，又在杭州住四日，蕭山、紹興、奉化、寧波凡兩日，尊囑有關各處都已拍攝照片，隨函奉上全份各三張，乞檢。

> 廬山已從九江到牯嶺街市區築成汽車路，大小型汽車均可直達（轎子已全部廢去），約一小時可到。牯嶺為中心，連綴廬山北部西部各勝地（以中部為主）已建設為療養地區，平日約有住民七千人，暑期增至三萬人。美廬依然如舊，中央訓練團大禮堂，今為廬山大廈，都是山中遊客文化娛樂場所。這一廣大地區，自成一體系。聚仁私見，認為廬山勝景與人民共享，也是天下為公之至意，最高方面當不至有介於懷。廬山南部，以海會寺為中心，連綴到的白鹿洞、棲賢寺、歸宗寺，這一廣大地區，正可作老人優遊山林、終老怡養之地。來日國賓駐馬星子，出入可由鄱陽湖畔，軍艦或水上飛機，停泊湖面，無論南往南昌，北歸湖口，東下金陵都很便利。聚仁鄭重奉達：牯嶺已成為人民生活地區，臺座應當為人民留一地步。臺從由臺歸省，仍可住美廬，又作別論。

> 美廬內外景物，依然如舊。前年，宋慶齡先生上山休息，曾在廬中小住。近又在整理修葺，蓋亦期待臺從或有意於遊山，當局掃榻以待，此意亦當奉陳。

溪口市況，比過去還繁榮一點，我所說的「過去」，乃是説1946年冬天的情形（戰時有一時期，特殊繁榮，那是不足爲憑的）。武嶺學校本身，乃是幹部訓練團。農院部分，由國營農場主持，中小學部分另外設立。在聚仁心目中，這一切都是繼承舊時文化體系而來，大休如舊。至尊院落庭園，整潔如舊，足證當局維難保全之至意。聚仁曾經謁蔣母墓園及毛夫人墓地，如照片所見，足慰老人之心。聚仁往訪溪口，原非地方當局所及知，所以溪口區政府一切也沒有準備。政治上相反相成之理甚明，一切恩仇，可付腦後，聚仁知老人謀國惠民，此等處自必坦然處之也。惟國際情勢未定，留奉化不如住盧山，請仔細酌定。

丙部分是曹聚仁旅行大陸各地後，對「大陸情勢之推斷」：（一）中共政權建立後最可贊許者，爲國家財政之充裕與民生經濟之穩定，這是政治與經濟相爲表裏的大成就。（二）中共政權獲得支持的程度，雖然無法提出民意測驗的統計數據，但毛主席、周總理的威望，還在抗戰勝利之初「老人」所得萬民擁戴之上，這一份威望足以彌補中共本身存在的問題；全國人民對政府不無怨言，但大家都相信毛主席、周總理關心他們的生活，一時的困難與錯誤，毛主席一定會有辦法解決；中共政權在城市中獲得了小市民與工人前所未有的普遍支持，「中共政權實際乃是小市民所支持的政權，工農兩階級乃是中共請出來的陪客。」（三）中共政治以政黨代替中國傳統的「宰相－紳士」政治，從無爲政治轉爲有爲政治。「今日中共當局，持法不免過嚴，生活卻十分清苦，做到了大夫無私財的標準。」（四）農村生活的改進，只能從衣食等小事上去看，不能希望短短七年就變成現代化的生活；中共勤儉定國，不會失去民心。（五）「右派分子」大都是政治認識不十分清楚、利祿之念甚切之人，投機成分居多。中共由於革命歷程中痛苦受得太多，也就十分敏感，所以對於形成政府組織的可能活動都在打擊之列。「反右派運動」並不在「反右派」，而在掃清整風的降礙。受打擊的右派分子不會投向美國路線。

在這份綜合報告的最後，曹聚仁告誡「臺從」，「在今日而談反攻，誠如螳臂當車。」同時，他表白自己爲了國家民族的前途，決不考慮個人出處，也不惜獻身；事成之後，「嚴光還是嚴光」，決不居功，願以新聞記者終老其身。

除了7月27日的這份綜合報告外，還有7月27日、28日曹聚仁與W兄

的「談話記錄」。這位 W 兄鄭重聲明，此番談話只能算是他個人供給曹聚仁參考的資料，不作爲正式記錄，也不負任何責任。「談話記錄」中以下幾條頗耐人尋味：（一）G 氏謂：不論大陸今日局勢實際如何，海外人士總以爲爆發了新的危機，應該坐待變化。此時，派遣專人訪問大陸，必定增加困難。他囑聚仁耐心等待，老人並無切斷聯絡線。老人囑聚仁多向大陸巡遊，增加彼此之瞭解。（老人看了照片，非常感動。）（二）G 氏謂：目前情形複雜，他本人就難於來港，尤其在這一段特殊時期。以後一切由 W 兄負責聯絡，決無疏遠之意。（三）G 氏安慰聚仁，謂和談雖未成熟，希望依然很大。華盛頓方面對此事頗感頭痛，這就是代價。老人謂華盛頓最怕國軍反攻大陸，我就喊得更響。

　　9 月 23 日，W 兄再次來港，告訴曹聚仁臺北朝野不獨對戰爭沒有信心，對和平也沒有信心。在野的黨派，無形之中，有一種相互聯絡呼應的傾向，即是反蔣家獨佔政權的傾向，這是華盛頓方面從中分化的成果。G 氏近來把意志更隱晦了，即是避免這一種逆風。G 氏似乎有意要造成一個控制政黨的力量。曹聚仁問及 G 氏與陳氏之間合作的可能性，W 兄認爲要彼此相服是很難的，一山難藏兩虎，到了老人身後，這問題就很難了。所以和談要成功，最好在老人身前。曹聚仁還問及 G 氏能否派人到北京去試探，W 兄說人是一定要派的，不過老人還遲疑着，認爲不要太露痕跡。

　　W 兄這次來港，向曹聚仁轉述了「老人」的獎惜之意及垂詢諸事，讓他一一奉答。曹聚仁在奉答「老人」之前，先向 G 公談了一番「利害」與「義理」：

> 聚仁私意，吾人今日所考慮所推尋的，不管義理居首，利害居次，或是專研究利害關係，不問義理，總得有一共同目標。今日解決臺灣海峽問題，除了和平談判以外，是否還有其他途徑可尋？看來是不會有的了。美國方面明明表示無所愛於國民黨政權，一切只是爲着美國利益而考慮，那就談不上什麼道義的了。中共方面，當然也無所愛於國民黨的政權，但在考慮中國的利益就連帶考慮到國民黨的利益，兩害相權取其輕，這是和談的基礎。聚仁這一年半來，也看明白許多枝枝節節問題是難於一一安排好的，只要臺灣海峽問題一解決，其他就迎刃而解了。恕聚仁直言，G 公的精神準備不夠，因此多所牽慮。固然中共當局把政治尺度放寬來，讓臺方人

士安了心，才可以減輕許多阻礙。一方面，我們也可以這麼說，臺灣海峽問題明朗化了，中共可以安心去建設，就可以把政治尺度放得更寬的了。

接着聚仁也想說點義理。聚仁認爲革命乃是一時性的變態，社會政治的常態，乃是建設，不是革命。孫總理說革命的目的在求中國之自由平等。這一點，中共所建立的政權可說十足做到了。在這基礎上，談政治建設、經濟建設，才不致於受外來勢力的牽制。倫敦華盛頓方面的外交政策，就是不希望東方有強大的中國，這一點我們必須爭氣一點，不要做西方國家的工具。「求中國之自由平等」與「求個人之自由平等」本來是兩件事，國民革命的目標，並不是要求個人之自由平等的。我們可以批評中共的人民政府，乃是斯巴達式的政府，而不是雅典式的政府，卻不能因爲他們並不保障個人的自由就抹殺他們所實現的「中國之自由與平等」的。

聚仁要重提 G 氏的一句舊話。G 氏在贛州曾對我們說：「中國舊社會中，惡勢力有組織，可以橫行霸道，而善良勢力，卻沒有組織，他們大都是獨善其身的，所以被惡勢力所宰割。我們要幫着善良勢力，讓他們也組織起來，和惡勢力相對抗。」（大意如此。）這話是不錯的。中共主政以後，所有惡勢力的組織都摧毀了，他們組織了善良勢力。聚仁的說法是：無論什麼勢力，一組織起來就有了權力，有了權力，就會有流弊的。所謂「童子操刀而割，所傷實多」也。組織善良勢力的基本觀點還是不錯的。

以下乃是曹聚仁對「老人」的「奉答」之辭：

甲、聚仁三次訪問北京，從沒聽到任何人談到軍事，我也故意避免談及軍事，除了國慶日的閱兵，也沒看見過解放軍。因此海防情況如何，聚仁無從作答。當年指揮東南戰區的陳毅將軍，目前在北京負責文化藝術工作，也絕口不談軍事。只有一回談到朝鮮戰爭的經驗，今日解放軍的假想敵乃是美軍，以國軍的軍事裝備與解放軍相較或許太差了一格。中共當局也曾問及國軍的軍力問題，聚仁作較高估計，說是有四十五萬戰鬥兵。依現代作戰常例，一個戰鬥兵在前線作戰，後方得有七個人來供應，因此在運輸供應上，依存於第七艦隊的成分更深。聚仁從旁冷觀，中共雖未疏於海防，但也

1957年7月3日曹聚仁拍攝的奉化溪口遠景。

不一定把國軍的反攻當做嚴重的因素來考慮的。中共不一定把第七艦隊的力量估計得很高，當然也不會估計得很低。聚仁當然是不知兵的，但有這麼一個印象：國軍有可以戰的下級官佐，卻沒有可以作戰的士兵；解放軍的士兵教育是成功的，又有一個輔助官佐作戰的政治組織。至於統帥指揮作戰的技術，聚仁不想作什麼批評。作戰是綜合的藝術，三分是天才，七分是對現代科學知識的瞭解與運用。解放軍隨時可以解放臺灣，而不輕易用兵，這便是一種政治技術。（解放軍的將領都懂得政治，這也是一種進步。）

乙、關於中共的內部矛盾的解釋或許和老人所得的情報大有出入。聚仁肯定地說，在大陸，有組織的叛變是不存在的。中共本身是一個有力量的組織，同時所有惡勢力的組織都已摧毀了，事實上，中共已扶植了若干善良勢力的組織，所謂積極分子是也。國民革命的過程中，從同盟會到北伐軍，都是與惡勢力為緣的，而今，惡勢力不存在了，有組織的叛變不可能了。中共今日已無內顧之憂，所考慮的只是世界性的流行性感冒，那是「外感」，不是「叛變」。所謂內部矛盾，我看臺北比北京更多些。例如：中美乃是比肩作戰的戰友，事實上是同床異夢的。臺灣的朝野間的矛盾，與國際間矛盾，也時常表面化的。中共當局，希望內部團結起來，與香港人士，希望中共內部分裂，這也是明顯的對比。聚仁希望老人不要把東歐的糾紛和中共內部矛盾混為一談，在共產集團中，中共乃是一個安定的力量，並不是促成糾紛的因素。老人總以為中共聽命於莫斯科，

這是一種錯覺，今日的中共，乃是遠東的盟主。美國有如戰國時代的齊國，蘇聯則如當年的秦穆公，中共則是當年的晉文公。我們希望太平洋上的盟主轉到中國手中來，中共的成功也就是老人的成功，我們對歷史該有新的交代。

丙、老人或然關心大陸人民的意向，這也是中了香港政客們的宣傳之毒害。民意測驗是一件不容易做的工作，我並未在大陸各地做過測驗。我所見聞的，當然是各色人等的隨感錄，但比海外人士的幻想實際一點。不過，大陸人民不希望再有戰爭，也不希望再改變目前的政治秩序，則是普遍的共同的心理。老百姓所看見的只是從手到口目前的事，說他們會有遠見，那是不可能的。他們聽到臺灣問題可以和平解放，的確是高興的。就在私下談話中，沒有人相信國軍會反攻大陸的。這幾年的社會教育，解放軍的抗日英勇故事，以及朝鮮作戰的傳奇，代替了《三國演義》和《水滸傳》的傳說，試問國軍再利害能比得上日軍和美國嗎？聚仁在這兒應該說實話，請老人聽了勿失望。我們今日所要努力爭取的乃是和平。

12月11日，W兄又來香港與曹聚仁會面。「這兩個多月中，經過了國內外許多大事件的激蕩」，曹聚仁想知道G氏的新意向及「老人」的決意。W兄說G氏的情緒近來還不錯，不過他的心境這些年都是這麼沉鬱，沒像先前那麼開朗的；至於「老人」，其用心一向是多角形的，W說他看不出有什麼大變動。曹聚仁認為W兄的政治感受，本來就不十分敏感，於是「再答老人問」：

聚仁三次訪問北京，所見所聞，大都已寫在通訊中，先後由W君陳覽，此外也並沒有什麼秘密可說。今日最大的秘密，還是和談的真正進度，真所謂「草色遠看近卻無」也。辱承垂詢，敬一一答覆如此：

一、聚仁個人看法，許多議論，還是由於不同的觀點而來。尊處所得若干情報，搜集的人和判斷的人，都缺少全面的與社會的觀察力，不免人云亦云，所以落空了。例如，某方面出了問題，出了問題是事實，聚仁的推斷，中共一定會有辦法來應付，而且會安排得很停當的，臺方的判斷說中共的政權，出了紕漏，就此會垮下來了，其結果，尊處的預斷常落空，聚仁的推論常正確。（請看我所寫

的整風十題，我所報導的並不一定合乎中共的意向，但我所下的斷語，大都接近事實。）並非我的見解特別高明，而是我的見解不依違於傳統的觀點，正如王船山的《讀通鑑論》不同於胡三省的《史論》。

二、政治情勢的演變，和社會組織的遷變有着最密切的關係，我們不能不承認一九二七年以來的大革命，並不是單純的政治革命而是社會革命。孫總理在民元時期力主美國式的兩黨制，到了國民革命時代，他就改主蘇俄式的一黨專政了。在一黨專政的觀點，臺灣與北京的政治路向是一致的。至於說，在野的政黨將來是否會有起而執政的機會？在目前已經不是十分重要的論點了，因爲主政的政黨，在社會建設時期，便等於總工程師，其它政黨便等於各部門的工程師，新中國的建設方面實在太多，工程也實在太大了。和談成功之後，並不等於國民黨勢力的消滅，而是由國民黨來擔任臺灣方面的建設工程。至於五十、一百年後的事，浪淘沙去，江山代有才人出，我們也不必考慮得太多的了。

三、今年六月間聚仁在北京和黃紹竑先生見過幾次面，他的興致很好。有一天，他參加了整風的座談會回來，還寫了一首詞，那時，反右派運動還沒有發生。到了七月間，我已經離開北京了，在反右高潮中，北京的情況，只能得之於傳聞了。尊處的議論，也和香港的論客說的一樣，大部分接受了報紙刊物上的材料。孔子說「文勝質則史」。（司馬光說：「凡爲史者記人之言，必有以文之。」文，不只是敷衍其詞，還有自圓其說之意。）紙片上的材料，自該審慎加以鑑別的。聚仁對於右派思想的看法，和中共當局的觀點不盡相同。聚仁認爲，四十以上的人，他們接受了傳統的社會生活所形成的意識形態，要蛻變過來是不容易的，碰到了任何問題，本着下意識中的存儲反應，用舊觀點來應付新環境也是常事。這種舊觀點不一定屬於資產階級的，大部分還是士大夫的「老生常談」。若說，民主政團人士懷有推翻目前政權，起而代之的打算，他們有了過去七八年的經驗，決不會這麼愚笨的。我看，除了頭腦太簡單的舊軍人，說是把政治前途寄望於海外的勢力，可以說是絕無僅有的。

四、聚仁認爲我們應該面對現實，承認中共擔當建國的總工程師，我們不僅要斷了「再革命」的念頭，而且要幫著消弭海外那些存著「彼可取而代之」的野心家。我們不要期待國際間大變動的局面，即算世界大戰不能避免，我們也要爭取一個與民休息的建設機會。聚仁以爲我們的心理上，似乎不妨這麼說：中共的成功，就是我們的成功。我們可以幫助中共來求進步的。

次年1月14日，W兄又來香港，向曹聚仁傳達了G氏的幾項重要建議，囑託他入京取得諒解。W兄據此推斷：「臺灣海峽問題，在今後一年中，將有決定性演變。」以下是W兄告訴曹聚仁臺灣方面的一些近況：

一、嚴家淦在華盛頓接洽增加經濟援助款項，並無結果。美方口頭允諾在國軍貸款項下保留優先權，也只算是空洞的允諾。嚴氏在美時期，美國朝野情緒緊張，也不及照顧臺灣問題。依嚴氏所得暗示，美國勢必聽從西方國家共同意向，讓中共進入聯合國。華盛頓方面本來想把中共參加聯合國與美國承認中共分成兩件事。目前，美國當局受朝野輿論的壓迫，非承認中共不可，這就對臺灣當局有了事實上的困難。因爲美國承認了中共，便非觸及第七艦隊的撤退問題不可。

二、藍欽大使臨別前夜，曾與老人密談了三次。據稱藍氏以友誼地位作表示：臺灣對美國的依賴心不可過深，因爲美國不能不考慮西方友鄰的遠東政策，同時，本身困難重重，在萬一情勢下，只能改變這幾年來勉強支撐的遠東政策。（美國民主黨所不同意的外交政策。）藍氏認爲兩個中國如不能實現，美國只能放棄臺灣了。藍氏在臺灣日久，他也知道兩個中國不可能實現的，因爲中共太強大了，臺灣又太弱小了，對稱不起來的。藍氏暗示：杜勒斯到臺北，將傳達華盛頓方面的最近決定，也要和臺灣當局研討這一問題的。

三、G氏表示：大方向，在這樣的國際形勢下是不會變的，囑聚仁轉陳京中友人，盡可放心。〔註4〕

曹景滇女士公佈的這幾則史料，均有明確日期而無年份。根據材料內容、

〔註4〕 曹景滇：《拂去歷史的煙塵——讓眞實的曹聚仁從後臺走出來》，載《新文學史料》2000年第4期。

曹聚仁大陸行程及相關史實，可以斷定：上述 1 月 14 日 W 兄來港是在 1958
年，其他均為 1957 年。在這些材料中，曹聚仁用代號指稱幾個重要人物。其
中，與曹聯絡的「W 兄（君）」最為關鍵，他的身份明確了，其他代號所指便
迎刃而解。據羅青長、徐淡廬和曹聚仁在澳門的妹妹曹守三等回憶，「W 兄
（君）」為蔣經國贛南新政時的親信王濟慈，與曹聚仁本來就十分相熟。因此，
材料中提到的「臺從」、「臺座」、「G 公」、「G 氏」為蔣經國，「老人」為蔣介
石，則是無疑的了。實際上，曹聚仁所設的謎局並不隱晦，只要知悉相關史
實，就能對其所言會然於心。

　　把各種線索貫穿起來，我們可以得出這樣的推斷：

　　1950 年 7 月，在上海「觀變」的曹聚仁因生計所迫和「精神恐懼」，經中
共默許，南下香港另謀出路。1956 年，他申請回大陸采訪，中共起初懷疑他
是臺灣方面的「探子」，但是毛主席定了「假戲真做」的原則，周恩來遂將中
共願意與國民黨進行第三次合作的意向告訴他，借助他的健筆在海外傳播中
共的政策。估計曹聚仁曾向周恩來等表態，願做兩岸溝通的橋梁，所以周恩
來、陳毅、邵力子等頻頻會見他，所謀應該多與國共和談有關，其中籌劃的
方案之一是讓蔣經國和陳毅在福州口外川石島作初步接觸。〔註 5〕回到香港
後，曹聚仁立即將在大陸與中共領導人接觸的情況，寫信轉告臺灣的蔣經國。
當時香港的《真報》報導：「幾個月來，傳說中國國民黨和紅色中國將會和談
的謠言，傳遍了整個遠東。在香港，謠言集中於記者曹聚仁的頭上，他著名
於既反共亦反對國民黨。在國民黨被逐出中國大陸之前，他認識國共雙方的
許多顯要人士，並且寫過一本關於蔣經國的書。他相信一個道理：臺灣是沒
有前途的，對所有中國人來說，最後的事情是國民黨和中共談判而得到一個
解決。他從北京方面得到訊號，就寫信去給臺北的蔣經國，信內說：『在這一
緊急時間中，我有重要事情告訴你。』他要求蔣經國派出一個彼此熟悉的人
士來香港，他呼籲說：『不要讓這時機溜了過去。』曹氏得不到答覆，他又寫
一封信，催促說：『有很機密的事情要討論。』經過兩個月的沉寂，他再試探：
『某一方面要求我告訴你幾句話，請你謹慎考慮。』『我再要求你，勿讓這一
件大而難得的時機溜走了。』」相信這則消息的源頭正是曹聚仁本人，否則外

〔註 5〕曹聚仁 1972 年 1 月 12 日致香港《大公報》社長費彝民信中，透露了這一鮮
　　　　為人知之事。但後來不知何故，陳、蔣川石島密晤之計劃並沒有實現。李偉
　　　　著：《曹聚仁傳》，南京大學出版社，1993 年版，第 382 頁。

人絕無可能知悉他先後三次給蔣經國去信的內容。〔註6〕

蔣氏父子終爲所動，派王濟慈來到香港，託請曹聚仁再回大陸遊歷，寫出綜合報告以資定奪，並特別託付曹去廬山、溪口看看，拍成照片呈覽。於是曹聚仁1957年5月再度北行，把蔣氏父子託請之事告訴了周恩來。北京方面遂派徐淡廬陪曹氏夫婦做東南之遊。徐淡廬的公開身份是中共中央統戰部辦公室副主任，秘密身份是調查部辦公室副主任、對臺工作領導小組辦公室副主任。曹聚仁對徐淡廬的秘密身份可能並不知情。其間大陸爆發了「反右」運動，曹聚仁7月14日回香港後不知道蔣氏父子的意向有沒有變動，綜合報告是否還有必要，因此只寫了一封簡函，連同幾幅照片寄給了臺灣。7月23日，王濟慈從臺灣電告曹聚仁：蔣經國囑其耐性，他即來港面談。7月27日，王濟慈果然來到香港，告訴曹聚仁：蔣介石看了他拍攝的照片，知道「廬山風景依舊，溪口花草無恙」，非常高興，囑託他以後多向大陸巡遊，瞭解情況。蔣經國認爲，鑒於大陸現在的局勢，應該坐待變化，和談雖未成熟，希望依然很大；至於詳細的報告，臺灣方面還是需要的。曹聚仁遂於當日給蔣氏父子寫了大陸之行的綜合報告。

估計蔣介石看了曹聚仁7月27日的綜合報告後，頗爲贊許，亦有疑問，遂派王濟慈於9月23日再次來港，轉達獎惜之意和問訊之事。王濟慈告訴曹聚仁，陳誠在臺灣與蔣經國爭權，彼此很難折服，所以和談最好在老蔣生前進行，否則就很難了。曹問及蔣經國能否派人到北京去試探，王說人是一定要派的，不過老蔣還在遲疑，以爲不要太露痕迹。

臺灣方面遲遲不見動靜，曹聚仁擔心夜長夢多，詢問蔣氏父子是否有新的意向。王濟慈於12月11日來香港與曹聚仁會面，告訴他小蔣的情緒近來不錯，也看不出老蔣有什麼大的變動。曹聚仁認爲王濟慈的政治感受不夠敏感，於是「再答老人問」。1958年1月14日，王濟慈又來香港，向曹聚仁傳達了蔣經國的幾項重要建議，囑託他入京取得諒解，並託他轉陳京中友人，在新的國際形勢下，臺灣方面大方向是不會變的，盡可放心。王濟慈還不無樂觀地對曹聚仁說：「臺灣海峽問題，在今後一年中，將有決定性演變。」

不料，臺海局勢於1958年夏突然緊張。7月17日，臺灣當局以「中東地區當前的爆炸性局勢」爲由，發佈特別戒嚴令，並對大陸沿海地區進行騷擾；

〔註6〕 魏承思著：《兩岸密使50年》，陽光環球出版香港有限公司，2005年版，第99頁。

美國也下令駐在太平洋地區的第七艦隊處於戰備狀態。毛澤東遂決定炮擊金門、馬祖，以試探美國對臺海的政策底線。據曾任國務院副秘書長兼總理辦公室主任、統戰部副部長的童小鵬回憶：「8月的一天，毛澤東接見了香港來大陸瞭解情況的記者曹聚仁，並談了話，關於金門炮擊行動讓曹轉告臺灣，曹在《南洋商報》上透露了此事。」〔註7〕曹聚仁遂於炮戰開始前在《南洋商報》上發表轟動世界的獨家新聞。羅青長回憶說：「金門炮擊前幾天，毛澤東主席接見了曹聚仁，將金門炮戰的底細，主要是打給美國人看的，以避免美國人插手使臺灣劃海峽而治，讓曹聚仁設法傳遞給蔣氏父子。曹聚仁答應將消息傳給蔣經國。周總理和我們也等着曹先生把消息傳遞給臺灣。當時曹聚仁可能沒有與蔣經國直接聯繫上，或者出於別的什麼原因，但他為了執行毛主席交給的特殊任務，在迫不得已的情況下，後來在新加坡《南洋商報》以記者郭宗羲的名義，發表了金門炮戰的消息。周總理對此事有些不滿意，當時周總理十分重視保密工作。」〔註8〕

　　看來，毛澤東事先向曹聚仁透露炮擊金門的「天機」，是讓他轉告臺灣，並非是讓他提前見報。不過，多年後毛澤東在一次內部談話中卻說：「我們事先讓曹聚仁這位大記者知道，也要準備他第二日寫成新聞去發表。當天，臺灣即使知道，也不一定信以為真，若信以為真，要做防備工作也來不及了。讓我們的大記者更出名也好。」有人據此認為，毛澤東這樣做，旨在提升曹聚仁「此君確與中共最高層保有聯絡」的知名度，增加其做對臺工作的權威性，也向臺灣示意：中共的重大舉措光明磊落，炮擊金門之事已先行通報，勿怪言之不預；同時期冀曹氏日後向臺灣解釋中共之真正意圖，勿使臺灣方面的理解產生歧義，即中共自1956年提出的「和平解決」之誠意未變，炮擊實出於被迫無奈，是為了「以戰促和」，並非重回「武力解放」方針。〔註9〕

　　中共8月23日中午開始炮擊金門，9月4日美國國務卿杜勒斯（又譯作杜里斯）發表聲明，暗示願同北京重開談判。杜勒斯的聲明證明了毛澤東、

〔註7〕　童小鵬著：《風雨四十年》（第二部），中央文獻出版社，1995年版，第275頁。

〔註8〕　魏承思著：《兩岸密使50年》，陽光環球出版香港有限公司，2005年版，第107頁。

〔註9〕　魏承思著：《兩岸密使50年》，陽光環球出版香港有限公司，2005年版，第106～107頁。

周恩來等的預判完全正確，即美國不一定敢在金、馬與共產黨中國進行軍事較量。9月6日，周恩來代表中國政府發表關於臺海地區的嚴正聲明，等於是對杜勒斯聲明的回應。9月15日，中美在華沙恢復去年12月中斷的大使級談判。迫於中共「邊打邊談」的方針，加上國際輿論的譴責和國內人民的反對，美國政府不得不進一步調整對臺政策。9月30日，杜勒斯在答記者問中聲明：美國沒有保衛臺灣沿海島嶼的任何法律義務，也不想承擔任何這種義務。杜勒斯之意，美國想放棄金門、馬祖等沿海島嶼，以換取長期霸佔臺灣，即造成「兩個中國」。美國此舉，不僅遭到了中國人民的反對，也引起蔣介石的不滿，美蔣之間發生了尖銳矛盾。為了擴大美蔣之間的矛盾，中共中央決定從10月6日1時起，停止炮擊金門七天，允許蔣軍自由地運輸補給品，但要以沒有美軍護航為條件。10月6日，《人民日報》發表《告臺灣同胞書》（毛澤東起草、以國防部部長彭德懷名義發表），開宗明義說「我們都是中國人」，「我們之間的戰火」應當停止，並予熄滅。但是，就在《告臺灣同胞書》發表的前一天，曹聚仁又用「郭宗羲」的化名，在《南洋商報》上發表《傳北京同意短期局部停火，避免兩敗俱傷，國共雙方醞釀直接談判》的獨家報導。對曹聚仁此舉，毛澤東、周恩來都很生氣。10月11日，毛寫信給周：「曹聚仁到，冷他幾天，不要立即談，我是否見他，待斟。」周恩來讓費彝民轉告曹聚仁：「三年之內，我不會見他了」。不過不久都還是見了他，批評自然是在所難免。一年後的10月24日，周恩來接見曹聚仁，還當面批評他不應將解放軍停止炮擊金門、馬祖的新聞賣給《南洋商報》。〔註10〕原來，停止炮轟金、馬的消息是陳毅透露給曹聚仁的，據徐淡廬回憶：「新加坡《南洋商報》發表的金門炮戰消息，是陳毅跟曹聚仁說的。陳毅對他透漏了一點中美談判的消息，他馬上出去發電報到《南洋商報》。……陳老總不應該這樣的，但我們也不好說。毛主席沒有告訴他金門炮戰的消息。」〔註11〕

在1958年8月至10月臺海關係緊張期間，曹聚仁頻繁往返於京港之間，為北京和臺北傳話。據童小鵬回憶錄《風雨四十載》和《周恩來年譜》記載，毛澤東曾於1958年8月、10月13日兩次會見曹聚仁；周恩來會見他則有四次之多，日期分別為9月8日、10日，10月15日、17日。他給前妻

〔註10〕 中共中央文獻研究室編：《周恩來年譜》（中），中央文獻出版社，2007年版，第263頁。

〔註11〕 魏承思著：《兩岸密使50年》，陽光環球出版香港有限公司，2005年版，第108頁。

王春翠的信中也說：「我替政府做事，或留或歸，我是作不得主的。1958 年 7 月初，北京叫我不要回去，可是到了 18 日，又叫我 40 分鐘內動身，我什麼都方便走了。」〔註12〕

1959 年 11 月以後，曹聚仁沒有再回過大陸，但在海外依然為兩岸和平統一做着工作，這可以從他寫的家信中看出端倪：

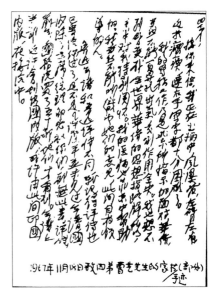

1967年11月18日致四弟曹藝先生的家信（部分）聚仁

1967 年 11 月 18 日曹聚仁致四弟曹藝家書手跡（部分）。

> 我在做的事，一直在拖着，因為世界局勢時有變化。別人也只是挨着，做過婆婆的，要她做媳婦是不容易的。我只是做媒的人，總不能拖人上轎的。……我何時回北京，還未定，要等總理回來再說。
>
> （1964 年 1 月 5 日致王春翠）

> 本來，我應該回國去了，但此事體大，北京和那邊，都不讓我放手。前幾年，我能把局面拖住，可說對得住國家了。（11 月 1 日致曹藝，缺年份）

> 我的出書，也是配合京中的意思，向海外宣傳的；我的報導，比較客觀一點，在海外影響較大。……我的事，一切等總理決定，我不敢自作主張。不過他對我的工作還滿意。（1963 年 10 月 20 日致曹藝）

> 這兩年，我一直向北京請求回國去，但京中為了那件事，非叫我留在香港不可，這 5 年來，自從中蘇有了破裂痕，那邊的主意也改變了，真的以為鴻鵠將至了呢。我的惟一貢獻，就是要那邊莫亂動。目前情形，當然不同了，我們有了原子彈，中蘇也恢復和好了，那邊不會動了。要回國也可安心了。你想，我若回國，那邊動了，我怎麼說？（11 月 12 日致曹藝，缺年份）

〔註12〕柳哲：《從曹聚仁遺箚看他為兩岸和平統一所作的斡旋》，載《百年潮》2000 年第 5 期。「我什麼都方便走了」這句話有語病，原文如此。

聚仁奉命在海外主持聯絡及宣傳工作，由統戰部及總理辦公室直接指揮……工作情況絕對保密。（1967 年 11 月 8 日致曹藝）

國際局面變化很大，我這個燈臺守，只是癡漢等婆娘似的，等他們送媚眼來，只不知何日好事能成雙耳。（1971 年 7 月 28 日致曹雷）〔註13〕

一位號稱「王方」的人，在曹聚仁去世後撰文，說曹生前曾向自己透露：1965 年 7 月 18 日，蔣經國秘密乘船從臺灣來港，將他接到左營，然後乘飛機抵達日月潭。7 月 20 日，也正是李宗仁到達北京的這一天，蔣介石在日月潭涵碧樓官邸接見了曹聚仁。整個商談過程只有蔣氏父子和曹聚仁三人。開始先由曹介紹中共提出的談判條件，蔣氏父子逐條研討，最後達成了六項條件：（一）蔣介石偕同舊部回到大陸，可以定居在浙江省以外的任何一個省區，仍任國民黨總裁。北京建議撥出江西廬山地區為蔣介石居住與辦公的湯沐邑。（二）蔣經國任臺灣省長。臺灣除交出外交與軍事外，北京只堅持農業方面必須耕者有其田，其它政務，完全由臺灣省政府全權處理，以 20 年為期，期滿再行洽商。（三）臺灣不得接受美國任何軍事與經濟援助；如財政上有困難，由北京照美國支持數額照撥補助。（四）臺灣海空軍併入北京控制。陸軍縮編為四個師，其中一個師駐廈門、金門地區，三個師駐臺灣。（五）廈門與金門合併為一個自由市，作為北京與臺北間的緩衝與聯絡地區。該市市長由駐軍師長兼任。此一師長由臺北徵求北京同意後任命，其資格應為陸軍中將，政治上為北京所接受。（六）臺灣現任文武百官官階、待遇照舊。人民生活保證只可提高不准降低。

曹聚仁滿心歡喜回到香港，將臺灣之行及六項條件報告北京，只待北京同意後臺灣方面再派代表作進一步談判，祖國統一大業即可實現。不料次年大陸爆發「文革」，蔣介石也改變了主意，國共兩黨重開談判之事又就此擱淺。〔註14〕

曹聚仁是否秘密去過臺灣？說法不一。羅青長回憶，曹聚仁曾連篇累牘地將去臺灣和蔣經國見面的經過、談話的內容，用複寫紙寫成報告向北京彙

〔註13〕 柳哲：《從曹聚仁遺箚看他為兩岸和平統一所作的斡旋》，載《百年潮》2000
年第 5 期。
〔註14〕 王方：《記一次中國統一的秘密談判——紀念曹聚仁》，載《七十年代》（香
港），1978 年第 4 期。

報。〔註15〕曹雷在《父親原來是密使》（連載於 1998 年 3 月 8～10 日臺灣《聯合報》）一文中，也說曹聚仁曾到臺灣與蔣經國密談。夏衍則說，曹聚仁是否去過臺灣，他不知道，但周恩來總理曾經對自己說過，曹聚仁想到臺灣去說服蔣經國「易幟」；周總理爲此還評價曹聚仁終究是一個書生，自視過高，他愛國，宣傳祖國的新氣象，這是好的，但是他還是把政治問題看得太簡單，他將來是會碰壁的。〔註16〕

　　臺灣方面卻聲稱絕無此事。1998 年，時任國民黨中央黨部秘書長的馬樹禮寫信說：

　　　　有一件事，我願在此澄清一下：聚仁兄女公子有一篇很長的文章，曾在此間《聯合報》連載三天，內容詳述聚仁兄曾以密使身份，爲兩岸和談問題出過很多的力，並且還到臺灣與蔣經國先生密談，我可以肯定地說，絕對沒有這回事。第一，據我瞭解，外間所傳兩岸透過什麼人談和的事都不是事實。第二，經國先生到臺灣後，對大陸上他的所有朋友、部屬的來信，他一概拒收，從來不看。來臺後經國先生的機要秘書蕭昌樂先生告訴過我（昌樂兄後來和我多年同事），聚仁兄確有幾封信給經國先生，但是經國先生並沒有看到，因他已奉命把所有的信都毀了。尤其那一篇文章裏說聚仁兄怎樣和經國先生在臺灣的日月潭見面，那是絕對不可能的。至文中說坐漁船到左營，從左營飛日月潭，也絕非事實，因左營、日月潭兩地均無機場可供起落。記不得是那一年，好像那時他已到澳門住了，我忽然接到聚仁兄一信，信裏隱約的含蓄的談到個人前途問題，但並無一字提到經國先生，我把原信送給經國先生看，後來經國先生在見面時口頭告訴我，信是看到了，他要我不必回信，他也沒有把信退還給我，可能是毀了，不然倒是今日最好的紀念品。〔註17〕

　　曹聚仁是否去過臺灣，並與蔣氏父子達成所謂的六項條件，尚需有力佐證，但馬樹禮所說的蔣經國到臺後一概拒絕收看大陸朋友、部屬的來信，就有點掩耳盜鈴了。試想，一直高喊「反攻大陸」的蔣氏父子，能無視來自大陸的所有信件嗎？蔣氏父子與曹聚仁 1957 年後一直保持着秘密聯繫，只是馬

〔註15〕 柳哲：《周恩來爲曹聚仁親擬碑文》，1999 年 7 月 28 日《中華讀書報》。
〔註16〕 李偉著：《曹聚仁傳》，南京大學出版社，1993 年版，第 364～365 頁。
〔註17〕 魏承思著：《兩岸密使 50 年》，陽光環球出版香港有限公司，2005 年版，第 99～100 頁。

樹禮不知情罷了。

無論如何，曹聚仁曾經為兩岸和平統一而奔走，則是無疑的了。那麼，他充任的又是什麼樣的政治身份？

女兒曹雷在看過父親的部分遺稿和家信後，恍然大悟：父親原來是北京的「密使」。〔註18〕司馬璐則認為，曹聚仁不過是中共的統戰對象和用來作統戰宣傳的工具，中共利用他在《南洋商報》的影響力，對臺灣釋放政治氣球，根本談不上什麼「密使」，而是我們一代知識分子的某類典型：「他是文人，又對政治有興趣；他既不安分，又害怕政治；他介入政治，又不負責任；他充當別人的政治氣球，又自以為得意。」〔註19〕還有人說曹聚仁是臺北的「特使」。

對於加給胞兄的這些「頭銜」，弟弟曹藝都不認同。曹藝認為，曹聚仁以一個海外孤臣「燈臺守」的心情，奔走海峽兩岸，呼籲祖國統一，是為了自己是中華民族之子孫，心甘情願，為民族利益盡一個書生之責的千古一人，並非臺北的特使，也非北京的密使。〔註20〕

香港資深傳媒人魏承思曾對「密使」、「特使」做過這樣的界定：「密使者，秘密使節之謂也，既非游俠，亦非間諜。他們通常獲得國家政府的授意與授權，攜帶秘密使命，前往無正式溝通渠道之陣營，進行特定的接觸、對話、協商。密使之使命，與特使略同，是一種完成特定任務的臨時角色；其區別只在密使的任務與行蹤是秘密的，特使也可授與秘密談判之權力，但其任命與行蹤公開。……密使之使命，與特使也有所不同，密使往往只是一種試探、傳話的管道，有時更可能是玩弄權謀的欺敵策略。」〔註21〕若以此論，目前公佈的材料，還不足以稱曹聚仁為「密使」或「特使」。如果非要給曹聚仁冠以「×使」名號的話，秘密「信使」可能更符合他當時充當的角色：在國共兩黨之間傳話送信，牽線搭橋。不過，他這個「信使」或者俗稱的「媒婆」，偏向中共一方則是無疑的；這種偏向，當然是出於現實政治的考

〔註18〕 曹雷：《父親原來是密使》，1998 年 3 月 8～10 日臺灣《聯合報》。

〔註19〕 魏承思著：《兩岸密使 50 年》，陽光環球出版香港有限公司，2005 年版，第114 頁。

〔註20〕 曹藝：《現代東方一但丁——追憶先兄曹聚仁南行往事》。轉引自魏承思著《兩岸密使 50 年》，陽光環球出版香港有限公司，2005 年版，第 114 頁。

〔註21〕 魏承思著：《兩岸密使 50 年》，陽光環球出版香港有限公司，2005 年版，第 3頁。

慮以及對共產黨的瞭解：「我是南來以後，明明白白表示絕不『反共』的。我認爲瞭解共產主義以及共產黨的政策，乃是最重要的一件事，我是『知共』的。在國家民族的立場，我們自該『親共』，所以，我在情緒上也不『反共』。」〔註22〕

　　曹聚仁所從事的這種工作，危險性是不言而喻的。1958 年 8 月金門炮戰發生後，證實了曹聚仁在《南洋商報》上提前發表的獨家新聞的準確，各國住香港的情報機關，紛紛找他進一步瞭解情況，害得他數次搬家。爲安全起見，周恩來指示在港澳爲曹聚仁安排了多個住處，他不得不過着「狡兔三窟」的生活。同時，他還受着左右兩邊的誤解而不能辯白：香港報紙說他是大陸派駐香港的統戰分子，國內文化界卻罵他是「反動文人」，直到 1980 年代初，秦似還有「骨埋梅嶺汪精衛，傳入儒林曹聚仁」的詩句，將他與汪精衛相提並論。再者，他必須忍受無邊的孤寂。老病之人，有家難回，在孤島上過着「燈臺守」的生活，思鄉一念，百感叢生，自稱絕不愛流淚的曹聚仁，有時也禁不住愴然涕下。

　　是什麼動機和目的，驅使曹聚仁請纓擔任國共之間的秘密信使，爲此長期忍受着危險、誤解與孤寂？有人認爲，想當然地充當統戰「媒婆」的曹聚仁，最爲根本的願望，就是從中共當局那裏撈取足以養老的政治地位和生活資本。〔註23〕這種純粹功利性的解釋，顯然帶着很深的政治偏見。說曹聚仁沒有一點名利心，也不符合事實，他給女兒曹雷寫信，還說自己是一個「不好不壞、可好可壞，有時好有時壞的人」呢。〔註24〕人生出處方面，曹聚仁說自己跟陳望道師一樣，「是一個不敢和現實政治太接近的人，但又是不甘於寂寞的人。」〔註25〕所謂「不甘於寂寞」，就是不甘心湮沒無聞、聲名不彰吧。「好名」乃讀書人通病，報人張季鸞曾說：不求權不求財，是士人常行，容易辦；不求名，卻不甚容易。〔註26〕在香港大坑道與曹聚仁結鄰而居的李雨生回憶：曹日常談話中最喜歡談起的人，依次爲馬樹禮、蔣經國、夏衍、周

〔註22〕　曹聚仁著：《北行小語》，三聯書店（北京），2002 年版，第 402 頁。

〔註23〕　張耀傑：《曹聚仁的「南來」與「北行」》，載《傳記文學》（臺灣）第 91 卷第 1 期（2007 年 7 月出版）。

〔註24〕　曹聚仁著：《採訪外記　採訪二記》，三聯書店（北京），2007 年版，第 264 頁。

〔註25〕　曹聚仁著：《我與我的世界》（下），北嶽文藝出版社，2001 年版，第 503 頁。

〔註26〕　張季鸞：《本社同人的聲明》，1941 年 5 月 15 日重慶《大公報》社評。

總理；最得意的話題有兩個，一是當年在贛南「經國」稱他爲「曹先生」，一是他和周總理在昆明湖上三小時的話舊。可見，曹聚仁也有「好名」的通病。順便提及一下，曹聚仁對外聲稱的香港「大坑道二十五號四樓」住址，李雨生說這幢房子實際上只有三樓，曹住的乃是在天台上草草蓋成的兩個很小的房間。裏間放床，算是睡房，外間放書桌，聊作書房。兩個房間除了床和書桌之外，到處都是用煉奶箱搭成的書架，上頭塞滿了書。這幢房子的天台

1960 年代末曹聚仁攝於香港宅中（時大病後）。

頗大，除了「四樓」之外，還有不小的地方，曹就買了兩個大皮蛋缸回來，自己做鹹酸菜。〔註27〕由此看來，曹聚仁在香港的生活是相當困苦的。

曹聚仁在給蔣氏父子的報告中曾說：自己是從「道義」上，「爲了國家民族才來奔走拉攏，既非替中共作緩兵之計，也不想替臺方延長政治生命。」爲了國家民族的前途，不惜獻身；自己也決不考慮個人出處問題，事成之後，決不居功，願以新聞記者終老其身。〔註28〕我們相信，這是他的肺腑之言。「苟利國家生死以，豈因禍福避趨之」，國家民族至上，天下興亡在肩，這是我們的文化血脈，「線裝書讀得很多」的曹聚仁，不可能不受其影響。他曾經與父親夢歧先生進行對比，來剖析自己的文化性格：夢歧先生是浙東學派的後起之人，一生走的是程朱的路子，和北方的顏李學派相符合，躬行實踐，敢於擔當；自己反孔孟，反程朱，反禮教，屬於五四運動時代的人，但「優柔寡斷，賦性懦弱」；夢歧先生的學問，從儒家觀念而來，偏於正心誠意修身齊家；自己的學問，偏於格物致知，窮究事理，強調公民修養，以爭取平等自由爲目標。因此，「從我個人的生命根源來說，我永遠是我父親夢歧先生的兒子，卻又永遠是先父的叛徒。」曹聚仁說，父親在個人修養上，總脫不了士大夫的傳統觀念：「中國士大夫，凝集在宋明理學所提倡的修齊治平的大道；卻是要知道稼穡之艱難，懂得民間的疾苦；修齊只是工夫，而治平才

〔註27〕 李雨生：《哀曹聚仁》，載《新聞天地》（香港）第 1279 期（1972 年 8 月 19 日出版）。

〔註28〕 曹景滇：《拂去歷史的煙塵——讓眞實的曹聚仁從後臺走出來》，載《新文學史料》2000 年第 4 期。

是目的。窮而獨善其身，乃是不得已而處之；士當先天下之憂而憂，後天下之樂而樂；達則兼善天下，這才是行其道的大抱負。」〔註29〕一個人總是土地與時代的兒子，曹聚仁雖然說自己是父親的「叛徒」，但也承認永遠是夢岐先生的兒子——不僅是生物血緣上的，也是文化血緣的兒子。

近世以來，中國知識分子面臨着類似於意大利詩人但丁當年所面臨的問題：「但丁的心中，對於社會革命，與國家統一這兩種工作的先後輕重，常是彷徨苦悶，不知應當把那一方看得重要些。」但是，但丁後來爲謀求國家統一而努力了。曹聚仁常以但丁自況，要走他的路子。「抗戰給我一個新的信念，那時，我相信中華民族有了新的希望。我還相信抗戰的血多流一點，或許社會革命的血就可以少流一點了。因此，當時我對中國的前途一變而頗爲樂觀了。可奈在泥濘長途走了一陣子，那份樂觀了的念頭，又漸漸地褪了色；到了後來，在抗戰勝利後那幾年中，依舊回到但丁當年徘徊歧途的心境，何去何從？簡直無法肯定。」〔註30〕在 1949 年的大變局中，中國知識分子所面臨的出路抉擇，恐怕是歷史上極爲少見的。曹聚仁既沒有選擇國民黨，也無所謂選擇共產黨，而是利用自己「國共兩黨中，只要榜上有名的人，幾乎都認識」的人際優勢，爲謀求國家和平統一而奔走，竭盡心力。老朋友夏衍說，曹聚仁的這種精神是可貴的，他是一個愛國主義者，民主主義者，他的骨頭是硬的，晚節是好的。而「知兄莫若弟」，曹藝說哥哥曹聚仁是爲了自己是中華民族的子孫，心甘情願，爲民族利益盡一個書生之責。

「書生」一詞大約有三種含義：「讀書人」或「知識分子」；不諳世事的「書呆子」；虛浮的「文人」。曹藝說哥哥是書生報國，顯然是指第一種含義。周恩來曾經對夏衍說，曹聚仁終究是一個書生，自視過高，把政治問題看得太簡單，想到臺灣去說服蔣經國「易幟」，將來是會碰壁的，似乎是指曹有些天眞、虛浮。不過，周恩來當時對夏衍這樣評價曹聚仁有這種可能：搪塞話題，不讓夏衍與聞曹聚仁的眞實身份和從事的工作。

曹聚仁一生著述 4000 餘萬言，有六七十種著作行世，是不折不扣的讀書人。但是他從不自期爲文人，認爲文人容易成爲「依附統治階級爲生的廢物」，非賣身投靠無以安身立命。曹聚仁也絕對不是不諳世事的書呆子，從以下幾

〔註29〕 曹聚仁著：《我與我的世界》（上），北嶽文藝出版社，2001 年版，第 28、33、47、61、68 頁。
〔註30〕 曹聚仁著：《我與我的世界》（上），北嶽文藝出版社，2001 年版，第 4～5 頁。

則對並世風雲人物的月旦，可見他的知人之深切，論世之精闢：

在草山老人（蔣介石）左右，當年黃膺白（郭）、吳稚暉、陳景韓在世時，總還在師友之間，在老人面前，可以說一個「不」字。到了張季鸞、楊永泰時期，總還是老人的朋友，可以有所獻替。至於陳布雷、邵力子，總還像個幕僚，可以知無不言。陳布雷自殺，邵力子離去，老人左右，只留下陶希聖、張道藩這幾個奴才，那才脅肩謟笑，只以迎合老人心理為自滿自足。於是老人的江山也就斷送在他們手下，窮居草山，日暮途窮了。替他（張道藩）祝壽的人，居然說：「謀國老成壽至計，心關憂樂繫蒼生」，難怪當年滿朝文武替魏忠賢稱聖了！不禁為之三歎！〔註31〕

共產黨的政治理論，很注重一個人的階級成分。若就經濟成分來說，毛（澤東）氏之出於貧農家世，與蔣（介石）氏之出於貧農家世，可說是一樣的。毛氏自幼便受了理學空氣的薰陶，他是理學大師楊昌濟的得意弟子，後來還把女兒嫁給了他。他是受了曾國藩思想的影響，組織了船山學社。後來，從理學圈子中跳出去，才成為篤實的激進分子的。這和蔣介石到了當權以後，才鑽入名教圈子，捧出曾國藩的招牌，剛好是倒走了一段路。蔣介石的政治觀點，和陳英士的革命傾向，頗有關係；他是從上海交易所接受了現實主義，一切理論，一切行動，一切價值，都是此時此地主義；因此，他的政治活動，就在這一尺度上表現出來：若干方面，和共產黨的言行頗相符合；所不同者，蔣氏偏於個人英雄主義，共產黨則是集團主義。……依我的看法，歌頌曾國藩的政治道德的蔣介石，他的言行，最不合於曾門的作風；而表面最反對曾國藩的毛澤東，他的言行，卻是最合於曾國藩的規範的！此知人論世之所以最難於著筆的。……毛澤東更多一點書生的氣味，蔣介石便多一點商賈的成分；毛氏的作風，比胡漢民還更接近孫中山，蔣氏倒是離得遠；而毛氏卻自承馬克思的道統，蔣氏乃自負為孫中山的信徒，這都是政治圈子中最有趣的鬧劇。〔註32〕

〔註31〕曹聚仁著：《聽濤室人物譚》，三聯書店（北京），2007 年版，第 144 頁。
〔註32〕曹聚仁著：《採訪三記　採訪新記》，三聯書店（北京），2007 年版，第 61〜62 頁。

我們知道國民黨的三個領袖，汪精衛、蔣介石和胡漢民，他們各有各的作風。和汪精衛談話，只有他說的話，沒有我插嘴的機會：和蔣介石相對，只讓我們說話，他只是摸着下巴用「嗯嗯」、「好好」來作休止符。只有和胡漢民相對，才是你

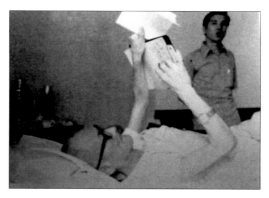

1972 年，曹聚仁在澳門鏡湖醫院躺在病床上，利用手寫板懸腕撰寫回憶錄。

說一半，他說一半。評論當代人物，即以此爲短長的尺度。毛澤東呢？既不是汪精衛型的，也不是蔣介石型的，也不是胡漢民型的：他就是和你談正經大事以外，還有和朋友談閒天的風度與興趣。你可以和他去抬槓，正如胡漢民可以和孫中山去抬槓一樣。此所以汪精衛、蔣介石永遠沒有真正的朋友，而毛澤東倒是可以成爲許多人的朋友的。〔註33〕

照目前情勢看去，中共那個仙境，是會有一座神龕的。那神龕中，坐着兩位尊神：一位是已經逝世了的魯迅，一位是還活着的毛澤東。正如列寧與高爾基一般，政治是毛澤東的時代，文藝則是魯迅的時代。〔註34〕

曹聚仁極力拉攏、撮合，但遺憾的是，「國共這一雙政治冤家」，直至他去世也不曾重開和談。這不是書生太天真，而是政治太詭譎。

1972 年 1 月 12 日，纏綿病榻的曹聚仁致信香港《大公報》社長費彝民，還爲自己沒有能完成國共和談這件「不大不小」的事而感到歉然：

弟長病遷延已經五個半月了，每天到了酸痛不可耐時，非吞兩粒鎮痛片不可，因此仍不可樂觀。酸痛正在五年前開刀結合處，如痛楚轉劇，那就得重新開刀了。醫生說，再開刀便是一件嚴重的事，希望不至於如此。

─────────────

〔註33〕 曹聚仁著：《採訪三記　採訪新記》，三聯書店（北京），2007 年版，第 66 頁。
〔註34〕 曹聚仁著：《採訪三記　採訪新記》，三聯書店（北京），2007 年版，第 376 頁。

在弟的職責上，有如海外哨兵，義無反顧，決不作個人打算，總希望在生前完成這不大不小的事。弟在蔣家只能算是親而不信的人。在老人眼中只是他的子姪輩，肯和我暢談的已經是行尊了。弟要想成爲張岳軍（張群），已經不可能了。老人目前已經表示在他生前，要他做李後主，這不可能的了。且看最近這一幕如何演下去。

昨晨，弟聽得陳仲宏（陳毅）先生逝世的電訊，惘然久之。因爲弟第一回返京和陳先生談得最久最多。當時（以下有三字不清）是讓經國和陳先生在福州口外川石島作初步接觸的。於今陳先生已經逝世，經國身體也不好，弟又近於病廢。一切當然會有別人來挑肩係，在弟總覺得有些歉然的。〔註35〕

5月，曹聚仁從香港移居澳門的妹妹曹守三處，住進澳門鏡湖醫院治療。躺在醫院的病床上，他還左手高舉墊板和稿紙，右手懸腕兒書寫他的回憶錄《我與我的世界》。然而，多年自認爲的「風濕」被確診爲骨癌，病入膏肓，良醫束手。6月20日，夫人鄧珂雲經周恩來總理特批匆匆趕來澳門，陪他走過了生命的最後一個多月。1972年7月23日，曹聚仁在澳門鏡湖醫院離開了他的「世界」，享年72歲。臨終時，陪伴在側的鄧珂雲不斷聽到他喃喃自語：「我有很多話要向毛主席、向周總理說。」〔註36〕7月26日中午，港澳親友爲他舉行了公祭儀式，治喪委員會主任費彝民主持並致了悼詞。遵遺願「化骨成灰」，由家人帶回上海，暫厝於龍華殯儀館。後葬於南京雨花臺，與母親長眠一處；不久墓地被徵用而移至望江磯。1998年春，子女將其骨灰遷回上海，與1991年去世的夫人鄧珂雲一起葬於上海福壽園，「靈魂」終於有了安居之所。墓碑之上，鐫刻着一首他生前最喜愛的自作詩：

　　海水悠悠難化酒，書生有筆日如刀；

　　戰場碧血成虹影，生命由來付笑嘲。

〔註35〕 轉引自李偉著：《曹聚仁傳》，南京大學出版社，1993年版，第381～382頁。
〔註36〕 曹雷：《常常的懷念》，1980年7月22日香港《新晚報》。

墜雨已辭雲，流水難歸浦
—— 成舍我與《世界日報》

「我們這一時代的報人」

　　1945 年 9 月 5 日，成舍我將重慶《世界日報》交給老朋友陳雲閣負責，自己以該報記者的身份參加「陪都記者團」，乘一架軍用專機飛南京，準備採訪次日在南京舉行的受降典禮。陪都記者團一行十餘人，除成舍我外，還有《大公報》的徐鑄成、金誠夫，《新民報》的張友鸞，《中央日報》的卜少夫，以及國民黨中宣部特派員陳訓念等，都是新聞界響當當的人物。

　　一場曠日持久的戰爭突然結束，使敵我雙方都顯得手足無措，戰後事宜的處理雜亂無章，很難一下子理出頭緒。當陪都記者團一行飛抵南京明故宮機場時，場內除有盟軍和我軍的飛機外，竟然還有日本飛機不時來去，運送着日本人和他們的行李。南京市區各街口，仍然站有持槍警衛的日本憲兵。這一切使勝利歸來的成舍我頗感怪異。

　　到南京後第一餐飯在夫子廟六華春，是朋友爲他們接風洗塵的。成舍我不愧是記者出身，特意記下了這頓晚飯的菜單和價格，與重慶的物價進行比較。主客一共有六位，煙酒俱全：黃酒二斤，炒蝦仁，紅燒頭尾，清燉魷魚，炒蟹粉，香妃鴨，神仙雞，白飯六客，大前門香煙兩包，黑白瓜子各一碟。主人特別說明了點菜用意：客人在重慶八年營養太差，所以魚肉特多。酒醉飯飽後主人埋單，共消費僞幣 32 萬 6 千元。「我等初看帳單，嚇了一跳，及主人以法幣折付，每法幣一元合僞幣二百元。拿出五十元關金票兩張，除正帳合法幣一千六百卅元外，餘數悉賞茶房，茶房千恩萬謝，視我等爲闊客。」〔註1〕成舍我離開重慶前，和兩個朋友吃小館子，每人要了一碗麵

〔註 1〕關金券（亦稱關金票），是「海關金單位兌換券」的簡稱，1931 年 5 月由中央銀行正式發行，作爲繳納關稅之用。關金券最初發行只是爲進口商提供納稅

和四個湯圓，兩張五十元關金票，幾乎不能出門。兩相對比，南京的物價比重慶低落得多，真使人「樂不思蜀」。「惟如此享受，預計決難持久，因長江航運一通，人口增加，物價即必將突飛猛漲也。」

晚飯後，成舍我、陳訓悆、李荊蓀、卜少夫四人，在夫子廟廬山照相館拍了一張合影照，作為重回故都的紀念。

1945 年 9 月 5 日，從重慶同機飛抵南京參加受降典禮的成舍我（前左）、陳訓悆（前右）、李荊蓀（後左）、卜少夫（後右）。

南京的各大旅館，都已經由國民政府陸軍總司令部前進指揮所統制、管理，而指揮所門禁森嚴，匆促之間無法接洽，當晚是無望入住了。幸虧經陳訓悆多方設法，陪都記者團成員才在國民大會堂攤地鋪過了一夜，否則只好睡馬路了。

原定於 9 月 6 日舉行的受降典禮推遲到 9 日。6 日晚上 10 點，成舍我用「一丁」筆名，向報社發回了來寧後第一篇「本報特派員南京通訊」──《七萬日兵在首都》，詳細記述了自己初到南京的觀感。除了上述的吃、住情況外，他還在這篇通訊中向大後方讀者講述了一件讓中國人揚眉吐氣的事情：

> 日兵雖仍成群結隊，招搖過市，但對我國官民，已不敢再如過去之凌辱侮慢，遇有交涉，常較九十度之鞠躬，更加五度。數日前，抗日專家龔德柏氏，與顧毓琇同至雞鳴寺附近我戰前所設之博物館巡視，行時面告侵擾該館之日人，妥為保管，不得妄有遺損。詎龔等甫行，該館日人竟遷怒華籍閽者，謂不應引人入內，掌閽者煩。閽者奔告龔等，龔乃返覓此掌煩之日人，責其凶悖，並即以同樣方法，掌此日人之煩，此日人不特未敢抵抗，且作九十五度之鞠躬，自認無理。龔謂吾人本不願如此，但曲先在彼，若仍予容忍，則在此受降典禮未舉行前，彼或以我為可欺，對我同胞，肆其侮

便利，並不在市面流通。1942 年 4 月，國民政府財政部規定以關金券一元折合法幣二十元的比價，與法幣並行流通，關金券遂成為真正紙幣。1948 年 8 月，國民黨政府實行幣制改革，宣佈廢除法幣和關金券，發行金圓券。

辱，此則不得不先予懲戒，亦略施薄懲之意也。〔註2〕

9月9日上午九時正，中國戰區日軍投降簽字儀式在南京中央軍校大禮堂舉行。何應欽總司令以中國戰區最高統帥蔣委員長命令第一號，面交日軍岡村寧次大將，岡村寧次簽字接受。作為記者，成舍我見證了中國人浴血八年迎來的這一歷史時刻。受降典禮一結束，他即向重慶《世界日報》發回了一條專電，標題是《簽字完畢時間九月九日九時九分　歷史上可稱「四九」紀念》：

【本報南京九日上午十時專電】受降典禮除中央社所報告外，可注意補充者：（一）簽字繫於九月九日上午九時九分完畢，在歷史上可稱四九紀念。（二）雙方簽字均用毛筆簽名蓋章，岡村簽字所用之筆，典禮完畢後遍尋不見，盟邦記者有欲得此筆作紀念均感失望。（三）簽字均用正楷每一名字簽畢均約費三分鐘至四分鐘。（四）岡村

1945 年 9 月 9 日重慶《世界日報》刊登的「一丁」通訊《七萬日兵在首都》。

等面部表情均極悽冷，有一人泫然欲涕。（五）何總司令精力充沛，嚴肅而和藹，八年前記者曾與其同乘長興輪離京，今除額髮稍稀外，毫無蒼老之像。某外記者語余，何在盟邦最高將領中望之，恐將為年齡最青者。〔註3〕

參加完受降典禮，成舍我即趕赴上海，收回被日偽佔據的上海《立報》財產。這時，前妻楊璠和次女幼殊也在上海，他就讓女兒過來幫助自己清點財物。成舍我用毛筆豎寫了「立報」兩個大字，貼在報館大門的玻璃上，可

〔註2〕　一丁：《七萬日兵在首都》，1945 年 9 月 9 日重慶《世界日報》。
〔註3〕　1945 年 9 月 10 日重慶《世界日報》。

見他對恢復這份曾經名揚上海灘的「小型報」充滿着期待。楊璠看到昔日夫君手寫的「立報」這兩個字，還感慨地對女兒幼殊說：你爸爸真是努力好學，他現在的字寫得這麼好了。〔註4〕成舍我文思敏捷，用張友鸞的話說是「搖筆即來」，「落紙如風」。不過，書寫速度快了，就顧不得講究書法，他在與楊璠仳離之前，不少文書都由楊璠抄正。但是成舍我總不甘心於書法欠佳，不斷揣摩改進。數年不見，成的書法突飛猛進，令勞燕分飛的太太慨歎不已，正應了「士別三日當刮目相看」這句古訓。

正在成舍我緊鑼密鼓地籌備復刊上海《立報》之時，股東們卻決議不再續辦。戰前的上海《立報》集股而成，不是成舍我獨資創辦，股東們不願再辦下去，他也無可奈何。辦完上海《立報》的轉讓手續，〔註5〕成舍我隨即飛往北平，着手恢復真正屬於自己的北平《世界日報》。

北平《世界日報》自 1937 年被日本人劫收之後，已經兩易其名。第一次劫收的是日本浪人武田南陽。武田做了社長後，第一年用的還是《世界日報》名義。後來，漢奸王克敏幫着日本人搞「新民會」，就把《世界日報》與《華北日報》合併，改名《新民報》，作為偽「新民會」的機關報，社長仍是武田。直到 1944 年，武田因受另一派排擠，被迫辭職，《新民報》又改名為《華北新報》。抗戰勝利後，《華北新報》被國民政府派人接收。實際上，《華北新報》的大部分資產就是原來北平《世界日報》的資產，也就是成舍我的私人財產。

成舍我在上海時，就聽說各地接收情形相當混亂，曾寫信給主管接收北平文化機關的負責人、《華北日報》社長張明煒說：對外抗戰，民間報紙，為國家而犧牲，這是理所當然，無足顧惜。而今最後勝利既已到來，我們辦民間報的，自然仍回到民間去，以自己的血汗，恢復自己的事業，不要國家一文津貼或變相津貼，不要別人一草一木，只要收回日本人奪去的資產。如果報館被日本人搶去以後，現在又被我們的政府搶去，則自己一息尚存，是必然抗爭到底的。到北平後，成舍我第一件事就是打聽當初搶自己報館的武田南陽是否仍在這座城市。還好，武田尚留在北平。在查明武田的詳細住址後，成舍我立即派人向他查問沒收《世界日報》及將報館交給《華北新報》

〔註4〕 中國人民大學港澳臺新聞研究所編：《報海生涯——成舍我百年誕辰紀念文集》，新華出版社，1998 年版，第 147 頁。

〔註5〕 上海《立報》於 1945 年 10 月 1 日復刊，發行人嚴服周，社長陸京士，實際上已成為國民黨 CC 系潘公展的報紙。

的前後確切情形。武田提供了一本沒收《世界日報》時的財產清冊和一本移交《華北新報》時的財產清冊，並另外寫了一封證明信，證明現有《華北新報》的資產來源。得到這些財產清冊和證明信，成舍我喜出望外。政府原來藉口無法分辨《世界日報》的資產，實際上是不想發還。現在有了這些證據，成舍我向北平接收文化機關的主管人多次交涉，終於收回了一部分資產。〔註6〕

1945 年 11 月 20 日，在遭受了八年零三個月的厄運後，《世界日報》、《世界晚報》終於在北平西長安大街 32 號原地復刊。戰前報社辦公樓是租用他人的私產，現在成舍我乾脆花了五萬大洋把它買爲己有。撫今追昔，感慨萬千，成舍我親自爲報紙撰寫了長篇復刊詞，以自己三十年來的辦報遭遇爲例，向讀者傾訴「這一時代報人」的「幸」與「不幸」：

> 我們眞不幸，做了這一時代的報人！在艱苦奮鬥中，萬千同樣的報人中，但就我自己說，三十多年的報人生活，本身坐牢不下二十次，報館封門也不下十餘次。《世界日報》出版較晚，它創刊於民國十四年（即一九二五年），因爲誕生地在北平，北平，此偉大莊嚴的古城，二十年來卻多災多難，內有各種軍閥的混戰，外有日本強盜的劫據，《世界日報》和許多惡魔苦鬥，所以也就不能不與北平同遭慘酷的厄運。厄運最後一幕，竟使我們經過八年零三個月悠久時間，不能和讀者相見，全部資產被敵人沒收。起初竟盜用原名，繼續出版，後改稱《新民報》，再改《華北新報》。《世界日報》的生命中斷，一個純粹民營的報紙，竟如此犧牲。實則此種艱辛險惡的遭遇，在這一時代的中國報業，也可算司空見慣，極其平凡。做一個報人，不能依循軌範，求本身正常的發展。人與報均朝不保夕，未知命在何時，我們眞不幸，做了這一時代的報人！

> 但從另一角度看，我們也眞太幸運了，做了這一時代的報人！我們雖曾遭受各種軍閥的壓迫，現在這些軍閥，誰能再壓迫我們？許多惡魔叱吒風雲，這一個起來，那個倒去，結果同歸於盡。槍殺邵飄萍、林白水以及若干新聞界先烈的劊子手，有幾個不是「殺人者人恒殺之」？在林老先生就義的後一天，我也曾被張宗昌捕去，並宣佈處死，經孫寶琦先生力救得免。當時張宗昌殺人不眨眼，那

〔註6〕 成舍我著：《報學雜著》，中國文物供應社（臺灣），1956 年版，第 158 頁。

威風，真可使人股慄。

然而沒有幾年，我卻在中山公園，時時看見他悶坐來今雨軒，搔首無聊。他屢想和我攀談，我只是報以微笑。民國二十三年（即一九三四年），因為反對汪精衛的媚日外交和包庇貪污，被他封閉了我的南京《民生報》，並將我關在南京憲兵司令部四十天；一面又電令他的北平同志，將《世界日報》也停刊三天。他無法定我罪名，也無法消除由此而起全國沸騰的清議，我終於恢復了我的自由。他的黨徒唐有壬勸我：「新聞記者怎能與行政院長作對？新聞記者總是失敗的，不如與汪先生妥協，《民生報》仍可恢復。」我很堅決地答覆：「我的見解完全與你相反，我有四大理由，相信最後勝利必屬於我。」此四大理由，最重要的一點，就是我可以做一輩子新聞記者，汪不能做一輩子行政院長。新聞記者可以堅守自己主張，保持自己人格；做官則往往不免朝三暮四，身敗名裂。我們的談判，因此決裂，民生報被強制「永久停刊」。然而幾個月後，我又在上海創刊了《立報》。日寇投降，我到南京，最近一個月以前，當我在南京掛出了「民生報」招牌的那一天，我從中山陵回來，經過所謂梅花山「汪墓」，只見許多人在他墓前排隊撒尿。我舉以上二例，並非故作快語，更無自我宣傳之意。而且張汪兩賊，勢傾全國的時代，幾稍有正義感的，哪一個報人，不恨張宗昌；哪一家報館，不反汪精衛？我僅是萬千報人中的一個。

現在我以真憑實據，證明我們確太幸運，做了這一時代的報人。過去凡是我們所反對的，幾無一不徹底消滅。這不是我們若干報人的力量，而是我們忠誠篤實反映輿論的結果。再以此次全世界反法西斯戰爭來說，在中國，因抗日而犧牲的報紙，不知有多少。當敵人沒收我們資產時，豈不志得意滿？利用我們資產，出版了多少偽報？曾幾何時，我們終於舊地重來，物歸原主。我為收回上海、南京、北平、香港的報紙器材，曾因小小波折，寫過一封信給中央某部當局，我很率直地說：「抗戰八年，我們做報人的，沒有餓死、炸死，已算託上帝保祐，心滿意足。我不希望向政府要一官半職，也不向任何機關要一文半鈔，更不想藉此機會混水摸魚，搶他人一草一木；但憑自己血汗，辛苦經營得來的一草一木，可以掉頭不顧被

人沒收，卻決不能在自己政府之下，自動放棄，無故犧牲。」我們有筆，要寫文章；有口，要說話。報紙是發表意見最著功效的工具，我們一定要竭盡心力，珍重愛護。北洋軍閥和日本強盜，都不能打倒我們，不僅過去如此，相信一切反時代反民眾的惡勢力，無論中外，都將永遠如此。打倒我們的，只有我們自己；只有我們自己，變成了時代和民眾的渣滓。我們向正義之路前進，我們有無限的光明。我們太幸運，做了這一時代報人！

經過八年抗戰洗禮的中國，猶如浴火重生的鳳凰，正在向正義之路邁進。如何邁向正義之路？這是擺在每一位報人面前的重大課題。成舍我從政治和社會兩個方面，回答了「這一時代的報人」今後應當擔負的任務：

第一，中國現在雖已是全面勝利，列爲四強之一，但無可諱言的，威脅國家民族生存的內外危機，在今日並沒有整個消除，甚且還更比以前嚴重。站在國民立場，無黨無派的超然報紙，對此危機，決不能有絲毫忽視，且正賴這種真正超然、代表最大多數人民說話的報紙，能充分發揮輿論權威，始可使這種危機，歸於消滅。不過，所謂超然也者，既不是一般人所懸想的，像兩個車夫打架，警察出來，一人一巴掌；也不是不分皂白的和事佬，東邊作一揖，西邊作一揖。這兩種辦法，都不能息爭排難，解決問題。我們認爲「超然」的可貴，就因他能正視事實，自由思想，自由判斷，而無任何黨派私怨，加以障害。以目前震動中外的國共糾紛來說，決非空洞敷衍寫幾篇呼籲和平的文章，所能奏效。我們必須發動全國輿論，造成一種最大的力量。就當前形勢，我敢放心大膽代替最大多數的中國老百姓說，老百姓的一致要求，是「國民黨還政於民」，「共產黨還軍於國」。假若現政府不能實現民主，肅清貪污，安定人民生活，而欲一手把持，天下爲私，我們就要向政府革命；假若共產黨不能從民主政治的正軌，爭取政權，而仍私擁重兵，四出竄擾，尤其破壞鐵路，奴役民眾，使國家無法復員，人民無法還鄉，自毀國家的地位，將八年抗戰，犧牲無數千萬生命財產換來的成果，化爲烏有，我們就要請政府剿匪。革命不是做漢奸，剿匪不是打內仗，這是我們全國真正「超然」報紙，所應該一致確認的，也就是全國老百姓心坎上真正要說的話。我們如不將這一個最

大前提決定，不明辨是非曲直，而只想兩面求饒，甚或因為怕現在被國民黨捉去砍頭，就不敢喊「革命」；怕將來被共產黨捉去砍頭，就不敢喊「剿匪」，這乃萬分卑怯的可憐鄉愿，決不配稱報人，更不配稱「超然」。我要在這樣的原則下，去發動全國輿論，正視事實，自由思想，自由判斷。老百姓是主人，主人有力量，任何黨派，應該聽主人的話，國共糾紛，自可得到解決，而威脅國家民族生存的內外危機，也就有從此消除之望。這是我們這一代報人，今後在政治上應盡的責任。

第二，我們這一代報人，還另有一重大任務，這就是社會風氣的

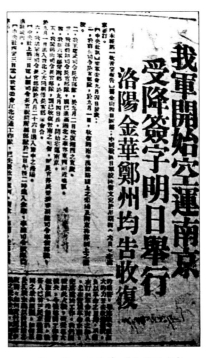

1945 年 9 月 5 日重慶《世界日報》二版頭條新聞《我軍開始空運南京 受降簽字明日舉行》。

轉變，和國民心理的改造。「抗戰必勝，建國必成」，前一個口號，我自始就沒有懷疑過。至「建國必成」，則確實大有問題。不說政治糾紛，專從社會方面來看，假使我們一大部分中華民國的國民，還像從前那樣偷惰泄沓，貪污苟且，那麼我們要建國，試問將從何建起？幾十年前，李鴻章、張之洞那一班人，也未嘗不想將中國建成一個近代化國家，他們辦過造船廠、槍炮廠、紡織廠等等，然而結果如何？哪一個廠不是弄得一塌糊塗？長官貪污，職工偷惰，不是關門大吉，就是虛有其名。現在抗戰勝利，中國要大規模建設，縱然英美盟邦，能供給我們幾千萬萬的資本，最新最好的機器，然而國民心理不改進，社會風氣不轉變，我敢預下斷語，他的結果，一定不會比幾十年前李鴻章等的時代，勝過幾何！舊官僚貪污，多少有點顧忌，目前大多數青年，一經做官，只要權勢在手，開宗明義，就是怎樣買汽車、蓋洋房、換老婆。我們看看，抗戰以來所謂經濟建設中的若干官營事業，有幾件真有成績？所以我們不談建國則

已，要建國，心理建設，其重要實遠過於物質。我們必須將全國貪污苟且，偷惰泄沓的心理與風氣，徹底掃除，然後才有物質建設可言。否則所謂建設，不過替若干新官僚，增加揩油發財的機會。至心理如何改造，風氣如何轉變，這一重大任務，除了教育以外，就完全落在我們這一代報人的肩上。我曾經提出一個口號，「建國必先建設」，也正是這個意思。

　以上所述，就是我們應走的正義之路。歸根結底，我們真不能否認這一時代的報人，確太幸運。國內軍閥，摧殘不了我們；國外帝國主義者，也消滅不了我們。我們現在還能挺起腰幹，替四萬萬五千萬國民說話。我們要發揮輿論權威，一方面建立民主自由的國家，一方面改造封建腐惡的社會。我們的任務是何等偉大，我們的前途是何等光明。眼前若干錯綜複雜的危機，只是黎明前暫時的昏晦。大家努力！我們這一時代的報人，將為國家奠下富強康樂的基石，將為後世留下燦爛豐厚的資產。我們何幸而為這一時代的報人！在萬千報人奮鬥的行列中，我及每一世界日報同人，都願發憤淬勵，將永遠追從先進，成為這行列中的一員！〔註7〕

這一時代的中國報人，飽受內外惡魔強盜的高壓摧殘，命懸一線，報歷萬劫，這是何等不幸之事！然而，在這篇復刊詞中，成舍我並沒有停留在仇恨怨艾之中，而是闡發了生為這一時代的報人「不幸中的萬幸」：見證了正義戰勝邪惡、公理戰勝強權的過程；報人們通過對輿論「忠誠篤實」的反映，推動了這一歷史進程。更重要的是，在復刊詞中，成舍我提出了抗戰勝利後中國報人所應擔負起的政治使命與社會使命：正視事實，自由思想，自由判斷，以真正超然的立場，代表最大多數人民說話，充分發揮輿論權威，使「國民黨還政於民」、「共產黨還軍於國」，消除威脅國家民族生存的內外危機；轉變社會風氣，改造國民心理。「我們這一時代的報人，將為國家奠下富強康樂的基石，將為後世留下燦爛豐厚的資產。」這樣的立場、見識、襟懷、抱負，在中國新聞史上，也惟有成舍我那一時代的報人，才會擁有！

〔註7〕　成舍我：《我們這一時代的報人》，1945 年 11 月 20 日北平《世界日報》復刊號。

斯人爲報紙而生

　　成舍我原名希箕，又名漢勳、平，祖籍湖南湘鄉，1898 年 8 月 28 日生於南京下關。祖父成策達在湘軍曾國荃麾下擔任幕僚，攜家眷宦居南京，成舍我遂出生在這個六朝故都。不過，在他出生前兩年，祖父就過世了。成家家境本來清寒，沒有田地房產，全賴祖父的薪俸維持生計。祖父去世後，家庭重擔就壓在成舍我的父親成璧肩上。成璧性情耿介，雖然有一份差事，但是收入微薄，幾乎「無日不爲衣食所役，窮厄顚沛，殆非文字語言所能形似」。〔註 1〕後因參加地方平匪有功，被保舉獲得九品候補，分發到安徽候缺。1900年，全家遷往安慶。成璧一直等了 6 年，才被派爲舒城縣監獄典史（典獄長），全家又遷往舒城。不料生活剛剛安定，舒城監獄在 1908 年秋天發生了一次囚徒暴動事件，數十名重犯衝破牢房，集體逃跑。成璧拼命與囚犯搏鬥，被毆成重傷。按照清朝法律，囚犯逃獄分「越獄」與「反獄」兩種情況：越獄就是囚犯穴牆而逃，多因看守人員疏於防範造成，由監獄典史承擔主要責任；反獄是指囚犯結夥破獄而逃，有造反的意圖，這是獄政上的問題，主要責任歸於知縣。舒城監獄發生的這次囚徒暴動事件，顯然是「反獄」而非「越獄」。陸姓知縣爲減輕自己的責任，以重金行賄成璧，想把「反獄」改爲「越獄」呈報上級，遭到成璧嚴詞拒絕。但是後來陸知縣仍按「越獄」呈報，並賄賂上海某報社駐安慶訪員，徇私發佈新聞，內容當然與呈文一致。成璧在拒絕知縣的賄賂之後即攜眷回安慶，希望通過向上司面陳實情，洗刷冤屈。但是報紙上關於這一事件的報導，對自己非常不利。成璧正在申冤無門之際，恰

〔註 1〕 成舍我：《先考行狀》，1931 年 9 月 4 日、5 日北平《世界日報》。

好由朋友介紹結識了上海《神州日報》正式派駐安慶的訪員方石蓀。頗有正義感的方石蓀，讓兒子方競舟撰寫了一篇長文，寄到上海《神州日報》，詳細報導了此事的眞相。成璧的冤屈，也因此得到平反。

成舍我時年 10 歲，因爲家庭困難還沒有進過正規學堂讀書，不過已經跟着父親自學五年了。新聞記者能夠顚倒黑白，也能夠澄清事實、爲人申冤，父親的遭遇在成舍我幼小而早慧的心靈刻下了不可磨滅的印痕，這比任何教諭都有說服力。成舍我感念方競舟爲父親仗義執言，又欽佩他能寫文章，因此時相交往，兩人結爲了好朋友。那時方競舟也才 20 歲左右，發現「成小弟」對作文很感興趣，就常常向他講解報紙言論影響社會人心、轉移社會風氣的巨大功用，並指導他就日常見聞撰寫成新聞稿，經自己修改後代向報館投稿。「從那時起，成先生就與報紙發生密切關係了。以成的心靈感受，深覺新聞事業，確爲對人辯誣、白謗、改革進步，最具功傚之事業，所以暗自惕勵，願以新聞工作，以終其生。」〔註 2〕對於成家的恩人又是自己的「新聞」啓蒙老師，成舍我一直念念不忘。1990 年，他還對來臺灣探親的兒子成思危，提及 80 年前曾爲成家申冤的方石蓀父子，並說要請方石蓀在臺灣的後人到自己辦的學校裏做事。

1909 年，成舍我進入正規學堂——安慶「湖南旅皖第四公學」就讀。因爲他刻苦好學，成績優異，一年間從初小跳到高小，又直升初中。進入中學後，費用驟升，家庭無力承擔學費、制服費等花消，成舍我不得已就輟學了。同時，父親被派到鳳臺縣任警察局長，全家不得不一塊兒前往。

辛亥革命爆發，鳳臺很快被革命軍光復，成璧失去官職，全家又返回安慶。當時安徽革命黨成立青年軍，成舍我報名投考，被招募入伍。後來，安徽都督白烈武解散青年軍，把部分隊員送往南京，編入黃興的入伍生隊，成舍我就自願參加了。但是船就要開走時，被父親知道，及時趕到碼頭，把他從船上抓了下來。不然的話，他就成爲職業軍人了。

成舍我南京沒有去成，就在安慶待了下來，閒散無事就寫稿子，投給報社。1913 年秋，他被安慶《民喦報》正式聘爲外勤記者，新聞生涯由此開始。這一年，成舍我虛齡才 16 歲。從 1913 年開始到 1991 年病逝臺灣，成舍我一直從事着新聞工作，生死以之，無怨無悔。即使在世界新聞史上，他也稱得上是入道最早、「工齡」最長的報人，新聞戰線名副其實的「老兵」。

〔註 2〕馬之驌編著：《新聞界三老兵》，經世書局（臺灣），1986 年版，第 142 頁。

在《民嵒報》工作了一年多後，成舍我覺得報館的政策不太符合自己的意願，就主動請辭，與同事王理堂商議另辦一份報紙。雖然已經呈請立案，但終因集資困難，這份名叫《長江日報》的報紙「胎死腹中」。成舍我在少年的時候，就開始了自己辦報的嘗試。

當時的安徽督軍倪嗣沖，大肆逮捕革命黨人。成舍我參加青年軍時已加入國民黨，在「二次革命」前後又參加過討袁秘密活動，是當局注意的對象。為避禍，他遠赴瀋陽，經朋友介紹進入《健報》任校對，不久升為副刊編輯。《健報》總編輯王新命頗欣賞成的工作能力，兩人遂結為「忘年之交」。

1916 年元月，成舍我應革命同志之約返回安慶，計劃創辦一份報紙，以激揚國內逐漸高漲起來的反袁氣氛。然而，報紙還沒有辦起來即被倪嗣沖下令逮捕。這是成舍我平生第一次坐牢。倪嗣沖嗜殺成性，有「倪屠戶」之稱，尤其對國民

1923 年時的成舍我先生。

黨員，抓住就殺，絕不手軟。因此，成舍我這次被抓，實有生命危險。幸虧他與倪嗣沖的秘書長裴景福是詩友，經裴說項、擔保，他僅被關押三天就放了出來。

安慶已非久留之地。成舍我獲釋後即前往上海，暫住在安徽革命黨人設在上海的討袁總部。在這裏，他結識了陳獨秀。由於一時無法找到工作，他就以向各報投稿為生。「舍我」就是這個時候開始使用的筆名。因投稿關係，成舍我結識了《民國日報》社長兼總編輯葉楚傖。葉聘他擔任《民國日報》編輯，主編要聞版和副刊。可是《民國日報》只供伙食不付薪水，成舍我在編報之餘，還得賣文來維持生計。這時，王新命也從瀋陽亡命上海，賣文為生。王新命受到商務印書館高夢旦的賞識，專門為該館所出的《小說月報》編文章、寫小說。成舍我就與王新命租房同住，一同過起了「煮字」生活。後來，長沙的向愷然（即「平江不肖生」）也加入了這個「賣文公司」。

　　1917 年，北京大學校長蔡元培聘陳獨秀爲文科學長、李大釗爲圖書館主任，引起了成舍我進入大學讀書的念頭。成舍我是在上海認識的李大釗。李大釗對刻苦好學的成舍我頗爲賞識，多次鼓勵他，以後如有機會，應該再進入正規大學深造，前途將不可限量。1918 年春，成舍我毅然結束上海的文人生活，束裝北上。

　　北京大學的入學考試要到暑假才舉行，李大釗就介紹他先到北京《益世報》做事。因爲成舍我沒有中學文憑，他只能以同等學歷資格報考旁聽生。1918 年 8 月，他如願以償，考取了北京大學預科國文門旁聽生。不過，爲了生存，他還得繼續在報館工作；爲了能夠轉爲正式生，他又必須勤奮讀書，不能缺課。後來回憶起這段半工半讀的日子，他說：

> 我是民國七年一月去北京的，目的是入北京大學讀書，但是要等到暑假才能考學，所以就請李大釗介紹到《益世報》工作。我一進《益世報》，就做總編輯，寫社論、編副刊、看大樣，都是我一個人；暑假到了，我以同等學歷的資格，考取北大做旁聽生，按照規定旁聽生的成績如在第一學年，平均到八十分以上時，就改爲正式生。但如果這一年都不缺課的話，可以加三分。我爲了爭取「全勤」加分，每天都不敢缺課。但報館的工作等看過大樣之後，一定要到凌晨四點鐘。而報館離學校很遠，每天早晨都是打個盹，就去學校上課，太累了身體實在吃不消。一學期過去了，成績考的還不錯，看情形升「正式生」是沒問題了，所以向杜社長說明工作太累，請准辭掉總編輯的職務，改爲主筆名義，除寫社論外，還跑新聞，薪水照舊。一切先得杜的諒解，就這樣決定了。之後，他請了潘雲超做總編輯。〔註3〕

　　不過，生活的窘迫艱辛並不影響「大學生成平」成爲校園裏的活躍分子。1918 年至 1921 年，成舍我就讀北大的這幾年，「正是這所大學迅速崛起並在中國思想文化界獨領風騷的時期。」〔註4〕由於蔡元培校長的支持與鼓勵，北大的學生社團極其活躍。已經在社會上闖蕩了數年、重新回到學校的成舍我當然不會默默無聞，除了在校外編《益世報》外，他還參加了著名的學生社

〔註3〕 馬之驌編著：《新聞界三老兵》，經世書局（臺灣），1986 年版，第 150 頁。
〔註4〕 中國人民大學港澳臺新聞研究所編：《報海生涯——成舍我百年誕辰紀念文集》，新華出版社，1998 年版，第 92 頁。

團「新潮社」，是「新潮社」的第一批成員。〔註5〕1919年10月，他乾脆自張旗幟，邀集一批同學成立了「新知編譯社」，自任社長，通過翻譯外國名著以實現「研究學術，傳播思潮，共同努力於文化運動」的宗旨。書翻譯出來卻無力出版，出版商又百般刁難，成舍我遂決定成立書社自行印刷發行。1921年初，他發起組織「北京大學新知書社」，採取有限股份公司的辦法，在北大教職員和學生中公開招股。結果，就連校長蔡元培都被拉入股，總共募到了5000餘元。經過股東大會產生董事會，成舍我被推爲董事長兼總經理。年輕的成總經理雖有滿腔豪情，奈何資金少，生產力弱，營業又無計劃，書社開辦不幾月就無法支持，到了年底便宣告停業了。接着，他利用新知書社的殘餘資金創辦了一份四開小報《眞報》，由於缺乏資金和人力，還是無法支持下去。成舍我辦書社、辦報紙雖然都失敗了，但是爲他以後經營新聞業積累了非常寶貴的經驗。

北京大學畢業後，成舍我除繼續任職於《益世報》外，還先後兼任過北京師範學校國文教員、北京聯合通訊社編輯。他因採訪新聞的機會，結識了不少政要，如衆議院議長吳景濂等。由於這些政要的引薦，成舍我擔任了衆議院一等秘書、教育部秘書、華威銀行監理官。當然，這些都是掛名差事，白拿薪水而無需上班點卯的。

當時北京報館見風使舵、變相成爲軍閥個人工具的狀況，使年輕氣盛的成舍我極爲不滿。寄人籬下、爲他人做嫁衣裳也非其所願。1924年4月16日，成舍我辭去《益世報》職務，用積累下來的200元大洋，獨立創辦了《世界晚報》，「說自己想說的話，說社會大衆想說的話。」〔註6〕次年2月10日，他一鼓作氣，創辦《世界日報》；10月1日，又將日報第五版的「畫報」獨立出來，出版單張《世界畫報》。在一年多的時間裏，還不到而立之年的成舍我，幾乎是白手起家，連續獨立創辦了三份報紙，成爲我國歷史上第一位同時擁有多家報紙的報人。成舍我的「三個世界」，「形成了中國第一個稍有規模的報系，被稱爲『世界』報系，加上他後來在南京辦《民生報》，在上海辦《立報》等，這個一無資金，二無背景，無黨無派、白手起家的一代報人無疑創造了一個奇蹟，以他獨特的個性和持續努力深刻地影響了中國報業

〔註5〕 1918年12月3日的《北大學報》，登出「新潮社」第一批成員名單共21人，成平（舍我）名列其中。

〔註6〕 馬之驌編著：《新聞界三老兵》，經世書局（臺灣），1986年版，第151頁。

史。」〔註7〕

　　1926 年奉系及直魯聯軍佔據北京期間，爲了震懾輿論界，樹立威望，相繼殺害《京報》社長邵飄萍和《社會日報》社長林白水，成舍我也幾遭殺身之禍。虎口餘生，成舍我即離京南下，尋找新的辦報空間。1927 年 4 月 18 日，即「國民政府」定都南京的那一天，他在南京創辦《民生報》，自任社長，開始異地辦報生涯。《民生報》以內容「精、簡、全」的「小型報」特色，很快贏得了讀者喜愛，出版不到一年，發行量從 3000 份增加到一萬五千份，最高攀升至三萬份，爲南京報紙之冠。

　　1934 年 9 月，《民生報》因得罪國民政府行政院長汪精衛而遭受永久停刊處分，也不許成舍我在南京用其他名義辦報。1935 年 9 月 20 日，成舍我與新聞界朋友嚴諤聲、蕭同茲、管際安、程滄波、胡樸安、朱虛白、田丹佛、張友鸞等集資成立股份公司，在上海創辦《立報》。第二年，《立報》發行量即達 10 萬份，在淞滬抗戰期間，發行量每日都在 20 萬份以上，超過了上海老牌大報《新聞報》和《申報》，創造了了我國自有日報以來的最高發行紀錄。與《世界日報》、《民生報》的獨辦不同，《立報》是成舍我和友人合辦的。在 10 萬元發起股中，成舍我任股份二分之一，是最大的股東。董事會公推蕭同茲爲董事長，成舍我任社長。《立報》的組織採用的是社長制，編輯方針、經營管理均由社長負責。這時的成舍我，「已從各種不同的歷練和經驗，把自己塑造成一個眞正的新聞事業專家了。從報紙的言論方面看，他是一個新聞理論家；從報紙的管理方面看，他是一個新聞事業企業家；從報紙的版面看，他是一個新聞藝術家。」〔註8〕《立報》能夠在報館林立的上海灘迅速崛起，再次證明了成舍我確實是出手必勝的辦報天才。

　　成舍我是我國最早開始異地辦報並且能夠成功的報人。在南京《民生報》、上海《立報》相繼大放異彩的同時，他在北方的事業也漸入佳境，走向鼎盛。1928 年 5 月，北洋軍閥末代統治者張作霖逃出北京，在黃姑屯被炸身亡。閻錫山隨即率眾進駐北京，改北京爲「北平」，標誌着國民革命軍底定京津，北伐成功。政局的翻覆促使這座城市新聞界重新「洗牌」。當北洋軍閥崩潰之時，那些依附北洋軍閥、政客的報紙紛紛停刊，民營報紙也因國都南

〔註7〕　傅國湧著：《追尋逝去的傳統》，湖南文藝出版社，2004 年版，第 232～233頁。

〔註8〕　馬之驌編著：《新聞界三老兵》，經世書局（臺灣），1986 年版，第 234 頁。

遷、經濟蕭條而風光不再。在同業凋零之時，成舍我的《世界日報》卻應時興起，佔據北平新聞界「龍頭」。一方面，《世界晚報》、《世界日報》一直主打教育界新聞，北洋軍閥垮臺後，政治中心雖然南移，北平仍是文化、教育中心。另一方面，成舍我充分利用異地辦報優勢，讓南京《民生報》人員爲北平《世界日報》採訪新聞，拍發專電，使《世界日報》在同城報紙中成爲專電既多又快的報紙。《世界晚報》也能登載上當天南京、上海的重大新聞，使讀者感到該報消息靈通，內容豐富。同時，《世界日報》還以《民生報》社爲南京分館，推銷報紙。

從 1928 年到 1931 年夏的三年中，《世界日報》的營業狀況逐漸好轉，終於獲得贏利。1930 年底，日報銷量突破一萬大關，成爲當時北平銷量最多的報紙。不過晚報銷售數目卻不穩定，最多不超過 5000 份，畫報則只是日報附送品，幾乎沒有銷數。因爲先有晚報後辦日報，所以初期對外的總名稱是《世界日晚報》。後來有人建議這樣的名稱不大方，日報也後來居上，日益成爲業務中心，因此從 1935 年起，成舍我乾脆以《世界日報》作爲日、晚、畫三個報的總稱。

成舍我創辦《世界晚報》時，社址就設在西單手帕胡同 35 號自己的私寓內，設備簡陋，根本無錢購置印刷機，報紙由外面的私營印刷所代印。第二年再辦《世界日報》，改租石駙馬大街 90 號作社址，又得段祺瑞政府財政總長賀得霖之助，購置了對開平版印刷機和鑄字、排版等設備。1928 年成舍我從南方回來，在李石曾的資助下，又陸續添置了印刷機、新字模等設備。進入 1930 年代，日、晚、畫三個報已具有相當規模，原有房舍、設備無法滿足事業發展的需求。1935 年，成舍我把位於西長安大街 32 號的華北飯店整棟大樓租借下來，作爲報社編輯部、經理部和印刷廠之用。又花了 8000 元，從天津《大公報》胡政之手裏買了一部二手輪轉印報機。新社址的氣魄令同行側目，輪轉機的使用大大提高了印報速度，推遲了出報時間，在競爭中贏得先機。在不斷擴大規模、更新設施的同時，成舍我銳意改進經營管理，充實報紙內容，使報紙銷路日增，營業蒸蒸日上。1924 年他 200 元起家辦《世界晚報》，到 1935 年報社改用新式管理辦法，全社固定資產已達 10 萬元左右。成舍我爲會計處的存款規定了一定的限額，超過限額既劃入「社長提存」賬，由社長自由使用。從 1935 年到 1937 年三年時間內，每月劃入社長提存賬內

的款額，平均在 5000 元以上，總共約爲 20 萬元。〔註9〕總之，在成舍我的苦心經營下，無論是營業狀況還是輿論影響力，《世界日報》在華北都堪稱首屈一指。

然而，日寇發動的全面侵華戰爭，使成舍我正在走向鼎盛的事業急轉直下。1937 年 8 月 9 日，就在日軍進入北平的第二天，「世界」日、晚、畫三報同時宣佈停刊，資產被日寇劫奪。11 月 25 日，《立報》也在上海棄守後停刊。永不言棄的成舍我南下香港，於 1938 年 4 月 1 日在香港復刊《立報》。雖然香港《立報》始終未能打開局面，沒有能夠像北平《世界日報》、南京《民生報》和上海《立報》那樣成爲暢銷報紙，但是成舍我依然使這份報紙在香港撐持了三年，直到太平洋戰爭爆發、香港淪陷才停刊。

1945 年春，成舍我與范爭波、陳訓悆、程滄波、劉百閔、潘公展、錢新之等集股 1000 萬法幣，成立「中國新聞公司」，於 5 月 1 日在重慶復刊《世界日報》。報社實行社長負責制，經常務董事會公推，成舍我任社長兼總編輯，剛從國民黨中宣部副部長轉任監察院秘書長的程滄波任總主筆。從路透社遠東分社經理退職的趙敏恒被邀參加編輯部，任副總編輯兼採訪主任。當時重慶有《大公報》、《時事新報》、《新民報》等民營報紙及《新華日報》、《中央日報》、《掃蕩報》等黨報、軍報刊行，競爭已經相當激烈，再出版新報紙，要打開局面絕非易事。由於有成舍我及其《世界日報》的「金字招牌」，創刊前又在《大公報》上連續刊登巨幅廣告，大肆渲染成舍我在北平辦《世界日報》、南京辦《民生報》時數度被捕之事，所以報紙尚未露面就已經在陪都引起了轟動。在重慶《世界日報》創刊之日，讀者們一大早就在報社門前排起了長龍，搶購報紙。這其中當然有讀者的「好奇心」在驅使，不過也足以說明成舍我在新聞界的感召力。

〔註9〕 張友鸞等著：《世界日報興衰史》，重慶出版社，1982 年版，第 28 頁。

成功的所以然

　　成舍我縱橫新聞界數十年，幾乎無往不勝，辦報必成，自然有他的過人之處。

　　大而言之，有一以貫之、與時俱進的辦報宗旨。1924 年成舍我在北京創辦《世界晚報》，他為自己獨立經辦的第一份報紙制定了四條宗旨：（一）立場堅定，言論公正；（二）不畏強暴；（三）不受津貼；（四）消息靈確。10 個月後再辦《世界日報》，政治性質、社會形態和民眾需要與創辦晚報時大體相同，因此日報沿用了晚報的宗旨。當時軍閥暴虐，摧殘言論，北京新聞界或懾於淫威三緘其口，或接受津貼喪失報格。北京城雖然報館、通訊社林立，總數大約在兩百家以上，但是有的通訊社專事敲詐勒索，並不發稿，有的報紙竟然和其它報紙合用鉛版，只是各用各的報頭印刷，印上 20 多份贈送給出資的軍閥政客，根本不在市面上出售，無法滿足讀者及時準確地瞭解波詭雲譎的時局的欲望。成舍我適時地以上述四條宗旨相號召，自然能夠贏得讀者的支持。1927 年在南京創辦的《民生報》的宗旨，因時勢推移，稍有修訂，即「立場堅定、態度公正、消息靈確、不受津貼、肅清貪污」。1935 年上海《立報》的宗旨，仍為四條：（一）立場堅定，態度公正；（二）消息靈確；（三）不接受任何津貼；（四）對內督促政治民主，嚴懲貪污；對外爭取國家主權獨立，驅除敵寇。1938 年《立報》在香港復刊，正是日寇大舉侵華、內政謀求革新之時，成舍我為香港《立報》確定了這樣的宗旨：（一）立場堅定，態度公正；（二）消息靈確，報導翔實；（三）打倒漢奸，抗戰到底；（四）革新政治，肅清貪污。1945 年在重慶復刊的《世界日報》，其宗旨與香港《立報》大致相同。

　　由此可見，成舍我辦報一向都有自己的宗旨，而且有幾條宗旨是永久不變的，有的條文則隨着辦報時空的改變而進行相應的調整。不變，是對基本信念的堅守不移；改變，是與時俱進、滿足讀者需求的策略選擇。

　　在不同時空，成舍我一以貫之的辦報宗旨基本上有三條：（一）立場堅定，態度公正；（二）不受津貼；（三）消息靈確。

　　近世以來，私營報人不管是否出於本意或能否做到，口頭上都以客觀公正相標榜，成舍我也是如此，「立場堅定，態度公正」就是他手訂的辦報宗旨之一。辦報要做到「立場堅定、態度公正」，首先必須要做到經濟上獨立自存不可。受人之惠，遇事必然逡巡顧忌，評判問題就很難做到是是非非，不偏不倚。不能說成舍我一生辦報從沒有接受過任何津貼。1925 年 8 月，曾任「世界」晚、日報總編輯，後來與成舍我分道揚鑣的龔德柏，在自辦的《大同晚報》上攻擊成，說他接受各方津貼，並且將其一一列出。龔德柏的話肯定不是空穴來風。當年年底，北京《晨報》又披露說，北洋政府參政院等六個機關，分四個級別向新聞界贈送「宣傳費」，其中《世界日報》、《世界晚報》被列爲「最要者」，每家 200 元。〔註 1〕這一階段是成舍我的艱苦創業期，他確實需要資金來開創事業，只要大節不虧，接受津貼也情有可原。但是這種做法畢竟與自己所揭示的辦報宗旨相違背，他當然都矢口否認。不過，隨着事業的不斷發展，成舍我從一文不名變成了報業資本家，接受他人津貼的事情幾乎就不再發生了。成舍我一輩子從事新聞業，沒有做過行政官吏，沒有擔任過官報職務，始終以無黨派民間報人自居。他少年時代曾經在安慶加入過國民黨，1927 年在南京辦《民生報》時，國民黨南京市黨部通令黨員必須重新登記，他認爲辦報不應受到任何黨派之約束，不往登記，自動放棄了國民黨黨籍。〔註 2〕1944 年 9 月桂林淪陷後，成舍我攜家眷從桂林退到重慶，以國民參政員身份暫作寓公，但畢竟閒不住，總想繼續辦報紙。那時國民黨的《中央日報》和軍方的《掃蕩報》都辦得不好，兩報後臺都先後拉成舍我去接辦，希望借他的才幹搞出一點名堂，爲官報增光，減少賠累。但是他最終沒有下水，而是與朋友集資恢復了私營的《世界日報》。〔註 3〕毋庸諱言，成舍我與國民黨元老李石曾，特別是與國民黨新聞宣傳方面的程滄波、蕭同茲、陳訓

〔註 1〕　張友鸞等著：《世界日報興衰史》，重慶出版社，1982 年版，第 44、49 頁。
〔註 2〕　關國煊：《鍥而不捨的新聞界老兵成舍我》，載《傳記文學》（臺北）第 58 卷第 5 期（1991 年 5 月出版）。
〔註 3〕　張友鸞等著：《世界日報興衰史》，重慶出版社，1982 年版，第 220 頁。

念等要人的私交都不錯。在他的辦報生涯中，有的曾經給予過援助，有的乾脆就是出資合夥人。但是不管如何，成舍我畢竟沒有辦過官報，也沒有擔任過政府官職，始終沒有突破民間報人的底線。總之，成舍我基本上做到了不受津貼和無黨無派，從而大致保證了「立場堅定，態度公正」的辦報宗旨的貫徹。

「消息靈確」辦報宗旨的一貫強調，則反映出成舍我對媒體功能的正確體認。新聞媒體的首要功能，就是及時準確地傳播信息；讀者購買報紙，最主要的目的也是爲了獲知最新、最準確的消息。如果一份報紙刊載的消息總是「舊聞」，或者錯謬百出，遲早要被讀者拋棄。成舍我深知「消息靈確」對於一份報紙競爭力的重要性，雖然辦報時空不斷在變，但「消息靈確」這條宗旨卻始終未改，並盡力貫徹於辦報實踐。從《世界晚報》開始，成舍我就經常親自出馬採寫新聞，甚至參與「搶」新聞。報社還自設短波無線電收報機，雇傭收報員「偷聽」空中電波，每天都可以得到不少消息，改寫後以特訊或專電的名義刊載，爲報紙贏得消息靈通的聲譽。上海《立報》之所以受讀者歡迎，主要原因之一就是它消息靈通。當時「西安事變」、蔣介石被釋放、「七君子」被捕等重要消息，上海報紙首先發表的就是《立報》。該報備有收報機，負責收報的人很勤勉，經常晝夜不停地尋找各地所發電訊，沒有電訊可收或睡覺時也不摘下耳機，一聽到呼號就立即收聽，因此得到的電訊特別多。蔣介石被釋放的消息，來自端納所發的英文報告，爲《立報》收報員首先收到，《立報》發表後，南京方面才知道此事。〔註4〕

在中觀層面，成舍我的成功得益于堅持走「大眾化」辦報之路。1935年9月，成舍我爲上海《立報》撰寫的發刊詞《我們的宣言》，集中闡述了他對「報紙大眾化」的看法：

> 在今日以前我們曾向社會宣佈過我們發刊《立報》的要旨，我們揭舉了兩個口號：「報紙大眾化」，「以日銷百萬爲目的」。這兩個口號，或許有人會批評我們，第一個很新奇，第二個太誇大。但我們的認定，卻正在這種批評的反面。
>
> 第一，「報紙大眾化」。這是十九世紀以來，近百年間，世界新聞事業，最共同普遍的一個原則。從一八三三年美國彭佳命創辦紐約《太陽報》，到一八九六年英國北岩爵士發刊《每日郵報》，報紙

〔註4〕鄭逸梅著：《書報話舊》，中華書局，2005年版，第283頁。

大眾化的潮流，實已彌漫了全世界新聞王國的任何角落。只有我們孤立自詡的貴國，到現今，所謂「精神食糧」也者，還只在極少數的高等華人中打圈子，也只有這極少的高等華人，才可以有福享受這種高貴的食糧。占最大多數的勞苦大眾不但不能瞭解報紙的使命，甚至見着新聞記者，還要莫名其妙地問：「恭喜貴行，究竟做的是什麼買賣。」我們從整個世界新聞事業的潮流說來，「大眾化」不但不新奇，而且腐之又腐。我們提出這個口號，正和民國初年，拿剪辮子、放小腳，當做新政，是同一的叫人慚愧。尚何新奇之有？

第二，「以日銷百萬為目的」。如果我們從中國的人口土地來比例計算，那只能說，這是「大眾化」報紙的一個起碼數字。我們試看，不滿五千萬人口的英倫三島，只倫敦一處，日銷兩百萬份的大眾報，就有四家；即人口不及百萬的比利時京城，僅一個「晚報」，就銷四十萬。那麼，我們縱不拿全國四萬萬五千萬人口做對象，而只就所謂將近四百萬人口的大上海說，這個「日銷百萬」的數字，還能算是誇大麼？

不過我們雖然不承認「大眾化」是新奇，「百萬銷路」是誇大，但我們所標舉的「大眾化」，與資本主義國家報紙的大眾化，確實有絕對的差異。我們並不想跟在他們的後面去追逐，而是要站在他們的前面來矯正。因為最近的數十年中，報紙大眾化，已被許多資本主義者，利用做了種種罪惡。他們錯將個人的利益，超過了大眾的利益，所以他們的大眾化，只是使報館變成一個私人牟利的機關，而我們的大眾化，卻要準備為大眾福利而奮鬥，我們要使報館變成一個不具形式的大眾樂園和大眾學校。我們始終認定，大眾利益，總應超過於任何個人利益之上。

我們所揭舉的報紙大眾化，不僅是對於中國報業的一種新運動，並且也是對於現在世界上所謂大眾化報紙的一種新革命。不過我們特別感覺到中國報紙大眾化的需要，那就因為中國近百年間，內憂外患，紛至沓來，甚至遇到了空前國難，而最大多數國民仍若漠然無動於心。根本毛病，即在大多數國民，不能瞭解本身與國家的關係。何者為應享的權利，何者為應盡的責任，都印象模糊，莫

名其妙。一方面政治可以聽其腐敗，領土可以任人蠶食，一方面自己也不肯爲國家有分毫犧牲。人人只知有己，不知有國。其所以造成這樣現象，我們敢確切斷言，最大多數國民，不能讀報，實爲最主要原因中之最主要者。誠如韋爾斯氏所說：「中國報紙，內容艱澀，國民能完全瞭解報紙中所記載者，爲數極少。」且中國多數報紙，定價高，篇幅多，文字深，所載材料，又恒與最大多數國民，痛癢無關。此種報紙，固然自另有其寶貴價值，但欲達到普及民眾之目的，則顯然十分困難。以致現有報紙，只能供少數人閱讀，最大多數國民，無法與報紙接近，國家大事，知道的機會很少，國民與國家，永遠是隔離著。在如此形勢之下，要樹立一個近代的國家，當然萬分困難。要打破這種困難，第一步，必開創一種新風氣，使全國國民，對於報紙，皆能讀、愛讀、必讀，使他們覺得讀報，和吃飯一樣的需要，看戲一樣的有趣，然後，國家的觀念，才能打入最大多數國民的心中，國家的根基才能樹立堅固。《立報》所以揭舉大眾化的旗幟，其意義在此，其自認爲最重大的使命，也在此。〔註5〕

　　成舍我不但有豐富的國內辦報經驗，對中國報業現狀瞭如指掌，而且也熟悉世界新聞業發展狀況。1930年4月至次年2月，在國民黨元老李石曾的支持下，他和上海《時事新報》主筆程滄波一起，曾經赴歐美考察過多國的文化學術和新聞事業。他爲上海《立報》撰寫的這篇發刊詞，可以視爲此次歐美之行的心得體會。成舍我發現，「報紙大眾化」早已是世界新聞業的發展潮流，但是在中國，報紙仍被稱作「精神食糧」，只有極少數人才有福「消受」，而占最大多數的勞苦大眾無力購買來閱讀，根本不知道新聞業所爲何事。也就是說，中國報業的發展路徑，背離於世界新聞業「大眾化」的發展潮流之外。因此，成舍我在我國開創性地打出「報紙大眾化」的口號，作爲上海《立報》的辦報要旨，以期跟上世界新聞業「大眾化」的發展潮流。

　　當時中國報紙的特點，成舍我將其概括爲定價高、篇幅多、文字深、內容無關民眾痛癢。這些特點都違背「大眾化」精神，成舍我力求變革，開創新的報紙風格。實際上，從「世界」報系開始，成舍我走的就是「大眾化」之路，北京《世界日報》的風格與同城的《順天日報》、《晨報》、《益世報》

〔註5〕《我們的宣言》，1935年9月20日上海《立報》。

明顯不同。比如報價低廉，就像廣告所說的「一塊錢可看三份報」，「世界」日、晚、畫報每月訂費總共只收大洋一元；重視副刊，《世界晚報》副刊「夜光」、《世界日報》副刊「明珠」連載的張恨水小說《春明外史》和《金粉世家》，膾炙人口，風靡京華。兩部小說均連載數年，為報紙贏得了非常可觀的忠誠讀者。

在成舍我所辦的報紙中，上海《立報》最能體現他的「大眾化」辦報理念。上海《立報》是一種「小型報」，這種小型報與上海灘頗為風行的「小報」，比如號稱「四金剛」的《晶報》、《金剛鑽報》、《福爾摩斯》和《羅賓漢》，表面看來相同，都是四開報紙，但是版面內容、編輯方式尤其是辦報主旨絕不相同。成舍我曾經比較過兩者的區別：

> 「小型報」和「小報」，意義絕不相同。小型報是 Tabloid，他主要原則是要將一切材料，去其糟粕，存其精華。換一句話說，即小型報乃「大報」的縮影，他每一篇文章每一條新聞，最好都不超過五百字。舉凡一般大報所刊載冗長而又沉悶，特別像我們中國若干要人又長又臭不知所云的演說，是絕對不容許在小型報內全文照登。小型報重視言論，競爭消息，廣用圖片。總之，除量的方面以外，質的方面，只有比大型報更優勝，更精美，亦即中國所謂「以少許勝多許」。他的工作重心，在「改寫」與「精編」。至於人才的儲備，新聞網的布置，決沒有任何一點，可以較最進步、最完善的「大報」減色。至於「小報」，通常瞭解的意義，正即西方所指的「蚊子報」Mosquito Paper，不競爭新聞，不重視言論，它只以亂造無稽謠言，揭發個人隱私，為其首要任務，正如夏夜之蚊，到處嗡嗡，擾人清夢，惹人厭惡。這種報，當然不能與「小型報」相提並論。〔註6〕

成舍我在北京開始辦報時，這座城市已經有小型報《群強報》刊行。這份報紙的新聞都是剪自兩天前其他的大報，也沒有像上海、香港等地「小報」上通常具有的色情小說，一張四開紙除廣告外，內容總共不到 8000 字，版面編排也很低劣。但是就憑這樣一張毫無特色的小型報，北京「引車賣漿」之流幾乎人手一紙，發行竟達五六萬份，連素稱四大報的《順天時報》、《益世

〔註6〕　成舍我著：《報學雜著》，中國文物供應社（臺灣），1956 年版，第 119～120頁。

報》、《晨報》和《北京日報》也望塵莫及。這令成舍我很驚奇，經過仔細研究發現，《群強報》之所以廣受歡迎，主要有三點原因：（一）新聞雖然剪自大報，但是都經過縮編，識字不多的人也能看懂；（二）文字用《三國演義》式白話體，其中的白話欄目「說聊齋」尤其受勞動階級歡迎；（三）報價便宜，勞動者易於承擔。後來他在南京辦《民生報》，就借鑒了《群強報》的一些做法，以「精、簡、全」的小型報風格，開南京報業風氣之先，使南京市民耳目爲之一新。所謂「精」，就是要精打細算版面，因爲四開報紙版面有限，內容、編排一定要精短細緻；「簡」即文字簡單明瞭；「全」，就是內容要豐富，「麻雀雖小，五臟俱全」，能夠滿足不同讀者的需要。

　　南京《民生報》的初步成功和考察歐美新聞業的感受，堅定了成舍我辦「小型報」、走「大眾化」辦報之路的理念。1935 年上海《立報》創辦，遂成爲他貫徹這一理念的基地。針對中國報紙定價高、篇幅多、文字深、內容無關民眾痛癢等反「大眾化」潮流的弊端，《立報》逐一地予以變革。價格方面，《立報》的口號是「只要少吸一枝煙，你準看得起」、「五分錢可知天下事，一元錢可看三個月」，並在發刊詞《我們的宣言》中向讀者承諾：除國家幣制和社會經濟有根本變動外，《立報》將永遠保持廉價報紙的最低價格，決不另加絲毫，以增重讀者的負擔。成舍我深知內容對一份報紙的重要性：「一個報紙辦好的程序，是由編輯到發行，由發行到廣告，不先搞好內容，即妄想銷路大、廣告多，那就完全因果顛倒，必將勞而無功。」《立報》初創時只有四開一張，後來又增加了半張，版面很少，但是他要求新聞的數量和時效要超過大報。曾經擔任過總編輯的儲保衡回憶說：「立報因爲是一張『小型報』，篇幅少，但在原則上，它的新聞不但不比大報少，還要比大報多，不但不比大報慢，還要比大報快。國際各大通訊社的稿子全部訂購，不准遺漏任何新聞。因爲篇幅少，必須採精簡主義，對這一點成社長要求很嚴格，做編輯的必須把通訊社發的稿子，重新縮寫，成社長下令，排字房可拒排油印稿，任何編輯發排的稿子，必須是用手寫過的，所以在《立報》做一個編輯，是相當辛苦的。」〔註 7〕同時，所刊載的內容，都必須經過嚴格選擇，「其與最大多數人民無切身關係，或不感興趣者，雖一字亦不浪費，否則搜本求源，不厭求詳。」〔註 8〕文字方面，《立報》以「略識幾百字，你準看得懂」相期，

〔註 7〕　馬之驌編著：《新聞界三老兵》，經世書局（臺灣），1986 年版，第 229 頁。
〔註 8〕　《立報三大特色》，1935 年 9 月 20 日《新聞報》。

來杜絕艱深難懂的流弊。

《立報》繼承了「世界」日、晚報注重副刊的傳統，開設了《言林》、《花果山》和《小茶館》三個副刊。其中《言林》是給文化界、教育界人士看的，嚴肅中帶些趣味性，主編爲復旦大學教授謝六逸。《花果山》面向一般市民、自由職業者和商人，張友鸞、張恨水、包天笑等先後主編。《小茶館》由薩空了、嚴諤聲先後主編，讀者對象主要是勞動者。三個副刊各有千秋，具有大眾化、平民化的風格特點。

上海《立報》雖然沒有達到「日銷百萬」的目標，但是發行量達到過 20萬份，創造了我國自有日報以來的最高發行紀錄，成舍我一生引以爲豪。上海《立報》的意義還不在於它曾經創造過發行紀錄，而在於證明了成舍我「報紙大眾化」的辦報思路是完全正確的。卜少夫曾建議，在中國報業史上，應該對上海《立報》大書特書，「因爲它是一個新的突破；但它的內容並不少於大型報。這是舍我先生一大創作，他要求同仁，要用簡明的筆法，儘量把文字濃縮，以最小的篇幅，刊載更多的新聞。因爲現代社會，生活節奏很快，尤其都市生活每個人都很忙碌，可以說沒有什麼時間看報，有很多東西，經過濃縮之後，使讀者很快就把報看完了，所以《立報》在上海銷路很大。」〔註9〕

倡導「報紙大眾化」的成舍我還有高人一籌之處：他能夠認識到資本主義國家報紙大眾化背後追逐個人私利、報館成爲私人牟利機關的弊病，宣稱中國報紙的大眾化不但不步資本主義國家的後塵，而且還要站在他們的前面來矯正其流弊，使中國報館變成「大眾樂園」和「大眾學校」，爲公眾而非個人謀取福利。不僅如此，成舍我更能夠從培育國民的國家觀念、樹立近代國家根基的高度，來談論中國報紙大眾化的必然性和迫切性。他指出，中國近百年來內憂外患不斷，甚至遇到了空前國難，但是最大多數國民依然置若罔聞，無動於衷。「根本毛病，即在大多數國民，不能瞭解本身與國家的關係」，「人人只知有己，不知有國。」之所以造成這樣的現象，最最主要的原因，是最大多數國民不能讀報，「國民與國家，永遠是隔離着。」因此，要把報紙辦得使全體國民都能讀、愛讀、必讀，「使他們覺得讀報，和吃飯一樣的需要，看戲一樣的有趣，然後，國家的觀念，才能打入最大多數國民的心中，國家的根基才能樹立堅固。」他認爲辦報是「對於國家最緊要的一件工

〔註9〕馬之驌編著：《新聞界三老兵》，經世書局（臺灣），1986年版，第243頁。

作」，立己立人立國均在其中：「我們認爲不僅立己立人不能分開，即立國也實已包括在立己的範圍以內。我們要想樹立一個良好的國家，我們就必先使每一個國民，都知道本身對於國家的關係，怎樣叫大家都能知道，這就是我們創辦立報唯一的目標，也就是我們今後最主要的使命。」〔註10〕成舍我的這一識見，遠非一般業新聞者所能企及。不能否認，成舍我是報業老闆，追逐利潤是他辦報的目的之一，但是在他身上，依然不乏中國傳統知識分子愛國濟世的情懷。

俗話說，性格決定命運，細節關乎成敗。成舍我從一文不名的流浪青年成長爲一代報業資本家，馳騁舊中國新聞界數十年，除了宏觀層面的辦報宗旨正大、中觀層面的辦報路徑準確外，恐怕更與微觀層面的治事風格有關。多次輔助他辦報的張友鸞就說過，就報紙而言，無論編輯採訪，還是經營管理，成舍我都有一套辦法，甚至可以說那已經成爲了「成舍我體系」。〔註11〕

張友鸞沒有闡發「成舍我體系」的構成要素。詳推細究，大約有這樣幾個方面：

第一，恩怨分明，不以私誼害公理，堪稱「報界狠人」。

成舍我出身寒微，無依無靠，完全是赤手空拳打天下。爲了開創事業，有時也不得不接受他人的恩惠。不過，在新聞事件涉及施惠者利益的時候，特別是在大是大非面前，他能做到「言論公正」，並不因爲曾經受人之惠而有所偏袒。一方面「照單全收」，一方面鐵面無私，這樣的處事風格，確非一般人所及。1924 年，成舍我在辦起《世界晚報》後，還想再辦一份日報，但是苦於資金短絀而不能如願。後來，他在採訪新聞的時候，在鹽業銀行經理吳鼎昌家裏認識了賀得霖。賀得霖時任段祺瑞政府財政總長，正想操縱一家報紙爲己所用，聽說成舍我辦報急需資金，就給了他 3000 元大洋。成舍我正是利用這筆錢置辦印刷設備，於 1925 年 2 月創辦了《世界日報》。後來，賀得霖又陸續接濟過成舍我，總數約達 4000 多元。由於這層關係，賀自以爲是《世界日報》的後臺老闆，《世界日報》對段政府也有所幫忙。但是 1926 年段政府製造「三·一八」慘案，激起公憤，成舍我及其《世界日報》就不再假以辭色了：慘案發生第二天，《世界日報》以大量篇幅刊登新聞和死難者照片，

〔註10〕 《我們的宣言》，1935 年 9 月 20 日上海《立報》。
〔註11〕 張友鸞等著：《世界日報興衰史》，重慶出版社，1982 年版，第 9 頁。

發表署名「舍我」、題爲《段政府尙不知悔禍耶》的社評，提出段政府應引咎辭職、懲辦兇手和優恤死難者三項要求；後來，段祺瑞政府通緝李大釗等五人以圖卸責，京師地方檢察廳確認段祺瑞政府衛隊犯有殺人之罪，「世界」日、晚報都適時發表社評，嚴加譴責。如此一來，報紙的聲譽和銷路大增，卻惹惱了賀得霖，就向成舍我索取「借款」。成舍我並不示弱，說賀索款是「笑話」，並警告他，如果逼款，就揭穿內幕。〔註12〕

南京國民政府成立後，採納國民黨元老李石曾、吳稚暉等人建議，學習法國「大學院制」，改教育部爲「大學院」，分全國爲若干「大學區」，每個大學區管轄範圍很廣，如「北平大學區」就包括北平、天津、河北、熱河四省市的各級教育行政機關、大專院校以至中小學校。國民政府任命李石曾爲北平大學區負責人，李石曾又聘請成舍我擔任北平大學區秘書長。對於政府「霸王硬上弓」式的改革，教育界群起反對，引發學潮，大學集中的京津地區反應尤其強烈。論私誼，李石曾對成舍我時有幫襯，南京《民生報》的創辦獲助良多；論公事，此時李石曾又是成舍我的上司。「世界」晚報、日報自創刊起都非常注重教育新聞，可以說，教育新聞是它們的生命線，是報紙贏得讀者、贏得競爭的法寶。那麼，在這種情況下，《世界日報》該如何自處？成舍我斟酌再三，爲其確定了一個原則：有關反對教育「改制」的新聞和理論性文章照登不誤，「就事論事」以維護《世界日報》「言論公正」的宗旨，但絕不作私人攻訐和謾罵。社會大眾對《世界日報》的「言論公正」，不但信而無疑，對成舍我的敬業精神，也更加讚佩。時人皆謂「成舍我就是成舍我」，並非徒具虛名。〔註13〕

1945年5月成舍我在重慶復刊《世界日報》，頗費了一番周折，因爲國民政府早已不許新報紙在重慶出版。曾任重慶《世界日報》總編輯的胡漢君回憶，據說是有人通過陳布雷向蔣介石說項，重慶有華東地區撤退而來的上海《時事新報》、南京《新民報》等報紙出版，似乎華北地區也應該在後方有一張報紙。這個建議被蔣採納，《世界日報》才得以在重慶出版。〔註14〕但是報紙刊行還不到兩個月，一場暴雨造成報館所在地七星崗一帶嚴重積水，報社損失慘重，不但整個排印工場被污水淹沒，十多天無法印報，還有很多紙因

〔註12〕張友鸞等著：《世界日報興衰史》，重慶出版社，1982年版，第48頁。
〔註13〕馬之驌編著：《新聞界三老兵》，經世書局（臺灣），1986年版，第179頁。
〔註14〕胡漢君：《關於重慶世界日報》，1984年1月21日香港《星島晚報》。

為來不及搬走而泡成漿湯。成舍我報告給重慶市政府工務局，促請加快疏濬、整修下水道。多次申請後仍不見動靜，他盛怒之下，一方面在報上刊登新聞，說下水道遲遲不能修復顯然是市政府無能，賀耀祖市長該下臺謝罪，另一方面聘請律師公開登報警告市政府主管當局，以賠償全部損失相威脅。市長終於被驚動，兩次親臨現場，視察報館下水道堵塞情況，責令工務局長日夜督工搶修。在這樣對付玩忽職守的官員的同時，成舍我還在報上刊登啟事，正式向讀者致歉，並宣佈停刊期間補償訂戶的辦法。「這些手法都對報紙聲譽與發行增添了許多有利影響。所以當時就有

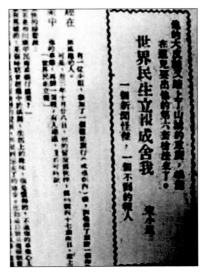

《新聞天地》創刊號（1945 年 1 月 12 日創刊於重慶）刊登的宋小嵐（卜少夫）文章《世界民生立報成舍我》。

不少同行說他在利害、是非問題上既能破除情面，毫不忍手，又善於迎合社會心理，爭取讀者同情，說得上是一個報界狠人。」〔註15〕

　　第二，管理嚴格，待下刻薄。

　　1930 年成舍我遊歷歐美的重要收穫之一，就是瞭解了西方報館的經營管理制度。回國之後，他開始仿傚西方報館的管理方法，設立監核處監管廣告等營業業務，採用新式簿記實行成本會計，制訂新的人事管理制度，開始嘗試對《世界日報》進行所謂的「科學管理」。1935 年 7 月，報社從石駙馬大街遷到西長安街，獲得了更大的發展空間。成舍我成立總管理處，權力凌駕於編輯、營業、印刷、會計四處之上，對報社實施全面、嚴格的科學管理。在實施的諸多管理方法中，「工作日記制」可謂別出心裁，屬於成舍我的獨創。全社人員，不管是總編輯還是一般職員，人手一本日記，記錄下當天的工作情況，下班時匯總到總管理處。一般職員的日記由經理審閱，各處負責人及編輯、記者的日記須轉成舍我親自審閱。他邊看邊批，成績予以肯定，錯誤給予提醒。如有重大錯誤即嚴詞申斥，甚至批註某人應予罰薪，某人應予處分。工作人員每日上班時多惴惴不安，等到看見發回的日記本上沒有不好的批註才能安心。有人說，世界日報社實際上是一所新聞從業人員訓練班，在

〔註15〕 張友鸞等著：《世界日報興衰史》，重慶出版社，1982 年版，第 224 頁。

成舍我手下工作五年未被「炒魷魚」，此人可受任何報社歡迎，可見他律人之嚴。科學管理降低了生產成本，提高了工作效率，使成舍我獲得了更多的利潤。不過，成舍我所採用的「科學管理」方法，由於過分緊縮開支，不但員工不滿，有時還影響到新聞報導的質量。例如，范長江本來是《世界日報》在北京大學的特約記者，1935 年夏他打算到西北去採訪，寫了個計劃書，每月只需幾十元費用。當計劃書交給成舍我時，他認爲沒有必要花這幾十元錢。後來范長江得到胡政之的支持，所寫的西北通信在天津《大公報》發表，轟動全國，成又後悔不迭。

成舍我不但對屬下要求嚴格，而且十分慳吝，舊新聞界中都說他是刻薄起家。創辦《世界晚報》時，由於經濟拮据，員工的報酬定得很低，並且是按日開支。編輯上班時，拿到當日的薪金，才開始編報，否則拂袖而去，往往臨時找人編報。後來改爲半月開支，便發銅元。那時成舍我家庭和報社不分，夫人楊璠掌握着度支大權，因爲銀貴銅賤，銅元換銀元的行情每日不同，楊璠便玩弄花樣，從中剋扣，有的編輯因爲收入不能維持生活而離開報社。當時，北洋政府「欠薪」的風氣，也「傳染」到報社，每月發薪水，要搭上一張欠條，由楊璠署名出具。據說張恨水有一疊欠條弄丟了，找楊璠要錢，楊說沒有存底，也不知是多少錢，不肯兌付。員工沒有福利待遇，也幾乎沒有節假日。編輯因病請假須自行託人代編，否則報社找人代替，由請假人付工資。晚報某編輯結婚時，只好編完報才去做新郎，一時傳爲笑柄。職工按工作性質分別規定上班時間，遲到三次折合爲請假一天，曠職一天作爲請假三天，月底結算，照扣工資。營業部人員主要靠招考練習生。練習生入社時必須有鋪保，每月薪金只有 10 元到 20 元，而且三年之內，報社得隨時辭退不用，本人不能辭職不幹。校對如有錯字未校出，也要罰錢，這也是成舍我的獨創。校對人少工作量大，時間又緊迫，難免出錯，因此到月底發薪時，幾乎所有的人都被扣款，扣得最多的僅剩下幾元錢，還不夠飯費。

事業開創階段錙銖必較還情有可原，到了重慶《世界日報》時期，成舍我依然如故，那只能說是本性使然了。重慶《世界日報》集股 1000 萬法幣而創辦，財力相當雄厚，但是成舍我對社內的一切措施，一如他在北京《世界日報》的辦法，對職工採取低薪制，任意增加工作時間，嚴定處罰辦法，甚至要求職工伙食只許吃糙米，做菜不放油。職工因爲工作勞累，營養不好，

多次要求改善伙食，他始終不許。1945 年 4 月 12 日美國總統羅斯福逝世，消息傳到重慶，報社職工正在吃午飯，成舍我到食堂宣佈這個消息，並說：「你們看，羅斯福是金元王國的總統，營養應當是很好的，可是他也死了，可見營養的關係不大。」話未說完，全室嘩笑。〔註16〕

　　成舍我的節儉也是出了名的，連他的女公子成嘉玲女士都說，他的儉省簡直到了「嚴苛」的地步。為了減少電力消耗，他在排字架下面設計裝上腳踏的電燈開關，工人排字時，用腳踏上開關才能開燈，離架時燈即關閉。這樣的設計，可謂挖空心思，也只有成舍我才能想得出。他在臺北恢復世界新聞職業學校，有幾項出人意外的規定，連被邀擔任副校長的葉明勳都不以為然，但是也無可奈何：教室電燈每日下午六時才能開明；信封紙最好反面也用；鉛筆等文具必須以舊換新⋯⋯真是雞毛蒜皮都管到了。他的朋友卜少夫認為，世界新聞專科學校建校長達 35 年，直到最後一年才獲准改制為世新學院，與成舍我的「節儉成家」作風關係很大。

　　也難怪成舍我慳吝、節儉。幼時家貧無助，甚至發生不能舉炊、靠典當衣被救急的情況。他十四五歲就出外謀生，在上海時常靠啃燒餅度日，後來到北京大學讀書，還有人說他是「東齋吃飯，西齋洗臉」，意思是指他一無所有，「逐水草而居」。有過這樣生活經歷的人，自然看重分文，出手一般不會大方，也不會有揮霍浪費的行為。再者，成舍我是老闆，要掙錢給雇員發工資、維持報館運作、不斷追加投入以壯大報館規模，當然要錙銖必較，講究經濟核算。在這方面，成舍我和王芸生、徐鑄成等報人是不一樣的。

　　難能可貴的是，成舍我不只是對人刻薄、吝嗇，他也嚴以律己，自奉甚儉。他沒有什麼嗜好。少時貧窮，沒有享受的資本，及至成了報業資本家，完全有條件享受了，他依然如故，生活上沒有什麼明顯改變。因此，和他往來的人，也不一定都苛責他的刻薄、吝嗇。他的朋友卜少夫說，自己常常研究這個問題，最後得到的結論是：「我認為他的節省已習慣成自然，你以為清茶淡飯是刻苦，鮮魚肥肉是享受，而他正好相反。他乘破舊的吉普車；他絕不簽賬，而帶現款付賬；他居室無豪華設備；他衣着樸素簡單；這一切他都甘之如飴，並不覺得是刻苦。所以，我們也不能拿一般富豪生活作標準，而憐憫他不知享受、沒有享受。所謂君子安貧，達人知命；他安於如此之生活

〔註16〕 張友鸞等著：《世界日報興衰史》，重慶出版社，1982 年版，第 9、20、60～61、117 頁。

習慣，不以爲苦，更不認爲受罪也。」〔註17〕

據說，1931 年成舍我從歐美考察歸來，在海輪上一位外國人問他：可抽煙？可喝酒？他一一做了否定的回答。那個外國人就說：「那你爲什麼活着？」〔註18〕這位外國人當然無法明白成舍我活着是爲了自己摯愛的辦報、興學事業。1956 年他在臺北恢復「世界新聞職業學校」，經費涓滴歸公，絕不移作私人之用。學校草創之初，經費捉襟見肘，成舍我有時還把自己在其他大學兼課所得的鐘點費、稿費，甚至「立法院」的薪俸，都帶到學校，抵補開支。到了 1968 年，學校已擁有土地八萬餘坪、建築物一萬餘坪，基金和不動產合計共有 20 多億元。成舍我一舉將它們全部捐出，組成「財團法人」。根據臺灣「民法」規定，錢物一旦捐入財團法人，即歸其所有，不得再移轉給任何私人或私人企業。他的這項豪舉，贏得了社會各界的深切敬佩。〔註19〕他對於公私財物分得很清楚，沒有把學校當作學店，作私人斂財之用。臺灣《中國時報》記者李蜚鴻在《追記成舍我一生志業》一文中說：「在世新改制爲學院的過程中，『教育部』官員發現世新的師資、圖書、設備雖不盡理想，但是成舍我確實很有良心地把每一筆錢都留在世新的財團法人基金裏，在各私立學校財務會計普遍暗藏玄機時，世新的財務最令『教育部』放心。」〔註20〕

第三，負責敬業，事必躬親。

成舍我的北京《世界晚報》刊行不久，發生了一椿「因禍得福」的奇事。1924 年秋，第一次直奉戰爭爆發，曹錕特派吳佩孚爲統領，率直系大軍防堵張作霖的奉軍入關。吳佩孚手下有員大將叫張福來，駐守河南開封。相信「逢凶化吉」之說的吳大帥，特意把他調來任前敵總指揮，希望靠「福來了」旗開得勝。《世界晚報》得到消息，把它列爲當天頭條新聞，標題是《前敵總指揮張福來今早出發》。成舍我做事一向膽大心細，爲防疏失，並且也爲了表示負責，報紙大樣都由他親自審閱。碰巧當天中午外交部舉行記者招

〔註17〕 中國人民大學港澳臺新聞研究所編：《報海生涯──成舍我百年誕辰紀念文集》，新華出版社，1998 年版，第 231 頁。

〔註18〕 張友鸞等著：《世界日報興衰史》，重慶出版社，1982 年版，第 11 頁。

〔註19〕 中國人民大學港澳臺新聞研究所編：《報海生涯──成舍我百年誕辰紀念文集》，新華出版社，1998 年版，第 172 頁。

〔註20〕 中國人民大學港澳臺新聞研究所編：《報海生涯──成舍我百年誕辰紀念文集》，新華出版社，1998 年版，第 232 頁。

待會，成舍我在受邀之列。中午正是晚報看大樣的時間，外勤記者龔德柏就主動提出替老闆看一次大樣，讓他放心準時赴會，以免錯過重要新聞。參加完外交部記者招待會及午宴後，成舍我乘車返回報館。這時《世界晚報》已經上市，他停車買了一份自家報紙，大眼一看頓時傻了：頭條新聞的標題就出了大錯，「張福來」變成了「張禍來」（「禍」與「福」形近，極易混淆）！他加速趕回報館，告訴還在洋洋自得的龔德柏，龔被嚇得呆若木雞，久久不能自語。兩人趕快收拾東西，溜之大吉，住到東交民巷的六國飯店去了。不出所料，憲兵、警察很快就上門捉人，人沒捉到，一紙封條就貼住了報館大門。

就在成舍我、龔德柏在六國飯店度日如年之時，北京的政局突然發生逆轉：《世界晚報》被封的第三天，馮玉祥突然臨陣倒戈，不但不出兵山海關攻打張作霖，反而切斷吳佩孚的後路，包圍北京城，軟禁了曹錕。吳佩孚大敗，逃回洛陽，馮玉祥當上了北京城的新主人。如此一來，查封《世界晚報》的封條自然失效。成舍我回到報館，得到馮玉祥集團的同意，立即復刊了《世界晚報》。經此一劫，成舍我和《世界晚報》名聲大噪，報紙的銷量也隨之大增，從原來的兩三千份一下子增加到萬份以上。

有人戲稱成舍我因「禍」得「福」。成舍我當然知道，這樣的「好事」不會總被自己碰上。這件事情使他愈加惕厲，不敢有絲毫懈怠。他常說：「一張報紙猶如一把手槍，如果社長或總編輯自己不看大樣，就好像把自己手槍交給他人，萬一他亂掃亂射，責任都是自己的。」〔註21〕重慶《世界日報》時期，因為使用廉價的學徒多，排字技術和校正水平都很差，版面上常常錯字連篇，讓成舍我很傷腦筋。為了消滅錯字，他每天都要用不少時間把版面上的錯字勾出來，查問是校對的責任或是排字房的責任。他是國民參政會的參政員，每週參政會開會，他總是坐在會場捧着《世界日報》勾錯字。

成舍我的「認真」還鬧過笑話。1946 年南京玄武湖展出一隻活的大玳瑁，吸引很多市民去觀看。北平《世界日報》駐南京記者畢群根本沒有到現場採訪，而是照抄南京一家小報登載的一則新聞，說玄武湖展出一隻大烏龜，觀者甚眾云云，敷衍了事地發給北平報社。誰知第二天其他報紙同樣新聞中，寫的不是烏龜而是玳瑁。成舍我便去電質詢說：「人皆玳瑁，我獨烏龜，何也？」這樣的「六朝小品」式電文，讓人哭笑不得。

〔註21〕馬之驌編著：《新聞界三老兵》，經世書局（臺灣），1986 年版，第 163 頁。

成舍我的新聞觀念很強，用他的話說是「新聞第一」。他認為報紙的成功只有一天：昨天，你的報紙言論正確，內容充實，版面美觀，尤其擁有許多他報所無、本報專有的特訊，昨天的報紙就可以說是成功的；今天，你言論荒謬，內容蕪雜，版面惡劣，許多重要消息他報登出而本報獨無，那麼昨天被評為成功的報紙今天就會突然變成失敗的了。〔註22〕因為報紙每天都要競爭，特別是新聞的競爭，所以一定要比別的報多一條新聞或一個特訊，以培養讀者對本報的信心。《大學》中的「苟日新，日日新，又日新」，是他辦報的「座右銘」。1947 年下半年，國民黨《中央日報》副總編輯陸鏗脫離這家黨報，成舍我請他擔任北平《世界日報》南京特派員。陸鏗說南京太大，向成舍我要一輛車代

成舍我翰墨。

步，用來跑新聞。成舍我毫不猶豫地把自己的座車──一輛紫紅色的美國產 Hudson 新轎車交陸鏗使用。有一天早上，陸鏗坐車經過一個公交車站時，突然發現成舍我擠在等車的人群中。他立刻叫司機停車，請成舍我上來，問：「何必自苦乃爾？」成的回答很自然：「既然你採訪需要車，當然歸你用，新聞第一嘛！」〔註23〕

對於自己天性喜好的新聞工作，成舍我可謂專心致志，異常敬業。清晨，員工們常看到他手持當天的《世界日報》，計算着新聞的條數；夜晚，他踏着一雙大皮鞋，在編輯部來回渡步，悶聲不響地思考着版面上的問題。因為他經常穿一雙大皮鞋，報社中人私下都習慣稱老闆叫「大皮鞋」。「大皮鞋」踏遍大江南北，對新聞的摯愛終生不改。1988 年，成思危帶着夫人和女兒到香港與父親團聚，已經 91 歲高齡的成舍我，每天早晨還讓兒子去買回當地出版的各種報紙，拿着高倍放大鏡一行一行地認真辨讀。

〔註22〕 馬之驌編著：《新聞界三老兵》，經世書局（臺灣），1986 年版，第 236 頁。
〔註23〕 傅國湧著：《民國年間那人這事》，珠海出版社，2007 年版，第 161 頁。

在成舍我手下做過事的人都知道，成老闆的治事風格猶如三國時的諸葛亮，事必躬親，無所不管，「夙興夜寐，罰五十以上皆親覽焉。」1953 年 5 月 23 日，成舍我應臺北編輯人協會的邀請，以《如何辦好一張報》爲題做了一次專題演講。他講了三點管理報業的體會，實際上回答了自己事必躬親、無所不管的原因：

第一、要把辦報看作開機器，馬達固然重要，小螺絲釘也不能忽視。編輯人縱然絕頂天下，如果配上一些缺乏能力、不大負責的校對，時常將「中央」錯成「中共」，「大使」錯成「大便」，「倫敦」錯成「敦倫」，那麼，這張報仍將難於博取讀者良好的印象。由編輯方面推而至於其他部門，報差不按時送報，信差不按時取稿，工人不按時出版，其對於報紙的能否辦好，當然都影響很大。

第二、要把辦報看作指揮一支作戰的軍隊。新聞工作，雖被稱爲自由職業，但爲增強工作的效率計，一個報館的組織和紀律，卻絕對不能鬆懈。指定的發稿時間，一定不許遲誤，指定的採訪任務，一定需要達成。印刷部門延時出版，一定要追究責任，校對房錯字連篇，一定要依章處罰。尤其重要的，即對於參加這支報館軍的每一分子，必須隨時隨地充分鼓舞他們的戰鬥精神。一個標題不如人，編輯先生，應該感覺羞愧；一條新聞不如人，外勤先生，應該吃不下飯。人人要爭取勝利，但這勝利的有效期限，永遠只是一天。今天勝利了，明天仍需要勝利，並不能因爲今天努力奮鬥，有聲有色，明天即可高枕而臥，敷衍了事。

第三、要把辦報看作主婦管家，應該節省時，粒米寸布，不許浪費；不應該節省時，子女教育，或急病開刀，幾千幾萬，也毫無吝惜。譬如我們「自由中國」，一旦反攻登陸，假使爲軍事當局所許可，即使特包一架飛機，去獵取最早最確最詳的消息，花多少錢，也是值得。不然的話，像我過去管理報館的一些小事，曾被朋友們笑爲瑣細刻薄的，如不許全館有一盞不應開而開的電燈，將全部電燈，按所需時間，分組安設總門，全部總門，集中於總管理處我的座位旁邊，指定專人，按時啓閉；又如每天利用一部分通信社廢稿，將反面作爲夜間編輯部的稿紙，及嚴禁印刷部職工撕取捲筒報紙上廁所之類。這在一些大報館大報人眼中，雖都卑不足道，但我總相

信凡是可以防止的浪費，就必須加以防止。將辦報看作開機器，看

作上前線，看作管家務，如果這對於解答「如何辦好一張報」，能作

為一種參考資料，當然那將是我十分欣願的！〔註24〕

　　事無鉅細，老闆都要去過問，如此做事，不但辛苦，也不符合現代企業管理理念。成舍我這樣做，也是不得已而為之。他曾經對馬之驌說過，自己也並非什麼事都想管，只是用人太難，自己不管就做不好：「有的人老實忠厚，但他頭腦簡單，不會做事，你不干涉他，他也要向你請示，什麼事都不敢做主，所以要管；有的人智慧高、主意多，但他什麼事都想自作主張，遇事橫衝直闖，一不小心，他就會給你惹亂子，所以更要管。既肯做事，又肯負責的人，往往找不到，所以說『用人太難』。」〔註25〕另外，他深知創業維艱，守成不易，私營事業與公營機構不同，尤其需要謹慎勤勉，在理財或用人方面稍有不慎，就可能造成慘重的損失。所以，成舍我事必躬親的治事風格，雖然不夠曠達，但是也是為了來之不易的事業能夠延續發展下去。

　　第四，劍走偏鋒，出奇制勝。

　　新聞業是注意力經濟，報紙創刊後能否吸引大家的「眼球」，進而掏錢去訂閱、購買，關係到它的生死存亡。成舍我天生聰慧，從少年起就在新聞界摸爬滾打，耳濡目染，心領神會，等到自己獨立創辦報紙做老闆，他總是能夠想出出人意表的招數，吸引讀者，打開局面。

　　在辦《世界晚報》初期，成舍我每天下午領人帶着剛剛出版的報紙，雇汽車到北京城南遊藝園一帶去賣，自己則雜在人叢中爭着買自己的報紙，造成「搶購」的場面。為了引起讀者的注意，他還想出打筆墨官司的辦法。《世界晚報》最初的競爭對手是《北京晚報》，成舍我就指使《世界晚報》刊文指責對方新聞如何失實，甚至詆毀對方同某某派系有瓜葛。《北京晚報》當然不示弱，照樣回敬，於是造成對罵的熱鬧場面。這一招果然奏效，一下子吸引住了不少讀者的「眼球」。成舍我嘗到甜頭後，又和龔德柏的《大同晚報》故技重演了一回。龔德柏本來是成舍我辦《世界晚報》的夥伴，後來另起爐竈辦起了《大同晚報》。由於彼此知根知底，在這場筆墨官司中，雙方互揭隱私，熱鬧非凡。另外，成舍我還有意識地找一些權貴，如段祺瑞兒子段宏業、教育總長章士釗等加以攻擊，一方面博取敢言的名聲，一方面引起權貴的干涉，

〔註24〕成舍我：《如何辦好一張報》，1953年5月29日臺灣《新生報》。

〔註25〕馬之驌編著：《新聞界三老兵》，經世書局（臺灣），1986年版，第350頁。

藉以提高報紙的聲價，擴大報紙的銷路。

　　廣告收入是報社最重要的經濟來源，被稱作報社的「血液」、「生命線」。「世界」日、晚報創辦時，北京的工商業並不發達，廣告來源不多。即使有的商家登廣告，一般也不會照顧新出版的報紙；官廳廣告又講究派系，不會在毫無瓜葛的報上登廣告。所以，「世界」日、晚報初期的廣告都很少。為了增加廣告收入，成舍我採用了三個辦法：一是從其他報紙的廣告裏，選擇幾家商業廣告，如百齡機大補丸之類的醫藥廣告，事先不徵求商家同意，刊登出來後再派人登門收取廣告費，不拘多少，給錢就行；第二是派人出外兜攬，不一定照報上登的定價收費；第三是自編廣告刊登，以廣招徠。〔註26〕

　　到了創辦上海《立報》，成舍我一反常態，主動將廣告客戶拒之門外，令人大跌眼鏡，不知其所以然。上海《立報》刊行前，就在《申報》、《新聞報》等報紙上刊登預告，其中特別聲明：「在本報發行數字，不能證明已達到十萬份前，任何廣告，都一概拒絕刊登。」當時上海的廣告，都控制在一些廣告販子手裏，新創刊的報紙要想拉到廣告，就必須先過廣告販子這一關。《立報》不但不買廣告販子的賬，而且先發制人，聲明拒絕刊登廣告，大大出乎那些廣告販子的意料。同時，《立報》的這一聲明，也讓一般讀者非常好奇，他們迫切想知道這份報紙何以如此牛氣衝天。事後證明，《立報》的這一聲明，的確發生了很大的宣傳效果。曾任上海《立報》總編輯的儲保衡回憶說：「《立報》發行的第二年，銷路已超過十萬大關，開始接受廣告了。本來在報紙發行到四五萬份時，就有許多工廠商店要求開放廣告，但成社長為了維護報館的信用，而不答應，一定要等發行量滿十萬份時，才接受廣告的。剛開始的前幾天，一群廣告客戶在營業部門前，大排長龍，真是『盛況空前』，而且廣告地位很少，廣告費很貴，只是在報頭兩邊，一個小廣告就是三十元。」〔註27〕僅此一事就可看出，成舍我確實深諳出奇制勝之道。

　　第五，知人善任，興學育才。

　　說成舍我對下屬刻薄，主要是指錢財方面而言。對於那些有辦報才華、個性特出的人，成舍我卻有容才之量、用才之方。這是他的過人之處，也是事業得以成功的重要因素之一。

　　他使用張友鸞就是典型一例。1925 年秋，張友鸞被成舍我聘入《世界日

〔註26〕張友鸞等著：《世界日報興衰史》，重慶出版社，1982 年版，第67～68 頁。
〔註27〕馬之驌編著：《新聞界三老兵》，經世書局（臺灣），1986 年版，第332 頁。

報》做編輯，幾個月後，就被提升做總編輯。當時張友鸞才二十出頭，還沒有讀完北京平民大學新聞系的課程。在《世界日報》幹了兩年後，張友鸞離京南下，到安慶辦報。1927 年成舍我在南京創辦《民生報》，就把張友鸞約請到南京，做《民生報》創刊的總編輯。總編輯才做了一年多的時間，因和成舍我鬧小彆扭，年輕氣盛的張友鸞一怒之下離開了《民生報》，先後到漢口《中山日報》、上海《時事新報》南京辦事處做事。1929 年底，陳銘德約請他到南京《新民報》做總編輯。

夥計做久了，總想自己辦一張報紙。1933 年，張友鸞又離開《新民報》，創辦了《南京早報》。本以為辦報不是什麼難事，用小小積蓄做開辦費，報紙一出，靠賣報和廣告費的收入，就可以周轉開來。誰知根本不是想像的那麼簡單，《南京早報》出版後，賠累不堪，積蓄很快用完，依靠太太變賣首飾來支撐。成舍我並沒有因為張友鸞的反覆無常而袖手旁觀，看其笑話，而是對張極表同情，主動說願意投資，和張合辦。不過，成舍我後來又變了卦，說《民生報》缺總編輯，希望張友鸞回去，他也不向《南京早報》投資了。碰壁之後的張友鸞認為自己不是做老闆的料，就把《南京早報》無償送給了朋友，自己又乖乖地回到《民生報》做成舍我的夥計了。

不料成舍我這次接回的是給《民生報》「送終」的「喪門神」。張友鸞二進《民生報》不久，就編發了一篇揭露行政院政務處長彭學沛腐敗的新聞，得罪了行政院院長汪精衛，最後導致《民生報》被迫關門。成舍我也沒有因此而心存芥蒂，後來他到上海和一幫朋友創辦《立報》，在斟酌請誰做《立報》的創刊總編輯時，又一次想到了張友鸞。張友鸞不喜歡上海鬧哄哄的樣子，就推辭說：「《世界日報》人材濟濟，你隨便調一個人來就行，何必要我去。」成舍我說：「我要你給《立報》打響第一炮哩！」〔註28〕

成舍我當然清楚張友鸞的辦報才華。上海《立報》是 1935 年 9 月 20 日創刊的，按照當時的準備情況，特別是印刷方面，還不具備正式出版的條件。因此，《立報》等於是提前出版。提前出版的主要原因，是總編輯張友鸞認為當日的一則新聞準能一炮打響，就選中 9 月 20 日這一天出版。

張友鸞「押寶」的這則新聞，是幫會頭子、天蟾舞臺老闆顧竹軒雇凶殺人案，法院定在 9 月 20 日開庭審訊。顧竹軒是上海灘有名的「大亨」，地位和杜月笙、黃金榮、張嘯林等人不相上下。他雇凶暗殺了一個叫唐嘉鵬的仇

〔註28〕 張友鸞等著：《世界日報興衰史》，重慶出版社，1982 年版，第 5 頁。

人，被在押犯人供出。顧竹軒向租界巡捕房行賄，而巡捕房分贓不均，心中懷恨，對他實施突然襲擊，逮捕後移交法院。那時老百姓對幫會勢力的橫行霸道極爲痛恨，無奈幫會頭子都和租界巡捕房有勾結，對他們沒有辦法，就連《申報》、《新聞報》兩大報紙的本埠記者、編輯，也得拜「老頭子」爲「師父」，否則就不能安於其位。《立報》試版期間，恰逢顧案發生，張友鸞就組織記者，分別到法院、看守所、巡捕房及顧家採訪，並且打聽顧的徒弟如何活動、律師如何辯護、街談巷議如何等等，爲正式出版做準備。誰知創刊那天，報紙印刷得很糟，出版又晚，儘管登了顧案的新聞，卻沒有引起讀者注意。並且顧案開庭時，法院說還要繼續偵查，宣佈延期審理。報紙沒有迎來預期的「開門紅」。不過，一周後法院終於開庭審訊，9月28日，《立報》用聳人聽聞的題目《顧竹軒案昨開庭　庭外大叫囂　旁聽奔逃秩序亂　看守所鬧監》，作爲頭版頭條刊出。除新聞報導外，還附有顧受審的照片，又在第三版用半版的篇幅，刊載審訊詳記。這成爲《立報》詳細的獨家新聞，一下子轟動了上海灘，報紙增印到七萬份。爲了鞏固銷數，此後一個多月，又對顧案進行了近10次的後續報導，直到發表了顧竹軒被判徒刑15年的判決書爲止。

成舍我的用人方式，報館的部門主管一般是禮聘而來，普通的編輯、記者，營業部門、排版印刷部門的員工，常常採用公開招考的辦法。經過實踐，成舍我深悟公開招考這種辦法的妙用：首先，當時很多大專畢業生失業，報紙上的一個招聘廣告立刻會引來許多青年學生應考，大家口耳相傳，無形中等於給報社做了宣傳。其次，通過公開招考進入報館的人，月薪不多，又能埋頭苦幹，易於駕馭。由於他對人苛刻，薪金待遇又差，「又要馬兒好，又要馬兒少吃草」，所以很難長期留住人，編輯部的人員變動頻繁。不過，在成舍我的嚴苛要求之下，《世界日報》的確爲舊新聞界造就了一批頗具才幹的編輯、記者。把「玟瑉」寫成「烏龜」的畢群曾說：

　　《世界日報》開的是流水席，一批人進去了，一批人出來了；又一批人進去了，又一批人出來了。可能由於人事流動性大，成舍我提拔幹部是較爲放手的。只要你肯賣勁，不爭錢的多少，而又稍具才幹，往往能受到重用。因之，在新陳代謝之中，鍛鍊了人的工作能力。在相當長的時期內，只要聽說那個人是從《世界日報》出來的，其它的報社都樂於接納。我曾經聽到一位新聞界前輩說：「世

界日報實際上是一所新聞從業人員訓練班。」這話含蓄着辛辣的諷刺意味，同時又是眞實的寫照。〔註29〕

　　成舍我不但有容才之量、用才之方，而且有育才之術。1932 年，他乾脆創辦了北平新聞專科學校，爲自己的報館和社會培養專門的新聞人才。〔註30〕經過一番籌備，學校於翌年 2 月開始招生，先開辦初級職業班。1935 年 9 月，又辦了高級職業班。成舍我本來決定 1937 年開辦本科，並且已經在報紙上登了招生廣告，孰料日寇侵華，北平淪陷，學校也就停辦了。

　　從第一屆初級職業班的招生簡章，可以看出成舍我的辦學目的和旨趣：「本校最大目的，欲使凡在本校受過完全訓練者，爲出校服務報館，則比每一報館之高級職員──經理、編輯，皆能排字印刷，而每一個排字印刷之工人，全能充任經理、編輯，藉以廢除新聞事業內長衫與短衫之區別，而收手腦並用、通用合作之效。」招生簡章最後所附的特別提醒報考學生及家長的一段話，尤有深意：

　　　　本校目的，既在改進中國之新聞事業，及訓練「手腦並用」之新聞人才，則凡投考本校者，其本身及其家長，務必對於本校之宗旨，有詳切之認識。如本人及其家長，懷抱一般投考洋八股式學校者之同樣心理，冀圖本身或其子弟，將來畢業後，能光宗耀祖，陞官發財，則請千萬勿誤入此途。因新聞事業，最需要忠實勤奮，吃苦耐勞，而本校管理訓練，亦將取極端嚴格主義。故凡有紈綺習氣，或渴望將來陞官發財者，即僥倖錄取，亦必難保全始終，不僅貽害本校，亦實適以自誤。投考之先，務希注意。〔註31〕

　　後來，成舍我把這些意思凝練爲「德智兼修，手腦並用」，作爲學校的校訓。

　　學校以不收學費和畢業後可以到成舍我辦的《世界日報》、《民生報》等報館工作相號召，這對高小及初中畢業生來說很有吸引力。第一屆初級職業班原定只取 40 名，竟有 600 多人報名。「其招考年齡限制極嚴，最高不得超過十八，竟有兩鬢花白，仍稱只十八歲而來投考者。至於程度，原只希望初

〔註29〕　張友鸞等著：《世界日報興衰史》，重慶出版社，1982 年版，第 211 頁。
〔註30〕　校址初在成方街，後遷到西四豐盛胡同。1935 年成舍我租借下西長安大街 32 號華北飯店整棟大樓，作爲《世界日報》編輯部、經理部和印刷廠之用，「北平新專」於該年 7 月從豐盛胡同遷到報社舊址石駙馬大街 90 號。
〔註31〕　張友鸞等著：《世界日報興衰史》，重慶出版社，1982 年版，第 143～144 頁。

中資格，但竟有高中、大學生亦來投考。……足證其號召力之大矣。」〔註32〕

為培養「手腦並用」的新聞專門人才，教學安排理論與實踐並重，上午上國文、英語、數學、報業常識等學科課，下午學排字、編輯等實習課。授課教師，多由《世界日報》高級編採人員兼任。身兼校長的成舍我也親自給學生上國文、新聞學方面的課程。當時已有徐寶璜、邵飄萍等人寫的幾本新聞學著作出版，成舍我都瞧不上。他寧願講授自己的一套東西，不過沒有講義，自己口授，讓學生筆記下來，回家後再把筆記用毛筆謄寫在正式筆記本上，藉此訓練學生的聽寫及整理能力。在國文課上，嚴肅的成校長用湘潭口音搖頭晃腦地吟誦、逐字逐句講解桐城派古文的樣子，讓後來成為名作家的林海音一回想起來就忍俊不止。

這種「手腦並用」的培養方式很快就發生了功效。成舍我在上海創辦《立報》，排版、印刷工人幾乎都是「北平新專」的畢業生。這些受過專業訓練的年輕人，不但能夠熟練地檢字排版、開印刷機印報，還可以勝任採訪、編輯工作。「八‧一三」淞滬抗戰期間，他們每人都扮演着兩個角色：每天上午扮演新聞記者角色，衣着整齊地出去採訪新聞；下午再換上排字房的工作裝，做排字工人，到夜晚就去機器房，開機器印報。上海《立報》的戰地新聞，主要靠這群年輕人冒着槍林彈雨去採訪。他們的戰地報導快而詳細，深受讀者歡迎，所以這一時期《立報》的銷路特別好。總編輯儲寶衡回憶說：「這時上海中日戰爭爆發，我們北平『新專』同學，都成了前線記者，報導的又快又確實，全上海的人，對打仗的消息，都有一種不看《立報》不放心的感覺，足見《立報》深得讀者的信任。」〔註33〕

香港淪陷後，成舍我挈眷居於桂林。1942年春，他借用原廣西省政府幹訓班的校舍，創辦了桂林世界新聞專科學校（簡稱「桂林世新」）。該校學制沿用「北平新專」舊制，主要招收流亡學生，不但免收學費，還提供膳宿，為失學學生創造學習的機會。1944年6月，日軍進攻衡陽，桂林吃緊，學校在大撤退中停辦。部分學生輾轉到重慶，進入成舍我創辦的重慶《世界日報》工作。

依託報館興辦新聞學校，學校培養的人才又源源不斷地輸送給報館。在舊中國民營報人中，能夠做到辦報、興學相輔相成，齊頭並進，成舍我一人

〔註32〕 《成舍我新聞專科學校》，1933年3月4日《北洋畫報》。
〔註33〕 馬之驌編著：《新聞界三老兵》，經世書局（臺灣），1986年版，第235頁。

而已。就成舍我自己來說，這恐怕也是他多彩人生中最得意的一筆：自己培養的這些「子弟兵」，不但能幹，而且也忠誠於報社。鄭逸梅在分析上海《立報》的成功因素時，就注意到了它在人事方面的優勢：「《立報》不但是編輯上招了練習生，它的排字房裏一般青年職工，也都是訓練過的。這些人都是北方人，是成舍我在北方辦報訓練成功，帶到南方來的。這些青年職工很可愛，年紀都在二十歲左右，受過相當教育，他們而且會寫稿子。我在編副刊時，他們常投稿，思想意識而且頗前進咧！因此《立報》的職工，和上海別家報館的職工不通氣，別家報館往往鬧罷工，而《立報》卻不受他們的影響，現在辦小型報的，都想追蹤《立報》，但談何容易呢！」〔註34〕

　　在舊中國，成舍我有「新聞怪傑」之稱。揆諸成舍我的一生，「上天」安排他降生人世，好像就是讓他來辦報紙、做新聞的。所以，他種種出人意表的辦報招數，恐怕也是「非學而成、殆由天授」吧。

〔註34〕鄭逸梅著：《書報話舊》，中華書局，2005年版，第282頁。

報界硬漢，新聞鬥士

　　成舍我筆名「舍我」，顯然出自《孟子·公孫丑下》：「五百年必有王者興，其間必有名世者。由周而來，七百有餘歲矣。以其數，則過矣；以其時考之，則可矣。夫天未欲平治天下也；如欲平治天下，當今之世，舍我其誰哉？」「舍我」這一筆名，是他民國初年在滬上賣文時開始使用的，無非是表明自己要躡武前賢，像孟夫子那樣以天下爲己任，這符合年輕人睥睨一世、當仁不讓的英雄主義氣概。以「舍我」爲筆名，恐怕還有另一重意思，即它的字面含義──「捨棄自我」：義之所在，勇往直前；犧牲自我，在所不惜。實際上，在成舍我前半生新聞生涯中，呈現更多的是「捨棄自我」的悲情，而非「舍我其誰」的豪情。爲了社會正義和新聞自由，他揭發不義，抨擊特權，寧折不屈，幾遭不測，贏得了「報界硬漢」、「新聞鬥士」的稱譽。

　　青年時代的成舍我就敢於主持公道，挑戰權勢。1916年，18歲的成舍我流浪到上海，靠賣文爲生。他的文章受到《民國日報》社長兼總編輯葉楚傖的賞識，被聘入《民國日報》任編輯。此時，成舍我也加入了著名的革命文學團體「南社」。第二年，南社內部關於詩歌宗唐尊宋問題發生激烈筆戰。南社主任柳亞子論詩「尊唐抑宋」，貶抑尊奉宋代江西詩派的陳三立、鄭孝胥等「同光體」詩人，遭到南社社員朱鴛雛的反對。柳亞子未經社友討論，獨斷專行，貿然發出《南社緊急佈告》，將朱鴛雛驅逐出社。

　　成舍我認爲柳朱之爭純屬私人問題，非南社團體之問題；朱鴛雛如果侮辱了柳亞子，柳與之絕交可也，訴諸法庭可也，而竟以私怨驅逐朱鴛雛，實屬違規。他寫信給柳亞子，表示反對，並以典當衣物之錢，在《中華新報》上刊出《南社社員公鑒》，斥責柳亞子的狂妄欺人，爲朱鴛雛抱不平。柳亞子

又將成舍我驅逐出社。

經過南社的這次紛爭，成舍我決意離開上海，北上求學。1918 年 8 月，他考取了北京大學預科國文門旁聽生，同時兼任北京《益世報》總編輯，開始了半工半讀的艱辛生活。為了不影響學業，能夠從旁聽生轉為正式生，他徵得社長杜竹玄的諒解，一個學期後由總編輯改為主筆。1919 年 5 月 23 日，正是「五四運動」如火如荼之時，成舍我在北京《益世報》上發表《安福與強盜》社論，稱安福俱樂部是「強盜的魔窟」，安福系的所作所為，「那一件不是鬼鬼祟祟禍國殃民的勾當」，呼籲國民起來「掃除這極大的強盜的魔窟」。這篇社論，自然受到安福系的嫉恨，《益世報》因此而被停刊三天，總編輯潘雲超遭到逮捕。「五四運動」前，北京《益世報》無聲無息，銷路很少。「五四運動」爆發後，憑藉天主教的勢力（《益世報》為美國天主教神父雷鳴遠主辦），在言論和報導方面敢於放膽說話，銷數日升。特別是經過報館被封這件事後，報紙的發行量激增。成舍我撰寫的這篇《安福與強盜》社論，招致報紙被停刊三天，杜竹玄不但沒有解雇他，反而讓他代行總編輯之職。

1924 年，26 歲的成舍我開始自己做老闆，在北京相繼創辦了《世界晚報》、《世界日報》和《世界畫報》。1926 年 3 月 18 日，段祺瑞政府衛隊槍殺請願學生，製造了震驚中外的流血慘案。慘案發生第二天，成舍我即在《世界日報》發表署名「舍我」、題為《段政府尚不知悔禍耶》的社評，提出段政府應引咎辭職、懲辦兇手、優恤死難者三項要求。關於「三‧一八」慘案，《世界日報》以大量篇幅刊登新聞和死難者照片，畫報和副刊還出版了專刊。隨後，段政府通緝李大釗等五人以圖卸責，京師地方檢查廳又確認段祺瑞衛隊犯有殺人之罪，「世界」日、晚報都適時發表社評，嚴加譴責。

當了老闆後的成舍我常對編輯和記者們說：「只要保證真實，對社會沒有危害，什麼新聞都可以刊登。如果出了什麼事，你們不負責任，打官司、坐牢，歸我去。」﹝註1﹞到 1945 年 11 月「世界」日、晚報在北平復刊，成舍我已走過 30 多年的辦報歷程；在這 30 多年中，他本人坐牢不下 20 次，報館被封不下 10 次。

成舍我不下 20 次的坐牢經歷，其中時間最長、影響最大的一次，是他在南京辦《民生報》時，因得罪行政院長汪精衛而遭受的 40 天牢獄之災。

﹝註1﹞ 張友鸞等著：《世界日報興衰史》，重慶出版社，1982 年版，第 3 頁。

1934 年 5 月，有記者採訪到行政院政務處長彭學沛貪污瀆職的劣跡。彭是行政院長、國民黨副主席汪精衛的親信，又是成舍我的第二任太太蕭宗讓的姑父。這樣的新聞，《民生報》敢不敢登？要不要登？總編輯張友鸞回憶：

> 1934 年 5 月，我再次任《民生報》總編輯時，有位記者採訪到一條新聞：「行政院」蓋大樓，建築商賄買「政務處長」彭學沛，給他修了一座私人住宅小洋房；以致在主體建築上偷工減料，而且屢次追加預算，超過原來計劃一倍以上。我曾聽說彭和成是親戚，有些躊躇，拿着稿子去問他，他卻說：「既然確有其事，為什麼不刊登！」新聞一經發表，彭就向法院控告成「妨害名譽」。當時有程滄波、端木愷、蕭同茲、俞新武等人，從中調停，要他登一個更正啓事，彭願撤回訴訟。他因事實俱在，為了報社信譽，堅決拒絕。後來法院提起公訴，他出庭答辯，侃侃而談，滔滔不絕，把法官駁得啞口無言。那天我去旁聽的，原告彭學沛倒沒有到。這是行政院交辦的案件，法院不能不買賬，於是把他判處短期徒刑，但予緩期執行。這本是扯淡的事，他還是不服，把寫的萬言答辯書登在報上，請求社會公評。彭無法還手，就請行政院長汪精衛，施用政治壓力。因為刊登了德國海通社一條新聞，硬說《民生報》「泄露軍情」，下令封門抓人。憲兵司令部人馬來時，他適外出，我說：「我是總編輯，責任應該我負，我去。」經理周邦式（長憲）說：「成先生長期不在南京，我是負責人，我去。」他們一個不要，定要成舍我「正身」。就是這樣，他被捉走。於是周在南京，我去上海，活動營救。他一直被關了 40 天，由於李石曾出面，才准予保釋。9 月 1 日，我坐汽車到憲兵司令部，從「優待室」裏把他接出來。當時《民生報》原可以復刊的，他在汽車上和我說：「只要汪精衛一天在南京，《民生報》就一天不復刊。」〔註2〕

成舍我後來告訴馬之驌說，事情是由一篇有趣味的特寫報導引起的。這篇特寫報導的大意為：某日行政院汪院長親自主持一項重要會議，當與會人員到齊時，院長卻不知去向，遍找無着，把秘書人員急得團團轉。正在焦急慌亂之際，有人發現院長被關在廁所裏，無法出來。原來，行政院辦公樓剛

〔註2〕 張友鸞等著：《世界日報興衰史》，重慶出版社，1982 年版，第 3～4 頁。

剛落成，所有門鎖按照規定均爲外國進口的高級彈簧鎖，而實際使用的都是贋品，質量甚差。汪在會前如廁小解，廁所門自動上鎖，事後怎麼也打不開，雖敲門呼救，也未被人發現，只好忍耐一時了。汪精衛如廁被困的消息，經媒體報導後很快家喻戶曉。汪精衛大爲光火，嚴斥負責工程的政務處長彭學沛，彭顧及面子問題，曾提出辭呈。《民生報》以《某院、某處、彭某，因涉嫌貪污案，請辭職》爲標題，發頭條對此進行詳細報導，使汪精衛更爲不快，遂以《民生報》公然污蔑行政院爲由，下令停刊三天。《民生報》復刊那天，幾乎全張報紙，都是在質問「汪院長」，查封報館根據的是哪條法律？並對貪污案大肆渲染，報紙銷路因此大增。汪精衛心中憤恨卻無可奈何，後來授意彭學沛向首都地方法院控告成舍我及《民生報》誹謗。

　　開庭之日，旁聽的民眾有兩千人之多，把首都地方法院擠得水泄不通。成舍我早期辦報，常被人控告，爲了準備答辯，他總是自己寫答辯書。後來報社聘請了法律顧問，他還是肯於鑽研法律，把一部《六法全書》差不多都翻爛了。這次成舍我依然是親自出庭答辯，用事實和法理把法官駁得啞口無言，博得如雷掌聲和陣陣喝彩，出盡了風頭。成舍我後來憶及自己當年在法庭上的表現，還洋洋自得，說這可能是自己一生中最興奮的一件事。〔註3〕「成舍我」的大名，在平津已經家喻戶曉，但是在滬寧還不夠響亮。經過「彭案」之後，「成舍我」已名震江南了。

　　關於後來汪精衛公報私怨、下令查封《民生報》和逮捕成舍我的藉口，以及被保釋出獄的經過，張友鸞的說法是《民生報》刊登了德國海通社的一條新聞，被指控「泄露軍情」而身陷囹圄，後經李石曾出面保釋才獲得自由。吳範寰發表的回憶文章《成舍我與〈北京世界日報〉》，也持同樣的說法。實

〔註3〕　馬之驌編著：《新聞界三老兵》，經世書局（臺灣），1986年版，第211～213頁。吳範寰的記述是：《民生報》揭露彭學沛貪污的新聞已被南京新聞檢查機構刪扣，但成舍我認爲此類新聞與刪扣規定不合，結果仍予以刊佈。汪精衛大爲震怒，以不服檢查的罪名，通知南京警察廳罰令《民生報》停刊三天。《民生報》復刊時又發表社論說明被罰經過，指責當局非法摧殘輿論，聲言將依法抗爭。彭學沛向江寧地方法院控成舍我妨害名譽，經法院偵察後提起公訴。成認爲打官司有助於報紙業務發展，遂親撰答辯書萬餘言，全力應付訟案。後來南京新聞界程滄波等以國難嚴重爲由，要求息訟。結果關於妨害名譽部分，由彭學沛自行撤回，法院中止宣判了事。吳範寰：《成舍我與〈北京世界日報〉》，載全國政協文史資料研究委員會編《文史資料選輯》第43輯，文史資料出版社，1964年版，第237～238頁。

際情況並非如此，當事人之一，和成舍我同時被捕、一同度過40天鐵窗生活的陳雲閣，爲了史料存眞，特意講出了事情的眞相：

　　成舍我爲《民生報》和行政院政務處長彭學沛打官司，留在南京。我那時在民族通訊社（簡稱民族社）任採訪外交消息的記者，還沒有進入德國海通社。南京成立海通分社，是在同年民族社已經關門以後的事。成和我被捕絕對不是因爲《民生報》刊登了海通社的軍事消息，而是它刊登了一條由我採訪並由民族社通過送檢手續才發表的重要政治新聞。當晚被捕的《民生報》方面只有成舍我一個，代他經常負責照料報館的周邦式和負責編稿的張友鸞都未被抓去。民族社方面初先只抓我一個，還是因我得到社裏通知，自己到憲兵部去聯繫時被扣留下來的；但隨後又把社長趙冰谷（又名雪岩）和總編輯鍾貢勳抓來了。當晚成舍我和我們三個不在一起，第二天才關在一間房裏。直到放出爲止，一同經歷了40天的鐵窗生活。我和成舍我雖早已認識，但結成好友是從這裏開始的。

　　我們出事的這條消息的內容，和南京當局爲什麼要抓成舍我的眞正原因說來話長。大漢奸行政院長汪精衛身邊的彭學沛主管修建該院辦公大樓有貪污行爲，被《民生報》盡情揭露，因而涉訟；成舍我在地方法庭公審時，又把彭的指控駁得體無完膚，彭因此惱羞成怒。雖經朋友從中調停，由彭自動撤回控訴了事，但總想另找機會打擊報復。一次，我從接近監察院長于右任的該院參事商文立那裏得到一條消息，內容是汪、于兩院長爲鐵道部向國外購買建築材料發生貪污舞弊問題，在國民黨最高權力機構——中政會內發生爭執，引出蔣的干預。消息說：蔣那時正在江西忙於「剿共」軍事；汪坐鎮南京，正在搞華北通車通郵賣國勾當，汪、于爭執中，于右任雖非實權派，但站在有理一邊，對汪不肯示弱，因而鬧得很凶。蔣爲平息內哄，只得分電于、汪進行勸解，希望能以大局爲重，不再爭吵，以免影響江西軍事與華北對日交涉。商文立還告訴我：「于先生見到蔣的來電後，沒說什麼，這場公案還不知怎樣解決。」

　　我當時只認爲這是一條要聞，就立即回社寫稿交編輯部發表了。《民生報》以爲這條消息很合需要，就把它作爲頭版頭條，用《蔣

電汪、于勿走極端！》八個木刻大字作標題，把它登載出來，並標明了民族社是消息來源。南京別的大報也用了這條消息，外地駐京記者也有據以發出電訊的。成舍我不但沒有想到會出問題，而且認為這條消息來自國民黨組織部控制的民族社，又通過送檢手續，萬無一失。即使出了岔子，《民生報》也沒有法律責任，因此十分放心。

　　不料彭學沛一見《民生報》登出這條消息就認為整成舍我的機會到了；於是向汪彙報說，南京報界有人想藉此興風作浪、擴大事態，激起汪的惱怒，並促勸汪電蔣採取制服措施，以防暗潮。和汪有密切聯繫的楊永泰，是蔣的行營秘書長，得到汪的密電就用「捏造文電，鼓動政潮」的大帽子，請蔣電令憲兵司令谷正倫「立即查封《民生報》，拘辦負責人，並嚴究消息來源」。谷奉電令當然雷屬風行，就把《民生報》和民族社當晚封閉，又把我們四個分開誘捕起來了。在誘捕成舍我時，是派的非武裝特務，藉口請他去談話的方式進行的。但他很敏感，把常用衣物和盥洗用具都帶在一道。特務假裝說何必那樣，他還是堅持帶去。他第二天早上穿上外衣，在天井刷牙，我們都很驚異。他見到我們三人毫無準備的樣子，也暗暗發笑。隨後我們關在一起時問他，他說，他在北平多次坐監，對於此道不但有敏感，也很內行了。

　　……

　　儘管幾方面都有人暗中為我們進行活動，但最後還是得力於汪身邊另一親信唐有壬的說情。唐那時在外交部當常務次長（汪兼外交部長）、正在為汪主辦華北通車通郵對日交涉；他和彭學沛有私人隔閡。成舍我通過家屬暗中託人取得唐的同情，在唐隨汪上廬山開會途中把汪說通了。當蔣、汪會面談及此事時，汪當面表示可以從寬發落，蔣也樂得了此公案。他的電令一到，未經任何麻煩手續，只叫我們各寫一張悔過書，就同時釋放出來了。這一天正是舊社會搞的第一個記者節的日子，對我的印象是很深的。這並不像前述那篇史料文章所說，得力於李璜的營救。其實C.C.系頭子為了保全民族社，也曾暗中通過陳布雷，向蔣有所進言。但蔣為要敷衍汪的面子，還得等汪鬆口；所以如無唐有壬的背後疏通，也不會這樣容易

了結。這個內情是成舍我後來在我們當中津津樂道，而爲我從 C.C. 頭面人物方面得到印證的實情。我們出來不久，中央組織部副部長張道藩還以民族社後臺身份，約請我們四人到部裏去談過一次話。言外之意，很責怪我們對這類新聞的處理太不審愼，使我和成舍我大感不快。因爲我們確知自己並非他們的派系分子，怎能這樣對待？所以談話一完，我們就不歡而散。我之所以要在這裏記述這椿秘史，不只爲要說明《民生報》的查封眞相，和我與成舍我關係的來歷，也是對國民黨當局控制新聞手法的一次揭露。〔註4〕

　　成舍我於 1934 年 7 月 22 日夜被南京憲兵司令部拘捕，9 月 1 日獲釋，這次被囚禁了整整 40 天，是他一生坐牢經歷中時間最長的一次。釋放前，汪精衛很不放心，爲防後患，特別囑託憲兵司令部向成舍我開具了五項條件，作爲獲釋的前提：（一）《民生報》永遠停刊；（二）不許再在南京用其他名義辦報；（三）不得以本名或其他筆名，發表批評政府的文字；（四）不得在任何集會，作批評政府的演說；（五）以後如離開南京，無論到達任何城市，應向當地最高軍警機關，報告行止。成舍我爲了早日獲得自由，顧不了許多，先應承下來再說。

　　成舍我獲釋的第三天，唐有壬前來拜訪，向他暗示「汪院長」可以取消上述五項條件，《民生報》也可以立告恢復，但前提是成要給汪寫一封言辭懇切的信，說明以前種種全出誤會；信由唐有壬代交，再由唐有壬安排一次成汪見面，成舍我向汪精衛說幾句請他原諒、保證今後竭誠擁護汪精衛的話，則一場風波自可從此終結。成舍我一聽，毫不考慮地當即予以拒絕。唐有壬警告成舍我：「一個新聞記者，要和一個行政院長碰，結果，無疑是要頭破血流的。」成舍我回答道：「我的看法，全不如此，惟其不怕頭破血流才配做新聞記者。而且我十分相信這場反貪污的正義鬥爭，最後勝利，必屬於我。我可以做一輩子新聞記者，汪先生絕不能做一輩子行政院長。」〔註5〕「我可以做一輩子新聞記者，汪先生絕不能做一輩子行政院長」，成舍我這句自由正義的新聞記者笑傲貪墨驕橫的官僚政客的話，擲地有聲，光芒四射，值得永載中國新聞傳播史冊！

〔註 4〕 張友鸞等著：《世界日報興衰史》，重慶出版社，1982 年版，第 228～231 頁。
〔註 5〕 成舍我著：《報學雜著》，中央文物供應社（臺灣），1956 年版，第 131～132 頁。

　　成舍我這次被捕，只是被關押的時間長，並無性命之虞。在他一生 20 餘次的被拘經歷中，最為驚險的要屬 1926 年秋被「混世魔王」張宗昌捕獲。

　　1926 年 4 月，張學良統率的奉軍、張宗昌統率的直魯聯軍進入北京，成為這座城市的新主人。為了震懾異己，樹立威望，二張首先從新聞界開刀，於 4 月 26 日捕殺《京報》社長邵飄萍，8 月 6 日又殺《社會日報》社長林白水，製造了「萍水相逢百日間」的言論恐怖。8 月 7 日晚，也就是林白水遇害的第二天，一隊憲兵擁入成宅，二話不說，將成舍我推上了卡

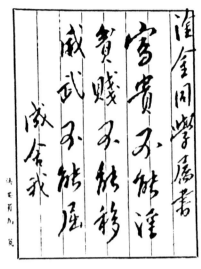

成舍我為臺灣世界新聞專科學校學生的題詞。

車。成舍我在當天的《世界晚報》上，剛發表過一篇根據外勤報告而寫的《林白水先生遇害經過》。現在的情況與林白水被捕如出一轍，他料想自己跟林白水一樣必死無疑，因為林白水被捕後，押解他的卡車直駛天橋刑場，從被捕到行刑，前後不過三個小時。

　　然而，押解成舍我的卡車沒有直接駛向天橋，而是開到了憲兵司令部。原來，捕殺林白水，張宗昌事先已將槍斃的命令交給憲兵司令王琦，所以只要捕獲就可以立即執行。據說，成舍我被捕前，張宗昌曾說過，這傢夥，抓到就斃了完事，但是這話並沒有當面吩咐過王琦，而槍斃像成舍我這樣的人，王琦照例總要得着張宗昌的一句話。也是成舍我命不該絕，那晚張宗昌新討了一房姨太太，當王琦趕來請示時，被副官攔住了：「王司令，你怎麼這樣不湊趣，今晚大帥好日子，只要人抓住了，什麼時候都可以殺，何必搶在此刻，來惹大帥噁心呢？」〔註6〕

　　張大帥的「好日子」為成舍我的家人和朋友換來了寶貴的營救時間。在成舍我被憲兵押上大卡車後，家人和報館立即向各方求援，成夫人楊璠黃夜趕往前國務總理孫寶琦家，長跪不起，泣求孫寶琦救成一命。

　　孫寶琦字慕韓，與趙爾巽、王士珍被尊為「北洋三老」，在北方軍政界頗

〔註6〕　《成舍我先生文集》（港臺篇 1951～1991），世新大學舍我紀念館暨新聞史研究中心，2007 年版，第 124 頁。

孚聲望。當年，曹錕賄選上總統後，就拉孫寶琦出任國務總理以撐持場面。孫與曹素無關係，而曹的周圍想做國務總理的人大有人在，所以孫上任不久即遭到保定派反對，尤以王克敏反對最烈。王是財政總長，北京多數報館都仰仗他發津貼。王克敏給報館發放津貼的條件是要公開反對孫寶琦，於是那些拿津貼的報紙群起圍攻「孫總理」，這個罵他老邁無能，尸位素餐，那個罵他頭腦昏庸，難當大任，把孫寶琦整得頭昏腦漲，不知如何是好。王克敏還控制「國務總理用錢」，甚至連孫的薪俸都不按時發給，孫自然也無錢敷衍報館，只好硬着頭皮任其圍攻了。

北京城的老百姓認為孫寶琦是「大好人」，都為他叫屈，而王克敏本來就是「金佛郎案」的罪魁禍首〔註7〕，久為社會所不齒。此時成舍我剛創辦《世界晚報》，他順應民意，站出來為孫寶琦打抱不平。他讓張恨水每天都在《世界晚報》副刊「夜光」裏，做幾首打油詩，來諷刺、挖苦王克敏。

《世界晚報》能夠如此主持公道，使四面受敵的孫寶琦大為感動，他對成舍我也暗生賞識之意。適逢端午節來臨，孫寶琦特意囑託長子景陽往訪「成社長」，送上兩百塊大洋的支票，以示感謝。成舍我一口回絕，他說：「我支持孫總理完全是基於道義的，要收你這兩百塊錢，不是就失掉我的原意了嗎？何況我一向不要人家的錢，假如我向王克敏要錢，一定會比你這兩百塊多十倍、百倍。」〔註8〕從此，孫景陽與成舍我成了朋友，成也開始和孫府來往。

〔註7〕 八國聯軍之役，清政府戰敗，與各國簽訂《辛丑條約》，賠款4億5千萬兩白銀，39年還清，本息合計9億8200多萬兩；其中法國占15.75%，每年約合法幣1400多萬佛郎。原以海關銀兩折合，但是自歐戰爆發以後，佛郎驟跌，法國政府竟於1922年6月22日，向北洋政府提出要求，將歷來電匯還款辦法，改為照金元計算。對法國的無理要求，國人反響激烈，咸表反對。自徐世昌去職至黎元洪復位，北洋政府均不接受法國的還款要求；法國政府遂不擇手段，請北京外交團於中國海關稅鹽稅兩項內，將法國應得之賠款，依照金元計算之標準，悉數由總稅務司先行扣留，不准中國政府提用。及段祺瑞出任臨時總執政，以財政困難，乃於1925年4月12日，由外交總長沈端麟與法國公使訂立條約，同意用金元償還對法之庚子賠款，作為退還被總稅務司扣留的1600萬元海關稅鹽稅的條件。按照當時佛郎匯兌率平均價格計算，中國將增加8000多萬元的國庫負擔。這一事件，史稱「金佛郎案」。消息傳出，舉國譁然。王克敏時任段祺瑞政府財政總長，為「金佛郎案」之罪魁禍首，自然成為眾矢之的。

〔註8〕 馬之驌編著：《新聞界三老兵》，經世書局（臺灣），1986年版，第185～187頁。

　　成舍我沒有想到，孫寶琦會在關鍵時刻救自己一命。

　　孫寶琦聽了成太太楊璠的訴說後，不敢怠慢，天不明既趕往張宗昌府邸。張督辦還在溫柔鄉里酣睡，孫告訴副官：「我在客廳等督辦，你現在不必驚動他，他什麼時候起床，請你盡先報告，只說我天亮就來了！」

　　一覺醒來的張宗昌聽副官報告說孫寶琦早在客廳坐候，連呼「失禮」，迅起迎晤。張對孫如此客氣，是因為有求於他。第二次直奉戰爭後，獲勝的奉系準備擁孫寶琦組閣，張宗昌主張尤力，正多方向孫勸駕，促其出山。張以為孫寶琦此行是為了商討組閣大計，不料卻為成舍我而來。

　　張宗昌先客套一番，說區區小事何勞慕老枉駕親臨，然後歷數成舍我三大罪狀，罵成咎由自取，死有餘辜：一、惡毒反奉；二、和馮玉祥有密切勾結；三、替國民黨擴大宣傳，最近還接受了廣州 10 萬元宣傳費。孫寶琦逐一為成舍我開脫：

> 第一點，如果報紙反奉，是在你們進城以前，則那時馮軍統治北京，誰敢明目張膽，不登馮軍所發反奉消息，而甘冒危險幫你們講話？這是北京報紙最普遍現象，也是他們辦報者共有的苦痛，我相信《世界日報》絕對沒有比其他報紙反奉特別惡毒。至於第二點，他根本和馮不認識，連面都沒有見過，談不到有任何密切勾結。目前最重要的，在第三點，假使他真是接受了廣東這麼大的一筆宣傳費，在北京故意和你們搗亂，那麼軍事時期，我也不敢替他說情。否則子虛烏有，我就不能不請你從寬處置，立予釋放。好在十萬元數目不算小，由那家銀行匯的，來龍去脈，極易調查。但據我所知，他所辦的《世界日報》、《世界晚報》，都是由他個人辛苦經營，白手起家，從沒有任何背景，他本身生活，十分刻苦，恐怕十萬元之說，未必可靠。〔註9〕

　　經此一說，張宗昌終於鬆口，表示無論如何看在慕老分上，決不重辦。孫寶琦辭謝張宗昌，即把前後情形告知成的家屬和報館，要報館趕快開出成的債主姓名、債款數目，並檢出最近一些當票，自己據此再寫一封信送給張宗昌，證明成舍我負債累累，決非腰纏萬貫之人，所謂接受廣州 10 萬元宣傳費純屬子虛烏有。張宗昌當晚覆函孫寶琦：「本應立予槍決，茲承尊囑，已改

〔註 9〕　《成舍我先生文集》（港臺篇 1951～1991），世新大學舍我紀念館暨新聞史研究中心，2007 年版，第 125 頁。

為無期徒刑。」

孫寶琦心中暗罵，這個張宗昌不愧稱「混世魔王」。第二天，他再去張府，問改處成舍我無期徒刑，是否係查出成確已收受廣東來款。張謂尚未查出。孫說，如果成某罪有應得，處死亦不足惜，否則無期徒刑甚至坐一天牢，也未免冤枉好人。張宗昌見孫寶琦如此為成舍我奔走求情，知道兩人的交誼非同尋常，乃允再行考慮，但口頭仍說還要派人切實調查。兩天後，張宗昌派副官手持一張大卡片，上寫「茲送上成舍我一名，請查收」，將成舍我作為「禮物」送至孫府。孫寶琦也寫了一張回片「茲收到成舍我一名，謝謝」，交張的副官帶回。

在成舍我被張宗昌手下捕獲的最初十幾小時內，北京城幾乎所有人都認為成將步邵飄萍、林白水後塵，必死無疑。幾個最要好的朋友，已經等在天橋刑場附近，準備為他送別。路透社發出的第一次電報，說成已被處決，國外朋友還打唁電慰問他的家屬。當時的情勢已嚴重到這樣的地步。成舍我後來說自己這次離「鬼門關」「只差一根頭髮的距離」，決非虛言。若不是當晚大帥「好日子」，孫寶琦又全力相救，成舍我恐怕真的要「以身殉報」了。軍閥時代的橫暴荒謬，由此可見一斑。

「富貴不能淫，貧賤不能移，威武不能屈」，古聖先賢孟子的這句話，成舍我終生服膺，身體力行，成就了他「報界硬漢」、「新聞鬥士」的威名。

報人問政

　　辦報、興學、問政，是成舍我一生志業的三個方面。他的「問政」經歷，始於膺任國民參政會參政員。關於國民參政會，應該先從它的「胚胎」——國防參議會說起。

　　1937 年 8 月 11 日，感到「和平既然無望，只有抗戰到底」的國民黨，召開中央政治委員會第 51 次會議，決議設立全國國防軍事最高決策機構——「國防最高會議」，並決定在國防最高會議之下再設國防參議會，「把各黨派的有力分子，集中於此會議中，共策國是。」〔註1〕於是，國防最高會議綜合考慮在野黨派、社會人望和專業特長等因素，在全國選任國防參議會參議員。第一批被遴選的參議員，有張耀曾、張君勱、曾琦、胡適、蔣百里、梁漱溟、陶希聖、傅斯年、張伯苓、蔣夢麟、李璜、沈鈞儒、黃炎培、馬君武、毛澤東、晏陽初，一共 16 人。後來又增聘羅文幹、顏惠慶、施肇基、徐謙、左舜生、甘介侯、楊賡陶，加上當然參議員即國防最高會議正、副主席蔣介石、汪精衛，共有 25 人。〔註2〕

〔註1〕　國民黨中央政治委員會秘書長張群會上對成立「國防參議會」的說明。中國國民黨中央黨史委員會藏《中國國民黨中央執行委員會政治委員會第五十一次會議速紀錄》，轉引自聞黎明著《第三種力量與抗戰時期的中國政治》，上海書店出版社，2004 年版，第 7 頁。

〔註2〕　國防參議會參議員名單從未正式公佈，除了最初遴選的 16 人外，增聘之人各種記載出入頗大。一些著作中提到梅貽琦、陳啓天、周恩來、林祖涵、秦邦憲、張東蓀、陳布雷等，大概都是臨時約來參加討論的，似乎除第一批參議員外，國民黨只要認為有必要，都可以隨時請來開會，參加會議者也無人計較是否具有參議員這一名銜。聞黎明著《第三種力量與抗戰時期的中國政治》，上海書店出版社，2004 年版，第 11 頁。

　　國民黨長期把持政權，從不允許在野黨派在體制內參與國家政治。國防參議會的設立，終於開啓了在野力量參政問政之門。「國民黨設立這一機構的目的是吸納國民黨外的在野黨派和團體的領袖爲抗戰獻計獻策，並爲最高當局制定戰時政策提供咨詢，但其另一個用意，則在於展示國民黨決心團結國內各種政治力量共同抗戰的姿態。」〔註3〕從 1937 年 8 月 17 日召開第一次會議到次年 6 月 17 日宣佈結束，國防參議會 10 個月中共集會 64 次。「九國公約」〔註4〕在布魯塞爾開會期間，國防參議會每周都集會三至四次，及時瞭解國際動態，商討應對措施。因抗戰軍興而設立的國防參議會，確實發揮了「集中意見，團結禦侮」的作用。

　　根據《國防最高會議國防參議會組織要綱》〔註5〕的規定，國防參議會只是一個戰時政策諮議機構，參議員只有咨詢權和建議權，權能有限；參議會提案不具有法律效力，須提交國防最高會議通過再轉交政府實施，國防最高會議是否採納及政府執行情況如何，均無需向其報告；參議員人數少且遴選範圍狹窄，不足以代表民意。因此，從國防參議會的形式、規模特別是職能來看，它不能適應群策群力、團結禦侮的迫切需要。

　　寇患愈深，有識之士愈認識到謀求抗戰勝利必須倚重民意。上海淪陷前，張君勱、梁漱溟、左舜生、黃炎培、沈鈞儒、羅文幹、馬君武、李璜、楊賡陶等九人，聯名向國民黨當局呈遞調整政府機構、發動民眾、成立民意機關、肅清貪污等四項建議。中國共產黨也建議國民黨健全民意機關，其組織形式，「或爲更擴大的國防參議會，或爲國民大會，或爲其他形式，均無不可，最主要地，在於此機關要眞能包括抗日各黨派、各軍隊、各有威信的群

〔註3〕聞黎明著：《第三種力量與抗戰時期的中國政治》，上海書店出版社，2004 年版，第 10 頁。

〔註4〕「九國公約」成立於 1922 年，爲英國、美國、法國、意大利、日本、中國、荷蘭、比利時、葡萄牙九國。

〔註5〕這份當時油印的文件，從未正式公佈過，1980 年代周天度先生進行沈鈞儒研究時，才從沈老遺物中發現。《國防最高會議國防參議會組織要綱》共八條，其中前四條最爲重要：「第一條，國防最高會議爲集中意見，團結禦侮，設立國防參議會。第二條，國防參議會參議員聽取政府關於軍事外交財政政策之報告，得製成意見書於國防最高會議。第三條，國防參議會參議員負責擴大全國國民團結之宣傳，以期一德一心，達到抗戰勝利之目的。第四條，國防參議會參議員由國防最高會議指派或聘任之，開會時由國防最高會議主席或副主席任主席。」周天度：《1937 年的國防參議會》，1989 年 10 月 17 日《團結報》。

眾團體的代表，即包括真能代表四萬萬五千萬同胞公意的人才；同時此機關要真有不僅建議和備政府咨詢的作用，而且能有商量國是和謀劃內政外交的權力。」〔註6〕

1938 年 1 月，日本近衛內閣發表聲明，今後不以國民黨政府為談判對手。盧溝橋事變以來軍事、外交頻頻失利的國民黨，切實感到靠一己之力難克強敵，發動全國政治力量，動員全國民眾參加抗戰，勢所必需。3 月 29 日至 4 月 1 日，國民黨在武漢召開臨時全國代表大會，決議將國防參議會結束，另設「國民參政會」，作為「戰時最高民意機關」。大會宣言對設立國民參政會有一段解釋：「至於政治機構，更有當鄭重聲明者：戰事既起，第五次全國代表大會所議決關於國民大會之召集、憲法之制定頒佈，不得已而延期，政府此時惟有依據國民會議所制定頒佈之約法以行使治權。惟為適應戰時之需要計，應就各機關組織加以調整，使之簡單化，有力化，並應設立國民參政機關，俾集中全國賢智之士以參與大計。惟值此非常時期，政府不能不有緊急處分之權，俾臨危處變，有所應付。要而言之，民眾之基礎，亦於此建立，則抗戰勝利之日，結束軍事，推行憲政，以完成民權主義之建設，為勢固至順也。」〔註7〕這次大會通過的《抗戰建國綱領決議案》，也有「組織國民參政機關，團結全國力量，集中全國之思慮及識見，以利國策之決定與實行」的規定。

1938 年 6 月 17 日，國民政府公佈第一屆國民參政會 200 名參政員名單，成舍我名列其中。同日，國防參議會舉行第 64 次會議，宣告結束。國防參議會參議員除蔣夢麟外，其餘皆被遴選為國民參政會參政員。國民黨中央執行委員會也於該日選任汪精衛、張伯苓為國民參政會正、副議長。

根據《國民參政會組織條例》規定，200 名參政員由下列四類人員所組成：（甲）由曾在各省市公私機關或團體服務三年以上，著有信望之人員中，遴選 88 名；（乙）由曾在蒙古、西藏地方公私機關或團體服務，著有信望，或熟諳各該地方政治社會情形、信望久著之人員中，遴選 6 名；（丙）由曾在海外僑民居留地工作三年以上，著有信望，或熟諳僑民生活情形、信望久著之人員中，遴選 6 名；（丁）由曾在重要文化團體或經濟團體服務三年

〔註6〕 《中共中央對國民黨臨時全國代表大會的提議》，中央檔案館編《中共中央文件選集》第 11 冊，中共中央黨校出版社，1991 年版，第 486～487 頁。

〔註7〕 榮孟源、孫彩霞編：《中國國民黨歷次代表大會及中央全會資料》（下冊），光明日報出版社，1985 年版，第 469 頁。

以上，著有信望，或努力國事、
信望久著之人員中，遴選 100
名。〔註8〕

1938 年 7 月 7 日漢口《新華日報》對國民參政會
開幕的報導。

成舍我屬於「丁」項膺選。
該項包括共產黨、青年黨、國社
黨、第三黨、救國會、職教派、
村治派等各黨派及社會賢達，具
有相當廣泛的代表性，可以說是
國防參議會的擴大。成舍我因爲
在新聞界「著有信望」，被國民黨
政府當作「社會賢達」，遴選爲國
民參政會參政員。

　　1938 年 7 月 6 日，國民參政會第一屆第一次大會在漢口兩儀路上海大戲
院開幕。國民政府主席林森、軍事委員會委員長蔣介石都親自到會致辭。林
森指出：「國民參政會爲抗戰時期之人民參政機關，其最大使命，爲集思廣益，
團結力量；其最大目的，在完成抗戰建國之任務！與歐美政黨政治之議會實
不相同。」蔣介石在致辭中說，國民參政會成立最重大的意義和唯一目的，「就
是要集中全民族的力量，對侵略的勢力，作殊死的鬥爭，以求得抗戰的勝利
和建國的成功。」爲達到這個目的，必須切實完成兩個基本任務：第一，加
強團結，鞏固統一，助成抗戰的勝利，促進建國的成功；第二，「爲國家建立
一個永久的、眞正民主政治的基礎。」〔註9〕

　　會議期間，汪精衛以國民參政會議長身份，假漢口某銀行大廈宴請全體
參政員。〔註10〕爲表示謙恭下士，汪親自站在大廳門口迎接大家，彭學沛（時

〔註8〕　國民黨武漢臨時全國代表大會決議，國民參政會的職權及組織方法，交中央
　　　　執行委員會詳細討論，妥訂法規。1938 年 4 月 12 日，《國民參政會組織條例》
　　　　公佈，規定參政員總額爲 150 名，其中「丁」項即在野黨派及無黨派人士只
　　　　有 50 名。名額過少，群情不滿。經過爭論，國民政府於同年 6 月 16 日公佈
　　　　修正條例，將「丁」項擴至 100 名，總名額增至 200 名。《國民參政會組織條
　　　　例》後經數次修正，到 1947 年 5 月四屆三次大會亦即最後一次大會時，參政
　　　　員總額增至 362 名。
〔註9〕　孟廣涵主編：《國民參政會紀實》（上卷），重慶出版社，1985 年版，第 161、
　　　　164～165 頁。
〔註10〕《國民參政會組織條例》第十三條規定：「國民參政會置議長、副議長各一人，

任參政會副秘書長）則站在汪的旁邊隨時應招。當彭學沛看到成舍我走進大廳時，非常不安，立即躲開。汪卻絲毫沒有改變他那副滿面春風的姿態，長時間緊緊握着成的手，並破例把成引到裏面一列沙發坐下，用很柔和的聲調向成寒暄：「我們大約已好多年不見了，你北平和上海的事業，都已爲國家抗戰而犧牲。我們很擔心你在北平出不來。最近聽說，你的《立報》又已在香港出版。香港是英國殖民地，對中國人很不客氣，尤其他們處處想博取日本人歡心，在那裏辦報，大概很苦痛吧？」說到「苦痛」兩字，汪笑容頓收，還頻頻地擦其兩掌，似乎很替成着急的樣子。看着汪假惺惺的樣子，成舍我既好氣又好笑，他不失時機地揶揄了汪一下：「承汪先生這樣關切，我不勝感激，覆巢之下，豈有完卵？北平上海淪陷，個人事業的毀滅，那是無法避免，也是無足顧惜的。至於香港辦報，誠然痛苦很多，所幸香港雖是殖民地，在相當範圍內，還能實行法治，她好像還沒有過不依法律手續，封報館捕記者，從這一點說，是比我們過去在國內辦報，要有較大的身體安全和言論自由啊！」聽出了話外之音的汪精衛，不待成舍我再說下去，竟像觸電似地站起來，馬上離開了。〔註11〕

國民參政會具有提案權、審議權、建議權、詢問權、調查權等職權，雖不是眞正民選議會，但是具有了代議制議會的雛形。國民政府首腦多有稱參政會爲「戰時國會」，而這一「戰時國會」，確實彙集了全國英卓之士，很多參政員也以「民意代表」自任，〔註12〕所提議案或行使審議權、詢問權等職

由中國國民黨中央執行委員會選任之。」1938 年 6 月 17 日，國民黨中央執行委員會選任汪精衛、張伯苓爲國民參政會正副議長。1938 年 12 月汪精衛從重慶叛逃後，由蔣介石任議長。1940 年 9 月，取消議長，改由參政會選舉產生的主席團負責。

〔註11〕 《成舍我先生文集》（港臺篇 1951～1991），世新大學舍我紀念館暨新聞史研究中心，2007 年版，第 129～130 頁。

〔註12〕 參政員鄒韜奮著文《我對於參政會的希望》說，國民參政會是中國在非常時期所產生的「非常的民意機關」。和歐美各國議會相比，國民參政會有兩大差異：第一、各國議會裏的議員是由民選而來，而參政員是由政府選請而來的；第二、各國議院裏有在朝黨和在野黨之分，各黨有各黨的目標，往往互相非難，而參政員卻是由各黨各派、各區域、各民族及無黨無派的國民，在政府領導之下，爲抗戰建國的共同目標而努力。因此，以歐美標準來衡量，參政會當然不是民意機關；但作爲參政員來說，卻應該以民意代表自任，應該把國民參政會視爲民意機關，應該努力使國民參政會在實際上成爲民意機關。孟廣涵主編：《國民參政會紀實》（上卷），重慶出版社，1985 年版，第 94 頁。

權時，總體上能反映戰時民心。在國民參政會全部四屆 13 次大會中，參政員共提交提案 2669 件，其中 2630 多件均經大會決議通過。有的提案十分重要，例如四屆一次大會，有 13 件提案事關國民大會的組成、職權和召開。與提案權一樣，詢問權是國民參政會的另一項重要權力，也是參政員問政最有效的一種方式。《國民參政會組織條例》明確規定：「國民參政會有聽取政府施政報告，暨向政府提出詢問案之權。」爲使詢問權落到實處，《國民參政會議事規則》（國民政府 1938 年 7 月 1 日公佈，後有修正）規定：「參政員之詢問事項，除因國家利益有不便宣答之重大理由者外，主管機關長官應爲書面或口頭之答覆。」提出詢問案頗能反映參政員問政的能力和膽識。有的詢問案非常引人注目，如一屆三次大會上參政員錢端升、周覽、陳博生、張忠紱、傅斯年等五人對財政部長孔祥熙的質詢。有的詢問極其尖銳，使做施政報告的政府官長難以招架。例如，在三屆二次大會上，糧食部長徐堪做完施政報告後，有參政員當面質詢他：「平價米內不僅有礦物如灰砂，且有動物如蛀蟲甲蟲；並且因倉儲管理不善，米多潮濕霉腐，於是便形成了所謂八寶飯。請問徐部長，你是否吃這種飯？你的感想如何？你有沒有能力和信心去改善？若沒有辦法，最好另讓賢能。」糧食部隨後作出了書面答覆，但措辭失態，會場群情激奮，引起軒然大波。參政員馬毅說那是污蔑參政會，高惜水提議退回全部書面答覆。傅斯年說：「請主席團以大會名義將徐部長失態情形報告蔣主席！」許德珩說：「此事關係重大，小則糧食部失言，大則關係中國今後民主建設問題。」孔庚則大叫：「在閉會之前，沒有結果，我們不閉會！」大會表決，請徐堪出席答覆。最後，徐堪不得不親自到參政會致歉，並自行撤回答覆書，重新修改。〔註 13〕

國民參政會自 1938 年 7 月在武漢成立至 1948 年 3 月在南京結束，歷時 10 年四屆，共召開過 13 次大會。成舍我連任了四屆參議員。不過，他的「問政」表現卻乏善可陳，每遇參政會開會，他給人的印象總是坐在會場捧着《世界日報》勾錯字，幾乎是位「不提案、不發言、不投票」的「三不主義」者。〔註 14〕

成舍我的第二個「問政」經歷是被選爲「國大」代表，參加「制憲」大

〔註 13〕　1943 年 9 月 28 日《時事新報》；孟廣涵主編：《國民參政會紀實》（上卷），重慶出版社，1985 年版，第 608～609 頁。

〔註 14〕　易春秋：《成舍我大聲疾呼保障人權》，載《新聞天地》（香港）第 370 期（1955 年 3 月 19 日出版）。

會，議定《中華民國憲法》。

根據孫中山軍政、訓政、憲政次第進行的革命方略，1928 年 8 月，底定平津的國民黨召開二屆五中全會，宣佈中華民國軍政時期結束，全黨應着手準備進入訓政時期。10 月 3 日，國民黨中常委蔣介石、譚延闓、胡漢民、孫科、戴季陶五人召開常務會議，通過《中國國民黨訓政綱領》。次年 3 月，國民黨第三次全國代表大會正式宣佈，軍政時期已告結束，訓政時期開始，並追認通過《中國國民黨訓政綱領》，國民黨「以黨治國」的訓政政治體制由此建立。1931 年 6 月 1 日，南京國民政府又公佈了國民會議通過的《中華民國訓政時期約法》，以根本大法的形式確立了國民黨一黨專政的統治地位。

孫中山 1906 年編定的《中國同盟會革命方略》，對中國革命第二階段「約法之治」預設的期限爲六年，然後解除約法，制定憲法，全國政事，皆依憲法行之。1929 年 6 月國民黨三屆二中全會通過的《訓政時期之規定案》也明確：訓政時期規定爲六年，至民國 24 年完成。但是，《訓政時期約法》沒有明文規定訓政年限，只是說「至憲政開始弼成全民政治」時爲止。這樣，國民黨就可以無限期延長訓政時間。然而，《訓政時期約法》公佈實施不久，「九·一八」事變爆發，民眾呼籲國民黨結束一黨專政，開放政權，實行憲政，團結各種愛國力量，共同抗日。同時，國民黨內孫科、胡漢民等亦不滿蔣介石的專制獨裁，主張開放黨禁，允許各政黨競爭，在最可能短的時間內建立憲政政府。1932 年 12 月，國民黨召開四屆三中全會，議決起草《中華民國憲法草案》，並決定 1935 年 3 月召開國民大會，議定憲法。1933 年 1 月，國民政府立法院成立憲法起草委員會，院長孫科任委員長，吳經熊、張知本任副委員長，傅秉常等 36 人爲委員，負責憲法的起草事宜。1936 年 5 月 1 日，國民黨中央通過了歷時三年、稿經七易的《中華民國憲法草案》，5 月 5 日國民政府正式予以公佈，史稱「五五憲草」。

國民黨在組織一班人馬起草憲法草案的同時，還開始進行國民大會代表的選舉，爲召開「國大」、議定憲法做準備。由於種種原因，原定於 1935 年 3 月召開的國民大會，一拖再拖，後又將會期定於 1937 年 11 月，不料全面抗戰爆發，終未能如期舉行。

抗戰勝利後，國民黨、共產黨、民主黨派及無黨派代表，於 1946 年 1 月 10 日至 31 日在重慶召開的政治協商會議，達成關於和平建國綱領、改組國民政府、軍隊國家化、憲法草案、國民大會五項協議。《國民大會案》規定：當

年 5 月 5 日召開國大，制定憲法；憲法通過須經出席代表四分之三同意；1936 年選出的 1200 名國大代表依然有效，臺灣、東北增加區域代表 150 名，增加黨派及社會賢達代表 700 名，分配方法另行商定。《憲法草案案》規定：組織憲草審議委員會，由參加政協的五方面──國民黨、共產黨、青年黨、民盟、無黨派人士及會外專家組成，根據政協擬定的修改原則（核心為放棄「五五憲草」的總統制而實行責任內閣制），參酌各方意見，兩個月內製成「五五憲草」修正案，提交國民大會議定。關於國大和憲法草案問題，實際上還有不公開的商定事項：（一）各黨派負責使其出席國大之黨員在國民大會中維持政協修正之憲法草案；（二）如有其他較好之憲草意見，由黨派臨時協商定之；（三）增加的 700 名國大代表分配方法為：國民黨 220 名，中共 190 名，民盟 120 名，青年黨 100 名，社會賢達 70 名。另根據國共雙方的默契，在原有 1200 名區域代表中，華北戰前未及選出需要補選的 250 名，由中共解放區選出，無黨派代表中可有 17 名由中共或民盟提名，這樣中共和民盟合計共有 577 名代表，超過了四分之一否決權的票數，以防止國民黨將國民大會作為表決機器。〔註 15〕

不料，從 1946 年 3 月開始，國共在東北的軍事衝突日益擴大，原定於 5 月 5 日召開國民大會的計劃又將成為泡影。4 月 24 日，蔣介石召集各黨派代表及社會賢達，徵請各方面提出國大代表名單，中共和民盟代表主張大會再行延期。蔣介石無奈同意，第二天由國民政府明令公佈。這已是國民政府第五次宣佈國民大會延期。〔註 16〕

〔註 15〕　參閱汪朝光著：《中華民國史‧從抗戰勝利到內戰爆發前後》（第三編第五卷），中華書局，2000 年版，第 157～159 頁。

〔註 16〕　國民黨政府曾宣佈 1935 年 3 月、1937 年 11 月、1940 年 11 月召開國民大會，制定憲法，實行憲政，但均未能如期進行，一再拖延。抗戰後期，國民黨一黨專政制度和機制更加強化，政治日趨腐敗，引起國內其他政治力量和民眾的強烈不滿。盟國尤其是美國也非常關注國民黨的統治危機，羅斯福總統曾建議蔣介石，中國宜從早實施憲政，國民黨退為平民，與國內各黨派處同等地位，以解決紛紛。迫於國內外輿論壓力，國民黨在 1943 年召開的五屆十一中全會上宣佈，國民政府應於戰爭結束後一年內召開國民大會，制頒憲法。1944 年春，日寇發動侵華戰爭最後一次最大規模的「一號作戰」，國民黨軍隊在中原、湘桂戰場一敗塗地，朝野震動。毛澤東等中共領導人敏銳地認識到，國共兩黨原來的關係模式必須改變，遂授命林伯渠於 1944 年 9 月 15 日在國民參政會三屆三次大會上，公開提出召開國事會議、組織各抗日黨派聯合政府的主張。這一主張，得到第三勢力民盟的熱烈擁護。習慣於一黨專政的國

　　國民大會已成為國民黨的一塊心病，欲罷不能，欲開不成。為了從政治上孤立中共甚至是獲得剿滅中共的「合法性」，改善政府形象，為自己的統治建立法理依據，1946 年 7 月 4 日，在內戰已全面爆發的情況下，國民政府不顧中共的強烈反對和民盟的抵制，悍然宣佈於 11 月 12 日召開國大。10 月 11 日，國民黨軍隊攻佔張家口，相信「共軍主力已被擊潰」的蔣介石，當天下午即宣佈，國民大會一月後如期舉行。

　　在國共雙方就國大問題形成尖銳對抗之時，第三方面的態度頓時顯得舉足輕重，「國民大會大家都不來是國民黨在政治上的大失敗；反之，各黨派如果參加國大而共產黨不參加，共產黨頓形孤立，也是他政治上的大失敗。」〔註 17〕於是，第三方面成為國共雙方爭取、拉攏的對象。第三方面希望國大能夠順利召開，使中國走向民主化，也使自身獲得參政的機會，但不願在國共分裂的情況下舉行，使國大成為國民黨主宰民意的工具。第三方面感到事有可為，也認為有做最後努力的必要，民盟的黃炎培、梁漱溟、羅隆基、章伯鈞、張君勱，青年黨的李璜、左舜生，無黨派人士莫德惠、繆雲臺等，紛紛出動，奔走於京滬間，再做國共的調人。不料國共都堅持自己的立場，第三方面代表「愈跑愈覺得這個中間派難做，總找不着雙方要價的眉目來」。〔註 18〕眼看會期臨近，第三方面一廂情願地搞出一個事實上有利於國民黨的和談方案，招致周恩來的一番怒斥。最後，民盟堅定了不參加國大的決心，而民社黨表示要自由活動，參加國大；青年黨本來就接近國民黨，也準備在國民黨的臉上「搽粉」。11 月 11 日，為了表示尊重「民意」，蔣介石宣佈國大

民黨當然不同意中共提出的組織聯合政府的要求，聲稱這種做法有違於孫中山總理的《建國大綱》，國民黨只能通過召開國民大會還政於民，而不是還於其他黨派。1945 年 3 月 1 日，蔣介石在憲政實施促進會發表演講，公開否定中共提出的「聯合政府」主張，聲言將於本年 11 月 12 日召開國民大會「還政於民」。蔣介石的這一建議，被兩個月後召開的國民黨「六大」所接受。1945年 7 月國民參政會四屆一次大會召開，討論召開國民大會的具體事宜。中共中央事先即聲明本黨參政員不參加這次大會，給一意孤行的國民黨造成強大的壓力。由於與會的民主黨派參政員反對在各方意見尚未融通的情況下倉促召集國民大會，所以國民黨「六大」作出的 1945 年 11 月 12 日召開國民大會的決定又等於被否決。

〔註 17〕　梁漱溟著：《憶往談舊錄》，中國文史出版社，1987 年版，第 210 頁。
〔註 18〕　羅隆基：《從參加舊政協到參加南京和談的一些回憶》，全國政協文史資料研究委員會編《文史資料選輯》第 20 輯，中華書局（北京），1961 年版，第 265頁。

再延期三天舉行，實際意圖是再多拉幾個第三方面的人參加大會。

1946 年 11 月 15 日上午 10 時，制憲國民大會終於在南京國民大會堂開幕。國大代表總名額爲 2050 人，國民政府已公佈者爲 1580 人，當日到會代表 1381 人，超過了代表總數的三分之二。〔註 19〕大會經過四次預備會，於 22 日選舉蔣介石、孫科、白崇禧、于右任、曾琦、胡適等 46 人爲大會主席團成員。從 11 月 28 日開始，大會圍繞憲法草案共召開了 18 次全體大會和若干次小組審查會。12 月 25 日，國民大會制定通過了《中華民國憲法》，宣佈閉幕。國大與憲法問題，擾擾攘攘這麼多年，總算有了一個結果。

不過，這個結果卻使國內局勢嚴重惡化，不可收拾。就在國民大會開幕次日，周恩來在南京梅園新村舉行記者招待會，發表書面聲明，表明中共堅決反對及不承認國民黨一黨包辦的國大的立場，並對記者表示：「自國民黨召開所謂一黨國大後，已經把政協決議破壞無疑，政協以來和談之門已被最後關閉。」〔註 20〕11 月 19 日，周恩來離開南京返回延安，標誌着國共關係破裂。國大閉幕後，《解放日報》又發表社論，嘲諷蔣介石把「弄假成眞的國大再弄眞成假」，這是他一生中「最大的政治失敗」。〔註 21〕至於大會所制定並通過的憲法，雖然比「五五憲草」進步，基本上確立了議會和責任內閣制，但是，「這部憲法的最大缺點，還不在它的本身，而是這次的制憲國大缺少一個和平團結的規模。一個主要黨派未參加，而半個中國還在打着內戰，因此大大減損了這部憲法的尊嚴性。」〔註 22〕

成舍我是以「社會賢達」的身份，被圈定爲國大代表的。不過，在「制憲」過程中，像他這樣的無黨派代表實際上起不了多大作用，無非是充數表決而已。但是，由於共產黨極力反對國民黨包辦召開「制憲」國大，那麼，誰參加這次大會，對共產黨來說，就等於爲國民黨捧了場。

如果說，成舍我擔任「制憲」國大代表是出於被動的話，立法委員一職則是他主動參加競選獲得的。「制憲國大」決議，憲法於 1947 年 12 月 25 日

〔註 19〕制憲國民大會閉幕時，國民政府先後公佈的國大代表爲 1745 人，報到人數爲 1701 人。中共代表 190 名和民盟代表 80 名（民盟代表本爲 90 名，後被民社黨分去 10 名）未提交名單。

〔註 20〕《周恩來將軍在京發表聲明，揭露蔣記國大分裂性》，1946 年 11 月 17 日延安《解放日報》。

〔註 21〕《弄眞成假──評蔣介石「國大」的閉幕》，1946 年 12 月 28 日延安《解放日報》社論。

〔註 22〕《國民大會閉幕了》，1946 年 12 月 26 日上海《大公報》社評。

生效，在此之前要完成國大代表的選舉，為來年「行憲國大」的召開做好準備。第一屆立法委員也要緊跟着選出。成舍我本無意於問鼎政治，只想集中全力發展自己的新聞事業。但是，當立法委員選舉開始後，他政治圈裏的朋友，尤其是有資格參與決策的朋友，多積極勸進，希望他能出馬競選立法委員。據說，北平特別市黨部第一次呈報的立委候選人名單，國民黨中央並不滿意，原因是北平世稱文化故都，知識淵藪，人文薈萃，而參加立委競選的文化、教育界人士並不多。為「顯示執政黨對實行民主政治之誠意和決心」，決策方面乃指令北平特別市黨部主委吳鑄人、書記長金克和，設法促請文教界素孚眾望之人士，參加競選。成舍我就是在這種情況下參加立委角逐的。〔註23〕

選舉前夕，國民黨《華北日報》社長張明煒，中央社北平分社負責人丁履進，以他們把持的北平記者公會、北平日報公會和北平通訊社公會的名義，在全市各報大登廣告，「向本市市民推薦，請圈選成舍我先生為立法委員。」廣告原文如下：

> 成舍我先生獻身新聞事業垂四十年，其在北平，手創《世界日報》，亦已二十年以上。抗戰勝利，《世界日報》復刊，所有言論，無一不代表人民，特別代表我北平一百七十萬市民，真正為老百姓說話，為老百姓奮鬥。同人等對成先生鳳極敬佩。過去成先生以社會賢達地位，被選為國民參政員、國大代表（制憲）。此次立法委員選舉，復被提名為本市區域候選人，深盼我全市新聞界同人，一致支持。並盼我全市市民，凡同情成之言論主張者，務請各行使其神聖之選舉權，為成先生投其最純潔、亦最寶貴之一票！

1948年1月21日，北平市立法委員分區進行投票選舉。成舍我的競選對手是北平市參議會副議長唐嗣堯和師範大學教授張懷。由於他事先不肯多花錢收買選票，從上午選舉的情況看，他的票數不如唐、張，很有落選的危險。下午，北平市民政局玩弄花招，拉到兩個郊區的選票。一個姓茅的職員通知成舍我，說替他找到一萬張選票，叫他送錢去收買。後來開票結果，成舍我當選為立法委員。〔註24〕

查閱《國民政府立法院會議錄》，「行憲」第一屆立法院於1948年5月開

〔註23〕馬之驌編著：《新聞界三老兵》，經世書局（臺灣），1986年版，第327頁。
〔註24〕張友鸞等著：《世界日報興衰史》，重慶出版社，1982年版，第163～164頁。

－255－

會後，成舍我很少到會；偶而與會，也總是三緘其口，無所獻替。即使如此，由於共產黨不承認國民黨政府的「行憲」把戲，他也就被中共冠以「偽立法委員」的稱號。

「立法委員」成舍我「問政」的卓異表現，要等到「立法院」遷臺之後。

豈傍他人論短長

　　成舍我一生有寫日記的習慣，從 1920 年起，他就開始逐日記寫，從不間斷。盧溝橋事變爆發，他拒絕參加漢奸潘毓桂組織的地方維持會，潛往天津，爾後南下，累積了七年的日記全部遺留北平，不知去向。後來的日記，又毀於香港之變，再毀於桂林之變，自此中斷。抗戰勝利後的第一個元旦，回到北平、成功復刊《世界日報》的成舍我，又恢復了日記的寫作：「今爲民國三十五年元旦，余年四十有九，雖仍昕夕辛勞，但勝利到臨，國運昌隆，自念當不致再遭淪喪，因決自今日起，繼續記寫。並擬以將每日讀書心得，或友朋侈談，足資追憶者，概爲摘錄。撰述、講演，亦以附入，借自體念，亦以供將來之整理也。」〔註1〕

　　但是，外患既除，內爭又起，成舍我想望的「國運昌隆」並沒有如期而至。對戰後國、共兩黨之間的爭鬥，成舍我及其所經營的《世界日報》，持什麼樣的立場與態度？

　　社評是報紙的靈魂。擔任過《世界日報》總主筆的張友漁曾說：「社論（即社評）者，代表報社之意見，對於時事，有所解釋、批判及主張，以期指導讀者之評論也。」〔註2〕成舍我極爲重視《世界日報》的社評，始終掌握着報紙的言論大權，「他的主張就是報的主張，他的言論方針就是報的言論方針。」〔註3〕初創時期報紙的社評，大多是成舍我親自操刀，用「舍我」、「百

〔註1〕　中國人民大學港澳臺新聞研究所編：《報海生涯——成舍我百年誕辰紀念文集》，新華出版社，1998 年版，第 307 頁。
〔註2〕　張友漁著：《報人生涯三十年》，重慶出版社，1982 年版，第 11 頁。
〔註3〕　張友鸞等著：《世界日報興衰史》，重慶出版社，1982 年版，第 28 頁。

憂」、「大哀」等筆名署名發表；如果請人撰寫，他事先也要交代內容、觀點，
寫成後再經他修改審定發排。他離社期間，報紙便很少刊登社評，偶而有一
兩篇應景文章，也是經他指定的人審核發表的。《世界日報》復刊後，加重了
社評的分量，幾乎每天一篇，對軍政要聞進行評論。這一時期《世界日報》
的社評，均不署名，成舍我也寫，但較戰前為少，主要由總主筆朱沛人撰稿
審稿，社評委員王聿修、樓邦彥、王鐵崖、賀子遠也參與撰寫。不過，只要
成舍我人在報社，社評必經他審定發排，則是無疑的。因此，從復刊後《世
界日報》發表的有關社評，可以窺見這份報紙和它的主人成舍我戰後的政治
傾向，對國家前途、國共內戰的立場與態度。

（一）反對內戰，呼籲和平

　　成舍我為《世界日報》所寫的長篇復刊辭，再次聲明《世界日報》是站
在國民立場、代表最大多數人民說話的無黨無派的超然報紙；為了表明為人
民代言的辦報宗旨，他還讓報社員工在辦公樓內高掛「人民喉舌」的大字條
幅。八年抗戰，山河破碎，民生困厄，國家需復元氣，人民渴望和平。因此，
以國家、人民的名義反對內戰，呼籲和平，自然成為復刊後《世界日報》社
評的總基調。

　　抗戰勝利後，國共兩黨領袖在重慶舉行談判，簽訂了《雙十協定》。由於
一些問題當時沒有達成協議，需要繼續商談。《世界日報》發表社評說：「中
國內政問題，要讓中國全體老百姓來談判，不能聽憑國共兩黨偷偷摸摸，討
價還價。……其實人民只有一個願望！趕快復員；國家只有一條出路——和
平統一。……當局者迷，旁觀者清。人民要和平，絕對反對暫時的和平。」
社評最後寫道：「事急矣，時迫矣，不要再秘密談判了，讓國民作最後的裁判
吧！」〔註 4〕隨後又發表社評：「中國者，中國人之中國，絕不僅是一部分人
的中國。無論是國民黨也好，共產黨也好，或其他各黨各派也好，如果你們
能符合我們要求，誰執政也受我們的擁護；否則，誰來也要被我們打倒。現
在不是你們欺騙人民，專說漂亮話的時候了，我們要集中力量來監視你們的
行動。」〔註 5〕

　　1947 年元旦，國共兩黨都發表了新年文告。次日，《世界日報》發表《使
人失望的國共文告》社評：

〔註 4〕　《反對國共兩黨秘密談判》，1945 年 11 月 27 日《世界日報》社評。
〔註 5〕　《再不能袖手旁觀》，1945 年 12 月 25 日《世界日報》社評。

我們深切期盼，轉入了三十六年的中華民國，應該否極泰來。
然而不幸得很，在我們讀過造成去年四億五千萬人民災難的兩大主
角國民黨共產黨各當局元旦文告以後，使我們一切希望，又瀕幻滅。
因為這些文告中，一方面只儘量推揚憲法告成的偉績，一方面，則
更強調全世界包括中國在內的反美陣線，將有迅速進展。至於如何
確實停止內戰，平抑物價，使水深火熱的老百姓，脫離苦海，早登
衽席，似都已置之腦後。……

我們便不能不問轉入三十六年的兩個大主角——國民黨和共產
黨，你們或講尊奉總理遺教，或講實現民主政治，現在則一個只忙
着誇揚制憲告成，一個只忙着反美運動進展，究竟你們那個是為人
民？那個是為老百姓？如果都是不顧老百姓的死活，一個想再壓榨
人民以保持自己的政權，一個想再製造血肉世界，以遂其恐怖成功
主義，你們不想想四億五千萬的善良人民終竟也會有一天起來鋌而
走險嗎？人民在這過去一年所受的賜與已太多了，假使你們還沒有
完全忘記老百姓，希望從今以後，切切實實，來替老百姓解除痛苦。
停止內戰，平抑物價，在老百姓看來，他的需要，比制憲反美，實
在要超過萬倍！

幾天後，《世界日報》獲知國共正在秘密醞釀恢復談判，並從來華調停國
共爭端的馬歇爾特使屢傳歸國而迄未動身，判斷美國方面對恢復和談仍在作
最後的努力。同時，因為馬氏一年來的調解工作勞而無功，中國的內戰和經
濟危機反而愈演愈烈，把整個國家逼到瀕臨總崩潰的邊緣，美國輿論時有嚴
正抨擊美國對華政策的表示，要求美國從速改變對華政策的呼聲。為此，《世
界日報》發表社評，呼籲國共均不應堅持己見一意孤行，長期內戰陷國家於
萬劫不復，必將遭受世界譴責國民唾棄：「總而言之，內戰是中國問題的根
本，如果內戰一日不結束，美國甚至世界，譴責中國的輿論必將有增無已。
國民政府萬不可誤認美國現行對華政策，確將永遠不變，應善納友邦人士的
批評與諍諫，趁此憲法制訂國大閉幕以後，開誠布公，盡最大可能覓取重開
和平之門，千萬不可固執成見各走極端，造成更嚴重而不可收拾的局面。另
一方面我們承認和平應由當事者雙方努力始可獲致，因此，我們並不忽視中
共在此國麻民命已臨生死存亡關頭所當負擔的責任，如果中共一意孤行以求
一逞，也必將同樣遭受人民的譴責與歷史裁判。所以當此恢復和談傳說極盛

之時，對於國共互讓的可能性，我們是不能不寄予深切期望的！」〔註6〕

1947 年 1 月 21 日，國民黨政府提出所謂恢復和談的新方案，仍然要中共交出軍隊，中共當然不能接受。國民黨政府通知中共駐南京、上海、重慶三地人員，限 3 月 5 日前撤返延安，美國也聲明退出三人和談小組和軍調部，調處徹底失敗，和談就此終結。《世界日報》無比憤激、痛惜，以民間寓言中摔破「翡翠碗」的故事，比喻今日民族的大悲劇：一富翁死去，兩兒子分遺產，一隻價值連城的翡翠碗無法分割，敲碎後都棄之不要！「摔破『翡翠碗』的『不讓』精神，已貫透了整個社會人心，才鑄成了今日民族的大悲劇！我們要求國人絕對理智的深思一遍，這種精神充分發揮的結果是什麼？是國家民族這隻『翡翠碗』碎成片段！是國家民族淪於萬劫不復之境！大家要從頭猛醒！」〔註7〕

陳布雷次女陳璉的結婚啓事，刊登於 1947 年 8 月 9 日北平《世界日報》。

（二）主張走「第三條路」，實行「不流血革命」

1947 年 1 月 13 日，是北平軍事調處執行部成立一週年的日子。然而，美國總統特使馬歇爾已於一周前黯然離去，國共雙方考慮到宣傳和責任，都不願主動提出撤消軍調部，實際上調處早已失敗，軍調部名存實亡。〔註8〕當日，

〔註6〕　《國共均不應堅持己見一意孤行》，1947 年 1 月 6 日《世界日報》社評。
〔註7〕　《何必摔破「翡翠碗」！》，1947 年 3 月 6 日《世界日報》社評。
〔註8〕　美國總統特使馬歇爾來華，促成國共雙方於 1946 年 1 月 10 日簽署了《關於停止衝突恢復交通的命令與聲明》。根據停戰令的規定，國共美三方於 1946 年 1 月 13 日在北平成立軍事調處執行部（簡稱「軍調部」），調停軍事衝突，恢復交通，確保停戰命令有效實施。軍調部下設執行小組，實地監督各種協議的執行。然而，軍調部無法制止全面內戰的爆發，國共美三方面都失去了繼續進行戰地調處的耐心。軍調部工作高峰時曾下設 36 個執行小組，人員近

《世界日報》發表社評說，我們對調處失敗並不感到意外，一年來對於國事的看法，雖然一方面熱忱祈望國共合作能夠實現，以解除眼前四億五千萬老百姓的苦痛，「但另一方面，歷史和理智，使我們也確切瞭解，國共合作困難太多。所以我們過去，曾一再指出國共不能合作的癥結所在。我們對於政治協商，既未敢妄存過高的空想，對於軍事調處，也就深抱疑慮，今日調處失敗，在我們並無意外之感。我們今日，只能向愛好和平，盼望中國能免於崩潰毀滅的一切善良人民和知識分子，提出一個重大問題：即中國在此情況之下，我們是否應袖手旁觀，聽國共兩黨長期內戰，至中國崩潰毀滅為止？抑或我們自己，應挺身而起，挑起這個救亡圖存的重擔？」回答當然是後者。社評說，中國固然非國共所專有，如果兩黨不能合作，則我們只有希望，不是國民黨本身革新，就是共產黨修正他的「暴力革命」，讓任何一黨，用選舉票來爭取他們的政權。如果這一希望再失敗，我們就不得不為中國的前途，另找一條新生之路。《世界日報》找到的「新生之路」，就是過去曾提出的「第三條路」：

> 我們提出這一主張的理由，即是認為長期內戰及政治腐敗的結果，人民既不滿意國民黨又不滿意共產黨，這即是第三種力量必會逼出的客觀事實。這第三條路實際上即是中國的新革命運動，而這個革命運動，因見於當前國內人民的水深火熱實在不堪再經暴亂，又見於溫和的同意的社會政治改革之在世界各地抬頭，所以我們深願它能運用政治競爭的方式，以大多數善良人民及有正義感的知識分子在意志及輿論上的團結表現，以使中國真正走上民主統一的坦途。我們覺得這是中國唯一可以「得救」的途徑，我們希望國共兩黨的進步分子都能參加這一運動。當然我們知道這一運動的成功，並不是短促之間可以速成的，而其前途的發展也必然會遭遇到必不可免的困難的，然而除此之外，我們卻相信中國並無其他得救的途徑。

馬歇爾在離華聲明中指出，中國實現和平的最大障礙，厥為國共雙方完全以猜疑相對：「一方面共產黨堅決要實現一個馬克思主義的政府，一方面國

萬人。到 1947 年 1 月，東北及關內執行小組相繼撤離，只有北平總部和長春分部還維持一定的工作和人員，軍調部已是名存實亡。1947 年 1 月 29 日，美國宣佈結束與軍事三人小組及北平軍調部之關係；次日，國民黨政府宣佈，因美國退出調處而解散軍事三人小組和北平軍調部。

民黨又在形式上堅決要保持一個基於三民主義的國家，所以國共的合作在根本上已難調協。」他遂將中國的希望寄託在自由分子身上：「據余觀察所及，此項情勢之挽救，惟有使政府中之自由分子與少數黨派內之優秀人物得以集合。惟此輩自由分子現仍缺乏政治權力，以實施控制之影響，余相信在蔣主席領導之下，此等團體，如果順利進行工作，必可經由良好政府而達到團結之目的。」《世界日報》同意馬歇爾的看法，不過認爲，「現在一些投機取巧、招搖撞騙的所謂小黨，實不足以當此重任」，中國的唯一希望，即在自由分子的集合與團結：「有代表眞正自由分子的第三種力量產生，這即是中國的生，反之，即是中國的死。環境的險惡，已經逼得善良人民和有正義感的知識分子，到了爲國家爲自己必須團結奮起的時候了。」〔註9〕

　　第二天即1月14日，《世界日報》又發表社評，介紹英國工黨執政下的「不流血革命」，使人民在和平中得到了社會革命的實效。社評說，當今世界，無論在政治體系、經濟制度還是在思想文化上，從大的方面去觀察，「顯然是蘇聯式的共產主義和英國式的社會主義兩大時代主流在作着生死的鬥爭。」社評還認爲：蘇聯30年的實踐證明，共產主義能夠保障人民最低限度的生活，消除貧富差別等不平等現象，但個人政治自由和思想自由受到限制，這一點不如資本主義。因此，當世的思想家對於人類社會未來發展的途徑，不能不重新予以考慮：「第一個問題是：如何能夠使人民既能生活，同時又能享受充分的自由？第二個問題是：如何能避免階級鬥爭的慘劇，而又使國家享受到共產主義的實惠？即兼有共產主義及自由主義兩者之長，而避免兩者之短。」社評認爲，現在英國式的溫和社會主義，可以說就是糾正了共產主義矯枉過正的毛病，而另闢出了一條新的途徑。英國工黨政府上臺以後所施行的改革運動，說明這條路是行得通的，有最大成功的可能性。所以，這篇社評主張中國應該學習英國優良的政治精神，通過立法完成「不流血的革命」：「我們國家正陷入政黨武裝鬥爭的泥沼中，你衝我殺，糾纏不清，國家快被打到山窮水盡，人民已被打得奄奄一息。如果再繼續的打下去，國脈民命，只有被打斷了事。我們一向以爲共產黨到處燒殺，極盡破壞之能事的作風，不是中國所需要，而國民黨的顢頇保守，腐敗無能，如果不徹底革新，我們也很難寄以任何期望。因此我們曾一再著論指出『爲了國家眞正的

〔註9〕　《調處失敗後將如何──「自由分子」與「第三條路」的救國之道》，1947年1月13日《世界日報》社評。

新生我們不能不把希望寄託在國共兩黨之外』，即是希望未來的政治能夠超越國共兩黨各走極端的政策而採行中道。這個『中道』才是今日中國善良的人民和一切具有正義感的自由分子所應走的路線。英國這種經濟的改革運動，正是一個走『中道』的很好榜樣。」〔註10〕2 月 26 日，《世界日報》又發表伍啓元撰寫的專論《英國的「不流血革命」》，評介英國工黨由國有方法達到社會主義的經濟政策。

在國共之外尋求「第三條路」，使中國通過溫和改良而非流血革命，走上平等、民主、自由之途，是當時民間報人、自由知識分子相當普遍的一種願望，不僅僅是《世界日報》如此，《大公報》、《觀察》等民間報刊都有過同樣主張。但是，政治傳統中缺乏容忍、協商精神的中國，是沒有「第三條路」可走的，大局的底定，非經過武力決出勝負不可。在非此即彼的歷史關頭，國共雙方都不允許自由知識分子走「第三條路」，1947 年 11 月自由知識分子的政治聯盟——「民盟」被國民黨政府宣佈爲「非法」團體而無奈解散，便是明證。

（三）對國民黨之批評

《世界日報》認爲，締造民國、抗戰建國的國民黨，其政治合法性不成問題，「無如國民黨自己不爭氣，內部既派別紛歧，自加戕賊，政治又貪污腐敗，寡效無能。因此，勝利以來，遂在國人指謫友邦詬病之下，而信譽全失。……過去年餘，不思努力革新政治，提高效率，促進建設，安定民生，而一天天在粉飾掩蓋上做工夫，希望拿一面民主招牌邊談邊打來杜塞反對者悠悠之口，同時又想藉這一個招牌來換取友邦的諒解，而獲取其援助。不料弄巧成拙，協商成爲內亂的藉口，民主擾攘了一年多，不但沒有解決一個問題，而一切問題反都因而加速地惡化。」〔註11〕1947 年初，爲了擺出民主姿態，爭取輿論民心，國民黨終於決定改組政府，民社、青年兩黨也躍躍欲試，準備「入閣」。對於這一眾目睽睽的政治問題，《世界日報》說可以從三個不同的角度去看它：「從政府的角度看，它是改組政府，而從民社青年兩黨的角度看，它是參加政府；但假如政府對於改組政府一事並無眞正的擴大政治基礎的誠意，同時民社青年兩黨對於參加政府一事亦不具有光明正大的態

〔註10〕 《工黨政府下「英國不流血革命」——人民在和平中得到社會革命的實效！》，1947 年 1 月 14 日《世界日報》社評。

〔註11〕 《和平非空口呼籲所能實現》，1947 年 2 月 7 日《世界日報》社評。

度，那麼從老百姓的角度看，那無疑是朝野各政黨在玩着分贓的把戲！」「歸根的說，我們老百姓的期望是很單純的：改組政府必須政府具有誠意，參加政府必須參加的政黨態度光明正大，我們所最不願意看的卻只是一曲分贓的把戲！」〔註12〕1947 年 4 月 16 日，蔣介石與民社黨張君勱、青年黨曾琦、社會賢達代表莫德惠、王雲五等共同簽署「新政府施政方針」——《共同施政綱領》。4 月 18 日，亦即國民政府奠都南京 20 週年紀念日，新國府委員發表，國府改組告一段落。當日，《世界日報》的社評說，從今天起，將是自訓政到憲政的一座橋梁；我們雖不敢斷言今天一定是一個劃時代的日子，但是十二萬分地希望今天會成爲一個新時代的開端！不過，社評對《共同施政綱領》感到失望，認爲它們大多是舊調重談。〔註13〕4 月 23 日，國民政府公佈行政院組成人員名單，新任行政院長張群發表就職廣播演說。第二天，《世界日報》發表《失望乎？絕望乎？——全國人民讀新政府名單及張群廣播應有的驚疑》社評：「今天全中國四萬萬五千萬老百姓，他們一起床，睜開眼睛，看看改組後國民政府委員會第一次會議所通過的行政院全部名單，再看看新任行政院長張群的就職廣播，他們心理上，將會有何種反應？勝利以來，國民黨天天高叫着『還政於民』，尤其最近，什麼民社黨青年黨，也在鑼鼓喧天，大湊熱鬧，彷彿一場好戲，即將登臺，不料戲幕掀開庸俗醜惡，依然如故，絲毫不足以使人興奮。論人選，除了青年民社兩黨幾個升官發財新面孔外，其餘多仍是許多年來只知做官不知做事的若干黨棍、財閥、政客、官僚，他們既然負了過去許多年的政治責任，沒有弄好，一塌糊塗，現在是否換一個名義，搬一搬鋪位，就馬上會有奇蹟出現？至於張群的就職廣播空洞浮滑，更是不知所云。如果這樣人物，這樣作風，就可以將眼前不可終日的天大危機，輕輕度過，那眞是夢囈妄想。既然如此，則老百姓今天所感到的痛切失望，自屬不言而喻。」

　　政府如此改組，的確不會帶來什麼奇蹟，物價攀升，戰火更旺，全國流行着一種「死不瞑目、活又不成」的普遍感受。《世界日報》呼籲：「政府不能再繼續無能下去，也不能再繼續愚蠢下去！老百姓要生活，政府卻不給他們生活的保障，老百姓要安定，政府卻不給他們安定的環境，試問：

〔註12〕　《三種不同的看法——政府看是改組民青兩黨看是參加老百姓看是分贓》，
　　　　　1947 年 4 月 15 日《世界日報》社評。

〔註13〕　《一個新時代的開端——中國政治從此好轉抑或更壞國民青年民社三黨應以
　　　　　今後政績聽侯國民公判》，1947 年 4 月 18 日《世界日報》社評。

政府究竟是爲了什麼而存在的呢？」「什麼試行責任行政院制等等，都是騙人的玩意。我們要求在人民沒有自己產生政府以前，政府要對人民負一個起碼限度的責任，即予人民以生活的保障和安定的環境，讓他們能夠活下去。」〔註14〕

根據「制憲國大」的決議，在《中華民國憲法》生傚之日即1947年12月25日前，要進行全

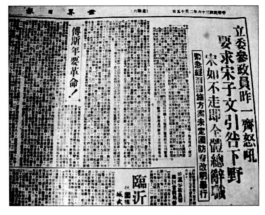

1947年2月15日北平《世界日報》二版頭條「立委參政員炮轟行政院長宋子文」的新聞。

國普選，完成國民大會代表的選舉。國民黨爲了所謂的「還政於民」，結束訓政，實現憲政，在1947年夏即開始部署全國普選。內戰正酣而談普選、行憲，《世界日報》諷刺國民黨是在創造「奇蹟」：「正好像過去的『一面抗戰，一面建國』是一句大話，眼前的『一面內戰，一面行憲』也實在是一句自欺欺人的空話！在武裝的政治鬥爭問題沒有合理獲得解決以前，而談全國普選與開始行憲，眞是令人欲哭無淚，欲笑不得！民國已有三十多年的歷史了，如果這一次我們又蹈了民初制憲失敗的覆轍，那麼歷史的巨輪似乎總是在往回轉，什麼時候才會是我們的明天呢？」〔註15〕《世界日報》認爲，國民黨政府之所以知其不可爲而爲之，一定要如期進行普選，無非是怕盟邦指責中國不民主，怕共產黨罵國民黨繼續獨裁。但是這樣「霸王硬上弓」，結果換來的可能是亂七八糟一塌糊塗的假民主。與其如此，還不如直截痛快，立即宣佈全國普選暫緩舉行，先從起碼的「廉能政治」着手，努力實行徹底革新。〔註16〕

召開「制憲國大」，改組國民政府，舉行全國普選，是國民黨在戰後重建政治合法性的重要舉措。政府改組完成之後，蔣介石曾言，這是中華民國「開國以來第一件大事」。國民黨蔣介石集團實質上並不情願放棄一黨獨裁，推行「民主」政治乃迫於盟邦及國內其他政治力量的壓力，更重要的是可以藉此

〔註14〕 《人民在飢餓線上掙扎！》，1947年5月6日《世界日報》社評。
〔註15〕 《普選果能如期舉行嗎？——「一面內戰，一面行憲」的奇蹟正在創造中》，1947年6月10日《世界日報》社評。
〔註16〕 《我們不需要空招牌假民主》，1947年8月25日《世界日報》社評。

「合法」手段孤立共產黨，實屬不得已而爲之。因此，在訓政向憲政的過渡中，國民黨當局措置乖謬，笑話百出，圖虛名而招實禍。《世界日報》對國民黨奉爲自救靈丹的政府改組、普選行憲，進行了無情嘲諷和尖銳批評，顯示了民間報紙無畏敢言的道德勇氣。

不過，《世界日報》批評國民黨貪污腐敗，顢頇庸頑，是希望它能夠自我整肅，通過「再革命」而走向新生。1947 年 3 月 16 日至 25 日，國民黨召開了六屆三中全會。《世界日報》分別在大會開幕日和閉幕日，發表了《要把握此最後機會》、《走向新生抑走向毀滅》社評，規勸國民黨徹底覺悟，不拖不騙，立即作出抉擇革新政治，不要成爲流血革命的對象。其間，胡宗南率大軍佔領延安，國民黨上下一片亢奮。《世界日報》提醒國民黨不要頭腦發昏，走上迷信武力解決國內政治之路，而忽視內部的改造與新生：「國民黨真正永久的勝利，應在政治而不在軍事。兩周以來，由於延安的收復，引起了國民黨主觀上的一些興奮。我們覺得這個興奮並不過分，因爲至少在今天言，國共兩黨乃是完全處於你死我活的對立地位，那麼由於共產黨之遭受打擊而高興，這在國民黨自是當然之事。但我們站在第三者的立場，卻希望這個高興不會引起國民黨自身的錯覺。如果國民黨過於高估了收復延安的重要性，如果國民黨因此而走上迷信武力解決之路，如果國民黨以軍事的向外發展而忽略了內部的改造與新生，則延安的收復不特不能動搖共產黨在中國生長的政治基礎，而且相反的因軍事成績引起的這種錯覺，必會更加深了國民黨內部的潰爛程度。」「而反觀國民黨的現政權，卻仍然迷戀於對『外在延安』的鬥爭，而對於黨治下的政治腐惡，則大有視爲『次要』之態度，殊不知這『內在的延安』對於國民黨政治前途的破壞力，實更比中共外在的破壞力可怕百倍！何時攻克這『內在的延安』呢？國民黨的智慧如果不能答覆這一問題，那就只有讓歷史給我們記錄了！」〔註17〕

1947 年 7 月 6 日，蔣介石於「七七」抗戰 10 週年前夕，向全國廣播《戡亂總動員令》。第二天，《世界日報》發表《振奮人心與「再革命」》社評，告誡國民黨如不徹底整肅國政，即將無法應付另一「七七」的來臨：「我們今後是否仍能把握着抗戰期間，全國一致，目標單純的兩大特點？在蔣主席昨晚廣播中，要求全國人民，明辨是非，而我全國人民所要求於政府的，就是政

〔註17〕 《必先整肅內部才可消除外敵——國民黨戰勝中共在政治不在軍事》，1947
　　　　 年 4 月 2 日《世界日報》社評。

府如何能澄清現局，齊一步伐，整肅國政，安定民生。實行『再革命』給我們一個確確實實，明辨是非的標準。……政府如不趁此時機，大刀闊斧自我革新，使舉國一致，公認這樣廉潔忠貞的政府，是值得舉國一致的擁戴，則無論如何無法振奮人心，也更無法完成統一，爭取眞正最後之勝利。」同年9月9日，國民黨六屆四中全會開幕。這是國民黨爲「戡亂」大業，調整組織，實行黨團合併，統一「戡亂」意志的大會。《世界日報》在大會開幕當日，發表了《團結始可制「敵」，分裂等於自殺》的社評。蔣介石在會上痛心地說，國民黨內部，權利人人要享，責任無人負擔；甚至爲私人權利，以致對同志鬥爭，比對共產黨還激烈。他痛切訓示國民黨員：「喪失信心，將來只有束手待斃；長此衰頹，即無共黨亦必滅亡。」《世界日報》爲此發表社評，指出蔣總裁的訓示，對時局是如何焦慮，對幹部的指責與期望是如何沉痛而殷切，國民黨人應該有所感動，知所奮勉。〔註18〕1948年4月19日，蔣介石被「行憲」國大選舉爲「大總統」。當日，《世界日報》以《爲天下得人慶》的大字標題，登出蔣當選的消息，並發表《所祈望於蔣先生者》社評說：「國家局勢愈艱危，需要領袖愈迫切。目前挽救危局的第一要着，即首在樹立綱紀，糾正頹風。」總統、副總統選出之後，行政院長之位競爭激烈，「新內閣」面臨難產。《世界日報》發表社評，勸解國民黨人應重視對國家的責任，不要再在人事派系上鬧彆扭，以免消耗力量，浪費光陰。5月25日，翁文灝出任行政院長，《世界日報》發表社評爲翁捧場，並勸翁「不可因延攬閣員，困派系鬥爭的混場，應該以最大努力，來減輕人民生活的痛苦」。「國民黨並非無人才，但宜團結；時局並非無辦法，但要肯幹。」但是，「行憲」政府對時局並無良策，軍事敗退，物價飛騰，總崩潰已成定局。即使到了如此地步，《世界日報》還在盼望着國民黨進行改革，取得成功：「我們要國民黨走入大民主正軌，要中國避免流血革命，就不能不盼望徹底改革，並取得成功。」〔註19〕

（四）對共產黨之批評

對於「爭鬥」的另一方——共產黨，《世界日報》當然也毫無留情地予以譴責、抨擊。1946年7月，國共全面內戰爆發。8月22日，《世界日報》發表《大家都有眼睛——必須認清事實，判定誰是內戰的罪魁》社評，暗指共產黨是發動內戰的「罪魁」。同年「雙十節」社評，《世界日報》污蔑共產黨

〔註18〕《國民黨人應該有所感動》，1947年9月12日《世界日報》社評。
〔註19〕《我們關心國民黨的改革》，1948年8月30日《世界日報》社評。

所號召的民國，是「演盡燒殺劫掠的中華匪國」：「掛了三十五年的『中華民國』的招牌，到今天還是一塌糊塗，所出現於老百姓眼前的，雖儼然有着兩個壁壘，都以民國為號召，但一方面是充滿貪污腐敗的中華官國；一方面是演盡燒殺劫掠的中華匪國。老百姓宛轉呻吟於這兩個壁壘的重壓之下，救死不遑。至於真正『民國』在哪裏，我們確十分惶愧無從作答。」〔註20〕

1947 年 1 月 30 日北平《世界日報》二版頭條關於和談最終破裂的新聞。

全面內戰爆發後，國民黨依然採取邊談邊打，打打談談的手法。1946 年 11 月「制憲國大」開幕後，國共關係實際上已無轉圜餘地，內戰也正在大規模進行。國民黨為了顯示和平民主姿態，爭取國內外輿論支持，又向共產黨發起新一輪和平攻勢。1947 年 1 月 1 日，蔣介石在元旦文告中聲稱：「政府對中共問題的處理，仍然要一秉以政治方法解決政治問題的方針，如果有任何機會，政府的政治解決能夠實現，政府決不放棄那種機會。」但是，由於國共雙方各自提出的和談條件相距太遠，根本就無法坐在談判桌上討價還價。1 月 29 日，美國繼招回總統特使馬歇爾元帥後，又宣佈退出軍事三人小組及北平軍調部。國共關係最終破裂，中國的未來只能由戰場勝負來決定了。次日，《世界日報》刊登頭條新聞《中共再拒絕政府新方案　和談之門終於關閉！》，並發表社評，把美國抽身而退的責任推諉於共產黨一方，說什麼西洋政治家遇到了中國心口不一的政客和黨棍，徒喚奈何：「在政治上則一幕一幕的復演談判、協議、推翻、吵鬧、重談判等等周而復始的滑稽劇，直演到國大召開代表撤退而後已。故一年以來，馬歇爾個人雖已舌敝唇焦，而當事者尤其是中共則在層出不窮地改變花樣，千方百計地以玩弄困窘這位焦急萬狀的和事老人，最後再向他的臉上丟上一把污泥，加以種種的污蔑，使他知難掃興而退。」〔註21〕

〔註20〕　《「官國」「匪國」與「民國」》，1946 年 10 月 10 日《世界日報》社評。
〔註21〕　《和平結束內戰擴大——在美國退出調解以後我們應否即坐待中國為黨爭所

　　《世界日報》還多次發表社評，指責中共軍隊不管人民死活，以拆路掘堤爲唯一戰略，譏諷這是中共軍隊的「一貫作風」，建議國民黨政府「與其無把握確保安全，則何苦晝修夜拆，爲共軍白送物資」。〔註22〕更有甚者，《世界日報》還污蔑中共軍隊在河北通縣「縱火焚燒」，「劫取物資」：「死傷的是老百姓生命，焚燒的是老百姓房屋，劫取的是老百姓資財，總而言之，共軍的收穫，只是老百姓的血和汗。」〔註23〕

　　《世界日報》既然反對內戰，主張「不流血革命」，對武裝鬥爭雙方——國民黨和共產黨進行批評和規勸，也就不足爲怪。但是兩相對比，《世界日報》對國共兩黨的立場、態度顯然是不夠公正，有所偏袒的：批評國民黨，是希望它能夠自我整肅，通過「再革命」而走向新生，屬於「建設性」的批評；對共產黨的批評，則多是抨擊責難，甚至歪曲醜詆。《世界日報》對國共雙方態度不同，尤其表現在軍事新聞和言論上。下面是 1947 年 1 月 3 日《世界日報》第二版刊登的兩條軍事電訊：

國軍已進駐大名　　元旦晚裏應外合一舉而下

　　【中央社鄭州二日電】冀南大名，自被共軍盤踞以來，對當地民眾裏脅虐殺，無所不用其極，民眾恨之入骨，一日晚利用共軍暢樂之際，經當地民眾武力，聯合國軍某部，裏應外合，一舉將共軍驅出城外，國軍比即入城，民眾沿街歡呼，共軍狼狽西竄，刻在收集殘部，冀求反撲。

聊城終告陷落！　　城內守軍已突圍今可抵濟

　　【本報濟南二日下午八時三十七分專電】共軍圍困聊城逾年，城內守軍王專員金祥部僅餘千餘人，經國軍援救，於二日突圍出城，當夜停於茌平，三日可抵濟南，聊城遂終陷共軍之手。

　　第一條是中央社關於「國軍」勝利的電訊，《世界日報》既然採用，可以視爲認同電文的立場。第二條是共產黨軍隊勝利的消息，爲本報專電。

　　　　毀滅》，1947 年 1 月 30 日《世界日報》社評。

〔註22〕《平津線何等重要！》，1947 年 2 月 2 日《世界日報》社評；《平津線豈可聽令共軍一再破壞》，1947 年 4 月 13 日《世界日報》社評；《有感於平保線之一再被毀》，1947 年 9 月 8 日《世界日報》社評。

〔註23〕《要保障一百七十萬市民的安全——有感於通縣之「事出倉促」》，1947 年 2 月 11 日《世界日報》社評。

如此一對比，《世界日報》對國共雙方的立場、態度，不言自明。檢閱《世界日報》這一時期的軍事報導，對「共軍」多用「犯」、「襲」、「陷」等詞語，而對國軍則用「克」、「收復」等詞語。顯然，《世界日報》是尊國民黨政府為「正統」的。

1947 年 9 月 8 日北平《世界日報》二版頭條新聞《劉伯承部三萬入大別山　嵩縣情況已陷於混亂》。

關於軍事評論，《世界日報》也明顯地偏袒「國軍」，甚至為「國軍」出謀劃策。1947 年 9 月，國民黨軍隊在東北接連失利，蔣介石派參謀總長陳誠前往調整軍政機構及人事，不久發表陳誠代熊式輝任東北行轅主任。《世界日報》發表社評，盼望陳誠以全力搶救東北，並建議陳辭去參謀總長之職，這樣可以專一責任，收效必速。〔註 24〕同時，劉伯承、鄧小平率大軍從魯西南渡過黃河，向大別山挺進。《世界日報》發表社評指出，「國軍」近兩個月在山東的作戰已收到相當良好的戰果，「從目前的形勢看，主戰場已不在山東，而國軍的重要任務乃在如何截擊流竄的共軍，重點已轉移到豫皖鄂邊區一帶地境。」社評對共產黨軍隊「流毒四處」憂心忡忡，「極迫切的希望政府軍事當局能有迅速戢止共軍流竄的辦法拿出來」，並建議國民黨政府，除了對「共軍」的軍事行動之外，還要注意到行政工作、民眾力量與軍事的配合。〔註 25〕1947 年 11 月 12 日，共產黨軍隊佔領軍事重鎮石家莊，「國軍」在華北的形勢頓時惡化。《世界日報》痛心疾首，發表社評檢討石門之役，建議「國軍」今後的軍事決策：「原則上必須作主動的打算，兵力上必須作經濟的使用，時間上必期其迅速，行動上必求其有效。」〔註 26〕

1947 年 5 月 20 日，國民參政會四屆二次會議在南京召開，蔣介石到會致開幕詞。5 月 22 日，《世界日報》發表《參政會最後的努力》社評：「站在人

〔註 24〕　《盼陳誠以全力搶救東北》，1947 年 9 月 11 日《世界日報》社評。
〔註 25〕　《應從速戢止共軍流竄——民生凋敝物資缺乏的當今中國不能再遭此普遍化的浩劫》，1947 年 9 月 16 日《世界日報》社評。
〔註 26〕　《從石門之役論今後軍事決策》，1947 年 11 月 15 日《世界日報》社評。

民的立場，我們所反對的是內戰和分裂；我們所要求的是和平與統一。從蔣主席的演講辭，我們看到內戰與分裂所產生的結果；我們又看到和平與統一不能實現的原因。但是我們尚不能完全悲觀，因為我們還看到政府在過去曾『以百折不懈的決心，求和平統一的實現。』而在現在『仍然維持中共問題以政治解決的基本方針』。我們對於共產黨，只是希望其放棄以武力奪取政權的企圖，停止軍事行動，恢復交通。只要他們以事實表示其誠意，政府無時不企求和平，自可用政治方法謀求解決，解民於倒懸，這是政府方面的態度，也是政府的主張。」《世界日報》如此立論，豈止是有所偏袒，而是完全站在國民黨政府的立場上來訓誡共產黨，難怪有人說這篇社評，不像是自稱「超然」的《世界日報》的社評，而應該是國民黨黨報的社評。〔註27〕事實上，如上所述，《世界日報》復刊後有關國共問題的社評，不少都存在這一問題。

由此看來，北平解放後，共產黨北平軍事管制委員會將《世界日報》定性為「惡跡昭彰」的「反革命報紙」予以查封，並非亂扣「帽子」，而是有事實根據的。

那麼，成舍我及其《世界日報》在國共問題上，為什麼要放棄民間報人、報紙應該具有的中立立場與公正態度，偏袒國民黨，甚至站在國民黨立場上放言論事？吳範寰指出，成舍我後期已投身國民黨統治集團，決心憑藉統治勢力搞中國新聞公司，一切言論方針都通過陶希聖或陳訓悆向陳布雷請示，所以《世界日報》的立場是擁蔣反共，其言論主張已和《中央日報》相差不遠；但為了維持民營幌子，表面上仍作出中立姿態，對國民黨政府的評論有時也帶點諷刺意味。〔註28〕

吳範寰是從經濟、政治功利主義來解釋成舍我的動機的。成舍我青年創業，閱歷極其豐富，當然懂得「朝中有人好辦事」之理，借助當權者支持來壯大自己的事業，這種意圖應該是有的。不過，根據成舍我的性格，他不大會以喪失自己的立場、態度為代價，換取事業的發達。否則，在內戰局勢已經極不利於國民黨一方時，成舍我及《世界日報》依然擁蔣反共就無法解釋了。另一方面，說成舍我後期已投身國民黨統治集團，恐怕也未必盡然。成舍我與國民黨新聞宣傳方面的要人程滄波、蕭同茲、陳訓悆等私交甚篤，

〔註27〕 張友鸞等著：《世界日報興衰史》，重慶出版社，1982年版，第172頁。
〔註28〕 張友鸞等著：《世界日報興衰史》，重慶出版社，1982年版，第29～31頁。

也曾膺選爲國民參政會參政員、立法委員等「民意」代表，但他始終沒有出任過國民黨政府官職。成舍我在戰後與國民黨方面的關係愈拉愈緊是事實，說他已投身國民黨統治集團，則有點言過其實。《世界日報》在內戰中擁蔣反共，喪失中立立場與公正態度，可能合理的解釋是：老闆成舍我在政治信仰上不認同共產主義而贊成三民主義。

　　值得一提的是，1947 年 7 月，國民黨政府發佈《戡亂總動員令》，「厲行全國總動員，以戡平共匪叛亂」，並責成新聞媒體一律稱共產黨及其軍隊爲「共匪」。但是，《世界日報》一般不使用「共匪」一詞，而仍稱作「共黨」、「共軍」，至少在形式上守住了民營報紙的底線。

「最是倉皇辭廟日」

　　1948 年 9 月底，成舍我離開北平，到南京出席國民政府立法院會議，並在京滬間處理一些有關《世界日報》的事務。其間，東北野戰軍解放東北全境，揮師入關；大兵團對決的淮海戰役，也正在朝着有利於人民解放軍的一方發展。成舍我擔心華北局勢有變，又值年末歲尾，遂決定盡快返回北平。他本來計劃從上海乘飛機北返，12 月 10 日到航空公司詢問，只能訂到 15 日飛北平的機票。而 12 日上海招商局的元培輪開往天津，14 日午前可抵達。成舍我一盤算，如果乘元培輪，14 日下午換平津快車當天即可抵北平，比乘飛機還早一天到達。他一向喜歡海上旅行，於是就改乘元培輪，轉道天津回北平。不料船過煙臺時遇到狂風暴雨，延誤了行程，14 日傍晚元培輪才開抵天津招商局碼頭。

　　華北局勢雖然不容樂觀，但成舍我和不少人一樣，對國民黨軍隊保住平津，還是有相當信心的。然而，特來碼頭迎接的天津某報社長劈頭告訴他：華北局勢已急轉直下，當日早晨解放軍包圍了北平城，平津交通被截斷，他將困在天津無法回北平了；因軍事關係，這一消息，平津報紙到此時還沒有發表。在這一刹那間，成舍我所受到的刺激，「正如夜半熟睡，忽被大地震驚醒，屋搖瓦飛，牆裂檐墜，四顧彷徨，幾不知人間何世！」

　　這位社長朋友把成舍我接到飯店，又邀集了幾位相熟的天津同業，爲他接風洗塵。席上，大家安慰他說：解放軍截斷平津路已經發生了多次，今天斷了，明天即修復；你今天先睡一覺，明早起來，或許就有了好消息。不過，成舍我推斷解放軍發動的這次攻勢，對平津是志在必得，大家這樣說，無非是不讓自己過於焦慮而已。「這些朋友，表面雖作歡笑，與馬路上電燈通明，

熙來攘往，不減平日的外觀，若相輝映；實則，我看每人眉峰深鎖，一個個都好像有塊千斤巨石，壓在心頭。的確，這晚在此聚會的，思想和文字方面，多曾和『共匪』有過長期的劇烈鬥爭，『覆巢之下，焉有完卵』，大家對自己以及國家未來命運，自然都會要十分感覺沉重。」

這頓飯吃到晚上 10 點多鐘才散。幾位天津《民國日報》的朋友，把成舍我拉到他們的「社長宿舍」暫住。

事有湊巧，《民國日報》社長卜青茂前兩天去北平，被困在了那裏。平津間交通雖斷，電話仍然暢通。當晚，成舍我借《民國日報》同人和卜社長通話的機會，也和卜談了幾分鐘，知道北平城郊的炮戰，時斷時續，不過城內秩序，還相當良好。接着他又和《世界日報》同人及眷屬通了電話，「大家都恨我沒長出一對翅膀，好不要飛機，不要火車，自己飛回北平。」

成舍我判斷，短期內平津不可能通車復航，要回北平，只有先返京滬，在京滬間尋找機會。「天津人地生疏，我既斷了由天津回北平的念頭，自應盡早離開。一些朋友，已在塗改身份證，尋求避難所，我沒有天津身份證，更無處可容我避難，萬一『匪軍』竄入天津，當比我在北平更加危險。」成舍我通過電話和北平同人商量這一想法，大家一致贊成他迅速離開天津，越快越好。當然，他們盼望老闆能夠再從南京或上海飛回來！

12 月 15 日夜，成舍我再次和北平通話，告訴同人及眷屬，自己已經作出了盡速離津南返的最後決定。第二天清早，他沒有麻煩任何朋友，自己從電話簿上，抄了一大堆航空公司、輪船公司和旅行社的名字，按照地址，挨家探詢，看有無到上海的船票或機票。讓他始料不及的是，短短一兩天內，天津對外的所有交通，都已完全斷絕：大沽口附近已發現零星解放軍，停泊在紫竹林一帶的商船，15 日已全部搶先開走，自己 14 日坐來的元培輪，當天即折回，此時港內已沒有半條商輪蹤跡；民航方面，中國、中央、民航隊三家辦事處均已宣佈結束，不再派飛機來天津；旅行社是代理性質，無船無機，他們也束手無策。

16 日跑了一天，失望而歸。成舍我明知希望渺茫，但仍不死心，17 日一早又外出，繼續探訪旅行社，有的昨天遺漏，有的再碰碰運氣，或許有奇跡發生。下午五點左右，他走進附設在利順德飯店內的來福旅行社。這家旅行社昨天已經來過，前臺職員似乎已經認識了他。當成舍我試探着問今天有沒有好消息時，這位職員一言未發，匆匆走進裏面一間小屋，請出了一位碧眼

黃髮的外國人，應該是這家旅行社的老闆。當他聽說成舍我要回上海，放聲大笑，連說：「這真是你千年難遇的好機會！你運氣太好了！」原來，一星期前，來福旅行社應旅客之請，向陳納德的民航隊包了一架飛機，直飛上海。不料平津間戰事突起，飛機未能如期到達。本以為不再來了，17 日中午突然接到民航隊電報，說包機 18 日早 8 點飛來天津。旅行社立即通知原來訂票的旅客，其中有一位困在北平無法前來，就空出了一張機票。

成舍我喜出望外，飛奔回寓所取錢，不到一小時，即向來福旅行社辦妥了各項手續。他將這一消息告訴天津的幾位朋友，大家都替他高興，認為這簡直有點近於神話！他又用長途電話告知北平報館同人和眷屬，鼓勵大家努力出好《世界日報》最後一版。「想起來日大難，相見何時，大家聲音也就都顯得有點哽咽。」

旅行社約定 18 日早上六點從利順德飯店出發，用汽車將旅客送往張貴莊機場。成舍我害怕錯過時間，不到四點鐘就起了床，草草盥洗後準備出發。不料正要動身，突然一陣炮聲隆隆而來，門窗玻璃被震得簌簌作響。他立刻意識到，圍攻天津的解放軍，必然已逼近市郊，否則炮聲不會如此沉重。市區已經臨時戒嚴，行人車輛，完全絕跡。成舍我走在空無一人的大街上，心急如焚，估量無論如何也無法按時趕到集合地點了。他更擔心的是，飛機可能不會再來，即使來了，沒有見到乘客，空機飛走。

幸而不到一小時，炮聲停止，交通接著逐漸恢復，成舍我和其它 26 位旅客從各處陸續趕到旅行社。旅行社點齊人數，全體坐上一輛敞蓬大卡車，向張貴莊機場進發。此時已是上午八點左右，離原來約定的時間已經晚了兩個小時。

車上寒風刺骨，路面結冰如鏡，大家的心情更是沉重異常。卡車開出市區不遠，即遇到國民黨守軍迎頭攔阻。旅行社職員拿出昨晚請得通行的證件，守軍說此證件現在已完全無效，並提醒旅客，張貴莊一帶戰事可能隨時爆發，機場已經被破壞，民航隊飛機未必肯冒險再在這裏降落起飛。旅行社跟大家商量，是否同意就地折回。每個人似乎都有一種非走不可的決心，情願冒險到機場，看飛機究竟到了沒有再做定奪。卡車載著乘客，往返奔馳於被攔阻的地方，先後交涉三次，都無結果。最後，一位旅客說他是從東北退出的一名軍官，和國民黨天津警備司令陳長捷很熟，願意再去找陳司令試試看。這一試果然奏效，卡車最後被放行。

　　下午三點，卡車終於開到張貴莊機場。國民黨軍隊在機場附近數華里外佈防，機場設備都已撤走，部分跑道被破壞，場內僅有小工數人。但是讓大家驚喜萬分的是，機場內竟然停着一架民航隊的飛機！這架 C47 型、編號 801 的民航隊飛機，上午八點就按時抵達了，因久候乘客不至，正發動馬達，準備空機飛走。旅行社迅速與機師接洽完妥，大家依次登機。這架飛機容量很小，並且相當破舊，有一扇機窗竟然沒裝玻璃，暫用木版釘住。好在大家「逃難」心切，「有機可乘」，已是深感萬幸了。

　　飛機在跑道上滑行一段後，正要上升，突然一聲轟響，機身震動了一下，向右斜去。原來右邊的一隻輪胎爆炸了！美籍機師懊喪地告訴大家：這架飛機上沒有備用輪胎，機場倉庫中的器材早已搬走，除打電報請上海派專機送輪胎來，此外毫無辦法。「這真使我們一刹那間，儼如墜入萬丈深淵，所有登機時種種希望，已全部化為烏有。惶恐焦急，不可言狀。我們從昨夜至現在，每人緊張、疲乏、飢餓、僵冷，多大致相同。到旅行社集合以前，誰也未曾睡好，炮聲把大家嚇了一跳，在敞蓬車上僵坐了六七小時，早飯大半沒有吃，午飯更不必說。此刻困站在這空曠孤寂、一望無邊的飛機場內，連一滴乾淨可飲的水都找不着，尤其時正嚴冬，氣候酷冷，而 18 日這一天，西風刮得特別大，兩隻耳朵和十隻手指好像都要被凍得和自己脫離似的。」

　　機師安慰乘客，上海派來的專機最多四小時內必可到達，勸大家先回飛機內避寒，只要忍耐過這四個小時，輪胎一到，一切問題都迎刃而解。

　　成舍我覺得這四小時真比四年還長。好不容易挨過一小時，到下午四點鐘，突然傳來陣陣巨大的炮聲，飛機場外遠遠看見幾堆火光。那位與陳長捷交涉的東北軍官，連聲叫嚷說「共匪」已向飛機場發動攻勢，他警告大家，萬一炮聲更近，就趕快跑出機場，緊急疏散，無論如何決不可再坐在飛機上。每個人的饑渴孤寒頓時被這幾陣炮聲打得煙消雲散，大家驚慌失措地再爬下飛機，有幾位女乘客，嚇得號啕大哭。「寒天黑夜，人疏地生，四顧蒼茫，有何處可以逃避。眼看這機場，將變成一群旅客的墳場！而天色越暗，炮聲越緊，遠處的火光，也就照得越紅亮。」又過了一小時，上海的專機還是杳無音訊。到這時候，成舍我心裏才明白，所謂的專機送輪胎，是不可能的了；只是機師怕大家過於驚懼，不肯宣佈而已。

　　正在間不容髮之際，空中突然傳來飛機的嗡鳴聲。大家以為是送輪胎的專機來了。在沒有指揮塔和燈光，更沒有任何夜航設備的情況下，這架飛機

經過幾次低回盤旋，竟然安全降落了。機師趕快跑過去，然後回來向大家宣佈：這不是上海派來送輪胎的專機，今天上海已無機可派；這架飛機是從蘭州、西安沿途裝運器材向上海撤退的 C46 型機，恰巧經過天津，接到公司通知，特冒險降落，搶救乘客；這架飛機上也沒有備用輪胎，只好將所載的公司器材放棄一部分，騰出位置搭人，但乘客行李必須全部犧牲，絲毫不許攜帶，以免超量過大。機師並警告大家，目前情勢緊急，不必猶豫，馬上就走。

一位婦女抱着自己的孩子站在貨車車廂裏，身上穿着別人捐給她的軍服（1948 年 11 月，浦口）。

我們依照飛機師所說，空着兩手，毫不考慮，向來機停靠的方向，拼命急走。無如機場多半破壞，東邊一個坑，西邊一條壕，暮色蒼茫，難於辨認。一位攜帶兩個小孩的中年女客，偶一疏忽，全體跌入泥坑，經大家合力，逐一扶起，幸坑底不深，尚未受傷，這樣大約走了五六百碼路，才到達機旁。飛機等客人上完，立即開動馬達，不料馬達吼叫了很久，還沒有離開原地，原來 C46 型飛機，兩個引擎臨時突有一個失靈。飛機師在滴水成冰的嚴寒下，竟急得滿頭大汗，在那裏緊急修理。忽一片炮聲，比以前特別響亮，這等於告訴大家，「共匪」進攻，更見迫近。我們也不知道這引擎究竟修好沒有。只是一剎那間，飛機師卻已跳上機頭，不顧一切，將飛機滑出了跑道，急向南方騰空飛去。

民航隊這架壞了一個引擎又超載的 C46 型飛機，竟然安全飛行了四個多小時，於晚上 11 時左右抵達淞滬上空。不料上海濃霧蔽天，飛機又盤旋了許久，方才降落虹橋機場。事後得知，如果再遲 10 分鐘不能降落，油將用完，後果也不堪設想。

正在大家高聲歡呼、共慶生還之時，人群中卻傳出了一陣哭聲。成舍我回頭一看，原來是那位在天津張貴莊機場換機時跌入泥坑的中年婦人在邊走

邊哭。她向大家哭訴說，自己準備回廣東老家，將天津全部家產變賣成細軟，裝在兩個行李箱裏，轉機時不但行李箱沒有提出，就連一個留在座位上的手提包也未能上機取走；現在命是保住了，但手無分文，又帶着兩個孩子，上海舉目無親，今晚到何處安身？想着這些難處，就悲從中來，忍不住放聲痛哭了。她這一哭，大家也都跟着焦急起來，因為丟失在張貴莊機場的行李，除了成舍我，對每個人來說都是十分重要的。成舍我只遺失了一件小提箱，是從上海帶去的，裏面裝了些換洗衣服和盥洗用品，丟棄了也沒有什麼可顧惜的。

這時，一位民航隊辦事處的職員過來詢問這批乘客：大家原來是不是坐801號飛機，因臨時輪胎爆炸，才轉乘這架C46型飛機的？在聽了成舍我他們的訴說後，這位職員立即笑着向大家道賀，說大家絲毫不必着急，801號飛機已先於這架 C46 型機一小時到達上海，現停在龍華機場，所有留在機上的行李已全部運來，明早九時即可提取，保證各位絕無損失。原來那架破了輪胎的 801 號飛機，在乘客換機飛走後，不再有喪失人命的危險，機師遂不顧一切，憑一隻輪胎，冒險起飛。不但安全飛出，而且因空機速度較快，竟趕在大家前面抵達上海。

聽了這意外喜訊，那位中年婦女破啼為笑，大家也慶幸行李失而復得。

成舍我花了200元金元券，在虹橋機場雇了一部「野雞汽車」，直駛南京路自己住過的一家旅館。「安頓甫畢，牆上的鐘正敲着 12 點。我舒服地洗完澡，吃完飯，拉開窗簾，面向窗外，欣賞着上海夜景。大約此時，影院戲院，末場剛散，一股股人流從馬路上不斷衝過，流線型汽車，排得和長蛇陣似的，向各個不同方向駛去。全市霓虹燈，仍和平常一樣燦爛奪目。許多舞場，奏着色情樂調。我睡在席夢思床上，想起民國 37 年 12 月 18 日這一天，要算是我記者四十年生活中，最富於戲劇化的一天。更特別想起，僅在幾小時前，大家站在緊張混亂、四顧蒼茫的荒原上，忍饑受凍，比鋼刀還要鋒厲的西北風，不斷向臉上刮削，炮聲不斷，機場可隨時變為墳場的那種驚險情況，與此時此地，溫暖如春，互相對照，真是恍如隔世。」〔註1〕

成舍我本來打算折返上海後再尋找機會飛回北平，但是平津局勢的急遽變化，使他的這一計劃徹底落空。入關的東北野戰軍和解放軍華北兵團，以

〔註 1〕 《成舍我先生文集》（港臺篇 1951～1991），世新大學舍我紀念館暨新聞史研究中心，2007 年版，第 139～152 頁。

迅雷不及掩耳之勢完成對北平、天津、張家口的戰略包圍和戰役分割後，採取「先打兩頭、後取中間」的戰略，對北平「圍而不打」，於 1948 年 12 月下旬連克新保安、張家口，1949 年 1 月 16 日攻克天津，活捉國民黨天津警備司令陳長捷。至此，北平已成為一座孤城。曾經對新聞界宣稱至少像閻錫山守太原一樣堅守北平一年半載、死拼到底的傅作義，最後順應民意，於 1 月 31 日接受改編，北平宣告和平解放。

北平被圍後，市內停電，電動印報機改用人工搖動印刷，速度慢了許多，《世界日報》只好由每日對開一大張四版改出四開一張兩版。1949 年元旦，報紙創辦以來每年都發表新年社評的慣例也取消了。北平解放後，南北恢復通郵，成舍我不斷用書信指示北平報館同人，支持國民黨南京政府發動的和談，讓報紙多登新華社消息，也登一些中央社消息，希圖《世界日報》能夠存活下去。正在北平訪學的美國人德克·博迪，就注意到了《世界日報》的這種變化。他在 1949 年 2 月 3 日的日記中寫到：「值得注意的是報紙的變化。例如《世界日報》現在花很大篇幅登載延安電臺的內容。同時來自駐外記者的消息減少了，來自中央通訊社的消息被完全取消了。」〔註2〕

早在 1948 年 11 月 8 日，中共中央就制定、發佈了《關於新解放城市中中外報刊通訊社處理辦法的決定》，來指導對新解放城市新聞業的清理整頓工作。該文件指出：「報紙刊物與通訊社是一定的階級、黨派與社會團體進行階級鬥爭的一種工具，不是生產事業，故對於私營報紙、刊物與通訊社，一般地不能採用對私營工商業同樣的政策。」文件規定：國民黨系統的新聞業一律予以接收，不得再以原名復刊或發稿；私營新聞業，根據其具體情況分進步、中間、反動三類，予以不同對待：（一）進步類：在相當長時期內，一貫保持進步態度，反對國民黨反動統治，同情人民解放戰爭者，予以保護，但需要向民主政府依法登記。（二）中間類：既不贊成國民黨反動統治，也不擁護人民解放戰爭者，不予以沒收，也不禁止其依靠自己力量繼續出版，但在出版時應令其登記。（三）反動類：有明顯而確實的反動政治背景，又曾進行系統的反動宣傳，反對共產黨、人民解放軍與人民政府，擁護國民黨反動統治者，予以沒收。該文件還對新解放城市中存在的大量報刊、通訊社進行了基本評估：絕大部分被反動派所掌握，少數是中間性的，只有極少數是進步

〔註2〕 德克·博迪著，洪菁耘、陸天華譯：《北京日記──革命的一年》，東方出版中心，2001 年版，第 99～100 頁。

的，而在許多城市中則根本沒有進步的和中間性的報紙刊物。〔註3〕

天津解放時，軍事管制委員會（簡稱「軍管會」）接管、沒收了國民黨系統的全部新聞媒體以及天主教會所辦的《益世報》，並勒令天津《大公報》在內的全部舊有報紙一律停刊，引起一些不滿。中共中央對天津軍管會這種「使自己陷於被動」的做法提出了批評，指示天津市委，「不如採取一面聽其續出（不是用法律允許其續出）一面令其登記的辦法，我們可居於主動地位，從容審慎處理。」〔註4〕有鑒於此，北平市軍管會下設的文化接管委員會（簡稱「文管會」）在北平解放當天隨軍進城，立即接管了國民黨北平廣播電臺、中央通訊社華北分社和國民黨中宣部機關報《華北日報》，而對其它報紙通訊社沒有採取直接行動，《世界日報》也照舊繼續出版。

一直到2月25日，《世界日報》才被北平市軍管會下令查封。共產黨查封《世界日報》，非常慎重，專門發了個查封的「文告」，通過廣播昭告天下：

【舊金山廣播】據陝北電臺廿六日廣播，北平廿六日息：國民黨CC分子偽立法委員成舍我主辦的北平世界日報，已經在二十五號被北平市軍管會查封。北平世界日報雖然戴着所謂「無黨派」的假面具，並在北平解放以後偽裝進步，但是事實上這個報紙在北平復刊以來，對於中國人民解放事業始終抱着極端仇視的態度。它一貫地擁護蔣介石所發動的反革命內戰，忍心害理地把反對這種反革命內戰的人民污蔑為「匪諜」，號召人民擁護國民黨反動政府所謂「清匪除奸運動」，並且鼓吹組織亞洲反共集團，哀求美國干涉中國內戰。一直到中國共產黨毛澤東主席在今年一月十四日提出八項和平條件時，它還公然反對。北平市軍管會為了剝奪反革命分子的言論出版自由，保障人民的言論出版自由，決定把它封閉。對於成舍我主辦的另一種報紙《北平世界晚報》，也同時予以封閉。這兩種報紙已惡跡昭彰，北平人民輿論界早已一再要求人民政府禁止它繼續出版，在聽到這兩報被查封的消息以後，人心大快。〔註5〕

據曾任《世界日報》儲備課長的李鴻銘回憶：1949年2月24日，設在石

〔註3〕　中國社會科學院新聞研究所編：《中國共產黨新聞工作文件彙編》（上），新華出版社，1980年版，第189～191頁。

〔註4〕　中國社會科學院新聞研究所編：《中國共產黨新聞工作文件彙編》（上），新華出版社，1980年版，第268頁。

〔註5〕　《北平世界日報被封》，1949年2月27日上海《大公報》。

駙馬大街 90 號新聞專科學校內的報社印刷廠，正在緊張地印刷第二天報紙的副刊版。晚九時許，突然開過來一個排的解放軍，大門口馬上被幾個士兵警衛，禁止人員出入。吳範寰經理跟着三個軍代表也來了。學校員工當即被召集到印刷廠，聆聽文管會副部長錢俊瑞宣佈接收命令。錢部長宣佈《世界日報》即日起停刊，員工暫時不得隨意走動，等待研究後分別安置。報社立即組建了一個由吳範寰、李鴻銘等人參加的交接委員會，保管機器設備和物資賬冊，等待接收。軍管會留郭代表住在學校辦公室，負責具體的接收事宜。

過了幾天，郭代表來到李鴻銘的宿舍，找他瞭解成舍我的情況。郭代表問李鴻銘自己認為成舍我是什麼樣的人，他回答說：「成校長一貫跟孫中山總理走，他早年在北平辦的報，觸犯了軍閥張宗昌，結果被張派憲兵抓過；在南京辦的《民生報》觸犯了汪精衛，也被汪精衛逮捕，過了 40 天的鐵窗生活，最後雖然被釋放了，但他的《民生報》被宣判為永遠不得復刊；他在上海、香港、原在北平辦的日報、晚報、新聞專科學校以及在桂林辦的新聞學校全被日本鬼子沒收查封了。抗日時他又是國民政府遴選的參政員，那時國共合作時期，周恩來先生、董必武先生、鄧穎超女士等都是國民政府參政員，都是為了抗日，對嗎？」他又補充說：「我不懂政治，我的認識可能片面，我認為他對社會作了些好事，在桂林和重慶辦的新聞學校都是半工半讀，所招的學生大多數是窮孩子，是被日本趕走逃難的孩子，他辦的學校能給生活費用，不收學雜費，私人能辦這些事業，實在不易呀！」〔註 6〕

後來，文管會對《世界日報》員工作了四種安置辦法：（一）《世界日報》將改名為《光明日報》，凡願留報社工作的，一律留用；（二）凡願考革命大學和華北大學讀書的，一律由文管會開介紹信，前往報名；（三）凡願回家鄉的，由文管會給介紹信和返鄉路費；（四）查有罪行記錄的人，作開除處理。最後，報社員工中只有總編輯張愼之一人被開除，個別留下來繼續工作，多數年輕員工都進入了革命大學和華北大學。

1949 年 4 月離開北平的《益世報》社長馬在天則說：《世界日報》在解放軍進佔北平前後，本來已經表示「向人民靠攏」，但是終不免以「堅持內戰戡亂」、「為 CC 分子」、「違反人民利益」而遭到封閉。因為《世界日報》不是

〔註 6〕 中國人民大學港澳臺新聞研究所編：《報海生涯——成舍我百年誕辰紀念文集》，新華出版社，1998 年版，第 267～268 頁。

官僚資本，所以在名義上稱「封閉」而不是「接收」。當時，工人要求「清算」，職員要求「清算」，工人職員一齊要求「清算」。三次清算之後，《人民日報》又出面要求清算。《人民日報》是接收《華北日報》而出版的，清理賬目時發現《華北日報》曾經撥給《世界日報》60多噸白報紙——據說這批紙是 1945 年國民黨中宣部

成舍我為北平《世界日報》被封而發表的聲明，刊登於 1949 年 3 月 1 日《申報》。

飭令華北特派員、《華北日報》社長張明煒劃割給成舍我的。《人民日報》要討回這筆紙賬，按照當時的市價，《世界日報》需償付五萬大洋。報社把一切變賣，也抵不上這筆「巨債」。〔註7〕

成舍我是在上海聽到《世界日報》被查封的消息，他在南京廣播了自己的答辯，並立即寫了一份聲明，送請上海各報刊登。但是大家都不願登載，經成舍我多方請求，《申報》、《新聞報》於 3 月 1 日發表了這份聲明：

> 從報載陝北廣播，知余辛勤手創在華北具有悠久歷史之北平世界日報，已於本月二十五日被北平中共軍管會查封。余於去年九月底離平，十二月共軍突攻平津，交通隔絕。共軍入平，留平同人以安全關係，未能自動停刊。一月以來，平市秩序漸定，共軍控制全局，已無強令原有報紙「偽裝進步」之必要，故全市報紙數十家逐一被封，而世界日報之驅殼竟獨獲延至最後，此余對中共查封世界日報不特不應表示怨憤，且惟有怪其優異。尤其於封閉一切民營報紙中，獨對世界日報不惜辭費，發表長文廣播，申述若許理由，如此重視世界日報，更令余有不勝受寵若驚之感。世界日報自民國十三年創刊，數十年間，在任何朝代之下，幾無不遭受迫害，所謂查封，先後已不下數十次，而余個人之被捕下獄，數亦相等。廿六年北平淪陷，報社為日軍掠奪，及勝利復刊，余於署名之復刊宣言中，曾痛告國共雙方謂：共產黨若不改變政策，仍如政府所傳，專

〔註 7〕 馬在天：《「解放」後的北平新聞界》，載《新聞天地》（香港）第 71 期（1949年 6 月 25 日出版）。

以殺人放火鬥爭暴動爲能事，則政府用兵無法阻止；若國民黨不能
痛切覺悟，徹底改革，而仍蹈故襲常，因循泄沓，貪污腐敗，則人
民革命勢所必至。勝利以來，世界日報之每一主張，即無不遵此原
則出發，即在今日，對此原則，余仍未能發現應向任何朝代之槍口
刺刀下感覺懺悔。如中共認此爲「無黨派的假面具」，則余亦寧願戴
此面具以終生。所幸世界日報過去言論，一字一句，公正良善之廣
大華北人士，久有定評，初無待余之辯證，亦非任何人所能至曲。
而余於二十餘年前，一介書生，以僅有之數百元極少資金，獨力創
辦此報，迄至今日，被中共查封止，能在華北民營報紙中具有廣大
規模，擁有廣大讀眾，原因何在，眾所共見。然世界日報不特從未
接受任何朝代之任何支持，與其發生任何關係，甚至國民政府統治
下各地例有之低利文化貸款，亦向所謝絕。中共所查封之世界日報
資產中，每一機器之齒輪，每一鉛版之字粒，胥爲余及數百同人絞
腦汁流血汗以獲得。世界日報今雖暫時不能再向華北廣大讀眾供獻
超然獨立之言論，迅速確實之新聞，但過去數十年來華北廣大讀
眾，所給予世界日報滋育成長之鼓勵，正可堅強余及無數新聞戰士
爲新聞自由繼續苦鬥之信念。回憶抗戰時期，不特余之北平世界日
報爲敵摧毀，所有由余主辦南京、上海、香港之其他報紙，亦先後
胥遭掠奪。漢口、桂林則未及出版即告淪陷。而余終於勝利前夕，
在重慶復刊世界日報。余深信天地之大，中共能封閉余北平之世界
日報，然無法封閉余畢生獻身新聞事業發揮正義抵抗暴力之意志。
至中共廣播曾指余爲國民黨 CC 分子，此種惡毒的造謠，不特無庸
余一詞辯正，即作此廣播者，苟不自毀其諜報工作向稱卓絕之驚人
成績，則對當前各種派系情形，及余向不參加任何派系之鐵的事
實，稍加思索，亦必啞然失笑。好在任何朝代，均有其製造專銜，
污蔑異己之天賦特權，「國特」「匪諜」，易地皆然。此爲古今中外不
易之定律，而在今日爲尤甚。余亦惟有歎息政治道德之愈益衰落而
已。〔註8〕

　　中共將《世界日報》定性爲「惡迹昭彰」的「反革命報紙」而予以查封，
成舍我對此一直耿耿於懷。1988 年 7 月 12 日，臺灣《立報》創刊，他在發刊

〔註 8〕　《對北平世界日報被封事　成舍我發表聲明》，1949 年 3 月 1 日《申報》。

辭中，還不忘 40 年前的這樁公案。

　　北平和平解放後，吳範寰設法將成舍我的太太和孩子送走，又給老闆匯去了所需款項。1949 年 4 月，成舍我攜眷移居香港。

主持香港《自由人》

　　1949 年初，南京國民黨政府「戰敗求和」，試圖保有江南半壁江山。在立法院中，有一部分立法委員是贊同政府誠實地與中共謀取和平的。4 月 1 日，即南京和談代表張治中等赴北平那天，立法院主和派但懋辛、劉不同、張潛華等數十人聯名發表《我們對於和談的認識與態度》聲明，指出：「經過了三年沉重無比的內戰，其所顯示於我們目前最鮮明的印象，厥為面臨着一個自清末以來又一次空前的政治大變動，而且在變動的範疇、規模、原因以及形成上看，其動盪之烈與幅度之廣，確乎超越了一九一一年的辛亥之役和一九二七年的北伐戰爭。從歷史進程上看，我們應有自慚自疚的反省：這次政治變動不僅是廣泛的社會變遷中之方面表現，乃是來自最根本的人民革命。……歷史是一面無情的鏡子，由於國民黨領導階層遠離了革命的本旨，所以便遭遇到它難以洗刷的創痛。」聲明表示：「我們既然受到了這種慘痛的教訓，就應當有勇氣承認失敗，重新領悟中山先生革命精神的感召，和中共誠實地謀取和平。這不但是解決政治上空前大變動的對策，也是四億五千萬同胞所衷心嚮往的盛事。」為造成有利於和談的政治氣氛，他們把這份聲明彩印數萬份，在南京全市及和談代表出發的明故宮機場散發，使送行場面相當熱烈。

　　然而，國民黨政府最後拒絕在中共提出的《國內和平協定》上簽字，和談徹底破裂。人民解放軍當即揮師渡江，南京陷於末日恐慌之中。4 月 22 日，即南京被攻克的前一天，國民黨政府發出緊急通知，所有立法委員一律於本日撤退至上海。南京明故宮機場集中了 10 架運輸機往返京滬運送，另在下關車站備有專列，供不及搭乘飛機者撤退。這些立法委員到上海後，又被分批

送到廣州，在廣州還舉行了院會。身爲立法委員的成舍我，就是在這個時候舉家從上海到香港的。當然，也有立法委員不願做國民黨政府的「殉葬品」，並未隨隊撤退，而是就地隱蔽，準備迎接解放。

1949 年 5 月中旬，張潛華等一批曾經贊同和談的立法委員到達香港，與中共負責人邵荃麟取得了聯繫。張潛華向邵荃麟表示，出於良心上的驅策和政治上的責任感，迫使他們不能不和蔣介石及其反動集團徹底決裂，公開站到人民方面來，並請示他們該採取什麼行動，才能對人民事業有所貢獻。邵荃麟沒有當面答覆。過了兩天，邵荃麟告訴張潛華：立法院既然是國民黨的所謂民意機關，那麼你們就站在人民立場表示一下政治態度吧！如果能聯絡一些人發表一個聲明，一面抨擊蔣介石及其反動集團禍國殃民製造內戰的罪行，一面申述自己脫離反動政權歸附人民的決心與願望，這對於革命事業還是有意義的。邵荃麟還表示，完成這一任務後，歡迎大家到北平去。

這時，曾任南京和談代表的黃紹竑來到香港。黃紹竑也是立法委員，這批人希望他出面領導。黃紹竑已經從中共方面聞聽此事，同意共同推進這一政治運動。黃還認爲聯繫的範圍應該更大些，不必只限於立法委員，舉凡國民黨中央委員和高級將領，都可以去爭取。大家表示贊同，遂決定分頭進行聯繫，爭取在最短期內舉行集會。6 月 8 日，在九龍窩打老道黃紹竑寓所，舉行了第一次集會。這次集會，有 20 多人參加，連成舍我、程滄波、傅汝霖等人都聞訊而至，「這反映了當時國民黨人的彷徨無主和苦悶情緒。」〔註1〕

成舍我顯然不屬於這個群體，所以後來也就滯留在香港，沒有像黃紹竑、張潛華等那樣北上參加共產黨新政權。

成舍我屬於當時香港另外一個所謂的「自由人」圈子。由於國民黨統治在大陸完全失敗，王雲五、成舍我、阮毅成、程滄波等一批文化人相繼「流亡」到香港。他們既堅持反共立場，又對臺灣當局持觀望態度，以「自由人」自命。這些人本來就是朋友，爲瞭解彼此生活情況，約定每周餐敘一次，以免互訪之勞。後來加入的人越來越多，於是擴大發起每周一次「聚餐會」，王雲五被推爲召集人。參加餐敘的人，都能各說各話無拘無束地表達意見，但也有一個原則，就是每次所談，內容都必須是「如何反共，如何爭取自由民主」，其他一概免談。倘若有人覺得不合個人志趣，則參加與否悉聽

〔註 1〕 張潛華：《國民黨立法委員香港起義記》，全國政協文史資料研究委員會編《文史資料選輯》第 70 輯，中華書局（北京），1980 年版，第 133～138 頁。

尊便。〔註2〕由於港英政府禁忌政治性集
會，他們也覺得這樣散漫的每周座談會未
必能持久，最後決定出版《自由人》三日
刊，「既可藉此刊物益鞏固反共人士之聯絡
維繫」，又可免除港英政府之干涉。由座談
會發展到決定創辦《自由人》三日刊的過
程，王雲五曾有如下回憶：

成舍我 1952 年與三女嘉玲（中）、幼
女露茜攝於香港九龍鑽石山寓所。

> 每次參加座談會者，多至三十
> 餘人，少亦一、二十人，皆為文化
> 界人士，或為舊日與政治有關係
> 者，各政黨及無黨派人士皆有之。
> 後來我以香港政府最忌政治性的集
> 會，凡參加人數較多，尤易引起猜
> 疑，動輒干涉，加以如此散漫的座談，亦未必能持久，因於某次座
> 談會中提議創辦一小型之定期刊物，每周或半周出版一次，既可藉
> 此刊物益鞏固反共人士之聯絡維繫，且刊物一經向港政府註冊，則
> 在刊物辦公處所舉行的座談，皆可諉稱編輯會議，可免港政府之干
> 涉。……結果決辦三日刊，定名為《自由人》，其資金由參加座談會
> 人士各自量力提供。我首先代表華國出版社提供港幣一千五百元，
> 此外各發起人分別擔任，或一千、或五百不等；並決定撰文者一律
> 用真姓名，以明責任。其後，又決定委託《香港時報》代為印刷發
> 行。〔註3〕

「自由人」之一阮毅成則回憶：1951 年 1 月，大家又在高士威道舉行餐
會，公推王雲五先生主持，進一步商談出版事宜。當即決定出版三日刊，仿
小型報格式編輯。阮毅成建議刊物的名稱叫《自由人》。他說：「臺灣已有《自
由中國》與《自由談》兩個刊物，我們反共即爭取自由，何不名為《自由人》？
眾皆贊成，議遂定。」〔註4〕這次餐會決定《自由人》在農曆新年後出版，隨
後推出董事會第一任董事：左舜生、成舍我、阮毅成、端木愷、許孝炎、陳

〔註2〕 阮毅成：《自由人參加記》，《中山學術文化集刊》（臺灣）第 24 集。
〔註3〕 郭太風著：《王雲五評傳》，上海書店出版社，1999 年版，第 365 頁。
〔註4〕 阮毅成：《自由人參加記》，《中山學術文化集刊》（臺灣）第 24 集。

訓念、陶百川、程滄波、樓桐孫，左舜生爲董事長；第一任監事爲王雲五、
金候城、雷震。組織管理實行社長制，公推成舍我爲第一任社長兼總編輯，
陶百川爲副總編輯，編輯委員16人。卜少夫爲總經理，並以他的名義在香港
政府登記立案。

1951年3月7日，《自由人》三日刊正式創刊。創刊號上，原始發起人的
名字赫然排列，一篇洋洋灑灑的發刊詞，訴說着此時此地這批「自由人」的
政治立場與態度：

　　……

　　我們現在簡單明瞭地指出，今天世界人類只有兩個壁壘，一個
是「人的社會」之壁壘，一個是「非人社會」之壁壘。這兩個社會
的摩擦，今天已到了白熱化的程度。全世界「方趾圓顱」的芸芸眾
生，今天必需自己有一選擇，我們參加「人的社會」呢？還是加入
「非人的社會」？人的社會中每一個人，不但具有五官四肢，有機
的各種機能，他還有思想、有靈魂。換句話說，「人的社會」中每一
個人，是有人性，有人格。根據了人性與人格，發揮其個性，以增
加社會之幸福與個人之生活水準，從而增進世界的和平與人類的文
明。在另一方面，一個「非人社會」中，雖然「方趾圓顱」的眾生，
具備了人的形態，但是除了形態以外，他沒有思想與靈魂。「非人社
會」中只是一群動物，每一個「方趾圓顱」的動物，既不許其有人
性，亦不能讓其有人格。他們是機器，他們是奴隸，他們的動作行
爲，是不讓自己有任何的主宰。他們是一群牛馬，一群綿羊，他們
的一舉一動，是受牧人的操縱指使，他們沒有自己。他們是大編組
中一個微小的東西，他們的社會是一部機器，每一個人是機器上的
螺釘或零件，他的生存是爲着整部機器，沒有零件或螺釘的地位。
猶如「非人社會」中的個人，其生存爲着少數專制的寡頭，他們沒
有生存的價值。

　　「人的社會」中因爲有人性與人格，所以個人有尊嚴，也有個
性的創造。各個人發揮其個性的創造，因而有物質的發明，藝術的
成功。那個社會中具體而現實的特質，是人民生活水準的提高，社
會福利的設備，以及親愛與合作的氣氛。每個人爲着自己而生存，
也爲着人人而生存。個己與群體，相互調和其需要而消除其矛盾。

「非人社會」中不許有人性，而只有所謂紀律，不讓各人保持有人格。同時視各人的個性爲執行紀律的障礙，所以盡力設法毀污各個人的人格與其個性。惟有各個人的人格與個性毀滅以後，然後整個社會，可以隨着少數的寡頭們爲所欲爲。在這種社會中，多數人在欺騙的口號下而被迫害，而儘量降低生活水準，惟被少數的專制寡頭得以窮奢極欲。各個人不僅消極的不許有人性，而且極力鼓勵各人做反人性的行爲。「自白」、「悔過」、「清算」、「鬥爭」，就是「反人性」積極的表現。製造矛盾衝突，乃至布滿仇恨猜疑憂懼。人民在此種氣氛中，僅僅以免於凍餒、免於一死爲幸事，不敢再望生活之有水準，更不敢再求社會予以福利。每個人爲着所謂「國家」而生存，每個人是奴隸，是牛馬，奴隸牛馬不能再望有人的一切權利與幸福。

......

我們謹以此小小刊物《自由人》，貢獻於全世界凡是不願做奴隸的人們，也就是我們這一群人，決心獻身於這一運動的開始。全世界和平民主的人士：我們要做人，我們要做自由人。每個人爭取了自由，每個人做到自由人，世界才有民主和平，人類才有幸福與光明。

發刊詞把世界分爲「人的社會」與「非人社會」兩大壁壘：「人的社會」中人有人性、人格與個人尊嚴、個性創造，每個人爲自己而生存，也爲人人而生存，因而生活幸福，社會和諧；「非人社會」不讓人保有人性與人格，而且鼓勵人做反人性的行爲，專制寡頭通過所謂的紀律約束大多數人而自己爲所欲爲，全社會生活水準低下，充滿仇恨猜疑，每個人是奴隸，是牛馬，不敢再奢望有人的權利與幸福。文章說，每個人都想做人，參加「人的社會」，這是天經地義之事。那麼，做人的主要條件是什麼？「自由是做人的主要條件」，要做人必先得自由，得着自由，方可做人。因此，「我們揭着自由的大纛，叫着『做人』的口號，開始『自由人』的運動。爭自由，爭人性，發動全人類自由人性的力量，去打倒與剷除『共產帝國主義』反人性的非人社會。」

這篇被阮毅成譽爲「擲地作金石聲」的發刊詞，出自程滄波之手。它實際上揭示出《自由人》的兩大宗旨：第一要反共；第二要爭自由民主。爲了

貫徹這兩大宗旨,「自由人」們特別宣佈三點:第一,凡參加《自由人》的人,必須輪流寫稿,而且要署真實姓名,以示負責;第二,在經濟方面,絕不接受美國人的幫助;第三,絕不接受臺灣國民黨方面的津貼。〔註5〕

但是,《自由人》刊行不久,即面臨停刊危機。首先是經費拮据。刊物的創辦經費及經常費,來自發起人的捐助。為了節省開支,《自由人》委託《香港時報》印刷,費用由該報暫時記賬。由於經營狀況不佳,1951 年年底,《自由人》即有「斷炊」之虞。到 1953 年 3 月,《自由人》已積欠《香港時報》印刷費 6000 元和 11 期稿費,難以為繼。其次,王雲五、程滄波、阮毅成等發起人紛紛離港赴臺,香港「自由人」聲勢日衰。到 1951 年年底,已有三分之二的發起人去臺灣定居。第三,發起人之間政治思想發生矛盾。這些所謂的「自由人」,雖然幾乎都從事文化工作,但是大多與現實政治有瓜葛,具有濃厚的政治意識。例如,王雲五曾出任國民政府行政院副院長,程滄波前後擔任過近 10 年的《中央日報》社長,左舜生是青年黨主席,金候城為民社黨人,雷震則是國民黨後起之秀。這個頗似一小型「聯合政府」的「自由人」團體,難免不發生政治思想的分歧。

最大的問題乃在於編輯尺度很難掌握。這些「自由人」一方面要反共,但是香港環境複雜,不能不有所顧忌;另一方面要向臺灣國民黨當局爭民主、自由,如果爭的太多,就會被人猜疑是共產黨的「同路人」。在這種情境之下,編輯尺度很難做到「恰如其分」。《自由人》號稱超越黨派,「絕不接受任何津貼」,實際上在變相接受國民黨的資助。為《自由人》賒欠代印的《香港時報》,是國民黨中央在香港辦的機關報,當時的社長許孝炎,也是《自由人》發起人之一。陳誠任「行政院長」期間,某「立法委員」意外發現,「行政院」向「立法院」送審的年度決算中,列有補助「香港自由人社反共宣傳費」一項。〔註6〕後經查證,說這筆錢並沒有收在《自由人》的賬冊上,不過總讓人有「此地無銀」之想。

這批所謂的「自由人」,幾乎都與國民黨有關聯,只是關係有疏有密而已。因此,他們刊行的《自由人》,一邊反共,一邊維護臺灣國民黨的權益,決非所標榜的「超於黨派之外」。1952 年 2 月,在臺「自由人」王雲五、程滄

〔註 5〕 馬之驌編著:《新聞界三老兵》,經世書局(臺灣),1986 年版,第 269～270 頁。

〔註 6〕 馬之驌編著:《新聞界三老兵》,經世書局(臺灣),1986 年版,第 280 頁。

波、黃雪村、王新衡、樓桐孫、吳俊生、陳石孚、陶百川、雷震、阮毅成等舉行餐會，會上有人提出，《自由人》的編輯尺度已經出現了偏差。經過討論，決定請阮毅成起草一函，大家共同署名，致香港的左舜生等，請其注意：

> 弟等今午聚餐，談及《自由人》編輯態度。回溯創辦之初，原屬超於黨派之外。因此，鑄秋兄（端木愷）月前自港返臺，所述一節，不擬加以考慮。兄等在港主持，辛勞至佩，自亦必贊同弟等態度也。爾後港方報刊，如對於「臺灣中華民國政府」，惡意攻訐，或無理批評，《自由人》似不便自居中立，宜即加以駁斥。如有《中國之聲》作者來稿，希勿予以刊登，以嚴立場。再則，此間對第三方面各事，多持私人消息。語多片段，難窺全貌。斯後尚懇時將各方動態，擇要見示。既可為撰稿之參考，亦為知己知彼之一道。《自由人》素以民主反共為宗旨，創行以來，瞬將一載。此皆兄等艱苦奮鬥之成績，不勝佩敬。專此奉候，並請著安！〔註7〕

信中提到的《中國之聲》，是中國自由民主戰鬥同盟（簡稱「戰盟」）創辦的一份刊物，張國燾、李微塵先後擔任主編。戰盟是1952年香港地區出現的一個秘密政治組織，以第三種力量自居，既反對蘇聯和中國共產黨，也反對臺灣國民黨蔣介石集團，發起人有張發奎、張君勱、顧孟餘、童冠賢、張國燾、李微塵等。〔註8〕這封信中提到的「第三方面」，應該就是指「戰盟」。在臺「自由人」認為香港《自由人》與第三勢力即戰盟有關聯，所以在信中委婉提及，提醒左舜生等在港「自由人」注意。在反共這一點上，戰盟與「自由人」立場一致。但是戰盟同時又反國民黨，「自由人」就不能接受了。可見，「自由人」是一個反共而支持國民黨的文化團體。

即便如此，臺灣國民黨當局對《自由人》仍時有干涉之心。王雲五等在臺「自由人」鞭長莫及，《自由人》難免會登載一些「不妥」文字，引起臺灣執政當局注意。1955年春，臺灣執政當局認為《自由人》的問題已到嚴重地步，必須給予正面干涉。3月26日下午，阮毅成到國民黨中央黨部參加宣傳政策指導小組會議。阮當時任《中央日報》社長，所以被指定與會。國民黨中央黨部秘書長張厲生在會上報告：香港《自由人》三日刊，近日言論記載，

〔註7〕 阮毅成：《自由人參加記》，《中山學術文化集刊》（臺灣）第24集。
〔註8〕 參閱楊天石著：《抗戰與戰後中國》，中國人民大學出版社，2007年版，第628～634頁。

愈益離奇，須採取停止進口處分。阮毅成當即起立，說明《自由人》的創辦經過，並向與會者解釋：臺北各位同仁，久未聞港事；王雲五也曾專門去函港方，請以後不要再刊載不妥文字。國民黨基於安全上的考慮，執意要給予《自由人》「停止進口」的處分。王雲五約請在臺「自由人」在端木愷家集會，商討對策。討論結果，達成如下決議：「本刊如不能銷臺，勢必停刊。爲避免使政府蒙受摧殘言論之嫌，希望政府妥愼處理，使其能繼續出版。在臺同仁願意退出。惟在港同仁意見如何，亦盼政府逕與洽商。」會後，由阮毅成、許孝炎將此決議轉達國民黨中央黨部查照。中央黨部規定《自由人》以後不准再與《香港時報》發生關聯，一場風波暫告平息。4 月 15 日，大家又在成舍我家中聚餐，討論決定：在臺同仁既已必須退出，《自由人》也不能再依靠《香港時報》印刷；外界聞知中央處分，必不願再認捐，環境困難如此，只可宣佈停刊。〔註 9〕不過《自由人》並未停刊，一直出到 1959 年 9 月 13 日方才結束，一共刊行了八年半時間。

　　成舍我 1952 年底離港赴臺定居，擔任《自由人》社長兼總編輯將近兩年。這一時期的成舍我，在《自由人》及其他刊物上，發表了大量言辭激烈的反共文章。他稱中共的「鎭壓反革命」爲「大屠殺」，諷刺中共當局讀水滸演義讀多了，爲了證明被殺者死有餘辜，替被殺者拼命製造種種驚人罪行，將其刻畫成妖魔鬼怪。說大陸幾億善良的羔羊正在俯首待斃，中共盡可痛殺一陣，何必自討麻煩，製造那些不倫不類的罪狀。〔註 10〕1951 年端午節，他在《自由人》上撰文，指責共產黨造成了中國「父子不相見，兄弟妻子離散」的悲慟局面。〔註 11〕1952 年新年，他應卜少夫之約，在《新聞天地》上談對新年大局的看法，將共產黨與旋勝旋敗的李闖王相提並論。

　　成舍我主持《自由人》期間，中國人民志願軍與以美國爲首的聯軍在朝鮮血戰方酣。評說韓戰，自然是成舍我的主要話題。他指責中共誇耀「人力無窮」，將「鐵幕中的羔羊」源源不斷地趕往朝鮮戰場。〔註 12〕聯軍佔領漢城後，是否重越「三八線」，眾說紛紜。他撰文分析：「中共一天不宣佈取消『一邊倒』，我就一天有理由相信，只要聯軍掌握了充分兵力，不但會越過三八線，並會打到鴨綠江。最後，時機到來，並一定會轟炸中共基地，蕩滅秧

〔註 9〕 阮毅成：《自由人參加記》，《中山學術文化集刊》（臺灣）第 24 集。
〔註 10〕 舍我：《煎人心下酒切人肉出售》，載《自由人》，1951 年 2 月 6 日。
〔註 11〕 舍我：《誰迫使我們骨肉離散》，載《自由人》，1951 年 6 月 9 日。
〔註 12〕 舍我：《人力是否眞的無窮？》，載《自由人》，1951 年 3 月 10 日。

歌王朝。」〔註13〕艾森豪威爾宣佈就任歐洲盟軍統帥，與麥克阿瑟分掌世界兩大戰區——西歐和遠東的軍權，成舍我興奮不已，他建議美國內部集中力量，支持分處兩大戰區的統帥，並切望所有盟國同德同心，「打倒人類惡魔，保障民主自由」。〔註14〕從成舍我的韓戰評論中不難看出，他是寄希望於聯軍戰勝人民志願軍，甚至「蕩平」共產黨新政權的。

成舍我與夫人蕭宗讓、三女嘉玲（右）、幼女露茜。

　　作為一名報人，這一時期的成舍我特別關注共產黨治下的新聞宣傳事業，撰寫了多篇相關文章。在這些文章中，他詆毀中共「鏟盡非共報紙，殺光非共報人」，治下的中國大陸「沒有絲毫的言論自由與人權保障」，是不折不扣的「加料張宗昌」、「超級希特勒」，已成為「中華民國自由報人第一號公敵」；〔註15〕攻擊中共的宣傳工作完全是說謊，報紙內容千篇一律，編排完全倒退，強派勒銷而發行依然下跌，中共「以詐騙得中國」，但是「以詐騙治中國」卻遭到了致命的失敗。〔註16〕他自稱以「純報人」的觀點，從技術方面對中共報紙三年來的情況進行了考察：（一）新聞幹部，無知懶惰；（二）新聞內容，互相衝突；（三）記者粗心大膽，捏造新聞；編輯不假思索，信手發稿；（四）文章互相抄襲，報紙踴躍刊登；（五）編輯工作混亂，「一魚兩做三做，一稿再版三版」；（六）錯字嚴重，大鬧笑話。成舍我由此而得出這樣的結論：「『共匪』連報紙都搞不好，都得不到自己工作幹部的衷誠協力，則它有無本領，將整個大陸一手搞好？縱觀各種跡象，『共匪』日趨崩潰，這一問題，任何人都可解答，用不着我叮嚀反覆，浪費筆墨，再為申說了。」〔註17〕

〔註13〕 舍我：《聯軍為什麼不越過三八線》，載《自由人》，1951 年 3 月 17 日。

〔註14〕 舍我：《聯軍危機在七嘴八舌》，載《自由人》，1951 年 4 月 4 日。

〔註15〕 成舍我：《「共匪」是記者第一號公敵》，1952 年 9 月 1 日香港《工商時報》。

〔註16〕 成舍我：《「共匪」將亡於宣傳》，載《自由中國》第 5 卷第 8 期（1951 年 9 月 27 日出版）。

〔註17〕 成舍我：《替「匪區」報紙做一次總清算》，載《報學》第 3 期（1952 年 8 月 1 日出版）。

　　新中國成立初期，一些問題確實存在，但決非像成舍我所說的那樣聳人聽聞。中共獲得勝利，建立政權，民心所向，大勢所趨，豈是「詐騙」所能得之？歷史已經證明，成舍我當時的推斷乃一廂情願，完全錯誤。對共產黨新政權的仇恨，觀念、主義的森嚴壁壘，使一個報人失去了應有的客觀、冷靜與理性。

　　誠所謂「世事茫茫難自料」。1951 年 7 月，正是成舍我不遺餘力地攻擊、詆毀共產黨新政權之時，他 16 歲的獨子成思危卻背起行囊，離開香港，在二姐成幼殊的接應下，走過羅湖橋，回到了新中國。妻子蕭宗讓捨不得這唯一的兒子，天天以淚洗面，但怎麼勸都沒用。成舍我對子女實行「三不干涉」政策——不干涉子女的政治傾向，不干涉子女的職業選擇，不干涉子女的婚姻家庭，知道兒子去意已決，也沒有過多勸阻。成思危回大陸後，成家從香港遷居臺灣，起初彼此還能保持聯繫，但後來就漸漸地斷了線。母親思兒心切，趁送女兒出國留學的機會，來到香港，寫了 100 多封信希望能找到兒子，但全都石沉大海，音訊全無。蕭宗讓 1964 年在臺灣去世，臨終也沒能再見到兒子一面。成舍我與成思危父子相見，已是 28 年後的 1979 年，在大洋彼岸的洛杉磯、女兒成露茜家中。

八十到頭終強項

　　1952 年底，在香港對共產黨新政權「口誅筆伐」了三年的成舍我，感到中國的政治巨變已成定局，遂舉家遷往臺灣。他本擬復刊《世界日報》，但退居臺灣的國民黨，此時已實行「報禁」，不允許在臺灣創辦新報或復刊原有報紙。如果確要辦報，必須購買現有報紙，改頭換面後刊行。成舍我不屑像寄居蟹換殼那樣偷偷摸摸辦報，向國民黨文化宣傳部門力爭復刊《世界日報》。幾經爭取，國民黨宣傳部長陶希聖答應《世界日報》在臺復刊，但是陶希聖將此案呈報給最高當局時，遭到否決。後來，陶希聖曾找成舍我商談，告訴他上面有意讓一些過去在大陸有聲望的報紙在臺出版，點撥他最好直接給「蔣公」寫信。成舍我謝絕了陶的建議，他說：「這封信我不能寫，因爲《世界日報》一向是民營報紙，我一旦寫信給蔣公，他必然會對我有所要求，我也必然要對他有所承諾，這就束縛了我辦報的手腳。因此我只能正式向政府申請出版《世界日報》，而不是給蔣公寫信。」據說陶希聖向蔣介石彙報後，蔣大發雷霆，親筆批示道：「此人不宜讓他在臺灣辦報。」〔註1〕

　　在這樣的政治環境下，成舍我就打消了辦報的念頭，開始在臺灣創辦世界新聞職業學校，致力於新聞傳播教育，由「一代報人」成爲「新聞教育的巨擘」。人生事業方向的這種轉變，成舍我曾有如下記述：

　　　　我到臺灣以後，即準備在臺恢復《世界日報》，惟此時臺灣已有
　　了所謂的「報禁」，爲節省紙張油墨，不許有新報出版，如果要辦，
　　只有購買現有一家營業不佳、計劃出頂的報紙，改變登記，更換報

〔註 1〕 中國人民大學港澳臺新聞研究所編：《報海生涯──成舍我百年誕辰紀念文集》，新華出版社，1998 年版，第 155～156 頁。

名。也有不少熱心朋友，爲我介紹，但我認爲辦報，尤其此時辦報，主要爲反共，而非如我過去爲開創自己的新聞事業，這是一件何等光明正大的事，既然「國家」不需要我辦報，又何必鬼鬼祟祟去頂替別人的招牌？我婉謝了這些朋友的好意，四十一年到四十四年，這幾年中，我就斷絕了辦報念頭，一面教書，一面寫點評論或專欄之類的文章。四十二年四月十八日，我在《新生報》寫了一篇《需要一萬名新聞幹部回大陸》的專論，強調新聞教育的重要，許多新聞界、教育界的朋友，看了多勸我，既然你相信辦一個新聞學校，訓練反共新聞幹部，倡導新聞自由，比僅僅辦一張反共報紙，功效更大，那麼，你何不率性辦一所新聞學校？我對於這一建議，再三研考，我最顧慮的，是那時我已快近六十歲，所謂十年樹木，百年樹人，雖然我無法等待百年，但要看到一所學校，稍具規模，起碼得廿年以上的努力，我能否再活廿年？鼓勵我的朋友，尤其程滄波先生，他這樣說，馬相伯先生，在滿清末年，創辦震旦大學及復旦大學，都是在他六十歲左右，他還能眼見他的學生于右任及其他高足，勳業彪炳，事業成功。那麼，安知你不能有他那樣的運命。即使萬一中途不幸，只要這個學校，有了好的開始，許多朋友，也會幫你繼續辦下去。世界新聞學校，就是在如此熱情鼓勵下，開始籌辦的。〔註2〕

　　當然，辦學也需要得到當局的批准。與辦報相反，上面對成舍我辦學非常熱心，主動地促成此事。據女兒成嘉玲回憶，請求復刊《世界日報》被否決後，成舍我沒多說話，開始埋頭給報紙寫評論，並到幾所大學兼課。這種沉默的態度，讓一些人感到不安，於是有人向當局建議：「成某人是個閒不住的人，不讓他辦報，也應該讓他做些大一點的事，否則會悶出問題來。」經過一番討論，當局最後認爲讓成舍我辦學校，應是兩全之策。於是，「教育部長」張其昀親自登門，極力慫恿成舍我辦學校。〔註3〕

〔註2〕　成舍我：《我如何創辦世新》，原刊於 1976 年 10 月 15 日臺灣《聯合報》，爲成舍我紀念世界新聞專科學校建校 20 週年之演講。《成舍我先生文集》（港臺篇 1951～1991），世新大學舍我紀念館暨新聞史研究中心，2007 年版，第 560～561 頁。

〔註3〕　中國人民大學港澳臺新聞研究所編：《報海生涯──成舍我百年誕辰紀念文集》，新華出版社，1998 年版，第 165 頁。

朋友們的鼓勵和當局的支持，使成舍我終於下定決心，再度興學。1955年，他邀請新聞界、文化界朋友于右任、王雲五、蕭同茲、黃少谷、端木愷、程滄波、陳訓悆、阮毅成、張明煒、辜振甫、葉明勳等 19 人，發起籌備「世界新聞職業學校」。

成舍我面臨的最大困難是籌措經費。他估算了一下，即使開辦的是一所高、初級職業學校，除了地皮，至少仍需要二三百萬，方可動手。自己雖然很早就做了報業老闆，「薄於資產」，但是經過數次世變，早已丟失殆盡；發起人也多為一介書生，家無餘財。經過發起人會議研商，決定分別向熟識而有錢的朋友勸募。成舍我也親自出馬，四處募捐。有一次，他接到一位發起人的朋友的電話，要他去拜訪某煤礦老闆，說這位老闆答應捐 5000 元。該公司離他家很遠，當時還沒有計程車，成舍我先打電話約定，然後坐了三輪車前往。不料快到公司附近，三輪車的一個輪子突然飛去，把他重重地摔在地上。幸好沒受重傷，成舍我站起來拍拍隱隱作疼的雙腿，勉強走到媒礦老闆所在的三樓。誰知事先約好的這位老闆，竟然說臨時有要事，請他明天再來。成舍我沒好氣地說：我明天不能來，可能要進醫院了！這位老闆總算沒有食言，過了幾天，派人把認捐的 5000 元錢送到了成家。

經過大家的不懈努力，最後募到 30 萬元。成舍我又向朋友告貸，並且將住宅向銀行抵押貸款，購得臺北縣木柵鄉溝子口一片荒山野溝作為校址，蓋起了一幢簡易校舍和一座實習印刷工廠，購置了一些必需的教學設備，真正是「篳路藍縷，以啟山林」。1956 年 10 月 15 日，世界新聞職業學校正式開學，董事會公推成舍我任董事長兼校長。〔註4〕在開學典禮上，成舍我對僅有的 63 名學生說：「我以年將 60 歲的老人，敢向同學保證，我一定將我未來的生命，全部貢獻給這個學校。」〔註5〕

「世新」創校的最初幾年，學校所在地木柵鄉溝子口還不通汽車，也沒有電話通市區，成舍我每天早晨從信義路麗水街家裏，坐三輪車趕往學校，要在高低不平、滿地泥濘的路上顛簸一個多小時，有時上下午要各跑一次。曾經功成名就的成舍我，在花甲之年，還能夠如此吃苦耐勞，自強不息，確

〔註 4〕 1960 年，「世界新聞職業學校」改制為「世界新聞專科學校」，董事會改推蕭同茲為董事長，成舍我專任校長。1973 年 11 月蕭同茲去世，成舍我由校長兼代董事長。1975 年 8 月後，成舍我專任董事長，不再擔任校長一職。

〔註 5〕 中國人民大學港澳臺新聞研究所編：《報海生涯——成舍我百年誕辰紀念文集》，新華出版社，1998 年版，第 173 頁。

實讓人感佩敬慕。在他全身心的經辦下，學校事務很快就上了軌道。四年後，當局以「世界新聞職業學校」辦學成績優良，正式核准升格爲「世界新聞專科學校」。

在當初發起人會議上，成舍我曾鄭重地指出，辦報與辦學雖然同是極其重要的文化事業，但兩者的基本出發點卻正好相反：近代報紙，是自由經濟下大規模營利事業之一，賺錢越多，越顯得報紙辦的成功；學校則不然，不能以營利爲目的。公立學校，全部支出由中央或地方政府負擔，政府支付的經費越多，辦得越好。私立學校，則全靠私人捐助，捐助的目的，只是興學，不爲謀利，捐來的錢越多，學校才能辦得越好。換句話說，就是辦私立學校，要陪錢越多，才算辦得越成功。正是基於這樣的認識，發起人會議才決定由大家分頭勸募辦學經費。但是苦口婆心一年多，最後只募得 30 萬元。這一結果使成舍我深切認定，要使「世新」不中途夭折，並能夠逐年壯大，必須放棄那套等待工商界不斷捐助、陪錢越多學校越成功的想法。「我們既不能以辦學爲營利事業，改募捐爲『募股』，勸人投資辦學店，我們就只有咬緊牙關，以工商界私人營利精打細算的精神來辦此涓滴歸公、非營利的私人學校。」〔註6〕於是，成舍我決定仍採用當年 200 元創辦《世界晚報》再辦《世界日報》的做法，以學校現有的這點兒微薄基礎，厲行節約，慘淡經營，特別是 1968 年木柵鄉由臺北縣改隸臺北市，學校的地價升漲，「世新」的各項財產合計已達到 20 多億元。爲了使學校由「專科」改制爲「學院」，成舍我竟然一舉將其全部捐出，組成「財團法人」。根據臺灣的法律規定，財產一旦捐入財團法人，即屬該財團法人所有，不得再轉移給任何私人或私人企業。「世新」草創之初，經費短絀，成舍我常常把自己在其他學校兼課所得的鐘點費、稿費甚至「立法院」的薪俸，都帶到學校應急。等到財力堅實了，爲了學校的進一步發展，他又慨然捐輸，這樣的豪情壯舉，不是任何人都能做到的。

成舍我在北平、桂林也辦過學校，但那只是自己辦報的附屬事業。到臺灣後，報紙不允許辦了，辦學就成了自己的「主業」。成舍我最初的構想是辦一所新聞學院或新聞專科學校，但是當時當局嚴格限制設立大學或專科學校，他只好先從職業學校辦起，待時機成熟後再逐步升格。1960 年，「世界新

〔註6〕 《成舍我先生文集》（港臺篇 1951～1991），世新大學舍我紀念館暨新聞史研究中心，2007 年版，第 562～564 頁。

聞職業學校」被核准升格爲「世界新聞專科學校」，事業蒸蒸日上，遂於 1964
年呈請改制爲「世界新聞學院」，獲准先行籌備。由於種種原因，「世新」改
制爲學院醞釀了 20 多年，到 1989 年還沒有實現。成舍我自覺身體日衰，遂
利用假期把在美國工作的幼女成露茜召回，幫助自己謀劃籌措。炎炎夏日，
父女兩人對桌而坐，每天都忙到深夜才收工回家。1991 年 3 月，「教育部」終
於批准「世界新聞專科學校」改制爲「世界新聞傳播學院」。此時成舍我已再
度發病，住進了醫院。成露茜拿着批文，興沖沖地到醫院去告訴父親。成舍
我拿起慣用的放大鏡開始一個字一個字地看，還沒有看完一行，就迫不及待
地對女兒說：「還是你念給我聽吧！」他終於在有生之年，聽到了自己手創的
「世新」，由專科技術學校獲准升格爲大學的消息。一個月後，他便安然而
逝。1997 年，「世界新聞傳播學院」在女兒成嘉玲手裏，又奉准改制爲「世新
大學」。50 年來，「世新」培養了數萬名新聞傳播專業人才，畢業生遍佈臺
灣、香港各大媒體。在臺灣的新聞傳播界裏，「世新」具有相當程度的重要性
和影響力。「老校長」成舍我以自己後半生的全部心血，培育了巍巍學府，夭
夭桃李。有人說，「世新」與成舍我，是一而二、二而一的關係，生命交融，
不可分離。

　　成舍我到臺灣後走上專業辦學之路，是無可奈何之舉，並非自己的初
衷。自喻爲「新聞界逃兵」的他，豈能忘懷自己所鍾愛的辦報事業？「世新」
創辦第二年，他就辦了一份校內刊物《小世界》周刊，供學生實習。學校改
制爲專科後，他又把《小世界》向官署申請登記，正式對外發行。爲了讓學
生直觀瞭解一般報社的運作、管理，成舍我特意使《小世界》的組織設置和
一般報社大致相同，也分編輯、經理兩部。編輯內容方面，如社論、專欄、
副刊、新聞處理原則及版面格式等，都有規則式的教學意義，可謂「麻雀雖
小，五臟俱全」。《小世界》只是一份學生實習的刊物，而且篇幅僅有四開
大，但是成舍我依然像當年辦《世界日報》和《立報》那樣，全力以赴，
饒有興致。他不但指導學生在《小世界》實習，而且還常常親自出馬採訪新
聞，撰寫評論。1967 年 8 月 18 日，成舍我從日月潭避壽回到臺北，列車進站
時，已經是上午 10 點 45 分，距下班的時間只有一個多鐘頭。他先趕往「立
法院」開會，然後到「監察院」，向陶百川委員採訪有關地方民意代表言責的
新聞。第二天，他採寫的新聞便刊登在《小世界》一版頭條。每一期《小
世界》的清樣，從第一版的刊頭到第四版的廣告，他都要親自校對一遍。某

一期的廣告欄中，排字工人把「茲遺失牙骨印章一枚」，誤排成牙「膏」印章，擔任校對的同學都沒有發現，竟被他校了出來。他在學生實習檢討會上作為例子，告誡大家：「任何一個字的小錯誤，都可能造成不堪設想的後果。」一位「世新」的學生畢業後留在《小世界》工作，某次疏忽大意被成舍我發現，成在他的採訪日志上批示：你再不認真努力，恐怕永遠和新聞工作絕緣了。〔註7〕

　　成舍我最大的心願是在臺灣辦一份真正的「好報紙」，但是當局實行「報禁」，他只能在《小世界》這個「螺獅殼」裏「做道場」。1988 年 1 月 1 日，臺灣「報禁」正式解除，91 歲的成舍我奮其餘勇，毅然於當年 7 月 12 日創刊臺灣《立報》。如此高齡還創辦新報，這在世界新聞史上也絕無僅有。

　　成舍我 1947 年在北平被選為「行憲」後第一屆「立法委員」，到臺灣後仍然擔任，直到 1991 年 2 月才因老病自動辦理了退職手續。不過，早年他在「立法院」以緘默聞名，對政府上的事很少發言。他在擔任國民參政會參政員時，就是位「不提案、不發言、不投票」的「三不主義」者。其實，成舍我不是不說話，而是不隨便說話。1955 年 3 月 4 日，在「立法院」第十五會期第五次公開會議上，他向「行政院長」俞鴻鈞提出「人權保障」與「言論自由」兩項嚴厲質詢，讓人有「不鳴則已，一鳴驚人」之感。

　　關於「人權保障」問題，成舍我主要是針對「國大代表」龔德柏「失蹤案」有感而發的。龔德柏曾在南京創辦過《救國日報》，是出名的反共抗日死硬派，1950 年初攜眷到臺灣，被蔣介石委以「國大代表」和「光復大陸設計研究委員會委員」。當年 3 月 9 日，龔德柏應邀到新竹「國防大學」演講，話題雖是反共，但不忘捎帶痛罵孔祥熙、宋子文等貪污舞弊幾句。演講結束後，突然不知去向。五年來，龔的妻兒沒有見過他一面，妻子急得頭髮脫落成光頭，一家大小，啼饑號寒。龔德柏在新聞界人稱「龔大炮」，口無遮攔，人緣很差，所以「失蹤」後沒有朋友為他奔走。龔德柏當年曾跟成舍我一起辦《世界晚報》，任總編輯，後離去自辦《大同晚報》，成為成舍我的競爭對手，兩人為此還打過「口水仗」。在眾人都沉默不語的時候，一向緘默的成舍我卻挺身而出，在「立法院」會議上公開批評當局「不審、不判、不殺、不放」的做法，為龔德柏爭人權：

〔註7〕　臺北世界新專學生集體記述：《師門沐恩記──我們敬記成舍我先生的訓誨》，載《新聞天地》（香港）第 1021 期（1967 年 9 月 9 日出版）。

這五年中，他究竟犯的什麼罪？關在什麼地方？誰都不知道，但似乎誰都知道。這五年中，他沒有受審，沒有判罪，沒有槍斃，卻也總沒有回家。此外又似乎誰都知道，龔德柏這個人，只在此島中，雲深不知處。有人說，因為他一生信口罵人，人緣太壞，沒有朋友替他奔走，所以儘管失蹤了五年，「不審、不判、不殺、不放」，主辦這個案件的人，也就覺得很放心，不會引起何種反響。……誠然，他人緣不好，朋友不多，不過，我相信，龔德柏沒有人緣，龔德柏卻有人權，龔德柏縱無朋友支持，像這樣「不審、不判、不殺、不放」，卻可以激起天下公憤。〔註8〕

成舍我又列舉了「立法委員」馬乘風被捕〔註9〕、「軍法犯」不允許保釋、在港部分「立法委員」被拒絕入臺等事件與做法，指出這些都是政府無視人權、侵犯人權的行為。然後，他把話題轉向了「言論自由」問題。成舍我指出，政府禁止創辦新報刊，可以停止報刊發行一年或一年以上，並非依據「立法院」通過的《出版法》，而是出於 1952 年 11 月「內政部」公佈的《出版法施行細則》。這一份由行政官署制定的施行細則，許多地方與母法《出版法》的立法原則衝突，「痛快地說，就是違憲」。1951 年，國民黨當局以臺灣印刷材料緊張、報刊數量過多為由，實行「報禁」。成舍我用臺灣白報紙產量、千人閱報率等具體數據，駁斥這些理由的荒謬。自己就是因為「報禁」而不能復刊《世界日報》，有切膚之痛，所以他講到此處，不無動情地說：由節約紙張及印刷原料，就可以禁止新的報紙雜誌出版，「這真是天下奇聞」，臺灣的報紙不是太多，而是「少得可憐」，「少得可恥」！

成舍我關於「民主政治兩大支柱」——「人權保障」和「言論自由」洋洋萬言的質詢，贏得了全體與會「立法委員」的鼓掌與喝彩。據說，當時他對全場情緒的控制，為「立法院」有史以來所僅有。會後，《立法院公報》予以全文刊載。成又進行整理，在《自由中國》半月刊發表。

1960 年 9 月 4 日，《自由中國》發行人兼社長雷震，及同人傅正、劉子英、馬之驌，以涉嫌「叛亂」被臺灣警備總司令部逮捕。成舍我認為，「雷

〔註8〕 《成舍我先生文集》（港臺篇 1951～1991），世新大學舍我紀念館暨新聞史研究中心，2007 年版，第 176 頁。

〔註9〕 馬乘風，國民參政會參政員，第一屆「立法委員」。1952 年因「匪諜案」突遭逮捕，羈押近三年尚未判決，亦不釋放。1955 年 10 月，即成舍我在「立法院」提出質詢後半年，才審結定讞，馬被判無期徒刑。

「案」即使涉嫌觸犯普通刑法，但尚不至於觸犯《懲治叛亂條例》，因而不該受軍法審判。遂聯合另一「立法委員」胡秋原在臺灣各大報章發表聲明，呼籲勿以軍法審判「雷案」：

雷震被捕前一個月攝於自由中國社門口。

> 《自由中國》半月刊發行人雷震因言論文字涉嫌違法，被臺灣省警備總司令部依據《懲治叛亂條例》拘捕偵審。
>
> ……
>
> 吾人主張並無「匪諜」或叛徒關係之言論犯或文字獄，得依「中華民國」《刑法》及《出版法》處罰，以期維護「國家」安全，保衛社會利益，但不應以叛亂論罪及軍法從事。

雷震自創辦《自由中國》雜誌以來，就其言論而言，其主張「反共救國」，甚爲顯然。雖若干主張，非吾人所能贊成，惟書生論政，縱涉偏激，若其本旨在「反共救國」，爭取民主自由，擁護「國憲」，反對暴力，則此種書生論政之是非，實未可與叛徒之犯罪視爲一事。此意固非有愛於雷君之個人，而是愛護「中華民國」法治之前途。

「中華民國」之「反共復國」，現正面臨最嚴重階段，聯合國大會開會在即，蘇聯、蘇聯附庸及中立主義者，方竭其全力，欲牽引「匪幫」，篡奪我代表權。「我國」政府與人民，正宜不分朝野，切實團結。有筆在手之書生，對當局之艱苦負責，不宜逞其意氣，過分責難，致貶我國際地位，損我政府威信。而有權在手之當局，對書生愛國熱忱，評論時政，更應恢宏大度，兼容並包，以民主自由之實據，昭大公大信於中外。否則國步日艱，危機四伏，覆巢之下，寧有完卵？此吾人所以於雷案發生，憂念後果，心所未安，不得不向有關各方垂涕而道，一貢其款款之愚也。〔註10〕

〔註10〕 轉引自馬之驌編著：《新聞界三老兵》，經世書局（臺灣），1986年版，第339

　　「雷案」發生時，臺灣「中央研究院」院長胡適正在美國開學術合作會議。爲防止胡適在美國作出不利於臺灣當局的言行，蔣介石指使「行政院長」陳誠接連給他發去兩通電報，告知「政府」抓捕雷震等人的依據，以及將根據「法律」妥善處理該案。胡適回電說「政府」此舉不夠明智，影響甚壞；既然已成事實，唯一補救方式是將此案交司法審判，一切偵審及審判全部公開。美聯社、法新社記者問他對「雷案」的看法，他也陳述了同樣意見：「雷案」應由法院來審理，不應由軍法審判。

　　雷震等人被抓後，《自由中國》編委殷海光、夏道平、宋文明三人挺身而出，共同發表聲明，表示對於《自由中國》上所謂「有問題」的文章文責自負。實際上，大家都期盼自由民主的精神領袖胡適能夠回臺灣救雷震；何況，他還是《自由中國》的首任發行人，現任編委。但是，在蔣氏父子的軟硬兼施下，胡適以換牙醫爲由，推遲回臺。10 月 23 日，他終於回到了臺灣。當晚接見記者，他表示《自由中國》爲了爭取言論自由而停刊，也不失爲「光榮的下場」。《自由中國》編輯聶華苓感慨，「光榮的下場」——胡適的話說得很漂亮，「畢竟有點兒風涼」。雷震判刑以後，親朋每星期五可去監獄看他。大家一到星期五就眼巴巴盼望胡適去看看雷震。他可以不發一言，只是去看看雷震，那個公開的沉默姿態，對於鐵窗裏的雷震就是很大的精神支持了。可是星期五去了又來，胡適還是沒去探監。聶華苓、殷海光、夏道平、宋文明忍不住了，一天晚上，他們一起去南港看胡適，要探聽他對雷案究竟是什麼態度。然而，胡適招待了他們「一頓點心，一點幽默，一臉微笑。」〔註 11〕

　　雷震和成舍我都是香港《自由人》的發起人。據聶華苓回憶，雷震在臺灣籌組「中國民主黨」時，成舍我也曾與聞其事。〔註 12〕不過，成舍我和雷震的交情，遠沒有胡適深遠。但是，「雷案」發生後，胡適顧慮重重，成舍我卻在第一時間公開發表長篇聲明，爲雷震爭權利。正如聲明中所言，他這樣做，不是「有愛於雷君之個人」，而是爲了言論自由出版自由新聞自由不受戕害。作爲報人，成舍我是新聞出版自由的堅決捍衛者。1943 年 2 月 15 日，國民政府公佈《新聞記者法》，雖然全文只有 31 條，「而對於記者束縛嚴酷，實

　　～341 頁。引文中部分引號爲引用者所加。
〔註 11〕 聶華苓著：《三生影像》，三聯書店（北京），2008 年版，第 174～175 頁。
〔註 12〕 聶華苓著：《三生影像》，三聯書店（北京），2008 年版，第 168 頁。

可謂無微不至。其中最重要一點，即撤消記者證書，罪名過於浮泛，程序過於簡易。」成舍我於 3 月 28 日發表《〈新聞記者法〉應速設法補救》一文，建議對此法進行修改。在全國同業的一致反對下，《新聞記者法》最終沒有實施。然而，1947 年夏國民黨政府進行「國大代表」、「立法委員」選舉登記，各地新聞界爲競選關係，濫行登記，因此又有人呼籲施行記者法以確定記者身份。成舍我撰寫萬言長文《辛苦打消的「記者法」萬不可再請施行》，以「專論」形式在北平《世界日報》連載，告誡大家，「記者法中的每一項，施行以後，將不是白紙黑字的法條，而只是銀鐺可怕的鐵鏈。我全國記者，對此無限鐐銬枷鎖的存在，恐眞要如古人所云『舉手掛網羅，動足觸機陷』，其爲慘怖，何待言喻！」〔註13〕

1947 年 8 月 26～30 日北平《世界日報》發表成舍我撰寫的專論《辛苦打消的〈記者法〉萬不可再請施行》。

　　不過，雷震還是被「軍事法庭」科以 10 年有期徒刑的重刑，劉子英處有期徒刑 12 年，馬之驌處有期徒刑 5 年，傅正「交付感化」3 年。

　　1961 年元旦，《新聞天地》要出 16 週年新年特大號。卜少夫在香港又是電話又是快信，敦請老友成舍我爲刊物寫一篇評說時局的文章。成舍我對《新聞天地》感情很深，戲稱其爲「世侄」。他說，拋開與卜少夫的私人友誼不講，單看在這位度過十六寒暑、飽經艱險的「世侄」份上，自己也應該寫點東西作爲禮物，祝他長命百歲。「但是不幸得很，我最近不知如何，提起筆來，總是興趣索然，尤其談到時局，更好像有一塊千斤巨石，壓在筆上。」截稿在即，成舍我還是無法交卷，只好寫信向老朋友道歉。一個在報紙雜誌上東塗西抹四十幾年，號稱「搖筆即來」、「落紙如風」的新聞界「老兵」，何

〔註13〕成舍我：《辛苦打消的「記者法」萬不可再請施行——這是一大串鐐銬鎖鏈，我們決不能容許存在，且確定記者身份，亦根本與施行記者法無關》，1947 年 8 月 26～30 日北平《世界日報》。

釋，而是轉述了另外一位同樣沒能交卷的朋友的話：

> 我還可以告訴你，我的朋友，也是你所邀請寫稿的另一位朋友，據說也不能交卷。間接傳來他不能交卷的原因，是他認為所謂「文章報國」、「書生論政」，絞腦汁，嘔心血，唯一目的，總不外希望於國家有益。如果「論政」結果，不特不能發生有益的功效，反而使有權階級，視為寇讎，輕則警告、圍剿，重且封門、坐牢。這情形發生在幾十年前的軍閥統治下，無權而有筆的書生，為了貫徹主張，勢必鋌而走險，以軍閥為革命對象，再接再厲，誓死搏鬥。然若時移境異，政府不特是我們的政府，而且我們正在竭誠擁護，盼他領導國民，勵精圖治，中興大業，早日完成。不幸這有權階級中若干頑固分子，要貪權固寵，打擊忠良，諍言逆耳，愛國有罪，那麼，投鼠忌器，除了「封筆大吉」以外，試問還有什麼道路可走？好在反共抗俄的民主體制下，人們尚有不說話的自由。「封筆大吉」，是否就算屈服？扼殺諍言，是否就算勝利？這些問題，在你和我的這位朋友看來，他相信自會從天下公論，未來事實，得到正確解答。〔註14〕

這段話顯然是成舍我的「夫子自道」，他是借所謂的朋友之口，表達對國民黨當局「打擊忠良」、「扼殺諍言」的憤懣，用「封筆」來消極對抗國民黨當局大興「雷震案」。做過多年「世新」副校長的葉明勳說，陸放翁弔張才叔諫議「許國肺肝知激烈，照人眉宇尚崢嶸」，實為成舍我之寫照。

成舍我到臺灣後，冀望國民黨打回大陸，自己也能夠收回被共產黨「搶奪」的《世界日報》，重建「自由報業」。「流亡在這個島上的軍民大眾，唯一願望是『反攻』」。可是，「每屆新年，大家總歡呼就將是『反攻年』的開始，一到歲末，又不免感到一年容易，再告幻滅。」〔註15〕他一方面對「王師」「今歲不戰，明年不征」表示失望，一方面不忘咒罵「共匪必敗」。1972年10月，在美國讀書的幼女成露茜來到北京，受到周恩來總理的接見。周恩來要成露茜代問父親好，並說彼此之間有些誤會，令尊還是民族資產階級嘛。成露茜回臺後將周總理的話轉告給父親，成舍我聽後很高興，並將此事

〔註14〕 成舍我：《我寫不出文章》，載《新聞天地》（香港）第 673 期（1961 年 1 月 1 日出版）。

〔註15〕 成舍我：《東望王師又一年》，1966 年 12 月 31 日《小世界》。

告訴了好朋友黃少谷。〔註16〕中華人民共
和國又加入了聯合國，國民黨「反攻」大
陸無疑於癡人說夢。從此，成舍我不再多
提「反共復國」之事，而是講兩岸的和平
統一。1979 年，成思危在美國與父親見
面，成舍我認爲臺灣與祖國大陸的統一是
必然趨勢。他認爲，從歷史看中華民族歷
來就是心向統一，反對分裂及異族入侵
的，而且力圖保存和發揚中國的文化。
1985 年父子又在美國見面，成舍我說：
「在統一問題上，我是樂觀派。」並預言
少則 5 年，多則 10 年，兩岸總是要談的。
1988 年成思危攜妻女在香港與父親會面，
成特意要他們陪他到落馬洲遠眺對面的深
圳，並表示將來條件成熟時一定要爭取回
祖國大陸一行。〔註17〕他也曾與女兒相

成舍我晚年攝於臺北。

約，退休後要她們帶他回北京、上海看看。可是，「墜雨已辭雲，流水難歸
浦」，〔註18〕直到去世，成舍我也沒能再踏上大陸一步。

　　成舍我年輕時喜歡吟詩填詞，1916 年在上海還參加過革命文學團體「南
社」。到北京後進《益世報》，和同事張恨水唱和，往往通宵達旦。張恨水寫
《春明外史》，內有一人叫「舒九成」，影射的就是成舍我。小說中描繪楊杏
園和舒九成水邊聯句，實際上就是張恨水和成舍我兩人的故事。後來成舍我
自己辦報紙做老闆，也就沒有那麼多閒情逸致了；不過本性難改，詩興上
來，還是禁不住要「抒情言志」一番。1977 年 8 月 26 日，是成舍我的八十壽
辰，門生故舊準備爲他舉行盛大慶祝。他不喜鋪張，提前於 8 月 19 日去了美
國，作爲期一月的考察。在大洋彼岸，他做了一首《八十自壽》詩，以告慰
故人。成思危認爲，這首《八十自壽》詩，最能反映父親成舍我「自強不息、

〔註16〕　中國人民大學港澳臺新聞研究所編：《報海生涯——成舍我百年誕辰紀念文
　　　　　集》，新華出版社，1998 年版，第 158 頁。
〔註17〕　中國人民大學港澳臺新聞研究所編：《報海生涯——成舍我百年誕辰紀念文
　　　　　集》，新華出版社，1998 年版，第 158～159 頁。
〔註18〕　宋人晏幾道《生查子》詞句。

剛直不屈、愛國不渝、情深不移」的精神：

　　　　八十到頭終強項，敢持庭訓報先親。

　　　　生逢戰亂傷離散，老盼菁英致太平。

　　　　壯志未隨雙鬢白，孤忠永共萬山青。

　　　　隔洋此日夢垂念，頑健差堪告故人。

徵引書目

一、日記、書信、回憶錄、年譜、傳記

1. 德克・博迪著，洪菁耘、陸天華譯：《北京日記——革命的一年》，東方出版中心，2001 年版。

2. 無暇編：《戰地日記》，之初書店，1938 年版。

3. 耿雲志、歐陽哲生編：《胡適書信集》，北京大學出版社，1996 年版。

4. 曹聚仁著：《我與我的世界》，北嶽文藝出版社，2001 年版。

5. 夏衍著：《白頭記者話當年》，重慶出版社，1986 年版。

6. 夏衍著：《懶尋舊夢錄》（增補本），三聯書店（北京），2006 年版。

7. 梁漱溟著：《憶往談舊錄》，中國文史出版社，1987 年版。

8. 張友漁著：《報人生涯三十年》，重慶出版社，1982 年版。

9. 《張治中回憶錄》，文史資料出版社，1985 年版。

10. 《傅作義生平》，文史資料出版社，1985 年版。

11. 李宗仁口述、唐德剛撰寫：《李宗仁回憶錄》，廣西師範大學出版社，2005 年版。

12. 黃紹竑著：《五十回憶》，嶽麓書社，1999 年版。

13. 程思遠著：《政壇回憶》，廣西人民出版社，1983 年版。

14. 童小鵬著：《風雨四十年》，中央文獻出版社，1995 年版。

15. 宋雲彬著：《紅塵冷眼——一個文化名人筆下的中國三十年》，山西人民出版社，2002 年版。

16. 《徐鑄成回憶錄》，三聯書店（北京），1998 年版。

17. 張友鸞等著：《世界日報興衰史》，重慶出版社，1982 年版。

18. 陳存仁著：《抗戰時期生活史》，廣西師範大學出版社，2007 年版。

19. 聶華苓著：《三生影像》，三聯書店（北京），2008 年版。

20. 全國政協暨北京等政協文史資料委員會編：《城市接管親歷記》，中國文史出版社，1999 年版。

21. 中共中央文獻研究室編：《周恩來年譜》，中央文獻出版社，2007 年版。

22. 李淵庭、閻秉華編著：《梁漱溟先生年譜》，廣西師範大學出版社，2003 年版。

23. 中國人民大學港澳臺新聞研究所編：《報海生涯──成舍我百年誕辰紀念文集》，新華出版社，1998 年版。

24. 上海市政協文史資料委員會、上海魯迅紀念館編：《曹聚仁紀念集》（上海文史資料選輯第 96 輯），上海市政協文史資料編輯部，2000 年版。

25. 蔣麗萍、林偉平著：《民間的回聲──新民報創始人陳銘德鄧季惺傳》，新世界出版社，2004 年版。

26. 楊雪梅著：《陳銘德、鄧季惺與〈新民報〉》，中華書局（北京），2008 年版。

27. 李偉著：《曹聚仁傳》，南京大學出版社，1993 年版。

28. 盧敦基、周靜著：《自由報人──曹聚仁傳》，浙江人民出版社，2003 年版。

29. 馬之驌編著：《新聞界三老兵》，經世書局（臺灣），1986 年版。

30. 中共中央文獻研究室編：《周恩來傳》，中央文獻出版社，1998 年版。

31. 郭太風著：《王雲五評傳》，上海書店出版社，1999 年版。

32. 曹聚仁著：《蔣經國論》，人民出版社，2009 年版。

33. 白吉庵著：《章士釗傳》，作家出版社，2004 年版。

34. 張林嵐著：《趙超構傳》，文匯出版社，1999 年版。

35. 周天度、孫彩霞著：《沈鈞儒傳》，人民出版社，2006 年版。

二、論著、主要文章

1. 《毛澤東選集》，人民出版社，1991 年版。

2. 張朋園著：《中國民主政治的困境，1909～1949：晚清以來歷屆議會選舉述論》，吉林出版集團有限責任公司，2008 年版。

3. 楊奎松著：《國民黨的「聯共」與「反共」》，社會科學文獻出版社，2008 年版。

4. 楊天石著：《抗戰與戰後中國》，中國人民大學出版社，2007 年版。

5. 陳旭麓著：《近代中國社會的新陳代謝》，上海社會科學院出版社，2006 年版。

6. 金沖及著：《轉折年代──中國的 1947 年》，三聯書店（北京），2002 年版。

7. 劉統著：《中國的 1948 年：兩種命運的決戰》，三聯書店（北京），2006年版。

8. 張仁善著：《1949 中國社會》，社會科學文獻出版社，2005 年版。

9. 聞黎明著：《第三種力量與抗戰時期的中國政治》，上海書店出版社，2004 年版。

10. 鄧野著：《聯合政府與一黨訓政》，社會科學文獻出版社，2003 年版。

11. 約‧斯‧謝偉思著，王益、王昭明譯：《美國對華政策，1944～1945》，中國社會科學出版社，1980 年版。

12. 費正清著，孫瑞芹、陳澤憲譯：《美國與中國》，商務印書館，1971 年版。

13. 格蘭姆‧貝克著，朱啓明、趙叔翼譯：《一個美國人看舊中國》，三聯書店（北京），1987 年版。

14. 鄒讜著，王寧、周先進譯：《美國在中國的失敗》，上海人民出版社，1997年版。

15. 牛軍著：《從赫爾利到馬歇爾——美國調停國共矛盾始末》，福建人民出版社，1989 年版。

16. 汪朝光著：《中華民國史‧從抗戰勝利到內戰爆發前後》（第三編第五卷），中華書局（北京），2000 年版。

17. 朱宗震、陶文釗著：《中華民國史‧國民黨政權的總崩潰和中華民國時期的結束》（第三編第六卷），中華書局（北京），2000 年版。

18. 費正清主編、章建剛等譯：《劍橋中華民國史》（第二部），上海人民出版社，1992 年版。

19. 曹聚仁著：《採訪外記　採訪二記》，三聯書店（北京），2007 年版。

20. 曹聚仁著：《採訪三記　採訪新記》，三聯書店（北京），2007 年版。

21. 曹聚仁著：《採訪本記》，三聯書店（北京），2008 年版。

22. 曹聚仁著：《北行小語》，三聯書店（北京），2002 年版。

23. 曹聚仁著：《大江南線》，復興出版社，1946 年版。

24. 曹聚仁著：《新事十論》，香港創墾出版社，1952 年版

25. 曹聚仁著：《萬里行記》，三聯書店（北京），2000 年版。

26. 曹聚仁著：《聽濤室人物譚》，三聯書店（北京），2007 年版。

27. 曹聚仁、舒宗僑編著：《中國抗戰畫史》，聯合畫報社，1947 年版。

28. 成舍我著：《報學雜著》，中國文物供應社（臺灣），1956 年版。

29. 《成舍我先生文集》（港臺篇 1951～1991），世新大學舍我紀念館暨新聞史研究中心，2007 年版。

30. 《陳翰伯文集》，商務印書館，2000 年版。

31. 趙超構著：《延安一月》，南京新民報社，1944 年版。

32. 黃仁宇著：《從大歷史的角度讀蔣介石日記》，九州出版社，2008 年版。

33. 鄭逸梅著：《書報話舊》，中華書局（北京），2005 年版。

34. 鄭逸梅編著：《南社叢談》，中華書局（北京），2006 年版。

35. 臺靜農著：《龍坡雜文》，三聯書店（北京），2002 年版。

36. 牟潤孫著：《海遺叢稿》（二編），中華書局（北京），2009 年版。

37. 徐宗勉、張亦工等著：《近代中國對民主的追求》，安徽人民出版社，1996 年版。

38. 傅國湧著：《追尋逝去的傳統》，湖南文藝出版社，2004 年版。

39. 傅國湧著：《1949 年：中國知識分子的私人記錄》，長江文藝出版社，2005 年版。

40. 散木著：《燈火闌珊處——時代夾縫中的學人》，山東人民出版社，2008 年版。

41. 魏承思著：《兩岸密使 50 年》，陽光環球出版香港有限公司，2005 年版。

42. 于勁著：《上海：1949 大崩潰》，解放軍出版社，1993 年版。

43. 劉宋斌著：《中國共產黨對大城市的接管》，北京圖書館出版社，1997 年版。

44. 計紅芳著：《香港南來作家的身份建構》，中國社會科學出版社，2007 年版。

45. 張同欣、何仲山主編：《從南京到臺北》，武漢出版社，2003 年版。

46. 汪幸福著：《胡適與〈自由中國〉》，湖北人民出版社，2004 年版。

47. 馬光仁主編：《上海新聞史》，復旦大學出版社，1996 年版。

48. 朱正著：《報人浦熙修》，湖北人民出版社，2005 年版。

49. 李谷城著：《香港中文報業發展史》，上海古籍出版社，2005 年版。

50. 陳銘德、鄧季惺：《〈新民報〉二十年》，全國政協文史資料研究委員會編《文史資料選輯》第 63 輯。

51. 趙遐初：《陳棺競選國大代表》，全國政協文史資料研究委員會編《文史資料選輯》第 113 輯。

52. 田肖德：《新民報關門前後》，《新聞天地》（上海）第 44 期。

53. 蔣麗萍、林偉平：《一九四六：眾聲喧嘩》，《書城》2007 年 12 月號。

54. 余湛邦：《一九四九國共北平和談始末記》，全國政協文史資料研究委員會編《文史資料選輯》第 67 輯。

55. 曹景滇：《拂去歷史的煙塵——讓真實的曹聚仁從後臺走出來》，《新文學

史料》2000 年第 4 期。

56. 柳哲:《從曹聚仁遺箚看他爲兩岸和平統一所作的斡旋》,《百年潮》2000 年第 5 期。

57. 張耀傑:《曹聚仁的「南來」與「北行」》,《傳記文學》(臺灣)第 91 卷第 1 期。

58. 羅孚:《曹聚仁在香港的日子》,《讀書》1982 年第 12 期。

59. 古遠清:《在左右夾攻中的曹聚仁——香港 50 年代發生的一場論戰》,《黃石教育學院學報》1996 年第 2 期。

60. 李雨生:《哀曹聚仁》,《新聞天地》(香港)第 1279 期。

61. 曹雷:《父親原來是密使》,臺灣《聯合報》1998 年 3 月 8～10 日。

62. 徐訏:《念人憶事,悼曹聚仁先生》,《傳記文學》(臺灣)第 21 卷第 5 期。

63. 丁言昭:《曹聚仁初到香港的前前後後》,《百科知識》1998 年第 1 期。

64. 張潛華:《國民黨立法委員香港起義記》,全國政協文史資料研究委員會編《文史資料選輯》第 70 輯。

65. 阮毅成:《自由人參加記》,《中山學術文化集刊》(臺灣)第 24 集。

66. 吳範寰:《成舍我與〈北京世界日報〉》,全國政協文史資料研究委員會編《文史資料選輯》第 43 輯。

67. 關國煊:《鍥而不捨的新聞界老兵成舍我》,《傳記文學》(臺北)第 58 卷第 5 期。

68. 羅隆基:《從參加舊政協到參加南京和談的一些回憶》,全國政協文史資料研究委員會編《文史資料選輯》第 20 輯。

69. 馬在天:《「解放」後的北平新聞界》,《新聞天地》(香港)第 71 期。

70. 易春秋:《成舍我大聲呼籲保障人權》,《新聞天地》(香港)第 370 期。

三、史料與文獻

1. 中央檔案館編:《中共中央文件選集》第 11 冊,中共中央黨校出版社,1991 年版。

2. 中國社會科學院新聞研究所編:《中國共產黨新聞工作文件彙編》,新華出版社,1980 年版。

3. 上海市文史研究館編:《海上春秋》,中華書局(北京),2005 年版。

4. 中央文史研究館編:《史迹文蹤》,中華書局(北京),2005 年版。

5. 孟廣涵主編:《國民參政會紀實》及續編,重慶出版社,1985、1987 年版。

6. 孟廣涵主編:《政治協商會議紀實》,重慶出版社,1989 年版。

7. 中共重慶市委黨史工作委員會等編：《重慶談判紀實》，重慶出版社，1993 年版。

8. 《停戰談判資料》，四川人民出版社，1981 年版。

9. 上海社會科學院歷史研究所編：《「八一三」抗戰史料選編》，上海人民出版社，1986 年版。

10. 中國第二歷史檔案館編：《中華民國史檔案資料彙編》第五輯第三編「政治」（二），江蘇古籍出版社，2000 年版。

11. 中國第二歷史檔案館編：《國民政府立法院會議錄》，廣西師範大學出版社，2004 年版。

12. 《中華民國重要史料初編──對日抗戰時期》第七編「戰後中國」，中國國民黨中央委員會黨史委員會編印，1981 年版。

13. 楊秀菁、薛元化、李福鍾編注：《戰後臺灣民主運動史料彙編》（第 7～12 冊），「國史館」，2002 年版。

14. 余克禮、朱顯龍主編：《中國國民黨全書》，陝西人民出版社，2001 年版。

15. 榮孟源、孫彩霞編：《中國國民黨歷次代表大會及中央全會資料》，光明日報出版社，1985 年版。

16. 賈樹枚主編：《上海新聞志》，上海社會科學院出版社，2000 年版。

圖片出處

1. 新民報社「三張」: 張慧劍、張恨水、張友鸞　楊雪梅著《陳銘德、鄧季惺與〈新民報〉》，中華書局（北京），2008 年版，第 227 頁。

2. 陳銘德、鄧季惺結婚 20 週年留影（1953）　蔣麗萍、林偉平著《民間的回聲──新民報創始人陳銘德、鄧季惺傳》，新世界出版社，2004 年版，第 311 頁。

3. 陳銘德、鄧季惺夫婦與孫女在一起　楊雪梅著《陳銘德、鄧季惺與〈新民報〉》，中華書局（北京），2008 年版，第 60 頁。

4. 南京受降會場全景（1945）　中國第二歷史檔案館編《中國戰區受降紀實》，江蘇人民出版社，2005 年版，第 149 頁。

5. 曹聚仁懷鄉詩　曹聚仁著《我與我的世界》，北嶽文藝出版社，2001 年版，文前插頁。

6. 曹聚仁初任戰地記者　曹聚仁著《我與我的世界》，北嶽文藝出版社，2001 年版，文前插頁。

7. 曹聚仁與鄧珂雲在上海（1937）　曹聚仁著《我與我的世界》，北嶽文藝出版社，2001 年版，文前插頁。

8. 上海望平街　仲富蘭主編《圖說中國百年社會生活變遷（1840～1949）文體‧教育‧衛生》，學林出版社，2001 年版，第 90 頁。

9. 上海電話公司的職員在領工資（1948）　傑克‧伯恩斯攝影、吳可融譯《內戰結束的前夜──美國〈生活〉雜誌記者鏡頭下的中國》，廣西師範大學出版社，2005 年版，第 63 頁。

10. 曹聚仁去香港西裝照（1950）　李偉著《曹聚仁傳》，南京大學出版社，1993 年版，文前插頁。

11. 曹聚仁與家人在上海（1959）　李偉著《曹聚仁傳》，南京大學出版社，1993 年版，文前插頁。

12. 曹聚仁、鄧珂雲夫婦與徐淡廬在廬山（1957）　柳哲：《從曹聚仁遺箚看他爲兩岸和平統一所作的斡旋》，《百年潮》2005 年第 5 期。

13. 奉化溪口遠景（1957）　柳哲：《從曹聚仁遺箚看他爲兩岸和平統一所作的斡旋》，《百年潮》2005 年第 5 期。

14. 曹聚仁致四弟曹藝家書（1967）　柳哲：《從曹聚仁遺箚看他爲兩岸和平統一所作的斡旋》，《百年潮》2005 年第 5 期。

15. 曹聚仁於香港宅中（1960 年代末）　上海市政協文史資料委員會、上海魯迅紀念館編《曹聚仁先生紀念集》，上海市政協文史資料編輯部，2000 年版，文前插頁。

16. 曹聚仁躺在病床上寫作　上海市政協文史資料委員會、上海魯迅紀念館編《曹聚仁先生紀念集》，上海市政協文史資料編輯部，2000 年版，文前插頁。

17. 成舍我、陳訓悆、李荊蓀、卜少夫合影　馬之驌編著《新聞界三老兵》，經世書局（臺灣），1986 年版，第 266 頁。

18. 青年時代的成舍我先生（1923）　中國人民大學港澳臺新聞研究所編《報海生涯──成舍我百年誕辰紀念文集》，新華出版社，1998 年版，文前插頁。

19. 成舍我翰墨（入太廟每事問）　中國人民大學港澳臺新聞研究所編《報海生涯──成舍我百年誕辰紀念文集》，新華出版社，1998 年版，文前插頁。

20. 成舍我爲臺灣世界新聞專科學校學生的題詞　中國人民大學港澳臺新聞研究所編《報海生涯──成舍我百年誕辰紀念文集》，新華出版社，1998 年版，文前插頁。

21. 抱着孩子逃難的婦女（1948）　傑克·伯恩斯攝影、吳可融譯《內戰結束的前夜──美國〈生活〉雜誌記者鏡頭下的中國》，廣西師範大學出版社，2005 年版，第 82 頁。

22. 成舍我 1952 年與女兒嘉玲、露茜於香港九龍鑽石山寓所　中國人民大學港澳臺新聞研究所編《報海生涯──成舍我百年誕辰紀念文集》，新華出版社，1998 年版，文前插頁。

23. 成舍我與夫人蕭宗讓、女兒嘉玲、露茜　中國人民大學港澳臺新聞研究所編《報海生涯──成舍我百年誕辰紀念文集》，新華出版社，1998 年版，文前插頁。

24. 雷震在自由中國社門口（1960）　聶華苓著《三生影像》，三聯書店（北京），2008 年版，第 149 頁。

25. 成舍我晚年在臺北　中國人民大學港澳臺新聞研究所編《報海生涯──成舍我百年誕辰紀念文集》，新華出版社，1998 年版，文前插頁。

初版後記

　　本書是去年出版的拙著《大變局中的民間報人與報刊》的姊妹篇。感謝福建教育出版社的林冠珍女士，沒有她的關心、細心，這兩本著作不可能如期高品質地出版。

　　本書書名採自臺灣漫畫家幾米的同名書。當我在書店偶然遇到他的手繪本《向左走‧向右走》，頓時心領神會：這就是自己思而不得的最佳書名！當然，本書主題與他講述的浪漫故事絕不相類，特用副題《一九四九年前後民間報人的出路抉擇》，以相區別。感謝幾米賜予的靈光與情懷。

　　人民日報社的祝華新兄，當年在復旦大學新聞學院求學時，我還在豫西山城的一所學校，過着類似路遙在《平凡的世界》中所描述的高中生活，所以我們原來並不相識。他看過拙著《大變局中的民間報人與報刊》後，和我結為文字之交。他是位古道熱腸之人，對拙著多方揄揚，惟恐淹沒在汪洋書海之中。對於祝華新兄，我不想言謝，因為我們是同代人，有着共同的理想和責任。

　　特別感謝《人民日報》原副總編周瑞金前輩、廈門大學教授謝泳先生。他們慷慨為本書寫下薦語，對我絕對是道義上的支持。

　　感謝我的太太蔡暉和兒子嘉樹，他們母子第一時間分享了我寫作的快樂和憂愁。

陳建雲

2009 年 11 月 19 日於復旦大學新聞學院

再版後記

　　本書由福建教育出版社初版於 2010 年 2 月。同年 3 月 20 日，出版方協同上海季風書園讀者俱樂部，在季風書園徐匯店舉辦作者讀者見面會，我做了《遙想望平街當年——老上海的報人與報館》主題演講。在講到 1949 年上海新聞界的大變動時，我插敘了一段太太的堂祖父蔡麟筆先生的經歷。麟筆先生字夢華，江蘇新沂人。父兄爲當地名醫，忠厚傳家，享譽鄉里。麟筆先生抗戰時考入昆明西南聯大，1947 年畢業於清華大學，入南京國民政府社會部工作。1949 年大陸易幟前去臺，從此海天阻隔，骨肉分離，再也沒有回過大陸。在臺灣先後執教於政治大學、交通大學，擔任臺灣交通大學管科系主任凡 20 餘年，著作宏富，桃李滿天。1992 年退休後移居美國舊金山，心念故國，不入其籍。2009 年 5 月 29 日病逝，長眠於異國他鄉。我代表大陸親人撰寫輓聯，以寄哀思：「六十年絳帳春暖，桃李芬芳，平生堪慰；三萬里故國夢老，家山依舊，精魂歸來。」麟筆先生棄世四個月後，幼女蔡瑋毅然踏上回鄉尋親祭祖之路，以了卻父親的未盡心願。蔡瑋姑姑先和我們一家相聚於滬上，雖從未謀面，但血濃於水，一見如故。蔡瑋姑姑對我們講，父親去世前一周，躺在床上不斷地呢喃着「娘啊，娘啊」。當我講到麟筆先生彌留之際依依喚母之時，在場聽眾無不唏噓泫然。麟筆先生雖非報人，也是一代知識分子，其思想信念、人生遭遇，與本書講述的報人成舍我先生頗有相似之處。本書以《新民報》主人陳銘德鄧季惺夫婦、《世界日報》老闆成舍我、「獨立記者」曹聚仁爲樣本，探究那一代知識分子在 1949 年大變局中爲何作出不同的政治抉擇，從而爲今天的兩岸統一尋求價值共識。斯人雖逝，問題尚存；華夏兒女，攜手共進。這應該就是辛勤寫作本書的意義所在吧。

這次修訂，僅補充了一些注釋和訂正了部分文字。感謝中國新聞史學會副秘書長、暨南大學新聞與傳播學院鄧紹根兄的引薦，感謝花木蘭文化出版社北京辦事處楊嘉樂老師的協調，感謝福建教育出版社的慨允，使本書能夠在臺灣出版繁體字修訂版。

陳建雲

2016 年 1 月於滬上放心室